환
재
집

이 책은 2014~2015년도 정부(교육부)의 재원으로 한국고전번역원의 지원을 받아
수행된 '권역별거점연구소협동번역사업'의 결과물임.

This work was supported by Institute for the Translation of Korean Classics - Grant funded by
the Korean Government.

한국고전번역원 한국문집번역총서 / 성균관대학교 대동문화연구원

환재집 1

瓛齋集

박규수 지음　김채식 옮김

朴珪壽

일러두기

1. 이 책의 번역 대본은 한국고전번역원에서 간행한 한국문집총간 312집 소재 《환재집
   (瓛齋集)》으로 하였다. 번역 대본의 원문 텍스트와 원문 이미지는 한국고전종합
   DB(http://db.itkc.or.kr)에서 확인할 수 있다.
2. 내용이 간단한 역주는 간주(間註)로, 긴 역주는 각주(脚註)로 처리하였다.
3. 한자는 필요한 경우 이해를 돕기 위하여 넣었으며, 운문(韻文)은 원문을 병기하였다.
4. 맞춤법과 띄어쓰기는 한글 맞춤법과 표준어 규정을 따랐다.
5. 이 책에서 사용한 부호는 다음과 같다.

   ( )：번역 문과 음이 같은 한자를 묶는다.
   〔 〕：번역 문과 뜻은 같으나 음이 다른 한자를 묶는다.
   " "：대화 등의 인용문을 묶는다.
   ' '：" " 안의 재인용 또는 강조 문구를 묶는다.
   「 」：' ' 안의 재인용을 묶는다.
   《 》：책명 및 각주의 전거(典據)를 묶는다.
   〈 〉：책의 편명 및 운문·산문의 제목을 묶는다.

차례

환재집 제1권

시 詩

豈知玉堂同夜直 臥看椽燭高花摧之句 士綏問作者爲誰 余依俙認爲歌歐
陽永叔爲梅聖兪作也 士綏因題一詩 以此爲落句 苦要余和之 明日考檢 始知
非歐陽也 乃東坡武昌西山詩中語耳 其序曰元祐元年十一月二十九日 與翰
林承旨鄧聖求會宿玉堂話舊事 聖求嘗作元次山窪樽銘刻之巖石 因作此詩
要聖求同賦云云 且非豈知玉堂同夜直 乃豈知白首同夜直也 余舊業荒廢 記
其膚郭而已 爲士綏言之 且曰君爲我誤 我被君困 其事適相當也 相與一笑
・335

사유의 원운 士綏原韻・337

신유년 정월 6일에 학초서실(鶴樵書室)에 모여서 "유상미이고담전청(幽
賞未已高談轉淸)"으로 운자를 나눴는데, 나는 전(轉)자를 얻었다. 당시
나는 열하(熱河)로 가는 사신의 명을 받아 국경을 나서려 할 때였으므로
우선 장구(長句)를 남겨서 여러 친구들과 작별하였다 辛酉孟春之六日
集鶴樵書室 分韻幽賞未已高談轉淸 余得轉字 時余奉使熱河將出疆 聊以長
句留別諸公・338

신유년 3월 28일에 심중복(沈仲復) 병성(秉成)・동연추(董硏秋) 문환
(文煥) 두 한림, 왕정보(王定甫) 증(拯) 농부(農部), 황상운(黃翔雲)
운혹(雲鵠)・왕하거(王霞擧) 헌(軒) 두 고부(庫部)와 함께 정림선생(亭
林先生) 사당을 배알하고 자인사(慈仁寺)에 모여 술을 마셨다. 당시 풍
노천(馮魯川) 지기(志沂)는 여주지부(廬州知府)로 부임하게 되었는데,
열하(熱河)에서 아직 돌아오지 않았다. 며칠 뒤에 뒤쫓아 왔으므로 다시
심중복의 서루에서 술을 마셨는데, 우선 시 한 수를 여러 사람에게 주면
서 화답을 청하였다. 시편 속에 몇 글자의 첩운이 있는 것은 정림 선생의
말을 근거로 삼아 구애받지 않았기 때문이다 辛酉暮春二十有八日 與沈仲
復秉成董硏秋文煥兩翰林 王定甫拯農部 黃翔雲雲鵠王霞擧軒兩庫部 同謁
亭林先生祠 會飮慈仁寺 時馮魯川志沂 將赴廬州知府之行 自熱河未還 後數
日追至 又飮仲復書樓 聊以一詩呈諸君求和 篇中有數三字疊韻 敢據亭林先

환재 박규수의 삶과 《환재집》의 내용에 대하여

이성민 · 김채식 | 성균관대학교 대동문화연구원 수석연구원

1. 《환재집》 번역의 의의

환재(瓛齋) 박규수(朴珪壽, 1807~1877)는 19세기 조선의 역사적 격변기를 살다간 인물이다. 또한 격변기의 중심에서 평안도 관찰사와 우의정 등을 역임하며 정치와 외교에서 중대한 역할을 했음은 물론 문학과 사상 등 여러 방면에서 주목할 만한 성과를 남겼다. 19세기 조선의 정치 · 문학 · 사상을 살피기 위해서라면 결코 그의 존재를 외면할 수 없으며 이에 당연히 학계에서도 환재를 주목해왔다.

환재에 대한 학계의 관심은 주로 개화사상 연구의 일환으로 시작되었다. 개화사상이 실학을 발전적으로 계승했다는 전제 아래 '우리나라 최초의 개화사상가'라 할 수 있는 환재가 실학에서 개화사상으로 전환하게 된 시기는 언제이며, 그러한 사상적 전환의 요인은 무엇인가 하는 문제를 중심으로 논의를 벌였다. 따라서 환재에 대한 관심은 사상적 · 정치적 활동에 집중되었다.

환재에 대한 연구는 주로 《환재집》의 내용 검토를 통해 이루어졌다. 그런데 《환재집》에는 환재의 중요한 글이 많이 누락되어 연구의 기초 자료로서 일정한 한계가 있었다. 《환재집》은 환재가 세상을 떠난 뒤 아우 박선수(朴瑄壽)가 간행을 시도했으나 뜻을 이루지 못하고 세상을

떠났다. 이후 환재의 문인 운양(雲養) 김윤식(金允植)이 환재의 글을 수습하여 1913년에 간행하였다. 김윤식의 일기인 《속음청사(續陰晴史)》의 기록에 의하면, 1911년 10월에 필사본 《환재집》 11권 5책을 완성하였고, 1913년 7월에 보성사(普成社)에서 연활자(鉛活字)로 간행하였다고 한다. 하지만 간행과정에서 김윤식의 취사선택에 따라 중요한 글들이 많이 누락되었던 것이다. 1978년에 아세아문화사에서 간행한 《박규수전집》에는 환재가 경상도 암행어사로서 국왕에게 올린 보고서인 《수계(繡啓)》와 양반사대부의 복식에 관해 논한 《거가잡복고(居家雜服攷)》가 추가되었으나 학계의 큰 주목을 받지 못했다.

그 후 김명호 교수의 노력으로 1996년 성균관대학교 대동문화연구원에서 《환재총서(瓛齋叢書)》를 간행함으로써 환재가 남긴 중요한 글들이 대부분 수습되어 학계에 공개되었으며, 이를 바탕으로 환재에 대한 연구는 그 관심의 범위가 대폭 확장되었다.[1] 환재의 정치적·사상적 활동은 물론, 천문 관측에 힘쓰고 지세의(地勢儀) 등을 제작한 과학자로서의 모습, 예학(禮學)과 청나라의 학술에 조예가 깊은 학자로서의 모습, 빼어난 글씨를 남긴 서화가로서의 모습, 당대의 뛰어난 시인이자 문장가로서의 모습 등이 다각도로 부각되기에 이르렀다.

이번에 대동문화연구원에서 완역한 《환재집》은 한국고전번역원의 권역별거점연구소 협동번역사업의 지원을 받아 수행된 결과물이다. 본 연구원에서는 2014년에 조선 시대 성균관의 일상은 물론 조선 후기 사회의 부조리를 가장 적나라하게 증언한 윤기(尹愭, 1741~1826)의 《무명자집(無名子集)》을 완역하여 공개한 바 있으며, 그 다음으로 경

---

1 김명호, 《환재 박규수 연구》, 창비, 2008.

화사족이면서 개명한 지식인으로서 손꼽히는 환재의 저작을 번역하기로 결정했다.

번역대본은 김윤식이 간행한 《환재집》을 대상으로 하였는데, 앞서 언급한 대로 자료로서 아쉬운 점이 없지 않으나 한국문집총간에 실린 문집만으로 한정해서 번역해야 하는 원칙이 있으므로 더 이상 다른 작품에까지 확장할 수도 없었고, 그럴 역량도 되지 못하였다. 그럼에도 불구하고 《환재집》에는 환재의 인간적 면모와 뛰어난 역량이 다채롭게 드러나 있다는 점에서, 이를 완역했다는 것은 나름대로 학술적 의의가 있다고 하겠다.

《환재집》의 번역을 진행하는 과정에서 김명호 교수의 연구를 비롯한 선행 연구 성과에 크게 힘입었다. 번역과 연구는 상호 보완적인 관계에 있지만 번역이 이루어져야 더 심도 있는 연구 성과가 도출되는 것이 일반적이라는 점에서, 이번 《환재집》의 번역은 순서가 바뀌었다고 해도 과언이 아니다. 다만 최근 화두가 되고 있는 '학술번역'의 일환으로 주석을 통해 기존의 훌륭한 연구 성과를 반영하기 위해 노력하였다는 점을 아울러 밝혀둔다.

실제 번역을 하는 과정에서 접한 환재는 다양한 모습을 보여주었다. 청나라 고염무(顧炎武)의 실증적 학술을 극찬하고 추종하는 모습을 보이는가 하면, 명나라 신종황제의 모후 효정황태후를 흠모하여 초상을 복원하는 데 금전을 부조하는 과정을 보면 누구보다 투철한 대명의리(大明義理)로 무장한 모습도 보인다. 이성적인 사고를 바탕으로 일본의 서계(書契)를 받아들여야 한다고 주장하는 모습과 진주농민항쟁을 공평하게 처리하려고 노력한 모습은 현대의 우리가 조선조 양반에게서 바라던 개명지식인의 표상이라 불러도 손색이 없고, 또한 아우 박선수에게 보낸 편지에서 보듯이 유서 깊은 가문의 후예로 관료로서의 삶에 충실하려 한 모습은 현대사회 소시민의 염원과 다를 바 없다.

이번 번역서가 나옴으로써 환재의 개명적이고 개화적인 모습은 물론 육신을 지니고 온기를 띤 인간적이고 솔직한 모습도 함께 조명되기를 기대한다.

2. 환재 박규수의 생애와 교유[2]

김명호 교수는 환재의 생애를 출생부터 효명세자가 훙서(薨逝)한 1830년(순조30, 24세)까지의 수학기, 효명세자의 훙서 이후 1848년(헌종14, 42세) 과거에 응시해 출사하기 전까지의 은둔기 및 문과 급제 이후 벼슬을 시작하여 사망할 때까지의 사환기로 크게 구분하였다. 여기서도 이 구분을 따라 환재의 생애를 간략히 정리하되, 편의상 사환기는 출사 이후 철종 때까지와 고종 때로 나누어 정리하고자 한다.

1) 수학기: 1807년(순조7)~1830년(순조30, 24세)
환재는 1807년(순조7) 9월 27일에 한양 가회방(嘉會坊)의 집에서 태어났다. 부친은 연암(燕巖) 박지원(朴趾源)의 아들 박종채(朴宗采, 1780~1835)이고, 모친은 전주 유씨(全州柳氏)이다. 본관은 반남(潘

---

2 김명호, 《환재 박규수 연구》, 창비, 2008; 이완재, 〈박규수의 가계와 생애〉, 《한국사상사학》 12집, 한국사상사학회, 1999의 내용을 요약·정리하였다.

南), 초명은 규학(珪鶴), 자는 환경(桓卿), 호는 환재(桓齋)이다. 어린 시절에 살았던 곳은 연암의 옛 집인 계산초당(桂山草堂)으로, 지금의 종로구 계동 중앙중학교 부근이다.

환재는 7세(1813, 순조13) 때 《논어》를 읽고 분판(粉板)에 "효성스런 백성이라야 신하가 될 수 있다.〔孝民可以爲臣〕", "군자는 공경해야 하고 업신여겨서는 안 되고, 소인은 업신여길 수 있어도 공경해선 안 된다.〔君子可敬而不可侮, 小人可侮而不可敬.〕"라는 글귀를 써서 부친에게 문중자(文中子)보다 낫다는 칭찬을 받았다. 13세(1819, 순조19) 때는 140구의 장편 한시 〈성동시(城東詩)〉, 14세 때는 〈석경루잡절(石瓊樓雜絶)〉20수를 지었는데, 〈석경루잡절〉의 일부는 《대동시선(大東詩選)》에 수록될 만큼 빼어난 작품이었다. 또 14, 5세 무렵에 북해(北海) 조종영(趙鍾永, 1771~1829)이 환재가 지은 시를 보고 찾아와 경술(經術)과 사업을 토론하고 망년지교(忘年之交)를 맺었다는 사실은 환재의 뛰어난 능력을 짐작하게 한다.

수학기 환재의 인품 및 사상과 문학에 큰 영향을 끼친 인물로는 부친 박종채를 비롯하여, 환재가 선배 중에서 자신을 가장 잘 알아주었던 인물로 꼽은 조종영, 또 학문과 문학으로 명성이 있었던 외종조 유화(柳訴)와 척숙 이정리(李正履, 1783~1843) · 이정관(李正觀, 1792~1854) 형제를 들 수 있다.

환재가 19세(1825, 순조25) 때, 효명세자로부터 지우를 입은 사실은 특기할 필요가 있다. 당시 효명세자가 경우궁(景祐宮 순조의 생모)을 배종하여 창덕궁 후원의 문을 걸어 나와 계산(桂山)의 언덕에 있었던 환재의 집을 방문했던 일은 야사에도 실린 만큼 널리 알려져 있다. 그 후 1829년(순조29, 23세)에 효명세자가 《연암집》을 올릴 것을 명한 일, 환재가 자신의 저술인 《상고도회문의례(尙古圖會文義例)》를 바친 일, 효명세자의 명으로 〈봉소여향절구(鳳韶餘響絶句)〉를 지어 올린 일 등은 효명세자로부터 입은 지우를 잘 보여준다. 1830년(순조30, 24세)에 효명세자가 훙서하자 환재는 선왕에게 의로운 뜻을 바친다는 의미로 자(字)를 '桓卿'에서 '瓛卿'으로 바꾸고 과거를 포기한 채 1848년 (헌종14, 42세)까지 18년 간 은둔생활로 접어들었다.

수학기에 환재와 깊이 교유한 인물로는 홍대용(洪大容)의 손자인 홍양후(洪良厚, 1800~1879)와 김영작(金永爵, 1802~1868)을 들 수 있는데, 이들은 환재와 사상적·정치적 지향을 같이하는 평생 동지가 된다.

2) 은둔기: 1830년(순조30, 24세)~1848년(헌종14, 42세)
환재의 생애 가운데 은둔기는 장기간의 내면적 모색을 통해 자신의 사상과 학문을 한층 심화시킨 기간이라고 할 수 있다. 이 시절 환재 는 예학(禮學) 공부에 몰두하여 《거가잡복고(居家雜服攷)》를 저술하 였다. 사대부가 집에서 입는 각종 평복을 중심으로 고례(古禮)와 부 합하는 이상적인 의관 제도에 대해 논한 저작으로, 3권 2책으로 이루어 져 있다. 이 책은 원래 환재가 그의 아우 박주수(朴珠壽, 1816~1835)의 제안으로 착수하게 되었으며, 그와 협동하여 작업한 끝에 1년 만인 1832년(순조32, 26세)에 탈고하였다.

《거가잡복고》를 탈고한 뒤 환재는 부모형제를 잇달아 여의는 아픔 을 겪었다. 1834년(순조34, 28세) 1월에 모친을 여의었고, 이듬해 11월 13일에 부친이 세상을 떠났으며 그 이틀 뒤에는 아우 박주수마저 요절 하고 말았다.

은둔기는 환재가 학문에 전념한 시기임과 동시에 당대 학자들과의 폭넓은 학문적 교유를 통해 학문이 더욱 성숙된 시기이기도 했다. 이때 교유한 인물로는 김상현(金尙鉉, 1811~1890), 신석우(申錫愚, 1805~1865)와 신석희(申錫禧, 1808~1873) 형제, 윤종의(尹宗儀, 1805~1886), 조면호(趙冕鎬, 1804~1887) 등을 들 수 있다. 《환재집》에는 윤종의에게 보낸 편지가 31통이나 수록되어 있으며, 신석희에게 보낸 편지도 1통 수록되어 있다. 이 시기에 환재가 서유구(徐有榘, 1764~1845)를 종유한 사실 또한 간과할 수 없다. 당시 벼슬에서 은퇴하여 은거 중이던 서유구는 젊은 시절에 존경하며 따랐던 선배 연암의 손자인 환재가 자신을 찾아오자, 학문과 문학의 대선배로서 자상한 지도를 아끼지 않았다. 이러한 사실은 영·정조 시대의 실학이 19세기에 계승·발전되어가는 양상을 보여준다는 점에서 중요한 의의를 지닌다고 할 수 있다. 《환재집》에는 서유구에게 주는 〈은퇴한 풍석 서 상서께 드리다[呈徐楓石致政尙書]〉와 〈의고시를 풍석암께 드리다[擬古呈楓石庵]〉라는 시가 수록되어 있다. 환재가 만년에 거처하기 위해 마련한 경기도 두릉(斗陵)의 집은 서유구가 만년에 머물던 곳이기도 하였다(卷9 〈與尹士淵 7〉).

한편, 1840년(헌종6, 34세)을 전후한 시점에 환재가 활발하게 시를 창작한 사실도 눈에 띈다. 김윤식은 《환재집》을 편찬하면서 환재가 서른 살 이후 간혹 10년에 한두 수를 지었을 뿐이라고 하였으나(卷1 〈節錄瓛齋先生行狀草〉), 이 시기에 지은 것으로 보이는 시 20여 편이 《환재집》에 수록되어 있다.

3) 사환기 1: 1848년(헌종14, 42세)~1863년(철종14, 57세)

환재는 1848년(헌종14, 42세) 5월에 실시된 증광별시에 대책(對策)으로 급제해 출사하였다. 은둔을 끝내고 출사한 이유에 대해서는, 헌종이 익종의 유지를 이어 왕권강화 정책을 의욕적으로 추진하고 그에 호응하여 환재의 벗인 신석우·김영작·남병철(南秉哲, 1817~1863) 등이 정계에서 활약하고 있던 상황이 작용한 결과로 보인다.

과거에 급제한 뒤 1849년(헌종15, 43세) 5월에 평안도 용강 현령(龍岡縣令)에 임명되었으며, 이듬해인 1850년(철종1) 6월에는 전라도 부안 현감(扶安縣監)으로 옮겼다. 이 시절 환재는 천문 관측과 지도 제작에 남다른 열정을 쏟았는데, 용강에서는 오창선(吳昌善)과 안기수(安基洙)의 협조를 받아 〈동여도(東輿圖)〉를 제작하였고, 부안에서는 남극노인성(南極老人星)을 관찰한 사실을 편지를 통해 아우에게 전하였다(卷8 〈與溫卿 4〉). 또 이 무렵 지세의(地勢儀)를 손수 제작하기도 했다(卷4 〈地勢儀銘幷敍〉). 이런 사실은 환재의 사상적 발전을 보여준다는 점에서 주목된다.

1851년(철종2, 45세) 3월 부안 현감에서 해임된 뒤 중앙 정계로 복귀하여 홍문관 부수찬에 임명되었다가 9월에 전라좌도 경시관(京試官)으로 파견되었으며, 1852년과 1853년에는 홍문관 수찬과 교리 등을 역임하였다. 1854년(철종5, 48세) 11월에는 경상좌도 암행어사로 임명되어 전·현직 관리들의 부정과 환곡제도 등의 폐단을 조사하였는데, 그 보고서인 《수계(繡啓)》가 《환재총서》 5책에 수록되어 있다. 《수계》는 진주농민항쟁이 발발하기 수년 전 영남 지방의 민정(民情)과 시정(施政) 상황을 구체적으로 보여줄 뿐만 아니라 환재의 내정 개혁론이 나타나 있다는 점에서 귀중한 자료이다. 《환재집》에는 《수계》의 서문과 별단 일부가 수록되어 있다(卷7 〈慶尙左道暗行御史書啓〉).

암행어사의 임무를 마치고 복귀한 환재는 주로 승지(承旨)로서 활동했다. 그리고 1858년(철종9, 52세) 6월에 다시 외직으로 나가 황해도 곡산 부사(谷山府使)로 부임했다. 곡산에서는 백성들의 질고를 이해하기 위해 《곡산도임수지(谷山到任須知)》라는 책을 만들었다(卷8 〈與溫卿 30〉).

1860년(철종11, 54세) 1월에 곡산 부사에서 교체된 뒤, 12월에 열하 문안사(熱河問安使)의 부사(副使)로 임명되어 1차 연행에 나선다. 당시 청나라가 제2차 아편전쟁에서 패하여 북경이 함락되고 황제가 열하(熱河)로 몽진했다는 소식을 접한 조선 정부에서 위문 사절단을 파견한 것에 따른 것이었다. 환재는 1861년(철종12, 55세) 1월에 출발하여 3월에 북경에 도착했으나, 황제가 조선 사신에게 열하 예방(禮訪)을 면제한다는 칙유를 내림에 따라 5월까지 북경에 체류하다가 6월에 귀환하였다. 북경에 체류하는 동안 심병성(沈秉成, 1823~1895), 동문환(董文渙, 1833~1877), 황운혹(黃雲鵠, 1818~1897), 왕증(王拯, 1815~1876), 왕헌(王軒, 1823~1887), 풍지기(馮志沂, 1814~1867), 정공수(程恭壽, 1804~?) 등과 교유하였으며, 귀국한 이후 오랜 기간에 걸쳐 이들과 교유를 이어가며 보낸 편지가 《환재집》 권10에 수록되어 있다.

연행을 마치고 귀국한 이듬해인 1862년(철종13, 56세) 2월에 진주에서 농민항쟁이 발발하자, 3월에 환재는 이를 수습하기 위한 안핵사(按覈使)로 파견되어, 두 달여에 걸쳐 임무를 수행하면서 조사 결과와 대책을 보고하고 건의하였다. 이 보고서 중 하나가 환정의 폐단을 개혁할 것을 청한 〈기구를 설치하여 환향을 정리하기를 요청하는 소[請設

局整釐還餉疏]〉(卷6)이다. 복명한 뒤 우부승지에 제수되었으나 자핵
소(自劾疏)를 올려 사양하였고, 1863년(철종14) 5월 이조 참의에 임명
될 때까지 일시 은둔생활로 접어들었다. 1863년 12월에 철종이 승하하
였다.

4) 사환기 2: 1864년(고종1, 58세)~1876년(고종13, 70세)

1864년에 고종이 즉위한 뒤, 1월에 신정왕후(神貞王后)의 전교에 의
해 가선대부에 가자(加資)되고 동지의금부사에 임명되었고, 1865년
까지 도승지·이조 참판·비변사 당상·대사헌·예조 판서·예문관
제학 등을 역임하였다.

　　1866년(고종3, 60세) 2월에 환재는 평안도 관찰사에 임명되어, 1869
년(고종6, 63세) 4월에 해임될 때까지 임무를 수행하였다. 부임한 지
얼마 되지 않은 1866년 5월에는 철산(鐵山)에 표착한 미국 상선 서프라
이즈호의 선원들을 구조하여 중국으로 이송해 주었다. 7월에는 미국
상선 제너럴셔먼호가 침투하여 횡포를 부리자 화공 전술로 격침시켰
다. 9월에 병인양요가 일어나자 대동강 연안에 토성을 쌓도록 지시하
고 평안도 포수들을 강화도로 급파하였으며, 12월에는 미국 군함 와츄
세트호가 내도하여 제너럴셔먼호 사건에 대한 해명을 요구하였다. 또
1868년(고종5, 62세) 3월에는 미국 군함 셰난도어호가 내도하여 제너
럴셔먼호의 생존 선원 석방문제에 대해 협상을 요구하기도 하였다.
4월에는 독일 상인 오페르트 일당이 충청도 덕산(德山) 구만포(九萬
浦)에 상륙하여 대원군의 부친인 남연군(南延君)의 묘를 도굴하려다
실패한 사건이 일어나기도 하였다. 환재는 잇따른 서양 선박의 출현과
그로 인한 소요에 적극적으로 대처하면서, 5편의 자문(咨文)을 지어

서양 선박으로 인한 사태의 실상을 해명하였는데, 그 자문이 《환재집》 권7에 수록되어 있다. 1869년(고종6, 63세) 3월에 양자로 들인 박선수의 아들 제정(齊正)이 요절하였고, 4월에 평안도 관찰사에서 해임되었다. 해임 직후에 환재는 자신의 후임 한계원(韓啓源)에게 편지를 보내 군기고(軍器庫)의 중요성을 역설하였다(卷9 〈與新箕伯某公〉). 평안도 관찰사에서 해임된 뒤 형조 판서와 예문관 제학에 임명되었다.

1871년(고종8, 65세) 2월에 청나라 총리아문에서 미국이 조선 원정에 나설 것임을 알리는 자문이 도착하자, 이에 회답하는 자문을 지었다(卷7 〈美國封函轉遞咨〉). 또 4월에 신미양요가 일어난 뒤 미국 함대가 철수하자 신미양요의 전말을 알리는 자문을 지었는데, 조선 정부의 입장에서 신미양요를 총결산하는 중요한 자문이다(卷7 〈美國兵船滋擾咨〉).

1872년(고종9, 66세) 4월에 홍선대원군에게 청원 편지를 올려 청나라 동치제(同治帝)의 혼인을 축하하는 진하 겸 사은사의 정사로 임명되어, 7월에 2차 연행을 떠났다. 9월에 북경에 도착하여 1차 연행 때 교분을 맺은 정공수와 재회하였으며, 동문찬(董文燦, 1839~1876)·만청려(萬靑藜, 1807~1883)·숭실(崇實, 1820~1876)·팽조현(彭祖賢, 1819~1885)·오대징(吳大澂, 1835~1902) 등과 새로 교유를 맺고 귀국 후에도 편지를 통해 교유를 이어갔다. 한편, 이 연행에 아우 박선수가 지은 《설문해자익징(說文解字翼徵)》을 가지고 가서 북경에서 출판하고자 했으나 뜻을 이루지 못하였으며, 12월에 귀국하였다. 1873년(고종10, 67세)에는 형조 판서·내의원 제조·규장각 제학을 역임하고 12월에 우의정에 임명되었다.

1874년(고종11, 68세)과 1875년에는 일본에서 명치유신 후 왕정복고(王政復古)를 알리며 보낸 서계(書契)의 형식과 내용을 문제 삼아 접수를 거부한 홍선대원군과 좌의정 이최응(李最應)을 설득하기 위해 노력하였다. 결국 조선은 운양호 사건 이후 일본의 서계를 접수하게 되었는데, 환재는 일본의 무력에 굴복해 서계를 접수하는 모습을 보일 것이 아니라, 이전에 서계 접수를 거부했던 명확한 이유를 밝히기를 주장하며 이최응과 갈등을 빚었다. 환재는 1875년(고종12, 69세) 9월에 우의정의 해임을 요청해 윤허를 받았는데, 서계 접수 문제로 인한 갈등이 그 원인이었던 것으로 보인다. 《환재집》 권11에 실린 대원군과 이최응에게 보낸 편지는 모두 서계를 접수할 것을 설득하는 내용이다.

1876년(고종13, 70세) 1월에 요절한 양자 제정의 후사를 잇기 위해 일족 박제창(朴齊昌)의 아들 희양(羲陽)을 양손으로 들였다. 8월에 수원 유수(水原留守)에 임명되었는데 부임한 지 며칠 만에 발병하였다. 12월에 병으로 사직소를 올렸고, 이 사직소를 올린 사흘 뒤인 12월 27일에 재동(齋洞) 자택에서 세상을 떠났다.

환재가 세상을 떠난 날 고종은 "이 대신은 도량과 식견이 고명하고 문장과 학문이 해박하여 과인이 의지하고 조야(朝野)가 기대하던 사람이다. 근래에 의정의 짐을 풀어주고 특별히 유수의 직책에 머물게 한 것은 바로 평소의 정력이 강직하여 잠시 휴식하면 다시 등용할 날이 있을 것이기 때문이었다. 어찌 까닭모를 병으로 갑자기 영영 가버릴 줄 생각이나 했겠는가. 내 슬픔과 한탄이 어찌 끝이 있겠는가. 고(故) 박 판부사의 초상과 시호와 관련한 의식은 규례대로 거행하고, 성복(成服)하는 날 승지를 보내 치제하게 하고, 녹봉은 3년 동안 실어 보내라." 라는 전교를 내렸다(《고종실록》). 환재의 시호는 문익(文翼)이다.

3. 환재 박규수 연보 도표

왕력		서기	연령	기사
순조	7	1807	1	9월 27일, 서울 가회방(嘉會坊)에서 태어나다. 초명은 규학(珪鶴), 자는 환경(桓卿), 호는 환재(桓齋)이다.
순조	13	1813	7	《논어》를 읽고 "군자는 공경해야 하고 업신여겨서는 안 되고, 소인은 업신여길 수 있어도 공경해선 안 된다.〔君子可敬而不可侮, 小人可侮而不可敬.〕" 문구를 지어 부친에게 문중자(文中子)보다 낫다는 칭찬을 받다.
순조	19	1819	13	장편 한시 〈성동시(城東詩)〉를 짓다.
순조	20	1820	14	〈석경루잡절(石瓊樓雜絶)〉 20수를 짓다. 14~15세 무렵 문사(文詞)가 크게 진보하여 북해(北海) 조종영(趙鍾永)과 경술과 사업을 논하고 망년지교(忘年之交)를 맺다.
순조	23	1823	17	5월 6일, 순조가 희정당(熙政堂)에서 동몽(童蒙)을 소견(召見)하였는데, 이때 박규학(朴珪鶴)이란 아명으로 교관 송흠명(宋欽明)의 인솔로 입시하여, 단오절에 내린 희우(喜雨)를 주제로 시를 지어 올리고 함께 포상을 받고 돌아오다.
순조	25	1825	19	여름, 효명세자(孝明世子)가 계동(桂洞)에 있던 저자의 집에 찾아와 밤늦도록 담론하다.
순조	27	1827	21	2월 18일, 일차유생(日次儒生)으로 입시하여 《주역》을 진강하여 《규장전운(奎章全韻)》을 하사받다. 외종조 유화(柳訸)가 서거하다.
순조	29	1829	23	가을, 효명세자가 《연암집》을 올릴 것을 명하다. 평소에 저술한 것을 숨김없이 바치라는 하교를 받고 《상고도회문의례(尙古圖會文義例)》를 바치다. 효명세자의 명으로 조선 왕조 역대 임금들의 성덕을 기린 장편 한시 〈봉소여향절구(鳳詔餘響絶句)〉 100수를 바치다.
순조	30	1830	24	5월 6일, 효명세자가 서거하다. 이 일로 크게 충격을 받고 과거 응시를 포기하다. 자(字)를 환경(桓卿)에서 환경(瓛卿)으로 바꾸고, 호를 환재(桓齋)에서 환재(瓛齋)로 바꾸다. 이후 42세까지 출사하지 않고 독서하다.

순조	32	1832	26	《거가잡복고(居家雜服攷)》 3권 2책을 탈고하다.
순조	34	1834	28	1월, 모친상을 당하다.
헌종	1	1835	29	11월 13일, 부친상을 당하다. 11월 15일, 중제(仲弟) 박주수(朴珠壽)가 죽다.
-	-	-	-	김상현(金尙鉉), 신석우(申錫愚), 신석희(申錫禧), 윤종의(尹宗儀), 조면호(趙冕鎬) 등과 교유하다. 서유구(徐有榘)의 각별한 가르침을 받다.
헌종	14	1848	42	5월, 증광시에서 대책(對策)으로 급제하다. 12월, 사간원 정언이 되다.
헌종	15	1849	43	병조 좌랑이 되다. 5월, 용강 현령(龍岡縣令)이 되다. 오창선(吳昌善)과 안기수(安基洙)의 협조를 받아 〈동여도(東輿圖)〉를 제작하다.
철종	1	1850	44	6월, 부안 현감(扶安縣監)이 되다. 남극노인성(南極老人星)을 관측하다. 이 무렵 지세의(地勢儀)를 제작하고 〈지세의명(地勢儀銘)〉을 짓다
철종	2	1851	45	사헌부 지평, 홍문관 수찬이 되다. 9월, 전라좌도 경시관(京試官)이 되어 향시(鄕試)를 주재하다.
철종	3	1852	46	홍문관 수찬, 부교리가 되다.
철종	5	1854	48	1월, 경상좌도 암행어사가 되어 전·현직 관리들의 부정과 환곡제도 등의 폐단을 조사하고 11월에 보고서인 《수계(繡啓)》를 올리다. 12월, 특명으로 동부승지가 되다.
철종	9	1858	52	6월, 곡산 부사(谷山府使)가 되다.
철종	11	1860	54	1월, 곡산 부사에서 교체되다. 12월, 애로우호 사건으로 인해 영불(英佛)연합군이 북경을 점령하여 함풍제(咸豊帝)가 열하(熱河)로 피란하자, 함풍제를 위문하기 위한 열하문안사(熱河問安使)의 부사(副使)로 뽑히다.
철종	12	1861	55	1월, 연경에 가다. 중국에서 심병성(沈秉成), 동문환(董文渙), 황운혹(黃雲鵠), 왕증(王拯), 왕헌(王軒), 풍지기(馮志沂), 정공수(程恭壽) 등과 교유하다. 9월, 성균관 대사성이 되다.
철종	13	1862	56	2월, 진주에서 민란이 일어나자 이를 수습하기 위한 안핵사(按覈使)가 되다. 5월, 진주 민란의 원인과 대책에

				대해 상소하자, 조신들의 비난으로 삭직(削職)되다.
철종	14	1863	57	5월, 이조 참의가 되다. 7월, 남병철이 사망한 뒤, 그의 문집에 대한 서문 〈규재집서(圭齋集序)〉를 짓다.
고종	1	1864	58	1월, 대왕대비의 명으로 가선대부에 가자되다. 3월, 행도승지가 되다. 6월, 홍문관 제학이 되다. 10월, 이조 참판이 되다. 12월, 홍문관 제학, 사헌부 대사헌이 되다.
고종	2	1865	59	2월, 한성부 판윤이 되다. 3월, 홍문관 제학, 공조 판서, 선혜청 당상관이 되다. 윤5월, 예문관 제학이 되다. 6월, 예조 판서가 되다.
고종	3	1866	60	2월, 평안도 관찰사가 되다. 5월, 철산(鐵山)에 표착한 미국 상선 서프라이즈호의 선원들을 구조하여 중국으로 이송해 주다. 7월, 미국 상선 제너럴셔먼호가 대동강에 출현하여 횡포를 부리자, 이를 화공으로 격침시키고 그 상황을 보고하다. 9월, 병인양요가 일어나자 대동강 연안에 토성을 쌓도록 지시하고 평안도 포수들을 강화도로 급파하다.
고종	5	1868	62	3월, 미국 군함 셰난도어호가 내도하여 제너럴셔먼호의 생존 선원 석방문제에 대해 협상을 요구하다. 4월, 독일 상인 오페르트 일당이 충청도 덕산(德山) 구만포(九萬浦)에 상륙하여 대원군의 부친인 남연군(南延君)의 묘소 도굴을 시도하다.
고종	6	1869	63	3월, 양자 박제정(朴齊正)이 죽다. 4월, 예문관 제학, 한성부 판윤이 되다. 6월, 형조 판서가 되다.
고종	8	1871	65	2월, 청나라 총리아문에서 미국이 조선 원정에 나설 것임을 알리는 자문이 도착하자, 이에 회답하는 자문을 짓다. 2월, 교정 당상관이 되어 《동문휘고(同文彙考)》를 간행하다. 4월, 신미양요가 일어난 뒤 미국 함대가 철수하자 신미양요의 전말을 알리는 자문을 짓다.
고종	9	1872	66	7월, 청 동치제(同治帝)의 결혼을 축하하기 위한 진하정사(進賀正使)가 되어 다시 연경에 가다. 수역(首譯)으로 오경석(吳慶錫)을 대동하다. 연경에서 정공수와 재회하고, 동문찬(董文燦), 만청려(萬靑藜), 숭실(崇實), 팽조현(彭祖賢), 오대징(吳大澂) 등과 새로 교분을 맺

				다. 아우 박선수가 지은 《설문해자익징(說文解字翼徵)》을 북경에서 출판하고자 했으나 뜻을 이루지 못하다.
고종	10	1873	67	5월, 형조 판서가 되다. 11월, 규장각 제학이 되다. 12월, 우의정이 되다.
고종	11	1874	68	8월, 일본의 서계 접수를 반대한 흥선대원군을 설득하는 편지를 올리다. 9월, 우의정의 사직을 허락받다. 10월, 판중추부사가 되다.
고종	12	1875	69	1월, 일본의 국사(國使)가 군함을 타고 부산에 와서 재차 서계의 접수를 요구하자, 서계 접수에 반대하는 흥선대원군을 설득하는 편지를 올리다. 2월, 서계 문제의 대책을 묻는 좌의정 이최응(李最應)의 편지에 답하다. 이후 이 문제로 계속 편지를 주고받다.
고종	13	1876	70	1월, 기로소에 들어가다. 요절한 양자 제정의 후사로 박제창(朴齊昌)의 아들 희양(羲陽)을 양손으로 들이다. 8월, 수원부 유수가 되다. 12월 27일, 서울 북부(北部) 재동(齋洞)에서 졸하다.
고종	14	1877	-	3월, 양주(楊州) 노원(蘆原)에 장사하다.
고종	15	1878	-	11월, '문익(文翼)'이라는 시호가 내리다.
-	-	1913	-	문인 김윤식(金允植)이 보성사(普成社)에서 문집을 간행하다.

4. 《환재집》의 구성과 내용

《환재집》은 11권 5책으로 구성되어 있다. 첫머리에는 김윤식이 1911년에 쓴 〈환재집 서문[瓛齋集序]〉이 있는데, 《운양집(雲養集)》 권10에도 수록되어 있다. 이어 〈절록한 환재 선생의 행장 초본[節錄瓛齋先生行狀草]〉이 있는데, 박선수가 지은 행장을 김윤식이 뽑아서 교정한 것이다. 이어 목록이 첨부되어 있고, 권3, 권5, 권7, 권9, 권11

의 말미에는 정오표가 붙어 있다.

권1~권3은 총 57제 227수의 시가 실려 있다. 권1 첫 부분에 붙은 김윤식의 "선생께서는 어려서 시에 재능이 있었으나, 시가 무익하다고 여겨 즐겨 짓지 않았다. 문집에 수록된 222수의 시는 대부분 약관 전후로 지은 것이고, 30세 이후로는 10년 동안에 한두 수를 짓기도 했으나 56세 이후로는 다시 짓지 않았다"는 언급을 통해, 《환재집》에 수록된 시의 대부분이 젊은 시절 지은 것임을 알 수 있다. 김윤식이 222수라고 한 것은 착오로 보인다.

권1에는 27제 62수의 시가 수록되어 있다.

가장 앞에 수록된 〈성동시(城東詩)〉는 13세 때인 1819년(순조19)에 지은 5언 69운 140행 700자로 된 장편시이다. 동대문 밖 교외에서 임금의 정릉(貞陵) 행차를 구경한 뒤, 성 동쪽의 여러 명승지를 둘러본 소감을 노래한 작품이다. 시의 서문에서 밝혔듯이 한유(韓愈)의 〈성남연구(城南聯句)〉를 차운한 작품이지만, 단순한 모방에 그치지 않고 일정한 예술적 성취를 보여주었다.

〈석경루잡절(石瓊樓雜絶)〉은 1820년(순조20, 14세) 4월에 외종조인 유화(柳訴)를 따라 석경루를 비롯한 명승지를 유람하고 지은 시이다. 석경루는 도성의 북쪽 세검정 부근에 있었던 김정희(金正喜)의 별장으로, 19세기 서울의 시인들이 자주 시 모임을 갖던 명소이다. 환재도 두세 차례 친구들과 어울려 이곳을 찾았고, 그곳에서 유숙한 적도 있다. 이 시는 5언 절구 20수로 이루어져 있다. 창의문(彰義門)을 거쳐 석경루를 방문한 뒤 인근의 백석정(白石亭)과 장의사(莊義士)

터, 장원(莊園) 등을 두루 돌아보며 탈속적인 느낌을 읊은 시이다.

〈수선화를 얻고 기뻐서[得水仙花喜賦]〉2수는 수선화를 처음 본 느낌을 읊었다. 서문에서 환재는 황정견(黃庭堅)의 〈수선화(水仙花)〉를 읽고 수선화를 보고 싶어 하던 차에 연경에서 수선화를 사온 어떤 객으로부터 몇 뿌리를 얻었다고 하였으며, 연이어 〈눈 오는 밤에 동파의 취성당 운에 차운하여 수선화를 읊다[雪夜次東坡聚星堂韻賦水仙花]〉, 〈다시 동파의 송풍정 운에 차운하여 수선화를 읊다[又次東坡松風亭韻 賦水仙花]〉 등을 지어 수선화를 본 감회를 노래하였다.

〈강양죽지사 13수를 지어 천수재 이공의 부임길에 드리다[江陽竹枝 詞十三首 拜別千秀齋李公之任]〉는 1822년(순조22, 16세)에 합천 군수로 부임하는 이노준(李魯俊, 1769~1849)을 송별하며 지은 민요풍의 시이다. 시의 서문에는 옛날 가야의 땅이 신라 때 강양군(江陽君)이 되었다가 조선에 들어와 합천군으로 되기까지의 연혁을 간략히 서술하였다. 시에서는 신라시대 최치원(崔致遠)의 고사와 아울러 해인사를 중심으로 한 가야산 일대의 명승고적을 주로 노래하였다. 또 죽지사(竹 枝詞)의 관행에 따라 각 작품 아래에 자세한 주석을 붙였다.

〈회포를 적어 두양 조공께 드리다[述懷呈斗陽趙公]〉는 1823년(순조 23, 17세)에 조종영(趙鍾永)에게 지어 준 시이다. 조종영은 14~15세 무렵 문사(文詞)가 크게 진보한 환재를 직접 찾아와 경술(經術)과 사업(事業)에 대해 두루 논하고 나서 망년지교(忘年之交)를 맺었다.

〈백설세모행(白雪歲暮行)〉은 1829년(순조29, 23세)에 당나라 왕창령(王昌齡)의 〈공후인(箜篌引)〉을 모방하여 지은 칠언 104구의 악부가행체이다. 눈 내리는 세모에 친구들을 생각하며 지은 시라는 뜻인데, 홍길주의 《숙수념(熟遂念)》을 읽고 제목을 〈숙수념행(孰遂念行)〉으로 고쳤다고 한다. 세모에, 은둔해서 글이나 읽으며 한을 품은 채 의욕 없이 지내는 불우한 친구들을 떠올리고는, 그들을 대신해 선비로서의 원대한 이상을 노래하여 그들의 심정을 위로하고자 하였다.

권2는 〈봉소여향절구(鳳韶餘響絶句)〉가 수록되어 있다. 1829년(순조29, 23세)에 7언 절구 100수로 지은 궁사체(宮詞體)의 장편시로, 순조 말년에 국정을 대리한 효명세자(孝明世子)의 명으로 지었다. 봉소(鳳韶)는 순(舜) 임금 때에 궁중음악 소소(簫韶)를 연주하자 봉황이 날아와 춤추었다는 고사에 유래를 둔 것이고, 여향(餘響)은 여운이란 의미로, 고대 중국의 이상적인 궁중음악의 전통을 잇는다는 뜻이다.

시의 서문에서 환재는, 궁사가 궁중 내부의 생활을 노래하여 화려한 기교를 발휘한 것이므로 《시경》과 같이 교화와 치세에 도움이 되는 내용을 찾아볼 수 없다고 비판한 뒤, 왕정(王政)에 기여할 교훈적인 궁사를 짓겠다는 뜻을 밝혔다.

〈봉소여향절구〉의 체제는 역대 임금들에 관한 고사 하나마다 7언 절구 1수를 배당하였는데, 작품의 첫수에서 경복궁 근정전(勤政殿)을 예찬한 시와 결미 부분에서 용양봉저정(龍驤鳳翥亭)을 행궁(行宮)으로 삼은 사실을 소재로 한 시는 하나의 고사에 2수의 시를 배당하였다. 작품의 수미에 모두 특별히 2수의 시를 배당하고 조선왕조의 무궁한 번영을 상징하기 위해 동일한 주제와 이미지로써 상호 조응하게 한 것은, 개개의 고사를 독립적으로 노래한 것에서 오는 구성상의 취약점을 보완하기 위한 조치로서 대단히 효과적이라는 평가를 받는다.

〈봉소여향절구〉의 내용을 주제별로 분류해보면, 군신간의 화합을 예찬한 시가 가장 많으며, 이어 임금의 효행과 자성(自省), 인애(仁愛)와 근학과 검덕(儉德) 등을 예찬한 시, 백성에 대한 여러 시혜 조치, 존명사대를 예찬하는 방향에 주안점을 둔 시로 구분할 수 있다.

또한 하나의 고사를 노래할 때마다 반드시 문헌에 근거한 자세한 주를 붙였는데, 주에 인용된 서적은《국조보감(國朝寶鑑)》,《열성어제(列聖御製)》,《갱장록(羹墻錄)》,《열성지장통기(列聖誌狀通紀)》,《해동패림(海東稗林)》,《공사견문록(公私見聞錄)》,《오산설림(五山說林)》등 총 30여 종이다.

권3에는 29제 65수의 시가 수록되어 있다.

〈효명세자 만장[孝明世子輓章]〉 3수는 1830년(순조30, 24세)에 효명세자의 영전에 올린 만시이다. 제목 원주에 '남을 대신해 짓다'라고 했는데, 누구를 대신해 지었는지는 미상이다. 효명세자의 훙서는, 환재가 과거 응시를 포기하고 42세가 될 때까지 은둔 생활로 접어들었을 만큼 정신적 충격이 큰 사건이었다.

〈내가 시 짓기를 좋아하지 않는다고 위사가 조롱하기에 곧 일백 운을 지어 해명하다[渭師嘲余不喜作詩 輒以一百韻解之]〉는 1840년(헌종6, 34세)경에 지은 시로 보인다. 위사는 김상현(金尙鉉)의 자이다. 앞서 '30세 이후로는 10년 동안에 한두 수를 짓기도 했으나'라는 김윤식의 언급을 소개하였지만, 김윤식의 언급과 달리 환재는 1840년을 전후한 무렵에 이 작품을 위시하여 활발한 시작활동을 재개하였고 그 시들이 《환재집》에 수록되어 있다. 이 시는 5언 200구의 장편으로 환재가 남긴 가장 긴 시이다. 시의 본질 및 기능, 역사에 대해 읊은 내용이 있어 환재의 시관(詩觀)을 엿볼 수 있다.

〈늦가을에 연재·소정·경대와 함께……가고 오는 중에 고체 근체
모두 7수를 짓다〔秋晚同淵齋邵亭經臺……往返得古近體凡七首〕〉는
1840년(헌종6, 34세)경에 지은 시로 보인다. 연재(淵齋)는 윤종의(尹
宗儀), 소정(邵亭)은 김영작(金永爵), 경대(經臺)는 김상현(金尙鉉)
의 호이다. 승가사(僧伽寺)는 구기동 북한산에 있는 절이다. 이 시는
환재가 당시 교유했던 인물을 확인할 수 있는 작품이기도 하다.

〈은퇴한 풍석 서 상서께 드리다〔呈徐楓石致政尙書〕〉는 1840년(헌종
6, 34세)경에 지은 시로 보인다. 서 상서는 서유구(徐有榘)를 지칭한
다. 1840년을 전후한 무렵에 환재가 서유구를 종유한 사실은 19세기
실학의 계승과 발전 양상을 살필 수 있다는 점에서 중요한 의의를 지닌
다. 시에서 환재는 서유구의 자연경실(自然經室)에서 연암(燕岩)에 관
한 회고담을 듣던 광경을 노래하였는데, 서유구가 연암의 문학론의
핵심이 법고창신(法古創新)에 있음을 명시하고 있다는 점이 주목된다.
뒤에 이어지는 〈의고시를 풍석암께 드리다〔擬古呈楓石庵〕〉도 편차로
보아 비슷한 시기에 지어진 작품으로 보인다. 한편, 환재가 만년에
거처하기 위해 마련한 두릉(斗陵)의 집은 서유구가 만년에 머물던 곳
이기도 하였다(卷9 〈與尹士淵 7〉 참조).

〈신유년 정월 6일에 학초서실에 모여서……우선 장구를 남겨서 여
러 친구들과 작별하였다〔辛酉孟春之六日集鶴樵書室……聊以長句留別
諸公〕〉는 1861년(철종12, 55세) 1월 6일에 지은 것으로, 열하 문안사로
1차 연행을 떠나기 며칠 전에 지은 작품이다. 학초서실(鶴樵書室)은
안응수(安膺壽, 1804~1871)의 서실이다. 서양의 침략에 직면한 중화
문명을 바라보는 환재의 인식과 열하 일대를 찾아가겠다는 기대와 다
짐을 엿볼 수 있는 작품이다.

〈신유년 3월 28일에 심중복 병성과……[辛酉暮春二十有八日 與沈
仲復秉成……]〉라는 시는, 1861년(철종12, 55세) 3월 28일에 북경에
서 교유한 인사들과 고염무의 사당을 참배하고 자인사(慈仁寺)에서
술을 마신 며칠 뒤에 쓴 시이다. 5언 160구의 장편시로, 북경을 찾은
감회를 묘사하고 서양의 침략에 직면한 중국의 정세를 염려하며, 함
께 대적할 결의를 다진 내용이다. 한편, 환재는 귀국한 뒤 이때의
모임을 회고하며 화공에게 그림으로 그리게 하여 〈고사음복도(顧祠
飮福圖)〉라는 이름을 붙이고, 〈고사음복도에 쓴 글[題顧祠飮福圖]〉
을 지었다(卷11).

　〈완정복호도에 쓰다[題完貞伏虎圖]〉는 1861년(철종12, 55세) 4월
에 북경에서 지은 32구의 고시이다. 〈완정복호도〉는 황운혹이 그의
5대조 모친 담씨(談氏)의 은덕을 기리고자 그린 그림인데, 황운혹이
중국의 교유 인물들에게 시문을 얻고, 또 환재에게 부탁하여 조선의
벗들에게도 시문을 요청하였다. 그림의 내력을 소개한 황운혹의 〈완정
복호도집에 대해 간략히 서술하다[完貞伏虎圖集略述]〉에 의하면, 일
찍 과부가 된 담씨는 친척의 개가 권유를 물리친 뒤 어린 자식들을
데리고 깊은 산중에 숨어 살았는데, 범이 며칠씩이나 집 근처에서 울부
짖으며 떠나지 않자 담씨가 범을 타일러 물러가게 하는 기적이 일어났
고, 마침내 황씨(黃氏) 집안을 크게 일으켰다고 한다. 환재와 함께
연행한 정사(正史) 조휘림(趙徽林)과 서장관 신철구(申轍求)도 시를
남겼고, 또 김상현(金尙鉉)·이기호(李基鎬)·허전(許傳) 등 총 8명
의 조선 인사들이 시를 지어 보냈으며, 중국과 조선 문인의 시문을
모아 황운혹은 《완정복호도집(完貞伏虎圖集)》을 편찬하였다. 《완정
복호도집》의 편찬은 19세기 한중 문학교류사에서 특기할 만한 하나의

사건이라고 할 수 있다.[3]

〈손수 그린 증서도에 써서 심중복과 작별하며 주다[題手畫贈書圖贈別沈仲復]〉역시 1861년(철종12, 55세) 1차 연행 때 북경에서 심병성에게 지어준 시이다. 이 시의 뒤에 붙은 원주를 참고하면, 북경의 팔영루(八詠樓)에서 심병성을 만났을 때 심병성이 육구몽(陸龜蒙)의 《입택총서(笠澤叢書)》를 선물하며 증서도를 그려달라고 하자 환재가 증서도를 그리고 이에 붙인 시이다.

〈신유년 단오 다음 날에 중복·하거·연추가 찾아와 작별하였는데……절구 2수를 지어 그 뜻에 따르다[辛酉端陽翌日仲復霞擧硏秋來別……爲二絶副其意]〉역시 1861년(철종12, 55세) 1차 연행 때 북경에서 벗들과 이별하면서 왕헌과 동문환에게 지어 준 것으로, 이별의 아쉬움과 다시 만날 기약을 드러냈다.

〈임술년 8월 보름에……윤사연 태수의 잔치에 참여하다[壬戌仲秋之望……赴尹士淵太守之約]〉는 1862년(철종13, 56세) 8월에 지은 시이다. 당시 김포 군수(金浦郡守) 윤종의의 초대를 받아 윤8월 13일에서 16일까지 신석우(申錫愚)·조면호(趙冕鎬)·장조(張照)와 함께 한강의 서강(西江)에서 출발하여 김포까지 다녀오는 뱃놀이를 했는데, 이때 지은 시이다. 김포 유람의 경위는 신석우의 《해장집(海藏集)》권12의 〈금릉유기(金陵遊記)〉에 자세히 밝혀져 있다. 한편, 〈윤사연에게 보내는 편지[與尹士淵] 5〉(卷9)는 이 유람을 마치고 돌아와 보낸 편지이다.

---

3 李豫·崔永禧 輯校, 《韓客詩存》, 書目文獻出版社, 1996, 401~423쪽; 김명호, 《환재 박규수 연구》, 창비, 2008, 621~625쪽.

권4는 잡저(雜著) 15편과 서(序) 7편이 수록되어 있다.

첫머리에 박선수가 《환재집》을 교정하며 붙인 논평이 있는데, 환재의 글 가운데 종류별로 모을 수 없거나 한두 편에 불과하여 권(卷)으로 묶을 수 없는 작품들은 《한창려집(韓昌黎集)》과 《방정학집(方正學集)》의 예에 따라 잡저로 엮어서 문(文)의 첫머리에 싣는다고 하였다.

잡저 첫 부분의 〈천자는 친영하지 않는다는 데 대한 변증〔天子不親迎辨〕과 〈심의광의(深衣廣義)〉는 환재가 아우 박선수와 함께 편찬한 《거가잡복고》에서 뽑은 것이다. 《거가잡복고》는 사대부가 평상시 집에서 입는 각종 의복을 중심으로 고례(古禮)와 부합하는 이상적인 의관 제도에 관해 논한 저술로, 《환재총서》 4책에 수록되어 있다.

〈천자는 친영하지 않는다는 데 대한 변증〉은 《춘추좌씨전(春秋左氏傳)》에 나오는 '천자가 친영하지 않는다.'라고 한 구절을 대상으로 그 실상을 변증한 글이다. 천자는 지존이어서 대적할 이가 없으므로 친영하지 않는다는 학설이 좌씨(左氏)로부터 유래하였음을 지적하고, 당시에 천자가 제후국에 가서 직접 후비를 맞아오는 것이 현실적으로 불가능하므로 동성제후(同姓諸侯)인 노(魯)나라를 혼주(婚主)로 삼아 혼례를 주관케 했을 뿐만 아니라, 제후국의 입장에서도 도리상 천자가 몸소 왕림하는 것을 기다릴 수 없으므로 후비를 모시고 천자국에 가서 관사(館舍)에 유숙하면 천자가 그곳에서 친영하여 왕궁으로 들어가는 것이 타당함을 논증하였다.

〈심의광의〉는 김윤식이 《거가잡복고》에 부록으로 실려 있던 것을 독립시킨 글이다. 환재는 1841년(헌종7, 35세)에 《거가잡복고》를 완성하고 서문을 붙였으므로, 이 글은 그 전에 완성한 것으로 보인다. 《예기》〈심의(深衣)〉편의 뜻을 부연 설명하고, 《주역》〈계사전(繫辭

傳)〉의 상수학적 논리에 기반하여 심의에 깃든 법상(法象)과 문장(文章)과 제도(制度)를 천지와 자연의 운행원리에 맞춰 상통하는 숫자나 원칙을 발견하려 하였다. 뒷부분에는 군자가 심의를 입은 모습이 지닌 효용에 대해 서술하였다. 다소 작위적인 설명도 없지 않으나 사대부의 심의가 지닌 의미를 중요하게 부각하는 데 노력을 기울였다.

〈김덕수가 기전을 논하면서 의심한 것에 답함[答金德叟論箕田存疑]〉은 서간문의 형식을 빌어 의견을 개진한 논설문으로 1840년(헌종 6, 34세)을 전후한 시기에 창작되었다. 김덕수는 김영작(金永爵)으로, 덕수는 그의 자이다. 김영작이 제기한 의문은 자료가 없어 확증할 수 없으나, 이 글을 토대로 살펴보면 평양의 정전(井田) 터는 바로 기자(箕子)의 도읍지이지 정전제의 자취가 아니라는 주장으로 보인다. 이에 대해 환재는 그 주장이 매우 독창적임을 인정하면서도 그와는 반대로 고대 중국에서는 토지를 구획하면서 전토와 성읍과 도로를 함께 건설했으므로 평양의 정전은 도읍지이면서 정전이므로 김영작의 주장은 성립하지 않는다고 하였다. 또 기자가 조선으로 왔을 때 조선의 임금이 하사한 약간의 토지를 유민들과 함께 경작하며 마을을 이루었을 것이므로, 기자의 궁궐은 마땅히 전토 사이에 있었을 것이고, 그 유적이 평양에만 국한된 것이 당연하다고 주장하였다. 이는 평양의 정전이 기자가 시행한 토지 제도의 유적이라고 주장한 조부 연암의 〈기자전기(箕子田記)〉(《燕岩集》卷16《課農小抄》)의 내용을 계승하여 심화한 것이다.

〈지세의명병서[地勢儀銘幷敍]〉는 1850년(철종1, 44세)을 전후한 시기, 즉 용강 현령과 부안 현감으로 재직하던 무렵에 지세의(地勢儀 지구의)를 제작하고 붙인 명(銘)과 서문이다. 이 글은 윤종의의 《벽위신편(關衛新編)》과 남병철의 《의기집설(儀器輯說)》에도 수록되어 있다. 서문에서 환재는 여러 서적의 고증을 통해 지구가 둥글다는 설은 본래 동양에서 먼저 알았음을 지적하였다. 그리고 서양의 지도 및 위원(魏源)의 《해국도지(海國圖志)》의 설을 참고하여 지세의를 제작했음을 밝히고, 세세한 기능을 설명하였다. 지세의를 읊은 명(銘) 뒤에는 풍지기(馮志沂)와 윤정현(尹定鉉)의 논평이 첨부되어 있다.

〈고려사 신 서인전에 실린 홍무황제의 성유를 베껴 쓴 데 대한 발문[恭錄高麗史辛庶人傳所載洪武聖諭跋]〉은 1848년(헌종14, 42세)에 《고려사》〈신우전(辛禑傳)〉에 실린 명 태조의 성유(聖諭)를 읽고서 그 감동을 쓴 것이다. 《고려사》에 실린 명 태조의 성유가 속화문자[白話] 그대로 실려 있는 것이 오히려 진실함을 느낄 수 있다고 하고, 조선을 개국한 이 태조가 명 태조의 성유를 훌륭히 계승하였음을 서술하였다.

〈효정황태후의 화상을 다시 보수한 내력을 기록하다[孝定皇太后畫像重繕恭記]〉는 1876년(고종13, 70세) 8월에 쓴 기문으로, 명나라 신종(神宗)의 생모인 효정황태후(孝定皇太后)의 초상화의 유래와 전승과정 및 자신이 백금 50냥을 중국 지인에게 보내 화상을 보수하게 한 내력을 서술하였다. 신종이 황제에 등극한 뒤 생모의 모습을 관음보살의 모습으로 그려 자수사(慈壽寺)에 봉안하였는데, 환재는 1861년(철종12, 55세) 1차 사행 때 북경의 자수사에 들러 이 초상을 친견하면서 보존에 소홀하여 손상된 것에 가슴아파했고, 1866년(고종3, 60세)에 평안도 관찰사가 되어 백금 50냥을 보내 동문환(董文渙) 등에게 부탁하여 잘 보존되게 조치를 취하였다. 환재는 만력(萬曆) 연간의 태평시대가 실제로는 효정황태후가 신종을 잘 계도한 데서 말미암았음을 특기하여 평소 간직한 강렬한 존명의식을 숨기지 않았다. 한편, 효정태후의 화상 보수와 관련해서는 〈윤사연에게 보내는 편지 8〉과 〈홍일능에게 보내는 편지〉(卷9)도 참고가 된다.

〈안노원이 손수 모사한 신주전도에 대한 발문〔安魯源手摹神州全圖跋〕〉은 1853년(철종4, 47세) 11월에 문인 안기수(安基洙, 1817~?)가 모사한 중국지도인 〈신주전도〉에 붙인 발문이다. 안기수는 평안도 용강 출신으로, 환재가 용강 현령으로 있을 때 문인이 되었다. 지도 제작에 뛰어나 환재를 도와 조선의 지도인 〈동여도(東輿圖)〉의 제작에 참여하기도 했다. 안기수가 모사한 〈신주전도〉가 정밀하고 섬세하여 《일통지(一統志)》에 비하더라도 손색이 없음을 높이 평가하였고, 모사한 지도의 원본이 어느 시대에 만들어진 것인지에 대해 논증하였다.

〈대구 민충사 중건기〔大邱愍忠祠重建記〕〉는 대구 민충사의 건립과 훼철, 중건과정을 1857년(철종8, 51세)에 정리한 글이다. 환재가 경상도 암행어사로 임무를 수행할 때 경상도 관찰사를 역임했던 황선(黃璿)이 이인좌(李麟佐)의 난에 큰 공적을 세우고도 포상을 받지 못한 사실을 알고, 민충사를 복구하고 사액할 것을 조정에 주달한 내용이 〈경상좌도 암행어사 때 올린 서계〔慶尙左道暗行御史書啓〕〉에 붙은 〈포계별단(襃啓別單)〉(卷7)에 보인다. 이후 관찰사로 부임한 신석우(申錫愚)가 백성들의 청원에 따라 민충사를 건립하게 되자, 환재는 이 글을 지어 황선 및 절도사 원필규(元弼揆)와 군관 이무실(李茂實)의 공을 기렸다.

〈고정림 선생이 일지록에서 그림을 논한 구절에 대한 발문〔錄顧亭林先生日知錄論畫跋〕〉은 1855년(철종6, 49세)에 고염무의 《일지록》 권21 〈그림〔畫〕〉을 읽고서, 그림이 지닌 의미에 대해 탐구한 글이다. 그림은 〈직공도(職工圖)〉나 〈청명상하도(淸明上河圖)〉에서 보듯이

문화를 대변하고 문헌고증의 자료가 되며 시대의 풍경을 모사하는 기능이 있음을 특기하고, 오직 진경(眞境)과 실사(實事)를 그려 실용(實用)으로 귀결되어야 올바른 '화학(畫學)'이 됨을 주장하였다.

〈진방 집안에 소장된 황명고명첩 뒤에 쓰다[書陳芳家藏皇明誥命帖後]〉는 1864년(고종1, 58세)에 진방(陳芳)에게 써 준 글이다. 진방이 자신의 조상이 받았던 고명(誥命)을 등사하여 집안 대대로 전하기 위해 글을 청하자, 환재는 그 고명이 만들어진 과정과 진방 집안이 명나라 명족으로서 명말에 우리나라로 피난 온 내력을 적어 증명의 자료로 삼도록 써 주었다.

〈진주 관고에 소장된 대명률의 뒤에 쓰다[題晉州官庫所藏大明律卷後]〉는 1862년(철종13, 56세)에 안핵사로 있으면서 조선 초에 간행된 《대명률직해(大明律直解)》를 열람하고 그 내력에 대해 고증한 글이다. 이 책이 활자본과 목판본 2종이 있음을 알고서 목판본에 있는 발문을 근거로 처음에 활자본으로 간행되었음을 추정하였고, '입적자위법조(立嫡子違法條)의 예를 들어 이 책이 원문을 이두로 풀이하면서 《대명률》의 내용을 보완하기도 했음을 지적하였다. 아울러 이러한 유용한 서적을 선비들이 독서하고 강구하지 않아 경세제민에 이바지하지 못함을 안타까워하였다.

〈양 초산과 양 응산 두 선생의 유묵 뒤에 삼가 쓰다[敬題楊椒山楊應山二先生遺墨後]〉는 1872년(고종9, 66세) 2차 연행 때, 북경에서 예은령(倪恩齡)으로부터 명나라의 명신이었던 양계성(楊繼盛)과 양련(楊漣)의 필적을 빌려 보고 감흥을 적은 글이다. 윤정현은 환재의 이 글을 읽고 〈박환경이 두 양공의 유묵에 쓴 발문 뒤에 붙이다[書朴瓛卿二楊公遺墨跋後]〉라는 글을 짓기도 하였다(《梣溪遺稿 卷5》).

〈맹낙치의 화국첩에 쓰다〔題孟樂癡畫菊帖〕〉는 1874년(고종11, 68세) 11월에 맹영광(孟永光)의 국화그림에 쓴 화평(畫評)인데, 맹영광이 김상헌(金尙憲)에게 붉은 국화를 그려 준 일화를 소개하면서 맹영광 또한 존명의식을 지닌 인물임을 암시하였다.

〈용괴려의 팽계전기 뒤에 쓰다〔題龍槐廬彭溪傳奇後〕〉는 용계동(龍繼棟)이 지은 〈팽계전기(彭溪傳奇)〉를 읽고 쓴 발문이다. 역관 이용숙(李容肅)이 1876년(고종9)에 중국에 다녀오면서 〈팽계전기〉를 환재에게 전해 주었는데, 환재는 이 전기가 호남성(湖南省) 신녕현(新寧縣) 팽계촌(彭溪村) 장사꾼의 딸 강열녀(姜烈女)의 사적을 사관의 직필로 훌륭히 묘사하여 윤리를 부축하는 역할을 할 수 있다고 격찬하였다.

〈소정유묵첩에 쓰다〔題邵亭遺墨帖〕〉는 1868년(고종5, 62세)에 소정(邵亭) 김영작(金永爵)이 남긴 유묵첩에 쓴 글이다. 김영작이 연행했을 때 교유한 오교(午橋) 장병염(張丙炎)이 김영작을 위해 지은 제문(祭文)을 전재하고, 중국의 인사들에게까지 인정받은 충심과 정성을 찬탄하였다.

〈거가잡복고 서문〔居家雜服攷序〕〉은 1841년(헌종7, 35세) 11월에 《거가잡복고》를 완성하고 붙인 서문이다. 서문에 따르면, 환재는 아우 박주수의 제안으로 저술에 착수하여 그와 협동 작업을 거쳐 1년 만인 1832년에 탈고하였는데, 연달아 부모의 상을 당하고 아우마저 요절하여 원고를 오랫동안 방치해 두었다가 1841년에 서문을 붙여 세상에 공개하게 되었다고 한다. 상하 2책 3권으로, 제1권은 사대부 남성의 복식을 논한 〈외복(外服)〉편이고, 제2권은 사대부 여성의 복식을 논한 〈내복(內服)〉편이며, 제3권은 남녀 아동의 복식을 논한 〈유복(幼服)〉편이다. 이 저술은 당시 의관 제도의 실상과 그 개혁방안을 제시한 것으로, 조부 연암의 지론인 의관 제도 개혁론을 계승하여 사대부 사회의 기풍을 혁신하고자 하는 문제의식을 담고 있다.

〈문정공문초 서문[文貞公文鈔序]〉은 1845년(헌종11, 39세) 2월에 7대조 문정공 분서(汾西) 박미(朴瀰, 1592~1645)의 시문을 뽑아 《문정공문초》 10권을 편찬하면서 붙인 서문이다. 이 책은 집안에 소장되어 온 필적을 모아 묶은 것으로, 이미 간행된 《분서집(汾西集)》보다 규모가 작은 별본이다.

〈하충렬공관계변무록 서문[河忠烈公貫系辨誣錄序]〉은 하위지(河緯地)의 관향에 대한 논쟁의 시말을 정리하여 1876년(고종13)에 6권 3책의 목활자본으로 간행한 《하충렬공관계변무록》에 쓴 서문이다. 사육신의 한 사람인 하위지의 관향이 단계(丹溪)라는 설과 진주(晉州)라는 설이 수백 년 동안 논란이 되었는데, 하시철(河始徹)이 환재를 찾아와 억울함을 호소하자 환재는 예조 판서 홍석주(洪奭周)에게 이를 알렸고, 홍석주가 단계의 하시철과 진주의 하석중(河錫中)을 대질시켜 하위지의 본관을 단계로 판정하였다.

〈정강의공의 실기를 중간하는데 써 준 서문[重刊鄭剛義公實記序]〉은 1874(고종11, 68세)년에 정희규(鄭熙奎)가 조상 강의공 정세아(鄭世雅)의 실기를 중간하는데 써 준 서문이다. 정희규가 중간한 실기는 《호수선생실기(湖叟先生實記)》로 9권 2책의 목판본이다. 환재가 경상좌도 암행어사로 임무를 수행할 때, 임진왜란에 공적을 세운 정세아와 권응수(權應銖)의 후손들이 공적을 독차지하고자 다투는 사태를 목도하였고, 나중에 사헌부 대사헌으로 있으면서 이 사건을 화해시킨 전말을 자세히 수록하였다.

〈규재집 서문[圭齋集序]〉은 1863년(고종1, 58세) 7월에 남병철(南

秉哲)의 문집 《규재집》에 써 준 서문이다. 환재는 남병철이 뛰어난 자질과 통달한 식견을 지녔으나 문장을 짓는 일을 중시하지 않아 남은 원고가 소략함을 안타까워하였다. 또 말미에는 남병철이 편집한 《해경세초해(海鏡細草解)》, 《의기집설(儀器輯說)》, 《추보속해(推步續解)》를 환재가 중국에서 교유한 하거 왕헌(王軒)에게 보낸다고 했는데, 〈중복 심병성에게 보내는 편지 6〉(卷10)에도 그 내용이 보인다.

〈둔오집 서문[屯塢集序]〉은 1872년(고종9, 66세)에 함경도의 저명한 주자학자였던 임종칠(林宗七, 1781~1859)의 문집인 《둔오집》에 써 준 서문이다. 환재는 이정리(李正履)를 통해 임종칠이 관북 지방에서 추앙받는 선비임을 진작부터 알고 있었는데, 문집을 읽고서 그가 관북 지방에서 몸을 수양하며 백성들을 도로써 가르친 행적이 관직에 나아간 사대부들보다 못하지 않았음을 강조하였다. 아울러 68세부터 죽을 때까지 하루의 일과는 물론 독서하며 깨달은 바를 모두 기록한 《일적(日籍)》 8편이 있음을 특기하였다.

〈서귀집 서문[西歸集序]〉은 1876년(고종13, 70세)에 이기발(李起渤, 1602~1662)의 문집인 《서귀집》에 써 준 서문이다. 환재는 이기발과 이홍발 형제가 병자호란 때에 척화를 주장하였고, 이후 은거하여 평생 명나라에 대한 절개를 지킨 사적을 서술하고, 숭정(崇禎) 말년의 명청 교체기에 절개를 지키다 죽은 배신(陪臣)과 의리를 지킨 유민(遺民)이 우리나라만큼 많은 나라가 없었다는 사실을 특기하여 투철한 존명사상을 가감 없이 드러내었다.

권5에는 제문 3편, 신도비명 1편, 묘갈명 2편, 묘지명 3편, 시장(諡狀) 2편이 수록되어 있다.

〈북해 조공에 대한 제문[祭北海趙公文]〉은 1830년(순조30, 24세) 2월에 북해(北海) 조종영(趙鍾永)의 영전에 올린 제문이다. 어린 나이 때부터 자신의 재능을 높이 평가해주고, 나이 차이가 있음에도 망년지교(忘年之交)를 맺어 수시로 자신을 격려해 주었던 조종영과의 추억을 비통한 심정으로 서술하였다.

〈외구 이공에 대한 제문[祭外舅李公文]〉은 1849년(헌종15, 43세)에 장인 이준수(李俊秀, 1778~1848)의 영전에 올린 제문이다. 이 글은 제문의 상투적인 형식을 넘어, 선비의 본분을 지켜 청빈하고 곤궁한 삶을 살았고 통달한 식견으로 세상의 명리에 초연했던 장인의 모습을 탁월하게 그려낸 명문으로 평가받는다.

〈선조 호장공의 묘를 배알하며 올린 글[謁先祖戶長公墓文]〉은 1851년(철종2, 45세)에 나주에 있는 반남 박씨의 시조 박응주(朴應珠)의 묘소를 배알하고 올린 제문이다. 조상의 훌륭한 덕행을 추모하고, 후사를 잇도록 자식을 점지해 달라는 간곡한 심정을 표하였다.

〈충정공 박심문 신도비명[忠貞朴公審問神道碑銘]〉은 1871년(고종8, 65세) 3월에 박심문(朴審問, 1408~1456)에게 충정(忠貞)이란 시호가 내리자 지은 신도비명이다.

〈성균 생원 하군 묘갈명[成均生員河君墓碣銘]〉은 하치룡(河致龍, 1803~1865)을 위해 지은 묘갈명이다. 하치룡의 본관은 단계(丹溪)이고, 자는 운경(雲卿)이다. 앞의 〈하충렬공관계변무록 서문〉에 보이는 하위지의 관향에 대한 논쟁도 함께 거론하였다.

〈홍 처사 묘갈명[洪處士墓碣銘]〉은 1849년(헌종15, 43세)에 처사 홍임제(洪任濟, 1727~1786)를 위해 지은 묘갈명이다. 홍임제의 본관은 남양(南陽)이고, 자는 경윤(景尹)이다.

〈이조 판서를 지내고 영의정에 추증된 윤공 행임의 묘지명[吏曹判書贈領議政尹公行恁墓誌銘]〉은 1861년(철종12, 55세)에 윤행임(尹行恁, 1762~1801)이 영의정에 추증되자 그의 아들 윤정현(尹定鉉)의 요청을 받고 지은 글이다. 3700여 자에 달하는 역작으로, 윤정현이 지은 행장을 바탕으로 하되 이를 대폭 개작하여 한 편의 독립적인 예술 산문으로 승화시킨 것으로 평가받는다.

〈서 석사 묘지명(徐石史墓誌銘)〉은 1875년(고종12, 69세)에 기사(奇士) 서미(徐湄, 1785~1850)를 위해 지은 묘지명이다. 시인으로 명성이 있었고 충효와 절의를 숭상하였으며, 당대의 공경과 여항인에 이르기까지 교유가 넓었던 서미의 모습과 환재가 어려서 《이소(離騷)》를 읽으면서 겪었던 일화를 애정 어린 시선으로 서술하였다.

〈처사 척천 신공의 묘지명[處士滌泉申公墓誌銘]〉은 1859년(철종10, 53세)에 처사 신교선(申敎善, 1786~1858)을 위해 지은 묘지명으로, 신교선의 장남 신기영(申耆永)의 요청을 받고 지었다. 신교선이 젊어서부터 재능과 학문이 뛰어났으나 부친 신귀조(申龜朝)가 조정의 탄핵을 만나 칩거하자 벼슬을 단념한 채 부친을 봉양한 사실과 부친이 세상을 떠난 뒤 두릉(斗陵)에 은거하여 생을 마친 모습을 서술하였다.

〈예조 판서 신공 시장[禮曹判書申公諡狀]〉은 1875년(고종12, 69세)에 절친한 벗 신석우(申錫愚)의 시호를 청하기 위해 지은 글이다.

〈영의정으로 치사한 봉조하 조공의 시장[領議政致仕奉朝賀趙公諡狀]〉은 1874년(고종11, 68세)에 조두순(趙斗淳, 1796~1870)의 시호를 청하기 위해 지은 글이다.

권6은 헌의(獻議) 5편과 소차(疏箚) 12편이다. 소차에는, '사직하며 올린 의례적인 소는 모두 싣지 않았다'는 박선수의 언급이 있다.

〈헌종대왕을 부묘할 때, 진종대왕을 조천하는 것이 타당한지 여부에 대한 논의〔憲宗大王祔廟時眞宗大王祧遷當否議〕〉는 1851년(철종2, 45세) 6월에 지은 글로, 헌종대왕을 부묘할 때 진종대왕을 조천(祧遷)하는 것이 타당하다는 견해를 진술한 글이다. 진종대왕은 영조의 맏아들로, 1724년(영조 즉위년)에 경의군(敬義君)에 봉해지고 이듬해 왕세자에 책봉되었으나, 즉위하기 전 나이 10세에 죽었다. 양자인 정조가 즉위하자 진종으로 추존되었다. 환재는 철종이 헌종을 이었으므로 종통의 막중함으로나 예묘를 존숭하는 예법 및 정조의 교지와 선정신들의 정론에 근거가 분명하므로 진종은 마땅히 조천하는 것이 옳다는 의견을 개진하였다.

〈묘사의 대향에 서계와 이의를 옮겨서 거행하는 데 대한 논의〔廟社大享誓戒肄儀移行議〕〉는 1865년(고종2, 59세) 6월 12일에 올린 글이다. 당시 환재는 예조 판서로서 서계(誓戒)와 이의(肄儀)를 만약 묘사(廟社)의 대문 안에서 거행한다면 위차(位次)와 진설(陳設)이 매우 부대끼고, 또 제사를 거행하기 전에 소란을 일으킬 염려가 있으므로 그 장소를 의정부와 예조로 옮겨 거행하자고 요청한 글이다.

〈만동묘의 의절을 강정하는 데 대한 논의〔萬東廟儀節講定議〕〉는 1874년(고종11, 68세) 9월에 지어 올린 글이다. 서원 정비 정책에 따라 1865년에 철폐되었던 만동묘가 임헌회(任憲晦)·이항로(李恒老)·최익현(崔益鉉) 등의 상소로 1873년에 다시 건립되자, 환재는 어명에 따라 우의정으로서 제사를 지낼 날짜와 격식에 대해 의견을 개진하였다. 전반부에는 만동묘가 건립된 의의와 이미 국가의 사전(祀典)으로 승격되었으면 그에 맞는 절문(節文)과 의물(儀物)이 있어야 함을 서술하였다. 이어 만동묘와 대보단에서 따로 제향을 올릴 수밖에 없는 이유를 설명하고, 대보단의 제향을 늦봄에 시행하고 만동묘의 제향을 늦가을에 시행하여 제사가 중첩되는 일이 없도록 하는 절충안을 제시하였다. 말미에는 대제학 때 지은 축문을 실어 놓았다.

〈청전을 혁파한 후에 폐단을 구제할 조치에 대한 논의〔淸錢革罷後措畫救弊議〕〉는 1874년(고종11, 68세) 1월 13일에 청전(淸錢)의 수입을 금지한 조치와 관련하여 화폐 정책을 논한 글이다. 주석에는 '갑술년(1874) 정월 13일 어전에 올린 계사'라는 언급이 붙어 있다. 청전은 청나라에서 무역해 와 통용시킨 돈으로, 연전(燕錢)이라고도 한다. 전반부에서는 청전 유입에 따른 각종 병폐를 서술하였고, 후반부에서는 청전이 혁파될 것이란 유언비어를 퍼뜨려 이익을 도모하는 모리배를 처벌해야 함을 역설하였다. 말미에는 청전 혁파에 따른 해결책을 제시하였다.

〈강화도의 군량미를 비축하는 방안에 대한 논의〔沁都兵餉措畫議〕〉는 1874년(고종11, 68세) 이후에 지은 글로 강화도의 군량확보 방안을 강구하라는 임금의 자문에 응대하여 올린 글이다. 서양 오랑캐의 방비를 위해 강화도에 군사를 두는 것이 급선무이고, 원활한 납부를 위해 결역(結役)과 같은 번다한 명목을 혁파하여 군량미를 확보하는 것이 좋은 방안임을 건의하였다.

〈기구를 설치하여 환향을 정리하기를 요청하는 소〔請設局整釐還餉疏〕〉는 1862년(철종13, 56세) 5월에 삼정이정청(三政釐正廳)을 설치하여 환향(還餉)을 정리할 것을 촉구한 상소이다. 진주농민항쟁을 수습하기 위해 안핵사로 파견되어 임무를 마치고 지어 올린 글로, 진주농민항쟁 연구에서 가장 중요한 1차 자료의 하나로 간주된다. 환정을 시급히 개혁하지 않으면 장차 내우외환에 직면하여 나라가 망할 수도 있음을 경고하고, 환정의 폐단이 극에 달한 지금이야말로 개혁의 호기라고 주장하면서 이를 전담할 기구의 설치를 건의했다. 또 환곡 문제 해결을 위해 광범한 여론을 수렴하고 개혁을 위한 세부 지침인 '절목(節目)'을 법제화하여, 한 도에서부터 전국으로 점진적으로 확대 시행할 것을 제안하였다.

〈우부승지의 소명을 어긴 후에 올린 자핵소[右副承旨違召後自劾疏]〉는 1862년(철종13, 56세) 윤8월에 우부승지에 임명되자 자신의 허물을 자책하며 올린 사직 상소이다. 환재가 진주농민항쟁을 조사하여 올린 장계가 5월 22일 조정에 도착했는데, 진주 민란의 주도층으로 경상도 양반 사족층을 지목한 것이 영남 사림 및 조정 관료들의 반발을 자아냈고 또 옥사를 맡아 3개월 동안 지나치게 온건한 쪽으로 처벌한 점을 들어 환재에게 간삭(刊削)의 율을 시행해야 한다고 비변사에서 상주하였다. 철종은 비변사의 요구를 받아들여 환재에게 삭직 처분을 내렸다가 윤8월초에 다시 우부승지로 임명하였다. 환재는 안핵사 활동에 대한 비판적 여론이 가라앉지 않은 상태였으므로, 자핵소를 올려 자신의 장계로 인해 야기된 물의를 해명하고 사직을 청하였다.

〈예문 제학을 사직하는 소[辭藝文提學疏]〉는 1864년(고종1, 58세) 4월 22일에 예문관 제학을 사직하며 올린 소이다. 환재는 고종이 즉위하는 해에 품계가 경(卿)에 오르고 벼슬이 여러 차례 내린 것이 분수에 편안하지 못함을 서술하고, 문장에 재주가 없어 예문관의 적임자가 아님을 이유로 사직을 청하였다.

〈만동묘를 철폐하라는 명을 거두기를 청하는 소[請還寢萬東廟停撤

疏〕〉는 1865년(고종2, 59세) 4월경에 올린 상소이다. 환재는 제향을 정지하고 만동묘를 철폐하라는 신정왕후의 명을 듣고, 만동묘를 설치하게 된 연유와 건립과정 및 중국에서 제향해 온 사례를 자세히 서술하여 훼철이 불가한 이유를 밝혔다.

〈특별히 정헌대부에 가자한 것을 거두어 달라는 소〔辭特加正憲疏〕〉는 1866년(고종3, 60세) 8월 17일에 정헌대부를 사직하며 올린 상소문이다. 1866년 평양에서 발생한 제너럴셔먼호의 사태를 자세히 진술하고, 이 사태로 포상을 받아 정헌대부에 오른 것이 사리에 부당함을 들어 사직을 요청하였다.

〈대제학을 사직하며 올린 소〔辭大提學疏〕〉는 1871년(고종8, 65세) 11월에 예문관 대제학을 사직하며 올린 상소이다. 문장의 도(道)에 '경세지문(經世之文)'과 '수세지문(需世之文)'이 있음을 거론하고, 자신은 이 두 가지에 모두 적임자가 아님을 들어 사직을 청하였으나, 받아들여지지 않았다.

〈내각 제학의 사직을 요청하는 차자〔乞解內閣提學箚〕〉는 1873년(고종10, 67세) 12월 13일에 규장각 제학을 사직하며 올린 차자이다.

〈빈대 때에 어전에 올린 계사〔賓對上殿啓〕1〉은 1873년(고종10, 67세) 12월 24일에 빈대(賓對)에서 고종에게 올린 계사(啓辭)이다. 빈대는 차대(次對)라고도 하여 매월 여섯 차례 정부의 당상(堂上)·대간(臺諫)·옥당(玉堂) 등이 빈청에 입시하여 중요한 정무를 상주하는 일을 말한다. 빈청은 조선시대 궁궐 내에 설치한 고관들의 회의실이다. 제목의 '上殿啓'는 전폐(殿陛)에 올린 계사라는 뜻이다. 고종이 창덕궁 중희당(重熙堂)에 거둥하여 빈대를 행할 때, 환재는 우의정으로 참여하였다. 환재는 다스림의 요체는 조종조의 정치를 본받는 것이 중요함을 전제한 후, 정치의 현안을 진달케 하여 함께 토론함으로써 치도(治道)에 도움을 받을 수 있도록 경연을 적극 활용해야 함을 진달하였다.

〈빈대 때에 어전에 올린 계사 2〉는 1874년(고종11, 68세) 1월 13일에 빈대에서 고종에게 올린 계사이다. 환재는 빈대에 우의정으로 참여하였다. 태조와 선왕들이 백성을 보호하려 노력한 일념을 본받아, 창업의 어려움을 생각하고 선왕들의 절검을 이어 받아 경천근민(敬天勤民)의 실효가 나타나도록 노력해야 함을 진달하였다.

〈빈대 때에 어전에 올린 계사 3〉은 1874년(고종11) 5월에서 6월 사이에 빈대에서 고종에게 올린 계사이다. 요순 시대를 본받고자 한다면 예의의 교화와 탁월한 행실을 본보기로 보여 백성들에게 달려갈 곳을 보여줌이 가장 중요하다고 강조하였다. 아울러 자신처럼 녹봉만 축내는 자를 가장 먼저 내치는 것이 염치를 권장하는 도리가 될 것이라는 말로 사직을 청하였다.

〈빈대 때에 어전에 올린 계사 4〉는 1874년(고종11) 6월 9일에 빈대에서 고종에게 올린 계사이다. 환재는 빈대에 우의정으로 참여하였다. 혜패(慧孛)가 나타나고 비가 연달은 재해를 계기로 임금이 더욱 수성(修省)에 힘써야 한다고 상주하였다. 계사의 끝부분에는 김윤식의 부기가 있는데, 빈대에 참여할 때 차자를 읽는 외에 더 자세히 진술하지 말기를 청한 사알(司謁)에 대해 환재가 처벌을 청하였다는 내용이다.

〈우의정의 면직을 청하며 올린 소〔乞解右議政疏〕〉 1, 2는 1874년(고종11, 68세) 9월 7일과 12일에 우의정의 사직을 청하며 올린 소이다.

〈소유의 처벌을 참작해 달라고 청한 두 번째 연명 차자〔請疏儒裁處聯名第二箚子〕〉는 1875년(고종12, 69세) 5월경에 대원군의 운현궁 복귀를 촉구하는 상소를 주도한 유생들에 대해 감형을 요청하며 올린 연명 차자이다. 1873년(고종10)에 고종이 친정(親政)을 하면서 벼슬에서 물러난 대원군이 양주(楊州)의 직곡산장(直谷山莊)에 머물게 되자, 1875년 2월에 이순영(李純榮)과 서석보(徐奭輔) 등이 상소하여 대원군의 복귀를 촉구하며 무례한 상소를 올렸다. 이 상소가 조야에 큰 반향을 일으켜 이들을 극형에 처해야 한다는 여론이 일었다. 그러나 5월 17일에 의금부에서 이들을 목숨만은 살려주어 이순영을 전라도 나주목 지도(智島), 서석보를 영광군 임자도(荏子島)에 유배 보내기를 청하여 윤허를 얻었다.

〈상의하여 형벌을 결정하라는 비지가 환수된 후에 올린 연명 차자[相議定律批旨還收後聯名箚子]〉는 앞의 차자를 올린 얼마 후에 다시 올린 연명 차자이다. 처음에 경연에서 소유(疏儒)의 처벌을 논하면서 고종이 지엄한 하교를 내렸는데, 대신들은 이 하교가 유생들로 하여금 두려움에 떨며 다시는 번거롭게 떠들지 못하도록 한 의도라고 이해하였다. 그런데 이어 대신들이 함께 논의하여 형률을 정하라는 비지가 내리자 대신들이 더욱 당황스러워 하였다. 이에 형률을 논의하는 중에 임금의 의중을 자세히 따지지도 않고 묵묵히 물러나 소임을 다하지 못한 환재 자신을 포함한 대신들을 한꺼번에 내쳐서 경각심을 일깨우기를 청하는 내용이다.

〈수원 유수의 면직을 요청하는 소[乞解水原留守疏]〉는 1876년(고종13, 70세) 12월 25일에 수원 도호부사(水原都護府使)의 사직을 청하며 올린 사직소이다. 원인 모를 질병이 백여 일이나 지속되고, 더욱이 큰 흉년을 만나 백성을 구휼하는 급무를 처리할 수 없다는 이유로 사직을 청하였다. 제목에 붙은 원주에, 이 소를 올린 사흘 뒤에 환재가 세상을 떠났다는 기록이 있다. 환재는 12월 27일에 서울 북부(北部)

재동(齋洞)에서 세상을 떠났다.

권7에는 윤음(綸音) 1편, 발문(跋文) 5편, 자문(咨文) 7편, 서계(書啓) 1편 및 포계별단(褒啓別單)이 수록되어 있다.

〈재해를 입은 영남과 호남의 백성을 위유하는 윤음[慰諭嶺湖被災人綸音]〉은 1865년(고종2, 59세) 8월에 지은 것이다. 당시 경상도 관찰사 이삼현(李參鉉)이 태풍과 홍수로 인한 피해 상황을 보고하자, 수렴청정 중이던 대왕대비 신정왕후가 이 보고를 받고 문임(文任)으로 하여금 백성을 위유할 윤음을 지어 올리라고 명하여, 예문관 제학으로 있던 환재가 지어 올린 것이다.

〈법선도의 발문[法善圖跋]〉은 1864년(고종1, 58세) 11월에 지었다. 《법선도(法善圖)》는 법도와 경계로 삼을 만한 역대 제왕들의 훌륭한 행적을 뽑아 이를 그림으로 그려서 책으로 엮은 것이다. 이 책의 서문을 지어 올릴 사람으로 총 16명이 낙점되었는데, 환재가 포함되었다. 송나라 인종(仁宗)이 한밤중에 구운 양고기를 먹고 싶은 생각이 났다가 후대에 좋지 않은 전례를 남길 것을 걱정하여 먹지 않았다는 고사를 인용한 뒤, 막 왕위에 오른 고종에게 진정으로 백성을 사랑하는 정치를 펼칠 것을 당부하였다. 《법선도》에 대해서는 《임하필기(林下筆記)》 권27에 실린 〈법선도에 대한 설[法善圖說]〉이 참고가 된다.

〈인심도심도의 발문[人心道心圖跋]〉 역시 1864년(고종1, 58세) 11월에 지었다. 11월 26일에 창덕궁 관물헌(觀物軒)에서 권강(勸講)할 때에 고종이 강관(講官)에게 인심(人心)과 도심(道心)의 뜻을 물은 뒤, 〈인심도심도〉를 첩(帖)으로 만들고 《법선도》의 서문을 쓴 신하들에게 모두 〈인심도심도〉의 서문을 써서 올릴 것을 명하였다. 환재는 인심과 도심을 정의한 뒤, 요(堯)·순(舜)·우(禹)가 서로 전한 '위미정일(危微精一)'의 가르침을 마음에 새기려 한 고종의 통치자로서의 마음가짐을 찬양하였다.

〈선원보략의 발문 1〔璿源譜略跋文〕〉은 환재가 우의정으로 있던 1874년(고종11, 68세) 5월에 원자인 순종(純宗)의 탄생 백일을 맞이하여 개수한 《선원보략》에 붙인 발문이다. 《선원보략》은 조선 왕실의 보첩인 《선원록(璿源錄)》을 간략하게 기록한 책으로, 정식 명칭은 《선원계보기략(璿源系譜記略)》이다. 1679년(숙종5)에 종친 낭원군(朗原君) 이간(李偘, 1640~1699)에 의해 개인적으로 작성되었고 이후 《선원록》을 대신하는 왕실 족보로 1900년대까지 지속적으로 개수되고 간행되었으며, 그 과정에서 수정되고 증보된 내용을 각각의 발문에 자세히 기록하였다. 환재는 《선원보략》을 새로 만들게 된 경위를 간략히 기록한 뒤, 원자의 교육에 정성을 다할 것을 당부하였다.

〈선원보략의 발문 2〉는 1875년(고종12, 69세) 5월에 원자의 세자책봉례(世子冊封禮)를 거행한 뒤 《선원보략》을 개수하고 붙인 발문이다. 환재는 당시 우의정에서 물러나 있던 상황이었다. 서두에서는 어린 세자가 늠름한 모습으로 책봉례를 치른 것을 경하하고, 세자의 교육에 정성을 다할 것을 당부하였다.

〈선원보략의 발문 3〉은 1876년(고종13, 70세) 1월에 효명세자에게 익종(翼宗)이라는 존호를 올리고 신정왕후에게 융목(隆穆)이라는 존호를 올린 뒤 《선원보략》을 개수하고 붙인 발문이다. 익종이 대리청정 기간에 보여준 훌륭한 정치는 후세 왕들의 모범이 되기에 충분하다고 하였다. 이어 신정왕후가 익종의 비(妃)로서 훌륭히 내조한 사실을 칭찬하고 고종을 대신해 수렴청정하면서 국가의 기틀을 태산과 반석에 올려놓았다고 찬양하였다.

자문(咨文)은 총 7편이 수록되어 있다. 주석에 의하면, 환재의 자문은 총 15편인데 서양 선박 사건과 관련된 자문 7편만 수록했다고 하였다. 서양 선박과 관련된 환재의 자문은 1866년(고종3, 60세)부터 1871년(고종8) 사이에 지은 것이다. 제너럴셔먼호 사건 및 병인양요, 와츄세트호 및 셰난도어호의 내항과 회항, 오페르트 사건, 신미양요 등에 대한 역사적 사실을 상세히 전해주고 있으며, 당시 환재의 정치적 활동을 파악하는 데 중요한 단서를 제공하는 글이다.

첫 번째 자문 〈미국인의 조회에 대한 황해도 관찰사의 모의 답서[擬黃海道觀察使答美國人照會]〉는 평안도 관찰사로 재직하고 있던 1866년(고종3, 60세) 12월에 지은 것이다. 1866년 7월에 발생한 제너럴셔먼호 사건 뒤 미국은 와츄세트호를 조선으로 파견해 제너럴셔먼호 사건의 진상을 조사하고 생존 선원을 인수해 오라는 명을 내렸다. 이에 와츄세트호의 함장 슈펠트가 황해도 장연(長淵) 앞바다에 와서 조선 정부에 조회(照會 공문서)를 보내 협상을 시도했다가 성과 없이 철수하였다. 와츄세트호의 회항 소식을 접한 환재는 제너럴셔먼호 사건에 대한 조선의 입장을 해명할 기회를 놓쳤다고 판단하고, 자신이 황해도 관찰사 박승휘(朴承輝)의 입장이 되어 이 모의 답서를 작성하였다. 환재는 표류한 외국 선원을 안전하게 송환하는 것은 당연한 조치임을 밝혔는데, 이는 슈펠트가 보낸 조회에서 자국의 서프라이즈호 선원 송환에 대해 감사를 표한 것에 대한 대답이었다. 또 제너럴셔먼호 사건의 발생 원인이 제너럴셔먼호 측의 잘못된 행동에 있었음을 분명히 밝혔다. 환재의 이 글은 원래 조선 정부의 공식 문서가 아니었으나, 뒤에 제너럴셔먼호 사건 진상에 관한 조선 정부의 견해를 대변하는 문서로 채택되어 미국 측에 전달되었다.

〈미국 사신이 의혹을 품지 않도록 타일러주기를 청하는 자문〔請開諭美國使臣勿致疑怪咨〕〉은 1868년(고종5, 62세) 3월에 지은 것이다. 1868년 3월 13일에 조선 정부는 중국 예부(禮部)에서 보낸 자문을 접수했는데, 영국과 미국 측에서 제너럴셔먼호 생존 선원의 구출을 요청하며 총리아문(總理衙門)에 보낸 조회 내용을 전하고 나서, 서양인의 조선 억류설에 관해 해명하는 답서를 보내도록 조선에 권하는 내용이었다. 조선 정부는 곧 회자(回咨)를 작성하여 보내기로 결정했는데, 환재의 이 글이 바로 그 회자이다. 서두에서 1866년(고종3) 12월에 와츄세트호가 황해도 장연현에 정박했다가 돌아간 것에 대해 해명하고, 제너럴셔먼호 사건 때 생존한 미국 선원이 조선에 억류되어 있다는 설은 전혀 근거 없는 거짓말이라고 반박했다. 또 제너럴셔먼호의 선원 생존설을 퍼트린 김자평(金子平)을 체포해 처벌하겠다는 뜻을 전하며, 와츄세트호의 수로 안내인으로 왔다가 김자평에게서 제너럴셔먼호의 선원이 생존해 있다는 말을 듣고 이를 중국 측에 유포한 우문태(宇文泰)의 행적을 철저히 조사하여 선원 생존설이 거짓임을 밝혀줄 것을 중국 측에 요청하였다.

〈미국 병선이 돌아갔으니 먼 곳 사람의 의심을 풀어주도록 요청한 자문〔美國兵船回去請使遠人釋疑咨〕〉은 1868년(고종5, 62세) 4월에 지은 것이다. 미국 병선은 1868년 3월 18일에 조선에 모습을 드러내어 황해도와 평안도의 접경 해역을 오르내리면서 평양에 억류된 것으로 알려진 제너럴셔먼호 선원들을 구출하기 위한 활동을 벌이다가 4월 26일에 회항한 미국 군함 셰난도어호를 말한다. 이 자문은 셰난도어호가 회항한 직후 작성된 것으로, 셰난도어호의 내항과 회항에 관한 자세

한 사실을 중국 측에 전하고 있다. 또 제너럴셔먼호 선원 생존설을
퍼뜨린 김자평을 효수했다는 사실도 전했다.

〈서양 선박의 정황에 대해 진술하는 자문[陳洋舶情形咨]〉1, 2 두
편은 1868년(고종5, 62세) 윤4월 2일 이후 어느 시점에 지은 것이다.
흥선대원군의 부친 남연군(南延君)의 묘를 도굴하려다가 실패한 이른
바 '오페르트 도굴사건'의 전말을 중국 예부(禮部)에 전하고, 이 사건이
현지 지리에 밝은 천주교도의 소행이라고 단정하였다. 또 조선인 천주
교도 7명이 서양인과 내통하여 중국에 잠입해 있고 지금까지 서양 선박
으로 인한 소요는 모두 이들이 빚어낸 것임을 주장하면서, 이들을 모두
체포하여 압송해 줄 것을 요청했다.

〈미국의 봉함을 전달해 준 것에 대해 답하는 자문[美國封函轉遞咨]〉
은 신미양요가 일어나기 직전인 1871년(고종8, 65세) 4월에 지은 것이
다. 1871년 1월 17일에 북경 주재 미국 공사 로우는 조선 국왕 앞으로
보내는 편지를 작성하고, 중국의 총리아문에 나아가 이 편지를 조선
정부에 전달해 줄 것을 부탁하였다. 이 부탁을 받은 중국이 자문과
함께 미국의 봉함(封函)을 조선 측에 전달해 주었는데, 환재의 이 자문
은 여기에 대한 회답으로 지어진 것이다. 로우의 편지 내용은 제너럴셔
먼호 사건의 진상을 파악하겠다는 것과 차후 자국 선원이 표류했을
때의 안전한 호송에 대해 협상하자는 것이었다. 환재는 제너럴셔먼호
사건의 진상에 대해서는 이미 해명했음을 밝히고 이어 사대질서를 내
세워 로우의 협상 제의를 거부했는데, 《예기》의 '인신무외교(人臣無外
交)'라는 구절을 인용하며 조선 국왕은 중국 황제의 신하이기 때문에
사대의 의리상 어떤 외국과도 직접 교섭할 수 없다는 논리를 내세웠다.

마지막 자문인 〈미국 병선이 일으킨 소요를 알리는 자문[美國兵船滋

擾咨]〉은 1871년(고종8, 65세) 5월 신미양요 직후에 지은 것으로, 신미양요를 총결산한 대단히 중요한 자문이다. 환재는 조선 정부의 입장에서 신미양요의 전말을 상세히 밝혔다. 미국 측의 행동이 난폭했음을 성토하는 한편, 손돌목에서 선제공격을 가한 조선 정부의 대응이 정당했음을 주장했다.

서계(書啓)는 〈경상좌도 암행어사 때 올린 서계[慶尙左道暗行御史書啓]〉와 〈포계별단(褒啓別單)〉으로 이루어져 있다. 환재는 1854년(철종5, 48세) 1월 4일에 경상좌도 암행어사로 임명되었고 11월에 암행어사 활동의 결과를 보고한《수계(繡啓)》2책을 작성하였는데,《환재총서(瓛齋叢書)》5책에 전체 내용이 수록되어 있다.《수계》제1책은 경상도 관찰사 김학성(金學性)을 비롯한 전현직 지방관들의 잘잘못을 조사해 보고한 내용이다. 제2책은 환정(還政)을 중심으로 전결(田結)·조운(漕運)·우전(郵傳)·염정(鹽井) 등의 폐단에 대한 개선책과 충신·효자·열녀에 대한 포상을 건의하고 숨은 인재를 발굴하여 천거한 별단(別單)이다. 진주농민항쟁이 발발하기 수년 전 영남 지방의 민정과 시정(施政) 상황을 구체적으로 보여줄 뿐 아니라, 환재의 내정 개혁론이 드러나 있는 귀중한 자료이다.

《환재집》에 수록된 〈경상좌도 암행어사 때 올린 서계〉는《수계》의 서문이다. 또《수계》제2책의 별단의 일부가 〈포계별단〉으로《환재집》에 첨부되어 있다. 김윤식은, 환재가《수계》별단에서 제시한 내용은 당시의 병폐를 구제하기에 충분한 것이었으나 영남 지역에 대한 정책이 지난날과 크게 달라져 더이상 시의적절치 않으므로 충신·효자·열녀의 포상을 건의하고 인재를 발굴한 조목만 추려서 기록한다고 하였다.

〈경상좌도 암행어사 때 올린 서계〉에서 환재는 1854년에 경상좌도 암행어사로 임명될 때 받은 성지(聖旨)의 내용을 옮겨 적고, 암행어사로서 수행한 임무를 모두 《수계》에 기록해 아뢴다는 것을 밝혔다. 〈포계별단〉은 이인좌의 난에 경상도 관찰사로서 공을 세운 황선(黃璿), 임진왜란 때 공을 세우고도 포상이 미흡한 윤흥신(尹興信)과 조영규(趙英圭), 의병을 일으킨 김호의(金好義), 임진왜란 때 일본의 장군으로 침략해 왔다가 귀화한 김충선(金忠善)의 후손 등에게 적절한 포상을 내리기를 청하고, 효자 4명, 효녀 1명, 열부(烈婦) 7명의 행적을 기록해 포상을 청하였으며, 안동(安東)의 유학(幼學) 유형진(柳衡鎭), 대구(大邱)의 유학 최효술(崔孝述), 대구의 전(前) 첨사(僉使) 손해진(孫海振) 등 인재 3명을 천거하는 내용이다.

권8은 서독(書牘)으로, 아우 박선수에게 보낸 편지인 〈온경에게 보내는 편지〔與溫卿〕〉 38통이 수록되어 있다.

〈온경에게 보내는 편지 1~5〉는 1850년(철종1, 44세) 6월에 부안현감(扶安縣監)으로 부임했을 때부터 1851년 3월에 해임될 때까지 보낸 편지이다. 〈편지 1〉은 1850년 8월에 보낸 것으로, 인조(仁祖) 때 부안으로 유배되었던 8대조 박동량(朴東亮, 1569~1635)을 회고하면서 박동량이 유배 당시 머물렀음직한 곳을 추정하였다. 별지(別紙)에서는 박동량의 아들이자 환재의 7대조인 박미(朴瀰)가 지은 시의 내용을 통해 박동량이 유배 당시 머물렀던 곳을 구체적으로 추정하였고, 전라도 관찰사로 재직하고 있던 벗 남병철(南秉哲)과의 만남을 전하였다. 〈편지 2〉는 1850년 11월 2일 보낸 편지로, 니동(泥洞)으로 이사하려는 생각이 있으면서도 망설이는 박선수에게 개의치 말고 하루바삐 이사할 것을 권하였다. 〈편지 4〉는 1850년 12월 27일에 보낸 편지이다. 대한(大寒)날 밤에 부안현 관아에서 남극노인성(南極老人星)을 관측하는 데 성공한 사실을 전하며, 한라산 정상에서만 남극노인성을 볼 수 있다는 속설이 과장된 것이라고 하였다. 환재의 천문지리에 대한 관심을 엿볼 수 있는 편지이다.

〈온경에게 보내는 편지 6~9〉는 1854년(철종5, 48세) 2월에서 6월까지 경상좌도 암행어사의 직무를 수행할 때 보낸 것이다. 〈편지 6〉은 1854년 2월 25일에 쓴 편지로, 조선 말기의 화가 정안복(鄭顔復)과 환재의 교유를 확인할 수 있는 자료이다. 〈편지 7〉은 1854년 5월 15일에 쓴 편지로, 밀양에서 자신의 절친한 벗인 서승보(徐承輔, 1814~1877)의 부친인 전 부사(府史) 서유여(徐有畬)의 부정을 조사하여 파직시켰는데, 이 일 때문에 서승보가 절교를 선언한 일로 몹시 괴로운 심경임을 피력하였다.

〈온경에게 보내는 편지 10~12〉는 1861년(철종12, 55세) 2월에 열하문안사로 떠나며 국경을 넘기 전에 보낸 것이다. 〈편지 10〉은 1861년 2월 2일에 쓴 편지로 숙천(肅川)에서 보낸 것이다. 안주(安州)에 도착하면 백상루(百祥樓)에 올라 조종영(趙鍾永)의 유적을 찾을 것이라고 하였고, 도중에 본 조선 백성들의 가난한 살림에 가슴 아픈 마음을 전하였다. 〈편지 12〉는 1861년(철종12) 2월 14일에 의주에서 보낸 편지로, 통군정(統軍亭)에 올라서 느낀 감회를 전하고, 조부 연암이 연행할 때 마두(馬頭)로 따라갔던 장복(張福)의 후손을 만나 함께 데려가게 된 기쁨도 전하였다.

〈온경에게 보내는 편지 13~22〉는 1862년(철종13, 56세) 3월에서 6월까지 진주농민항쟁을 수습할 안핵사로 활동하면서 보낸 것이다.

〈편지 14〉는 1862년(철종13) 3월 15일에 쓴 편지로, 벗 신석우(申錫愚)가 경포교(京捕校)를 진주로 보내 민란을 진압할 계획을 세운 것에 대해, 자신은 백성들을 어루만지는 방식으로 다스리겠다는 뜻을 피력하였다. 진주농민항쟁을 대하는 환재의 마음을 엿볼 수 있는 자료이다. 〈편지 15〉는 1862년(철종13) 3월 말경에 보낸 편지이다. 진주농민항쟁을 안핵하는 일이 늦어지는 이유에 대해 해명하였고, 농민 항쟁이 널리 확대되는 이유로 관리들의 부정부패를 거론하고 있음이 주목된다. 〈편지 17〉은 1862년(철종13) 4월 17일에 쓴 편지로, 별지에서 진주농민항쟁의 주동자를 양반 토호라고 주장하였다. 〈편지 21〉은 1862년(철종13) 5월 15일에 쓴 편지로, 별지에서 단성(丹城) 농민항쟁의 주동자로 알려진 양반 김령(金欞)의 죄상을 상세히 기술하며 비난하였다.

〈온경에게 보내는 편지 23~29〉는 1866년(고종3, 60세) 2월에 평안도 관찰사로 부임한 이후 1867년(고종4) 5월까지 보낸 편지이다. 환재는 1869년(고종6, 63세) 4월 평안도 관찰사에서 해임되었다. 〈편지 25〉는 1866년 8월 말에 보낸 것으로, 당시 경상도 암행어사에 임명된 아우 박선수에게 맡은 바 임무를 충실히 수행할 것을 주문하였다.

〈온경에게 보내는 편지 30~33〉은 평안도 관찰사에서 해임된 이후 서울에 머물며 보낸 것으로, 1871년(고종8, 65세) 2월부터 10월까지의 편지이다. 박선수는 이해 1월 13일에 이천 부사(伊川府使)에 임명되어, 1872년 11월 29일에 병으로 체직되었다. 〈편지 30〉은 1871년 2월 12일에 쓴 것으로, 별지에서 자신이 곡산 부사(谷山府使)로 있을 때 지은 《곡산도임수지(谷山到任須知)》의 예를 모범으로 삼아 이천 백성의 질고를 파악하기 위한 책을 지어 볼 것을 권하였다. 〈편지 31〉은 1871년 4월 20일에 쓴 것으로, 별지에서 관상감(觀象監)에 있는 해시계인 간평구(簡平晷)와 혼개구(渾蓋晷)를 탁본하여 보낸다고 하면서 자세히 살펴볼 것을 당부하였다. 〈편지 32〉는 1871년 5월 18일에 쓴 것으로, 총 4편의 별지가 붙어 있다. 첫 번째 별지에서는 신미양요(辛未洋擾) 후에 미군이 자진 철수한 이유에 대한 자신의 판단을 전하였다. 두 번째 별지에는 조선을 '예의의 나라'라고 부르는 것에 대해 이 세상에 예의 없는 나라는 없다고 하였고, 양반 행세하는 자들에 대해 예의를 모르는 자들이라고 비판하였다. 세 번째와 네 번째 별지에서는 당시 조정에서 보폐전(補弊錢)과 역근전(役根田)을 수납하려는 계획에 대해 부정적 견해를 피력하였다. 〈편지 33〉은 1871년 10월 16일에 쓴 편지로, 별지에서 태탕만년(駘蕩萬年)이라는 기와로 벼루를 만들어 시험해 본 일을 전하였으며, 녹용(鹿茸)과 녹각(鹿角)과 녹혈(鹿血)의 효능을 설명하였다.

〈온경에게 보내는 편지 34~38〉은 1872년(고종9, 66세) 7월 청나라 동치제(同治帝)의 혼인을 축하하기 위한 진하 겸 사은사의 정사로 임명되어 두 번째로 연행을 떠날 때부터 12월 귀국하며 압록강을 건널 때까지의 편지이다. 〈편지 34〉는 1872년(고종9) 7월 23일에 쓴 것으로, 박선수가 지은 《설문해자익징》을 가지고 가서 중국의 벗들에게 직접 보이고 그들의 글을 받아오겠다는 뜻을 전하였다. 〈편지 36〉은 1872년(고종9) 9월 24일 쓴 편지로, 북경에서 보낸 것이다. 동문환(董文渙)의 아우인 동문찬(董文燦)에게 《설문해자익징》을 보여준 사실을 전하였다. 〈편지 38〉은 1872년(고종9) 12월 6일 쓴 편지로, 북경에서 돌아와 압록강을 건넌 뒤 보낸 것이다. 별지에서 증국번(曾國藩)의 추천을 받아 정계에 진출한 팽옥린(彭玉麟)을 만나 대화를 나눈 사실을 전하였다. 또 서양의 정세를 알아보기 위해 숭후(崇厚)를 만나게 된 과정을 상세히 설명한 뒤 당시 국제 정세에서 가장 큰 영향력을 행사하는 나라로 러시아를 거론하였다.

권9에는 서독 총 69통이 수록되어 있는데, 대부분 벗에게 보낸 편지이다. 윤사연(尹士淵 윤종의)에게 보낸 편지가 31통으로 가장 많고, 신유안(申幼安 신응조(申應朝))에게 보낸 편지가 30통, 남자명(南子明 남병철)에게 보낸 편지가 2통, 윤침계(尹梣溪 윤정현), 신사수(申士綏 신석희), 홍일능(洪一能 홍양후(洪良厚)), 신치영(申穉英 신기영(申耆永))에게 보낸 편지가 각 1통이다. 또 자신의 후임으로 평안도 관찰사에 부임한 한계원(韓啓源)에게 보낸 편지 1통과 석성(石星)의 화상(畫像)에 대해 논한 〈여러 벗에게 주어 석 상서의 화상에 대해 논하다[與知舊諸公論石尙書畫像]〉라는 편지가 1통이다.

〈윤사연에게 보내는 편지[與尹士淵]〉는 시기가 명확하지 않는 것도 다수 있지만, 용강 현령에 임명된 1849년(헌종15, 43세)부터 1876년(고종13, 70세) 1월까지 보낸 편지이다.

〈편지 1〉은 1849년(철종 즉위년, 43세) 연말에 용강 현령으로 있을 때 보낸 편지이다. 용강현의 위도(緯度)를 측정한 사실을 전하면서, 용강에 겨울에도 간혹 더운 날씨가 생기는 이유가 적도로부터 불어오는 바람 때문이라는 견해를 피력하였다. 또 용강현 읍지의 편찬 계획을 전하였다.

〈편지 5〉는 1862년(철종13, 56세) 윤8월 이후에 지은 것으로 보인다. 환재는 당시 김포 군수(金浦郡守) 윤종의의 초대를 받아 윤8월 13일에서 16일까지 신석우(申錫愚)·조면호(趙冕鎬)·장조(張照)와 함께 한강의 서강(西江)을 출발하여 김포까지 다녀오는 뱃놀이를 했는데, 이 유람을 마치고 돌아와서 보낸 것인 듯하다. 유람에서 돌아오는 길에 굴포(掘浦)에서 본 '천등교(天登橋)'라는 비석 뒷면에 '숭정(崇禎) 8년'이라고 적힌 기록으로 미루어 김안로(金安老)가 다리를 만들었다는 속설이 잘못되었음을 알았다고 하였으며, 금석(金石)을 통한 고증을 폐기할 수 없다는 뜻을 전하였다.

〈편지 6〉은 보낸 시기가 분명하지 않다. 조부 연암이 임서(臨書)한 조맹부(趙孟頫)의 〈난정서(蘭亭序)〉를 빌려주면서 조부의 수택(手澤)이 가장 많은 것이라고 하였다. 또 이덕무(李德懋)의 《사소절(士小節)》을 빌려주며, 이덕무의 아들 이광규(李光葵)가 단 주석이 있는 본(本)이므로 급히 등사할 것을 권하였다.

〈편지 8〉은 1867년(고종4) 연말에 쓴 편지이다. 명나라 석성(石星)의 후손 석태로(石泰魯)가 석성의 화상을 들고 평양으로 찾아와 무열사(武烈祠)에 걸린 석성의 화상과 비교하려 한 일을 전하고 석태로가 가져온 화상이 진본임이 분명하다고 하였다. 한편, 북경의 자수사에 있는 명나라 효정태후의 화상을 개수하는 일을 동문환(董文渙)이 맡아서 처리한 사실도 전하였다.

〈편지 10〉은 1869년(고종6, 63세) 5월 말경에 쓴 편지이다. 환재는 이해 3월에 양자 제정(齊正)의 상을 당하고, 4월에 평안도 관찰사에서 해임된 뒤 서울로 돌아왔다. 환재는 부인 연안 이씨(延安李氏)와의 사이에 자식이 없자 아우 박선수의 아들 제정을 양자로 들였는데, 3월 22일에 갑자기 요절하였다. 자식의 죽음을 당한 슬픔을 전하였다.

〈편지 12〉는 1869년(고종6) 가을 이후에 쓴 편지로 보인다. 환재는 이 무렵 서울에서 강관(講官)으로 진강하고 있었으며, 윤종의는 강릉부사로 재직 중이었다. 종손(宗孫)과 양손(養孫)을 세우기 위해 목천

(木川)에 갔다가 홍양후(洪良厚)를 만나고 홍대용(洪大容)의 묘소에 참배한 사실을 전하였다.

〈편지 13〉은 1870년(고종7, 64세) 연말에 쓴 편지로, 윤종의는 당시 옥구 현감(沃溝縣監)으로 있었다. 환재는 노사(蘆沙) 기정진(奇正鎭)의 편지를 읽어보고 기상이 범상치 않은 사람임을 알았다고 하면서, 찾아가 만나볼 것을 권유하였다.

〈편지 16〉은 1872년(고종8) 8월 초에 쓴 편지로, 2차 연행을 떠나 압록강을 막 건넜을 때 보낸 것이다. 위원(魏源)의 《증자장구(曾子章句)》라는 책을 구하고 싶다는 뜻을 전하였다.

〈편지 18〉은 보낸 시기가 미상이다. 증국번(曾國藩)의 문집을 구입하고 싶은 생각을 전하며 그의 업적에 대해 조선 사람들이 모르고 있음을 한탄하였다.

이 편지 이후의 편지는 대부분 보낸 시기가 미상인데, 1874년 이후에 보낸 것으로 보인다. 〈편지 20〉에서는 추사(秋史)의 글씨만 모방하는 세태를 비판하고, 윤종의의 아들로 하여금 중세 서체의 전형인 송설체(松雪體)를 우선 학습하게 하도록 권유하였다.

〈편지 23〉에서는 윤종의가 명말(明末)의 종실(宗室) 팔대산인(八大山人) 주답(朱耷)의 물고기 그림을 보내오자, 그 그림이 부산(傅山)의 그림과 함께 사람들에게 존중받는 것은 명절(名節) 때문이라는 뜻을 전하였다. 《환재집》권4 〈맹낙치의 화국첩에 쓰다[題孟樂癡畵菊帖]〉라는 글에도 부산과 주답의 그림에 대해 이와 같은 뜻을 밝힌 내용이 보인다.

〈편지 24〉는 《해장집》을 교정할 때의 감회가 피력되어 있는 것으로 보아 1874년(고종11, 68세)에 보낸 것으로 보인다.

〈편지 25〉에서는, 청나라의 섭명침(葉名琛)이 간행한 《해산선관총서(海山僊館叢書)》에 《명이대방록(明夷待訪錄)》의 저자가 황종희(黃宗羲)의 아우 황종염(黃宗炎)으로 기록된 것을 이해할 수 없다고 하였다.

〈편지 30〉에서 환재는 자신의 그림인 〈연암산거도(燕巖山居圖)〉에 윤종의가 붙인 발문을 《동호소권(東湖小卷)》에서 본 사실과 그 감회를 전하였다.

〈편지 31〉은 환재가 양손(養孫)을 구했다는 내용이 있는 것으로 보아 1876년(고종13, 69세) 1월에 쓴 편지로 보인다. 환재는 양자 제정(齊正)이 요절하자, 70세 때인 1876년 1월에 일족 박제창(朴齊昌)의 아들 희양(羲陽)을 양손으로 들였다.

한편, 〈윤사연에게 보내는 편지〉의 말미에는 윤종의가 환재에 대해 논평한 글과 만시(輓詩)가 첨부되어 있는데, 김윤식이 붙인 것이다. 윤종의는 환재의 문장에 대해 일을 논하는[論思] 데 특장이 있다고 하였으며, 관화(官話)와 이언(里諺)도 모두 가다듬어 아름다운 말로 승화시켰다고 평하였다. 또 논사하는 글은 당나라의 육지(陸贄)와 같고, 지적과 진술의 정밀함은 주희(朱熹)의 문장과 같다고 평했다. 만시에서는, 역대의 관료 중 외로운 충정과 훌륭한 명망에서 사암(思菴) 박순(朴淳)에 필적할 만하다고 칭찬하였다. 윤종의의 이 글은 환재의 문장과 관료로서의 능력을 적절히 평가한 글로 주목할 필요가 있다.

〈윤침계에게 올리는 편지[上尹梣溪]〉는 1852년(철종3, 46세) 연말에 보낸 것이다. 당시 함경도 관찰사를 지내던 윤정현이 황초령(黃草嶺)에 있던 진흥왕 순수비를 탁본하여 보내오자 이에 답한 편지이다. '진흥'이 시호인지, 재위(在位) 시의 명칭인지에 대한 논란에 대해, 환재는 여러 근거를 들며 시호일 것으로 판단하였다. 또 구례(求禮)의 화엄사(華嚴寺)에 있던 '화엄석경(華嚴石經)'이 왜구에 의해 파손된 뒤 전혀 수습되지 않고 있는 실정을 개탄하였다. 이 편지는 앞의 〈윤사연에게 보내는 편지 5〉와 함께 금석 고증에 관심을 기울인 환재의 학문적 성향을 잘 보여준다.

〈신치영에게 보내는 편지[與申稺英]〉는 1875년(고종12, 69세) 4월 15일에 보낸 것이다. 편지와 함께 막걸리와 생선을 선물 받고, 과거 북경에서 교분을 맺은 심병성(沈秉成)에게 《육노망집(陸魯望集)》을 선물 받고 시를 써 준 일을 회상하였으며, 또 두릉(斗陵)에 집을 한 채 얻었으니 그곳에서 만년을 함께 보내고 싶다는 뜻을 전하였다.

〈홍일능에게 보내는 편지[與洪一能]〉는 1872년(고종9, 66세) 4월 12일에 쓴 것으로, 2차 연행에서 막 돌아왔을 때였다. 북경을 통해 들어온 서양 그림에 등장한 부인의 치마가 조선 부인의 치마와 흡사해 놀랐다고 하면서, 서양과 조선이 원나라 지배를 받았을 때의 풍습이 남아 있는 것이라고 진단하였다. 또 이런 누습을 개혁하기 위해 젊은 시절에 《거가잡복고》를 저술한 적이 있음을 언급하였다. 한편 북경 자수사에 걸린 명나라 효정태후의 화상을 개수(改修)한 자세한 내막도 전하였다.

〈신사수에게 보낸 편지[與申士綏]〉는 보낸 시기가 미상이다. '정봉선(鄭逢仙)'이라는 인장이 찍힌 백묘(白描) 인물화를 신석희에게 보내면서, 아우 박선수와 그 그림에 대해 나눈 이야기를 전하였다. 또 그림 속의 인물들이 착용한 복장을 자세히 관찰한 뒤 하나의 그림에 여러 시대의 복식 제도가 뒤섞여 있음을 발견하고, 이에 대해 개탄하였다. 박선수의 서화 감식안을 살필 수 있는 자료이다.

〈남자명에게 보내는 편지[與南子明] 1〉은 1861년(철종12, 55세) 6월 1일에 보낸 것으로, 열하 문안사의 임무를 마치고 막 압록강을 건너왔을 때였다. 심양(瀋陽)을 지나올 때 여관의 주인이 어떤 별을 보고 '소적성(掃賊星)'이라 하며 비적(匪賊)들이 소탕될 것으로 기대하고 있다는 이야기를 전하면서, 중국이 태평천국군(太平天國軍)에게 몹시 시달리고 있는 상황을 감지할 수 있다고 하였다.

〈편지 3〉은 1861년(철종12) 사행에서 귀국한 이후 남병철이 사망한 1863년 7월 이전에 쓴 편지로 추정된다. 환재가 심병성에게 기증받은 몇 권의 책을 남병철에게 보여주며 평가를 부탁하자 남병철이 편지를 통해 알려온 듯하다. 이에 환재가 그 평가에 대해 《사고전서총목제요(四庫全書總目提要)》로 만들어도 될 만큼 훌륭하다고 칭찬하였다. 또 명말청초의 이옹(李顒)의 책에 대해서는 학술적인 면모보다 명나라 조정에 절의를 지킨 것을 더 높이 평가할 인물이라고 하였고, 묘기(苗夔)의 책에 대해서는 실용에 도움이 적다는 점에서 높이 평가하지 않은 남병철의 견해에 동조하였다.

〈새로 부임한 평안도 관찰사 모공에게 주다[與新箕伯某公]〉는 1869년(고종6, 63세) 4월에 평안도 관찰사에서 해임된 뒤 후임으로 임명된 한계원(韓啓源, 1814~1882)에게 준 편지이다. 군기고(軍器庫)는 부정과 비리가 발생할 소지가 크고 국가 방어에도 결정적 영향을 미칠 수 있으므로, 철저하게 관리할 것을 역설하였다.

〈여러 벗에게 주어 석 상서의 화상에 대해 논하다[與知舊諸公論石尙書畫像]〉는 1867년(고종4, 61세) 연말에 쓴 것으로 보인다. 환재는 평안도 관찰사로 재직하고 있었다. 석성(石星)의 후손인 석태로(石泰魯)가 석씨 가문의 가승(家乘)을 새로 편찬한 뒤 석성의 화상을 세상에 내놓자 사람들이 의심하였으므로, 석성의 화상을 들고 평양으로 가서 무열사(武烈祠)에 보관된 석성의 화상과 비교하려 한 일이 있었다. 이와 관련한 내용이 〈윤사연에게 보내는 편지 8〉에도 보인다. 환재는 석씨 가문의 가승은 믿을 수 없는 것이 분명하지만 그 화상은 진본임이 틀림없다고 판단하여, 벗들에게 편지를 보내 의견을 물었던 것으로 보인다. 편지의 말미에서 김윤식은 이 화상이 진본임을 논한 환재의 논변이 매우 많지만 첫 편만 기록해 둔다는 주석을 붙였다.

〈신유안에게 보내는 편지[與申幼安]〉는 1868년(고종5, 62세)부터 1876년(고종13, 70세)에 걸쳐 보낸 것인데, 안부를 전하는 내용이 대부분을 차지한다.

〈편지 2~7〉은 1871년(고종8, 65세)에 보낸 것이다. 〈편지 4〉는 1871년 5월에 쓴 편지로, 옥수(玉樹) 조면호(趙冕鎬)가 장악원 정(掌樂院正)에 임명되었으나 숙배하지 않은 내용이 보인다.

〈편지 9~24〉는 모두 1874년(고종11, 68세)에 보낸 것이다. 신응조는 1873년(고종10) 12월부터 1874년 9월까지 평안도 관찰사로 재직했고, 환재는 같은 기간에 우의정을 지냈다.

〈편지 25~30〉은 1876년(고종13, 70세)에 보낸 것이다. 〈편지 26〉에서는 환재가 기로소에 든 사실과 양손(養孫)을 구한 사실을 확인할 수 있다. 〈편지 30〉은 환재가 세상을 떠나기 한 달여 전인 1876년(고종13) 11월 3일에 쓴 것이다. 이해 8월에 수원 유수(水原留守)로 부임한 뒤 갑자기 발병한 상황을 전하였다.

권10 역시 서독으로, 청나라 인물에게 보낸 편지 총 41편이 수록되어 있다. 1861년(철종12, 55세)과 1872년(고종9, 66세)의 연행 때 북경에서 교유를 맺은 이들에게 보낸 것이다. 수신자는 풍지기 1편, 심병성 7편, 왕증 1편, 설춘려(薛春黎) 1편, 정공수 1편, 왕헌 7편, 황운혹 6편, 동문환 7편, 동문찬 1편, 장병염(張丙炎) 1편, 오대징(吳大澂) 1편, 팽조현(彭祖賢) 1편, 만청려(萬靑藜) 4편, 숭실(崇實) 2편이다. 편지를 보낸 시기는 1차 연행 직후인 1861년 10월부터 시작해 1876년 (고종13, 70세) 10월에까지 걸쳐 있다.

〈중복 심병성에게 보내는 편지[與沈仲復秉成] 1~7〉은 1861년(철종 12, 55세) 10월 21일부터 1872년(고종9, 66세) 10월까지의 기간에 보낸 것이다. 〈편지 1〉은 1861년(철종12) 10월 21일에 쓴 편지이다. 진정한 우정은 화이(華夷)의 차별을 초월하여 이루어질 수 있다고 하였는데, 이는 연암의 우정론을 계승한 것으로 주목할 필요가 있다. 한편, 북경 에 머무를 때 고염무의 학술에 대해 토론한 일을 회고하며 고염무의 학문과 투철한 선비정신을 칭찬하였다.

〈편지 2〉는 1862년(철종13, 56세) 봄에 쓴 편지인데, 내용으로 보아 환재가 진주 안핵사로 간 3월 1일 이전에 보낸 것이다. 심병성이 산서 성(山西省)의 향시관(鄕試官)으로서 많은 인재를 선발한 것을 축하하 고, 향시 수석자의 답안을 베껴 보내 줄 것을 요청하였다. 아울러 환재 가 연행 당시 직접 베껴 갔던 것으로 보이는 연암의 〈문승상사당기(文 丞相祠堂記)〉가 문산사(文山祠)에 게시된 사실에 감사를 표하였다.

〈편지 4〉는 1862년(철종13) 겨울에 쓴 편지이다. 심병성이 《제감도 설(帝鑑圖說)》을 주해(注解)한 소식을 들었다고 하며 임금을 보좌할 서적으로 초횡(焦竑)의 《양정도해(養正圖解)》를 추천하였다. 또 북경 자수사에 걸린 명나라 신종의 모후인 효정태후의 화상을 보수하고 싶 다는 뜻을 전하였으며, 동인들의 시선(詩選)인 《영루합잠집(咏樓盍簪

集)》의 간행 여부를 물었다. 한편 〈중봉유허비(重峯遺墟碑)〉와 〈진철선사비(眞澈禪師碑)〉의 탁본을 보내주면서 임진왜란 때 순절한 조헌(趙憲)의 행적을 높이 사고 〈진철선사비〉의 건립 연대를 고증했는데, 환재의 금석문자에 대한 관심과 애호를 확인할 수 있다. 마지막으로 조부 연암이 열하에서 교유한 혹정(鵠汀) 왕민호(王民皞)의 행적을 찾아줄 것을 부탁하였다.

〈편지 5〉는 1863년(철종14, 57세) 10월 27일에 쓴 것이다. 1861년 연행 때 중국의 벗들과 고염무 사당에 참배하고 음복한 일을 그림으로 제작한 〈고사음복도(顧師飮福圖)〉를 부쳐 보낸다고 했는데, 〈고사음복도에 쓴 글[題顧師飮福圖]〉(卷11)이 참고가 된다. 또 환재는 편지를 통해 학술적 토론을 펼치기를 제안하였다. 별지에서 고염무의 《하학지남(下學指南)》, 황여성(黃汝成)의 《일지록집석(日知錄集釋)》, 왕무횡(王懋竑)의 《백전잡저(白田雜著)》, 《전경당총서(傳經堂叢書)》에 실린 능명개(凌鳴喈)의 《논어해의(論語解義)》 등에 대해 질문하였다. 특히 《논어해의》에서 능명개가 고염무와 모기령(毛奇齡)을 동시에 칭찬하고 있음을 비판하면서, 주자의 설을 비판한 모기령은 고염무와 함께 거론될 수 있는 인물이 아님을 강조하였다.

〈편지 6〉은 1864년(고종1, 58세) 10월에 쓴 편지로 보인다. 이미 세상을 떠난 남병철의 천문수학에 관련된 저술인 《해경세초해》, 《의기집설》, 《추보속해》를 동봉하면서, 왕헌(王軒)에게 전달해 주기를 요청하였다.

〈하거 왕헌에게 보내는 편지[與王霞擧軒] 1~7〉은 1861년(철종12, 55세) 10월 21일부터 1872년(고종9, 66세) 10월까지 보낸 것이다. 〈편지 1〉은 1861년 10월 21일에 쓴 편지이다. 왕헌이 저술하려 하는 《공범 통해(貢範通解)》를 집필했는지 묻는 한편, 남병철을 천문수학에 정통한 학자로 소개하고 남병철이 장돈인(張敦仁, 1754~1834)의 수학서인 《개방보기(開方補記)》를 보고 싶어 한다는 사실을 전하며 책을 구해달라고 부탁하였다.

〈편지 3〉은 1866년(고종3, 60세) 10월에 쓴 것으로, 환재는 평안도 관찰사로 재임하고 있었다. 박선수가 《설문해자익징》을 저술하고 있다는 것을 전하였으며, 1866년 7월에 발생한 제너럴셔먼호 사건의 책임이 미국 측에 있음을 밝혔다.

〈편지 4〉는 1868년(고종5, 62세) 윤4월에 쓴 것으로, 셰난도어호 사건을 진주(陳奏)하기 위한 사행 편을 통해 보낸 것이다. 환재는 평안도 관찰사로 재임하고 있었다. 왕헌이 북경의 자수사에 봉안된 명나라 신종의 생모 효정태후의 영정 보수 사업을 끝내고 〈구련상중장기(九蓮像重裝記)〉를 지어 보내준 데 대해 감사의 마음을 전하였다. 또 왕헌이 삼례(三禮) 공부를 마쳤다는 사실을 떠올리며 삼례에 대한 논의 몇 항목을 보내달라고 하였는데, 이는 중국 인사들과의 교유가 학술적 토론으로 이어지기를 희망한 것이라는 점에서 주목할 필요가 있다.

〈편지 5〉는 1868년(고종5) 11월에 쓴 것이다. 동문환이 감숙성으로 떠나며 조선 문인의 시를 모아 편찬하려는 뜻을 전해주었다고 하면서, 자신이 초록한 조선 문인의 시를 동문환에게 전해줄 것을 부탁하였다. 환재가 초록한 시 가운데는 자신의 7대조인 박미(朴瀰)와 조부 연암의 시가 포함되어 있다. 동문환은 뒤에 실제로 조선 문인의 시를 모아 《한객시록(韓客詩錄)》을 편찬했는데, 미완성으로 현재 전하지 않는다.

〈편지 6〉은 1870년(고종7, 64세) 윤10월에 쓴 것이다. 양자로 들인 제정(齊正)의 죽음을 전하였다. 또 박선수의 《설문해자익징》이 완성되는 대로 서문을 부탁하겠다고 하면서, 고증학적 측면에서 가치 있는 저술임을 언급하였다.

〈상운 황운혹에게 보내는 편지[與黃緗芸雲鵠] 1~6〉은 1861년(철종 12, 55세) 10월 21일부터 1872년(고종9, 66세) 10월까지의 기간에 보낸 것이다. 〈편지 1〉은 1861년(철종12) 10월 21일에 쓴 것이다. 황운혹이 조선의 벗들에게 부탁한 〈완정복호도(完貞伏虎圖)〉에 붙일 시문이 아 직 다 수합되지 않았음을 전하였다. 〈완정복호도〉에 대해서는 권3 〈완 정복호도에 쓰다〉가 참조가 된다.

〈편지 4〉는 1867년(고종4, 61세) 10월에 쓴 것으로, 환재는 평안도 관찰사로 재직하고 있었다. 강화도에서 순절한 이시원(李是遠)을 위해 만시(輓詩)를 지어 보내 준 것에 대해 감사의 뜻을 전하였다. 이시원은 병인양요가 일어나 강화도가 함락되자 아우 이지원(李止遠)과 함께 자결한 인물이다. 또 북경의 자수사에 봉안된 명나라 신종의 생모 효정 태후의 영정 보수 사업이 어떻게 진행되고 있는지 물었다.

〈연추 동문환에게 보내는 편지[與董研秋文煥] 1~7〉은 1861년(철종 12, 55세) 10월 21일부터 1872년(고종9, 66세) 10월까지의 기간에 보낸 것이다. 〈편지 1〉은 1861년(철종12) 10월 21일에 쓴 것이다. 환재는 연행 당시 송균암(松筠菴)에서 펼친 연회를 그림으로 그려 동문환에게 준 〈회인도(懷人圖)〉를 떠올리며 그리운 마음을 전하였다. 이어 연암 과 인연이 있는 곽태봉(郭泰峯)과 곽집환(郭執桓) 부자에 대해 아는지 묻고 곽집환의 《회성원집(繪聲園集)》을 읽어본 적이 있는지 물었다. 또 문승상사(文丞相祠)와 법원사(法源寺)에서 본 〈운휘장군비(雲麾將 軍碑)〉 잔존 글자의 내력을 묻고 〈운휘장군비〉의 모각(摹刻)을 탁본해 주기를 부탁하였다.

〈편지 5〉는 1868년(고종5, 62세) 윤4월에 쓴 편지로, 세난도어호 사건을 진주(陳奏)하기 위한 사행 편을 통해 보낸 것이다. 환재는 평안도 관찰사로 재직하고 있었다. 북경의 자수사에 봉안된 명나라 신종의 생모 효정태후의 영정 보수 사업을 끝내고 자수사의 석각(石刻) 탁본과 〈구련화상을 다시 장정하고 지은 노래〔重裝九蓮畵像歌〕〉를 지어 보내준 데 대해 감사의 마음을 전하는 한편, 동문환이 편찬하고 있는 《한객시록》에 수록될 시의 선별에 신중을 기해줄 것을 부탁하였다. 또 《목은집(牧隱集)》과 《하서집(河西集)》의 시를 선별하고 있으니 조금 기다려 달라는 부탁도 전하였다. 말미에는 세난도어호 사건이 있었음을 언급하였다.

〈편지 6〉은 1868년(고종5, 62세) 11월에 쓴 것으로, 환재는 평안도 관찰사로 재직하고 있었다. 《한객시록》에 수록할 이색(李穡)과 김인후(金麟厚) 시의 선록(選錄)이 끝나 한 책으로 만들었다는 사실과 박미의 시를 초록하고 연암의 시를 부록하여 함께 보낸다고 하였다. 환재는 이 책의 이름을 《동한제가시초(東韓諸家詩鈔)》와 《분서시초(汾西詩鈔)》로 명명하였다.

〈편지 7〉은 2차 연행 때인 1872년(고종9, 66세) 9월에서 10월 사이에 북경에서 쓴 것으로 보인다. 동문환의 아우인 동문찬과 처음 대면한 뒤 고염무의 사당을 함께 참배하고 보수를 마친 자수사의 효정태후의 화상을 살펴보면서 동문환을 만나지 못한 아쉬움을 달랬노라고 하였다. 환재는 평안도 관찰사로 있을 때 중국의 지인들에게 백금 오십 냥을 보내 효정태후의 영정 보수 사업을 완수한 바 있다. 또 2차 연행 당시 〈효정황태후의 화상을 다시 보수한 내력을 기록하다〔孝定皇太后畵像重繕恭記〕〉라는 기문을 지어서 가지고 갔다(卷4).

〈운감 동문찬에게 보내는 편지[與董雲龕文燦]〉는 1873년(고종10, 67세) 겨울에 쓴 편지로, 2차 연행을 마치고 귀국한 지 1년이 지난 시점이었다. 2차 연행 때 동문환의 아우인 동문찬과 교유를 맺었다. 아우 박선수가 편찬 중인《설문해자익징》이 마무리 되면 북경에서 출간하고 싶다는 생각을 전하였다. 환재는 2차 연행 때《설문해자익징》을 가지고 갔고 동문찬에게 책을 보여준 뒤 평론을 붙여 돌려달라고 부탁하기도 했었다. 환재가《설문해자익징》을 중국에서 출간하고 싶어 했던 이유는 책의 내용에 대한 상당한 자부심과 아울러 조선에서는 그 가치를 알아볼 사람이 없다는 판단 때문일 것이다. 당시 중국의 물가가 너무 올라 간행할 엄두를 내지 못했지만, 귀국한 뒤에도 중국에서 간행할 희망을 버리지 않았던 것이다.

〈오교 장병염에게 보내는 편지[與張午橋丙炎]〉는 1870년(고종7, 64세) 윤10월에 쓴 것이다. 환재는 장병염을 직접 만난 적이 없으나, 김영작(金永爵)이 1858년(철종9) 동지사의 부사로 연행하여 장병염을 만났고, 환재는 김영작을 통해 장병염의 존재를 알았다. 또 장병염이 편찬하여 김영작에게 보내 준《강의(講義)》를 읽은 적이 있었다(卷4〈題邵亭遺墨帖〉). 마침 동지 부사 조영하(趙寧夏)가 돌아오는 편에 장병염이 보낸 대련(對聯)을 선물 받았기에, 감사의 편지를 보내 장병염과 교유를 맺으려 한 것이다.

〈청경 오대징에게 보내는 편지[與吳淸卿大澂]〉는 1873년(고종10, 67세) 10월에 쓴 편지로, 2차 연행 때 오대징과 교유를 맺었다. 내용으로 보아 연행 당시 오대징으로부터《증문정문초(曾文正文鈔)》를 선물 받은 듯한데, 환재는 증국번의 학술과 문장에 감탄하여 그의 전집(全集)을 구해보고 싶다는 뜻을 전하였다. 또 박선수의《설문해자익징》을 중국에서 출간하고 싶다는 뜻을 전하였다. 말미에는 연행 당시 교유를 맺은 장지동(張之洞)·왕의영(王懿榮)·사유번(謝維藩)·고조희(顧肇熙)·이자명(李慈銘)·오보서(吳寶恕)의 안부를 물었다. 주목할 점은 오대징 및 환재가 안부를 물은 인물들이 조선의 개화사상과 밀접한 관련을 가진 인물이라는 것이다. 조선의 역관(譯官) 오경석(吳慶錫)이 1858년(철종9) 또는 1863년(철종14) 북경에서 장지동·오대징·왕의영 등 양무파(洋務派) 개혁사상가를 만나 그 영향을 받아 개화사상을 형성하였으며 이런 이유로 우리나라의 첫 개화 사상가로 오경석을 꼽는다. 하지만 최근에는 오경석이 장지동 등을 만난 것은 환재를 수행해 북경에 갔던 1872년이므로, 기존의 연구가 사실과 다르다는 주장이 제기되었다.[4]

〈용수 만청려에게 보내는 편지〔與萬庸叟青藜〕 1~4〉는 1873년(고종 10, 67세) 10월에서 1875년 1월 사이에 보낸 것으로, 2차 연행 때 팽조현과 교유를 맺었다. 〈편지 1〉은 1873년(고종10) 10월에 보낸 것인데, 내용에서 주목할 점은, 석파(石坡) 이하응(李昰應)에게 보낸 편지를 얻어 보고 지촌(恖村)에서 즐거운 모임이 있었다는 얘기를 들었다고 하는 환재의 언급이다. 이는 만청려가 이하응에게 따로 편지를 보냈음을 의미하는데, 이하응이 연행단 편에 청나라 예부 상서(禮部尙書) 만청려에게 편지를 전해 비공식적으로 중국과 외교 교섭을 추진하고 있었음을 짐작케 한다.

〈편지 2〉는 1874년(고종11, 68세) 6월 29에 쓴 편지로, 중국에서 보낸 비밀 자문(咨文)에 회답하기 위해 파견된 재자관(齎咨官) 편에

---

4 김명호, 〈실학과 개화사상〉, 《한국사시민강좌》 48집, 일조각, 2011.

부친 것이다. 중국에서 보낸 비밀 자문은 1874년 6월에 이른바 '모란사 사건(牡丹社事件)'으로 위기에 몰린 청나라가, 일본이 조선으로 출병 하려 하며 프랑스와 미국이 이에 가세하려 한다는 첩보를 알려주며 미국과 프랑스와 통상을 맺으라고 권고한 내용이었다. 이 자문을 받은 영의정 이유원(李裕元)은 일본이 침략해 와도 물리칠 수 있으며 또 중국의 통상 권유는 잘못된 처사라고 불만을 표시하였고, 흥선대원군 은 이런 내용으로 중국에 회답 자문을 보내게 하였다. 환재는 이 편지 를 통해 이유원의 발언을 비판하면서, 만청려에게 사태의 원만한 해결 을 주선해 줄 것을 부탁하였다. 한편 환재는 당시 서양의 과학기술을 소개하는 잡지인 《중서문견록(中西聞見錄)》을 본 사실과 그 잡지에서 옛 선현들의 도학(道學) 정신을 진부한 것으로 치부한 것에 대해 개탄 을 금치 못한다는 생각을 전하고 있다. 환재가 견지한 '동도서기론(東 道西器論)'의 일면을 보여주는 것이라고 하겠다.

〈편지 3〉은 1874년(고종11, 68세) 10월에 보낸 것이다. 당시 환재는 우의정에서 물러났을 때였다. 박선수의 《설문해자익징》을 중국에서 간행하고 싶다는 뜻과 그 책의 내용과 성과를 언급하였다. 또 조선에는 문자학에 대한 안목을 지닌 이가 없으며, 관심을 가진 이가 있다고 해도 완물상지(玩物喪志)의 수준을 벗어나지 못한다고 하였다.

〈박산 숭실에게 보내는 편지〔與崇樸山實〕 1~2〉는 1873년(고종10, 67세) 10월과 1876년(고종13, 70세) 10월에 보낸 것이다. 내용은 이전 의 만남을 그리워하는 것이다. 환재는 2차 연행 때, 1870년(고종7) 겨울 천진 흠차대신(天津欽差大臣)으로 프랑스에 다녀온 숭후(崇厚) 를 만나 세계정세에 대해 듣고 싶어 하다가, 반묘원(半畝園)에서 만난 숭후의 아우 숭실을 통해 세계정세에 대해 전해 들었다. 숭실을 만나게 되는 과정은 《환재집》 권8에 수록된 〈온경에게 주는 편지 38〉의 별지에 자세히 기록되어 있다. 〈편지 2〉는 내용으로 보아 1876년(고종13) 동지사 편에 보낸 편지인데, 숭실은 1876년 9월에 이미 세상을 떠났으므로 이 사실을 모른 채 보낸 것으로 보인다. 《환재집》에 수록된 중국 인사에게 보낸 편지 중 시기가 가장 늦은 편지이다.

권11은 서독과 잡문(雜文)이다. 서독은 홍선대원군에게 답하는 편지 5통과 좌의정 이최응(李最應)에게 보내는 편지 9통인데, 1874년(고종11, 68세) 8월부터 1875년 11월까지 쓴 것이며, 모두 일본의 서계 접수를 거부한 홍선대원군과 이최응을 설득하는 내용이다.

명치유신을 단행한 일본이 1868년(고종5) 12월 왕정복고(王政復古)를 알리는 내용의 서계를 보내왔는데, 이 서계를 접수한 동래부(東萊府)의 왜학훈도 안동준(安東晙)은 서계의 형식과 자구 등이 종전의 격식에서 벗어났다는 이유로 접수를 거부하였다. 이 사실을 보고받은 조선 조정에서는 1년 간의 협의 끝에 1869년 12월에, 서계를 수정해 올리도록 책유(責諭)하고 접수를 거부하라고 지시했다. 이후 일본은 대마도주의 대조선 외교의 직임을 회수하고 외무성을 통한 직접 외교에 나서게 되었다. 그리하여 1872년(고종9) 1월 일본이 삼산무(森山茂) 등을 파견해 외무대승(外務大丞) 명의의 서계를 보냈는데 안동준이 다시 접수를 거부하자, 5월 20일 일본 관원들이 왜관(倭館)을 난출(攔出)하여 동래 부사 정현덕(鄭顯德)에게 직접 교섭할 것을 요청했다. 정현덕은 이들을 문책하여 왜관으로 돌려보냈고, 일본에서는 삼산무 등 외무성 관원들을 왜관에서 모두 철수시켰으며, 이 일로 인해 양국 간의 교린이 일시 중단되었다. 그런데 1874년 6월에 청나라 예부에서 비밀 자문을 보내 일본이 조선으로 출병하려 하며, 프랑스와 미국이 이에 가세하려 한다는 첩보를 알려왔다.

〈대원군께 답해 올리는 편지〔答上大院君〕 1〉은 이 무렵인 1874년(고종11, 68세) 8월에 보낸 것이다. 당시 흥선대원군은 이미 정계에서 물러난 상황이었고, 환재는 우의정으로 재직하고 있었다. 조선 정부는 일본이 보내온 서계의 자구와 내용을 문제 삼아 접수를 거부하였다. 환재는 조선이 문제로 삼은 일본 서계에 대한 정부의 대응을 하나하나 지적하며, 일본에서 보낸 서계를 접수할 것과 왜학훈도 안동준을 처벌하여 일본의 서계 접수를 거절한 것이 안동준의 농간임을 확인시켜 일본과의 관계를 개선할 것을 요청하였다.

1874년(고종11) 8월에 동래 부사 박제관(朴齊寬)과 훈도 현석운(玄昔運)이 일본 외무성 삼산무와 교섭을 가졌고, 일본 외무경(外務卿)이 조선의 예조 판서에게, 외무대승(外務大丞)이 예조 참판에게 서계를 작성해 보내기로 합의하였다. 이에 따라 1875년 2월에 일본의 서계가 도착할 예정이었는데, 흥선대원군이 환재에게 편지를 보내 미리 서계를 접수하지 않겠다는 뜻을 전했다. 〈편지 2〉는 이에 답하는 편지로 1875년(고종12, 69세) 1월에 쓴 것이다. 환재는 일본과 서양이 한편이기 때문에 서계로 인해 전쟁의 빌미를 제공해서는 안 되며, 서계를 수정해 왔는데도 접수하지 않는 것은 변란을 자초하는 일이라고 반박하였다.

1874년 8월에 이루어진 교섭에 의거해 1875년 1월 19일에 삼산무가 외무성의 서계를 지니고 만주환호(滿珠丸號)를 타고 와 왜관에 도착했다. 삼산무는 훈도(訓導)와 면대한 자리에서 동래 부사를 만나 직접 서계를 전달하겠노라고 하면서 왜관을 나가 동래부로 가겠다고 하였다. 새로 임명된 동래 부사 황정연(黃正淵)은 장계를 올려 삼산무가 화륜선을 타고 왔고, 서계를 담당 역관에게 보여주지 않았으며 왜관 난출을 꾀하고 있는 것에 대해 보고했다. 조정에서는 2월 5일 어전회의를 거쳐, 삼산무의 동래부 입부(入府)는 인정하지 않고 동래 부사로 하여금 왜관에 가서 연향을 베풀고 서계를 검토하여 격식을 어긴 곳이 있으면 사리에 의거해 물리치며, 고쳐서 가져오면 즉시 받아들여서 우호를 회복하라고 지시했다. 이에 동래부에서 연향을 베풀겠다는 뜻을 전하자 삼산무는 양복(洋服)을 입고 참석하겠다고 했으며, 조정에서는 이 사실을 보고 받고 3월 4일에 옛 법식대로 시행하라는 지시와 함께 동래부에 정배(定配)한 전 훈도 안동준을 효수하도록 명하였다. 연향 때의 양복 착용 문제로 대립이 계속되자 일본은 이해 4월과 5월에 이른바 포함외교(砲艦外交)를 펼치며 군함 운양호(雲揚號)와 제2정묘호(第二丁卯號)를 차례로 부산에 입항시켜 무력시위를 벌였다. 이를 보고받은 고종은 5월 10일 시임 및 원임 대신과 당상관을 불러 서계의 접수 여부를 물었는데, 환재와 이최응 등 4인이 접수를, 김병국(金炳國) 등 7인이 거절을 주장하였고, 나머지 24명은 대답을 보류하였다. 이날 조정에서 서계의 접수 거부를 최종 결정짓게 되었는데, 서계가 대마도를 통하지 않고 외무성에서 보내온 것, 교린의 문자에 겸공(謙恭)함이 없고 스스로 존대한 점, 연향을 베푸는 것은 먼 나라 사람을 대접하는 의리에서 나온 것인데 의식 절차를 이전의 규칙과 다르게 바꾸려 한다는 점이 그 이유였다. 〈편지 3〉과 〈편지 4〉와 〈편지 5〉는 조선 정부가 서계 거부를 최종 결정지은 직후인 1875년(고종12, 69세) 5월 11일 이후에 보낸 것으로, 서계 접수 거부에 대한 최종 결정을 재고할 것을 흥선대원군에게 요청하였다.

〈좌의정에게 답해 올리는 편지[答上左相] 1~7〉은 1875년(고종12) 2월부터 7월 사이에 보낸 것으로 대원군에게 보낸 편지와 마찬가지로 일본의 서계를 접수할 것을 설득하는 내용이다. 〈편지 8, 9〉는 운양호 사건 이후인 1875년 9월과 11월경에 보낸 것이다. 운양호 사건 이후 위협을 느낀 조선 정부가 일본 서계를 접수하는 쪽으로 결정을 바꾸자, 환재는 갑자기 서계를 접수하여 위협에 굴복한 모습을 보일 것이 아니라 지금까지 서계 접수를 거부한 원인이 일본 측에 있음을 밝혀 조선 조정의 체면을 세운 뒤에 서계를 접수할 것을 요구하였다.

잡문(雜文)은 총 8편이다.

〈인가에 소장된 송나라 고종의 서축에 대해 변증한 글[辨人家所藏宋高宗書軸]〉은 환재의 서화 감식안을 살펴볼 수 있는 글로, 1832년(순조 32, 26세) 이전 작품으로 추정된다. 송나라 고종의 서축(書軸)에 찍힌 낙관을 근거로 인물들의 행적을 추적하여 위조된 작품임을 증명하였다. 또 중국 소주(蘇州) 지역에서 위조된 작품이 많이 유통되지만 그 수준이 졸렬하여 판별하기 어렵지 않다는 언급을 통해 환재의 수준 높은 서화 감식안을 확인할 수 있다.

〈도선암시고의 발문[逃禪菴詩稿跋]〉은 영조 때 활동한 여항 시인 전홍서(全弘叙)의 시집에 써 준 발문으로, 여항 문학에 대한 환재의 관심과 이해 수준을 보여준다. 윤정현이 지은 〈도선암시고의 서문[逃禪菴詩藁序]〉이 1850년대 말에서 1860년대 초에 지어진 것으로 추정되므로, 환재의 이 글 역시 비슷한 시기에 지어진 것으로 보인다. 유가의 정통적 문학론에 입각하여 신분 제한에 따른 불평불만을 절도 있게 표현한 점에서 전홍서의 시를 높이 평가하였는데, 환재의 이런 태도는 여항한시를 《시경》의 전통 속으로 끌어들임으로써 여항한시에 잠재해 있는 체제비판적 성향을 순화하고자 한 것이라는 평가가 있다.

〈안주 백상루의 중수기〔安州百祥樓重修記〕〉는 1871년(고종8) 5월 이후에 영유 현령(永柔縣令) 이경로(李敬老)를 대신하여 지은 글로 보인다. 평안도 안주의 백상루는 조종영(趙鍾永)이 지은 누각이다. 환재는 안주의 지리적 중요성을 언급한 뒤, 단순히 음풍농월하는 장소로 만들지 않기를 당부하였다.

〈고사음복도에 쓴 글〔題顧祠飲福圖〕〉은 환재가 1차 연행 때 북경에서 교유를 맺은 인물들과 고염무의 사당을 참배한 뒤 자인사(慈仁寺)에 모여 음복한 광경을, 귀국 후 화공을 시켜 그리게 한 것이다. 〈중복 심병성에게 보내는 편지 5〉에서 〈고사음복도〉를 그려 보내니 수정해 되돌려 보내 줄 것을 부탁한 점으로 미루어, 이 글 역시 1863년(철종14, 57세)에 지은 것으로 생각된다. 서두에서 그림에 그려진 인물들을 간략히 소개한 뒤, 도주(道州) 사람 하소기(何紹基)가 고염무 사당의 건립을 처음 주도한 사실을 밝혔다. 또 평소 사모하던 고염무의 사당을 참배한 감회와 그곳에서 벗들과 벌인 학문적 토론에 대해서도 추억하였다.

〈능호의 그림 족자에 쓴 글〔題凌壺畵幀〕〉은 능호관(凌壺觀) 이인상(李麟祥)의 그림에 붙여 이인상의 인품과 작품의 품격을 논한 글이다. 1863년에서 1873년 사이에 쓴 것으로 보인다. 이인상의 지조와 절개가 작품에 드러나 '신운(神韻)'을 느낄 수 있다고 평하였는데, 그림과 글씨의 기교를 넘어 화가의 '사의(寫意)' 정신이 지닌 미학적 가치를 높이 평가한 것으로 볼 수 있다. 또 이인상의 글씨는 안진경(顔眞卿)의 필체를 배웠고 전서(篆書)가 가장 고아하며 화법은 모두 전서의 필세를 지녔다는 평가를 통해, 환재의 서화 감식안을 확인할 수 있다.

〈유요선이 소장한 추사의 유묵에 쓴 글[題兪堯仙所藏秋史遺墨]〉은
유요선이 추사의 유묵을 잃어버렸다가 18년 만에 되찾아 북청(北靑)으
로 돌아갈 때 지어준 글이다. 1873년(고종10, 67세)에 지은 것으로
보인다. 유요선은 김정희가 북청에 유배되었을 때 제자로 삼은 인물로
보인다. 조면호(趙冕鎬) 역시 북청으로 돌아가는 유요선을 전송하면서
〈유요선과 헤어지며 주다[贈別兪堯仙幷小識]〉라는 시를 지었는데, 계
유년(1873)에 지은 작품에 포함되어 있다(《玉垂集》卷17). 환재는 이
글에서 추사 서법의 변화 과정을 정리하였다. 젊은 시절에는 동기창(董
其昌), 중년에는 옹방강(翁方綱)・소식(蘇軾)・미불(米芾)・이옹(李
邕)을 거쳐 구양순(歐陽詢)의 진수를 얻었으며, 제주도 유배에서 해배
된 이후에는 어떠한 서법에도 구애받지 않고 이른바 '추사체'를 완성했
다고 논하였다. 또 추사체를 '근엄함의 극치'라고 평가하였다. 아울러
김정희의 글씨는 조맹부(趙孟頫)로부터 그 힘을 얻은 것이라는 견해를
피력하였다. 길지 않은 글이지만 김정희의 서법의 변화 과정을 간명하
게 제시하고 그에 대해 품평한 이 글은 추사체에 대한 가장 뛰어난
비평문의 하나로 평가받는다는 점에서, 환재의 서화 감식안을 이해하
는 데 중요한 자료이다.

〈상고도에 붙인 안설 열 조목[尙古圖按說十則]〉은 환재의 첫 저작인
《상고도회문의례》에 수록된 환재의 안설 중 10개를 뽑아 옮겨 놓은
것이며, 안설 뒤에 이정관(李正觀), 홍길주(洪吉周), 가산(稼山 미상)
등의 평어가 붙어 있다. 《상고도회문의례》는 《환재총서》에 수록됨으
로써 학계에 공개되었다. 총 16권 16책으로 이루어져 있으며, 1826년
(순조26, 20세) 여름부터 1827년 초에 걸쳐 완성된 것으로 보인다.
역대 중국의 뛰어난 인물들에 관한 기록을 널리 발췌하고, 이 글에

의거하여 벗들과 함께 놀이 삼아 의고문(擬古文)을 짓기 위한 목적으로 편찬한 저술이다. 원래는 명나라 왕세정(王世貞)의 《상영람승삼재만변지도(觴咏攬勝三才萬變之圖)》를 보고 이를 모방하여 지은 것인데, 《상영람승삼재만변지도》가 패관잡기에서 글제를 따온 데에 불만을 느껴 이 저술에 착수했다고 한다.

첫 번째 안설 〈제갈자가 초당에서 한가로이 거처하다[諸葛子草堂閑居]〉는 《삼국지》 권35 〈촉서(蜀書) 제갈량전(諸葛亮傳)〉 중, 서서(徐庶)에게 제갈량을 추천받은 유비가 제갈량을 만나기 위해 삼고초려한 내용을 발췌하여 축약해 수록한 다음 붙인 것이다. 환재는 선비를 평가하는 가장 중요한 기준으로 '출처(出處)'를 들었으며, 선비가 의(義)를 바탕에 두고 '출처'를 행한다면 자신의 임금을 요순의 경지로 이끌기 위해 노력해마지 않을 것이라고 하였다.

두 번째 안설 〈이정공이 연영전에서 물러나오다[李貞公延英退朝]〉는 《신당서》 권152 〈이강열전(李絳列傳)〉의 내용을 발췌 수록한 뒤 붙인 것이다. 환재는 직언하는 신하와 이를 진심으로 수용하는 군주의 이상적 모습을 당 헌종(唐憲宗)과 이강의 경우에서 찾았다. 또 직언으로 이름난 한나라의 급암(汲黯)과 당나라의 위징(魏徵)이 결국 한 무제(漢武帝)와 당 태종(唐太宗)에게 버림받은 것은, 임금이 직언을 용납한다는 명성만 좋아할 뿐 진정으로 직언을 받아들이고 실천할 의지가 없었기 때문이라고 지적하였다.

세 번째 안설 〈범희문이 학교를 일으키고 인재선발 제도를 깨끗이 할 것을 청하다[范希文請興學校清選擧]〉는 《송사(宋史)》 권11 〈인종본기(仁宗本紀)〉 중 범중엄(范仲淹)이 재상이 되어 학교의 건립과 인재선발 제도의 개혁을 건의한 부분을 발췌하여 요약한 뒤 붙인 것이다.

요약한 내용은 54글자에 불과하지만, 안설은 2천 자가 넘는 장문으로 도도한 '사론(士論)'이 펼쳐져 있는데, 조부 연암의 선비론인 〈원사(原士)〉에 드러난 주장을 계승하고 있다는 점은 특기할 필요가 있다.

네 번째 안설 〈당나라 초기에 부병제를 설치하다[唐國初置府兵]〉는 《신당서》 권50 〈병지(兵志)〉 중 당나라 군사 제도가 부병(府兵)에서 확기(彍騎)로, 확기에서 방진(方鎭)으로 바뀌었다는 내용을 발췌하여 수록한 뒤 붙인 것이다. 환재는 중국 고대의 군사 제도가 주나라의 정전제(井田制)에서 시작되었다고 하며, '병농일치(兵農一致)'의 방법을 이상적인 군사 제도라고 하였다. 또 당나라 초기에 설치한 부병제가 병농일치의 정신을 잘 구현한 것으로 평가하였다.

다섯 번째 안설 〈송나라 태조가 봉장고를 설치하다[宋太祖置封椿庫]〉는 《송사기사본말(宋史記事本末)》 권1 〈태조대주(太祖代周)〉의 내용 중 송 태조가 북주(北周)를 평정한 뒤 봉장고(封椿庫)를 만들어 한 해 동안 필요한 비용 이외의 재물을 쌓아두고, 3백 만의 재물이 모이면 석진(石晉)이 거란에게 뇌물로 바친 유주(幽州)와 연주(燕州)를 되찾아 오는 비용으로 쓰거나 거란을 공격할 비용으로 쓰겠다고 한 부분을 발췌하여 수록한 뒤 붙인 것이다. 봉장고는 송나라 때 만든 궁궐 창고의 하나이다. 환재는 이 안설에서 봉장고를 혁파했어야 마땅한 네 가지 이유를 제시하였다.

여섯 번째 안설 〈당나라 태화 연간의 유주의 이해[唐太和中維州利害]〉는 《자치통감》 권247 〈당기(唐紀) 63〉의 내용 중 토번(吐蕃)의 유주 부장(維州副將) 실달모(悉怛謀)가 유주의 군대를 거느리고 당나라에 투항해 오자 서천 절도사(西川節度使) 이덕유(李德裕)가 실달모를 받아들이고 유주를 차지하는 이로움을 조정에 상주하였는데, 이덕유와 대립하던 우승유(牛僧孺)가 오랑캐와 약속한 화친을 지키는 것이 더 중요하다고 주장하여 실달모의 투항을 받아들이지 않았다는 내용을 발췌해 수록한 뒤 붙인 것이다. 환재는, 당나라 문종(文宗)의 유주의 조치에 대한 사마광(司馬光)과 호인(胡寅)의 상반된 견해를 소개한 뒤, 실달모의 투항을 받아들였어야 한다는 호인의 견해에 찬성하면서 스스로 당나라 조정의 신하로 가정하여 실달모의 투항을 받아들여야 한다는 상소를 지어 붙여 놓았다.

일곱 번째 안설 〈악악왕이 금자패를 받들다[岳鄂王奉金字牌]〉는 《속자치통감강목(續資治通鑑綱目)》 권14의 소흥10년(紹興十年) 조 중, 악비(岳飛)가 언성(郾城)에서 금나라의 군대를 크게 격파하고 주선진(朱仙鎭)까지 추격한 뒤 곧바로 황하를 건너 진격하려 했을 때 진회(秦檜)가 화의를 주장하며 황제를 설득하여 12번이나 금자패를 내려 악비를 소환한 사건을 발췌하여 수록한 뒤에 붙인 것이다. 안설을 통해 환재는, 왕세정(王世貞)과 이반룡(李攀龍)이 보통의 논자들과 달리 악비가 진격하지 않고 조정으로 발걸음을 돌린 것을 어쩔 수 없는 선택이었다고 보는 견해에 대해 반박하였다. 환재는 '국경을 나갔을 때 전권(專權)을 행사하는 법도'를 전제로 내세우고 당시의 여러 상황을 분석한 뒤, 악비가 금나라를 공격해 원수를 갚고 돌아와 황제에게 보고했더라면 진회에게 죽음을 당하는 일이 없었을 것이라고 주장하였다.

여덟 번째 안설 〈사안이 부견이 침입했다는 말을 듣다[謝安聞苻堅入寇]〉는 《진서(晉書)》 권79 〈사안열전(謝安列傳)〉 중 전진(前秦)의 부견(苻堅)이 백만 대군을 이끌고 침략해 왔을 때 장군 사현(謝玄)이 사안을 찾아가 계책을 물었는데, 사안이 조카 사현과 별장을 걸고 태연히 내기 바둑을 둔 일을 발췌하여 수록한 뒤 붙인 것이다. 환재는 사안이 적은 병력으로 전진의 백만 대군을 물리친 일을 천행으로 돌리고 전진의 침략 소식을 듣고 태연히 바둑 둔 일을 두려운 마음을 감춘 것이라고 폄하하는 논자들의 태도에 대해 반박하였다. 그리고 맹자의 '천시는 지리만 못하고 지리는 인화만 못하다.〔天時不如地利, 地利不如人和.〕'라는 말에 의거해, 전진이 천시와 지리와 인화를 모두 어긴 사실을 조목조목 지적하면서 사안의 승리를 천행으로만 돌릴 수 없다고 평가하였다.

아홉 번째 안설 〈소노천이 문을 닫고 독서하다〔蘇老泉閉戶讀書〕〉는 구양수(歐陽修)의 《문충집(文忠集)》 권34에 수록된 〈고패주문안현주부 소군묘지명 병서(故霸州文安縣主簿蘇君墓誌銘幷序)〉에 보이는 소순(蘇洵)의 고사를 읽고 붙인 것이다. 소순이 어린 시절 독서를 좋아하지 않다가 어느 날 갑자기 발분하여 독서하며 문사(文辭)를 공부하였지만 과거에 실패하였고, 다시 독서하며 문사를 짓지 않다가 5, 6년 뒤에 붓을 들고 글을 짓자 순식간에 수천 마디가 쏟아졌다는 내용이다. 소순의 이 일화에 대해 환재는 자신이 지은 〈예장설(豫章說)〉의 내용을 소개하며 속성(速成)을 바라는 태도를 경계하였다. 〈예장설〉은 귀한 목재로 쓰이는 예장 나무를 두고 고대 중국의 이름난 장인(匠人)인 공수반(公輸般)이 제자와 나눈 가상적인 문답으로 이루어져 있다. 홍길주는 환재의 이 안설이 우언(寓言)의 형식을 빌려 훌륭한 문학적 성취를 이루었다고 칭찬하며, 우언 형식의 산문을 남긴 명나라의 유기(劉基)와 송렴(宋濂)도 환재에게 한 걸음 양보해야 할 것이라는 평어를 붙였다.

열 번째 안설 〈사마온공이 재상에 배수되다〔司馬溫公拜相〕〉는 《자치통감절요속편(資治通鑑節要續編)》권7 신종(神宗) 8년의 내용 중 사마광(司馬光)이 낙양(洛陽)으로 물러나 산 지 15년 만에 신종이 세상을 떠나자 모든 백성이 사마광의 정계 복귀를 염원하므로 태후(太后)가 사마광을 재상에 임명하였다는 부분을 발췌하여 수록한 뒤 붙인 것이다. 환재는 사마광이 재상에 임명된 일을 통해 한 편의 재상론(宰相論)을 펼치고 있다. 하늘이 백성을 위해 군주(君主)를 만들어 준 뜻을 서술하며 첫머리를 시작하였고, 다음으로 군주가 천명을 받들어 현자를 구해 재상으로 임명한 뜻을 서술하였다. 이어 창업한 군주의 재상, 수성(守成)한 군주의 재상, 후세의 임금을 도운 재상의 역할을 나누어 서술한 뒤, 탐욕에 물들어 임무를 제대로 수행하지 못한 재상이 세상을 어떻게 망치는지에 대해 서술하였다. 이 안설은 《서경》의 내용처럼 천자가 신하에게 훈시하는 형식을 취했을 뿐만 아니라 《서경》의 독특한 문체를 모방해 지은 것이다.

참고문헌

김명호, 《환재총서》 해제, 성균관대 대동문화연구원, 1996.

김명호, 《초기 한미관계의 재조명》, 역사비평사, 2005.

김명호, 《환재 박규수 연구》, 창비, 2008.

김명호, 〈실학과 개화사상〉, 《한국사시민강좌》 48집, 일조각, 2011.

김용태, 〈실학과 사의식〉, 《연암 박지원 연구》, 사람의 무늬, 2012.

김진옥, 한국문집총간 《환재집》 해제.

김흥수, 《한일관계의 근대적 개편과정》, 서울대학교출판문화원, 2009.

김흥수, 〈1875년 朝日交涉의 실패 요인〉, 《한일관계사연구》 제45집, 한일관계사학회,
2013.

손승철, 《조선시대 한일관계사 연구》, 경인문화사, 2006.

손형부, 《박규수의 개화사상연구》, 일조각, 1997.

어강석, 〈선원계보기략 간행의 의의와 서발문에 나타난 계보의식〉, 《역사와 실학》 45집,
역사실학회, 2011.

유재춘, 〈壬亂後 韓日國交 再開와 國書改作에 關한 硏究〉, 강원대 석사논문, 1987.

유홍준, 〈박규수의 서화론〉, 《태동고전연구》 제10집, 1993.

李豫·崔永禧 輯校, 《韓客詩存》, 書目文獻出版社, 1996.

이완재, 〈박규수의 가계와 생애〉, 《한국사상사학》 12집, 한국사상사학회, 1999.

이훈, 《외교문서로 본 조선과 일본의 의사소통》, 경인문화사, 2011.

이훈, 〈외교문서로 본 근세 한일 간의 상호인식〉, 《일본학》 제28집, 동국대일본학연구
소, 2009.

장순순, 〈조선후기 일본의 서계 위식실태와 조선의 대응〉, 《한일관계사연구》 제1집,
한일관계사학회, 1993.

한문종, 〈조선전기 왜인통제책과 통교위반자의 처리〉, 《일본사상》 제7호, 2004.

《환재집》 서문[1] 김윤식

瓛齋集序 金允植

옛날 고정림(顧亭林) 선생이 "문장이 경술(經術)과 정리(政理 정치)의 중대한 문제와 관계가 없다면 지을 것이 못된다."라고 하였다.[2] 경술이라는 것은 자기를 수양하는 근본이고, 정치라는 것은 백성을 안정시키는 근본이다. 군자의 도는 자기를 닦고 백성을 안정시킬 뿐이니, 이 두 가지를 버리고 문장을 논한다면 어찌 문장을 도를 꿰는 도구[貫道之器][3]라고 할 수 있겠는가? 그러므로 문장은 도에서 나오고 도는 문장을 통해 드러난다. 비유하자면 초목 가운데 꽃이 피는 것은 반드시 열매가 있으니, 열매가 없는 꽃을 군자는 부끄러워한다.

본조(本朝 조선)에 들어 인문(人文)의 융성이 명종(明宗)과 선조(宣

---

1 환재집 서문 : 이 글은 운양(雲養) 김윤식(金允植)이 신해년(1911) 8월에 지은 서문으로 《운양집(雲養集)》 권10에도 실려 있다. 《환재집》은 1913년 보성사(普成社)에서 신연활자로 간행되었다.

2 고정림(顧亭林)……하였다 : 고정림은 명말청초의 대학자 고염무(顧炎武, 1613~1682)를 가리킨다. 강남(江南) 곤산(昆山) 사람으로 자는 영인(寧人), 정림은 그의 호이다. 성리학과 양명학이 공리공담을 일삼는 풍조를 비판하면서 경세치용(經世致用)의 실학을 주장하였다. 박학을 기반으로 경학, 사학으로부터 음운, 금석에까지 창신구실(創新求實)을 추구하여 청대 고증학의 기초를 닦았다. 인용된 구절은 청나라 전조망(全祖望, 1705~1755)의 《길기정집(鮚埼亭集)》 권12 〈정림선생신도표(亭林先生神道表)〉에 나오는 말이다.

3 도를 꿰는 도구 : 당나라 이한(李漢)이 쓴 〈창려집서(昌黎集序)〉에 나오는 "문장이란 도를 꿰는 도구이다.〔文者, 貫道之器也.〕"라는 구절에서 나왔다.

祖) 시대만한 때가 없었다. 3백 년 지나고서야 박환재(朴瓛齋) 선생을 얻었으니, 선생은 세상에 이름을 떨칠[4] 시기를 만나 큰일을 해낼 재주를 드날려, 그 학문은 아들·신하·아우·벗으로서 당연히 행해야 할 의리와 분수로부터 천덕(天德)과 왕도(王道), 경전과 역사, 시원과 근본에까지 이르렀으니, 그 축적과 소양이 두텁고도 깊었다. 그러나 스스로 문인이라 자처하지 않았고, 글을 지을 일이 있으면 반드시 목적이 있어서 지은 것이지, 한가로이 노닥거리는 실속 없는 말이 아니었다. 매양 생각이 나면 붓을 들어 말하고자 하는 내용을 막힘없이 쏟아내었으므로 법도와 기준을 세세히 지키지 않고도 저절로 문장을 이루었다.

치란흥망의 도와 백성들이 겪는 병폐의 근원을 논한 글은 반드시 자세히 반복하고 간절히 말하여 명백하고 통쾌하여 세상 사람들의 혼미함을 깨우쳤다. 전례(典禮)에 대해 논한 글은 근거가 정밀하고 상세하며 체재가 엄격하였다. 교제한 것으로 말하면 정성과 신뢰로 서로 사귀되 자주적인 체통을 잃지 않았다. 크게는 국가를 다스리고 논밭을 경영하는 제도로부터 작게는 금석(金石)과 고고(考古), 의기(儀器)와 잡복(雜服) 등에 이르기까지 정밀히 연구하고 사실에 근거하여 탐구하지 않은 것이 없었다. 규모가 방대하고 종합한 이론이 치밀하여 모두 경전을 보좌하여 선왕의 도를 천명할 만한 것들이었다.

---

4 세상에 이름을 떨칠 : 원문은 '명세(名世)'인데, 한 세상에 이름이 높이 드러나서 왕자(王者)의 보좌가 될 현인을 가리킨다. 맹자가 말하기를 "오백 년 만에 반드시 천하에 왕도정치를 펼 사람이 나오니, 그 사이에는 반드시 세상에 이름난 자가 나온다.〔五百年必有王者興, 其間必有名世者.〕"라고 하였다. 《孟子 公孫丑下》

그러므로 문장을 지으면 조화롭고 전아하여 광채가 났고 사람들이 쉽게 이해할 수 있었으며, 아름답게 꾸며내는 모습과 괴롭게 고생하는 태도가 없었다. 이따금 마치 강물이 쏟아져 천리를 흐르듯이 일렁일렁 끝없이 펼쳐지면서도 여파가 잔잔히 흘러 굽이마다 문채를 이루었으니, 근본을 갖춘 자가 아니고서야 이렇게 할 수 있겠는가? 시는 한 문공(韓文公 한유(韓愈))을 가장 좋아하여, 크고 성대한 시편이 때때로 기이한 광채를 찬란히 드러내기도 했으니, 아마 그 정수를 깊이 터득해서일 것이다.

아! 선생은 불행히 군자의 도가 사라지고 소인의 도가 자라나는[5] 시대를 살면서 지위는 재상의 반열에 올랐으나 현인으로 등용된 실상이 없었다. 벼슬에 나아가서는 임금을 바로잡고 백성을 구제할 계책을 펴지 못했고, 물러나서는 자연에 은거할 뜻을 이루지 못하여, 답답하고 무료하여 늘 원안(袁安)의 눈물[6]을 훔치곤 하였다. 그러나 문사(文辭)에 드러난 것은 담담하고 화평하여 원망과 비방의 뜻이나 슬퍼하는 기색이 없었으니, 차마 이 세상을 난세로 치부하고서 자기 몸만을 깨끗이 할 수 없었기 때문이리라. 이는 지극히 충후(忠厚)함이다.

---

5 군자의……자라나는 : 원문은 '군자도소 소인도장(君子道消小人道長)'인데, 《주역》〈비괘(否卦) 단(彖)〉에 나오는 말이다. "안에는 음의 기운이 있고 밖에는 양의 기운이 있으며, 안에는 유약함이 있고 밖에는 강건함이 있으며, 안에는 소인이 있고 밖에는 군자가 있으니, 소인의 도는 자라나고 군자의 도는 사라진다.〔內陰而外陽, 內柔而外剛, 內小人而外君子, 小人道長, 君子道消也.〕"라고 하였다.

6 원안(袁安)의 눈물 : 국사를 근심함을 비유한 말이다. 원안(?~92)은 후한(後漢) 여양(汝陽) 사람으로 자는 소공(邵公)이다. 그는 화제(和帝) 때 사도(司徒)로 있으면서 나라를 근심하여, 조회에서 임금을 뵐 때나 대신들과 국가 일을 말할 때마다 한숨을 쉬면서 눈물을 흘리지 않은 적이 없었다고 한다. 《後漢書 卷45 袁安列傳》

연재(淵齋) 윤공(尹公)[7]은 정확한 논평으로 세상에서 이름난 군자이다. 그가 선생의 영전에 올린 제문에 "선비에게 깊은 학문이 있으면 임금을 높이고 백성을 보호할 수 있고, 재주와 식견이 있으면 앉아서 간언하고 일어나서 행할 수 있으며, 명예와 지위가 있으면 국정을 도와 경륜을 펼 수 있다. 그런데 끝내 평소 온축한 학문을 펴서 은택을 베풀지 못하고, 한갓 후대 사람들로 하여금 쓸쓸한 몇 편의 글을 통해 선생의 모습을 상상하며 탄식하게 만든다."라고 하였다. 예로부터 불우함을 애석해하고 운명을 한탄식한 자가 한량이 없었으니, 또한 공을 위해 무엇을 한스러워하겠는가.

임금을 보좌할만한 공의 재주는 정심(精深)한 학술에 뿌리를 두었고 넓은 식견과 도량으로 두루 이룬 것이다. 평소 소용없는 빈말은 하려 하지 않아, 반드시 실제에 적용할 수 있는 말뿐이었으니, 비유컨대 문을 닫고 수레를 만들어도 문밖에 나서면 바퀴 폭이 들어맞는 것과 같았다.

오직 백성의 도리와 사물의 법칙을 강구하고, 제도와 계책을 탐구하며, 허물어진 풍속에 대해 걱정했으므로, 그 문장은 찬란히 세상을 경륜할 훌륭한 솜씨였고, 화려한 수식을 좋아하지 않아 자랑하고 과시하는 태도를 부끄럽게 여겼다. 문장의 구상이 맑고 원대하여 봉황이 날개를 치는 듯하였고, 음절(音節)은 툭 트여 큰 종이 울리듯 하였으

---

7 연재(淵齋) 윤공(尹公) : 윤종의(尹宗儀, 1805~1886)를 가리킨다. 본관은 파평(坡平), 자는 사연(士淵), 호는 연재, 시호는 효정(孝貞)이다. 철종 때 개성부 도사, 김포 현령, 함평 군수, 청풍 부사 등을 지냈다. 제자백가에 정통하고 경학, 예학, 농사, 천문 등에 밝았다. 환재가 젊은 시절부터 학문적으로 가깝게 지내 평생 돈독한 우의를 나누었다.

며, 밝고 깨끗하여 속세를 초월한 것이 마치 큰 규벽(圭璧)을 종묘 안에 진열한 것과 같아서, 자연히 귀중하게 되어 바라보면 미덥고 바른 덕이 사방으로 퍼져 광채를 숨길 수 없는 것 같았다. 이는 삼례(三禮)[8]에 관통하고 백가와 역사서를 널리 종합하여 긴요한 핵심에 통달해 신운(神韻)의 소재를 터득한 때문이다.

가정에서 보고들은 것에 연원을 두어 순정함으로 귀결되었고, 중국의 명유(名儒)들을 참작하여 평이하고 진실함에 힘썼으며, 원구(圓球)를 제작하여 육합(六合 천지사방)을 포괄하였고,[9] 잡복(雜服)을 고찰하여 여러 학설을 절충했으며,[10] 〈벽위편(闢衛編)〉의 발문[11]은 해외의 사정을 멀리서 헤아린 것이 마치 촛불이 물건을 비추듯 하였다.

젊은 날의 식견이 이처럼 크고 정밀하였으므로 초야에 묻혀 있을 때는 곤궁함을 다 맛보았으면서도 그 궁핍함을 드러내지 않았고, 조정에 진술해서 현달한 관직을 두루 거치면서도 교만함이 보이지 않았다. 공이 한가히 거처하면서 깊이 생각에 잠겨 벽을 돌며 방황하던 것이 무슨 일 때문인지 내가 알 수 없으나, 간절히 나라와 백성을 근심하는 애달픈 충정이 자주 안색에 드러났으니, 수계(繡啓)・핵주(覈奏)・조

---

8 삼례(三禮) : 《예기》, 《주례(周禮)》, 《의례(儀禮)》를 가리킨다.

9 원구(圓球)를……포괄하였고 : 환재가 평혼의(平渾儀)를 제작한 일을 가리킨다.

10 잡복(雜服)을……절충했으며 : 환재가 《거가잡복고(居家雜服攷)》를 편찬한 일을 가리킨다.

11 벽위편(闢衛編)의 발문 : 환재의 〈벽위신편평어(闢衛新編評語)〉를 가리킨다. 환재의 벗 윤종의(尹宗儀)가 서양세력의 조선 침투를 우려하여, 이에 대비하는 벽사위정(闢邪衛正)의 방편을 제시하고자 7권 5책으로 이루어진 《벽위신편(闢衛新編)》을 펴냈는데, 환재가 이 책을 논평하여 붙인 글이 그것이다.

의(祧議)·연자(燕咨)[12]를 살펴보면 밝게 읽을 수 있고, 우상(右相)을
사직하며 올린 소(疏) 1편은 개연히 임금의 은혜에 보답하려는 남은
뜻이 있어 읽은 더욱 사람을 감격하게 만드니, 이것이 어찌 세속에서
엿볼 수 있는 것이겠는가.

-이 소의 원본은 잃어버렸다.-

윤공은 또 말하기를, "근세의 쓸모 있는 인재 중에 환재만한 학식을
지닌 자가 누구인가? 환재가 죽은 후에 환재만한 자가 다시 누구인
가?"라고 하였으니, 이는 후세에 환재를 이을만한 자가 없음을 상심한
것이다.

선생이 돌아가신 후에 선생의 아우 온재(溫齋) 상서(尙書)[13]가 유고
를 수집하여 손수 편찬하여 보관하였는데, 이제 온재공도 이미 돌아가
셨다. 내가 일찍이 선생의 문하에서 유학하며 선생의 도를 즐겼으나
지혜가 선생을 알기에는 부족하였다. 이에 유집을 편찬하고 다듬는
일은 모두 온재가 옛날에 했던 것을 따르되, 중복된 것은 산삭하고
윤공의 말씀을 엮어 책머리의 서문으로 부치니, 선생의 뜻을 저버리지

---

12 수계(繡啓)·핵주(覈奏)·조의(祧議)·연자(燕咨) : 수계는 어사의 장계를 가리
키는 말로 《환재집》 제7권에 실려 있는 〈경상좌도암행어사서계(慶尙左道暗行御史書
啓)〉를 가리킨다. 핵주는 《환재집》 제6권에 실려 있는 〈우부승지위소후자핵소(右副承
旨違召後自劾疏)〉를 가리킨 것으로 보인다. 조의는 사당에 신주를 옮겨 모시는 논의를
가리키는 말로 《환재집》 제6권에 실려 있는 〈헌종대왕부묘시진종대왕조천당부의(憲宗
大王祔廟時眞宗大王祧遷當否議)〉를 가리킨다. 연자는 《환재집》 제7권에 실려 있는 7
편의 자문(咨文)을 가리킨 것으로 보인다.

13 온재(溫齋) 상서(尙書) : 박규수의 아우 박선수(朴瑄壽, 1823~1899)로, 본관은
반남(潘南), 자는 온경(溫卿), 호는 온재이다. 1864년(고종1) 증광 문과에 장원하고,
경상도 암행어사 등 여러 관직을 역임하고 벼슬이 공조 판서에 이르렀다.

않기를 마란다.

신해년(1911) 중추에 문인 청풍(淸風) 김윤식(金允植)이 삼가 서문
을 짓다.

절록한 환재 선생의 행장 초본 원 행장은 온재공이 찬술한 것이고,
문인 김윤식이 산삭 증보하였다.

節錄瓛齋先生行狀草 原狀溫齋公所撰 門人金允植刪補

공의 성은 박씨(朴氏)이고, 휘는 규수(珪壽), 자는 환경(桓卿), 호는
환재(瓛齋)이다. 환규(桓圭)[14]의 환(桓)은 고문(古文)에 옥(玉)과 헌
(獻)을 따르므로 중년에 자호(字號)를 환(瓛)으로 바꿔 행세하였다.
　박씨의 근원은 신라 시조에서 나왔고, 자손들은 반남(潘南)을 관적
으로 삼았다. 고려 말에 판전교사(判典校事) 휘 상충(尚衷)은 도학(道
學)이 순수하여 세상에서 반남 선생(潘南先生)으로 칭송되었고, 문정
(文正)이란 시호를 받았다. 이분이 휘 은(訔)을 낳으니, 우리 태종(太
宗)을 보좌하여 태평세상을 이루었고, 관직이 우상(右相)에 이르러
평도(平度)란 시호를 받았다. 5세를 내려와 야천 선생(冶川先生) 휘
소(紹)에 이르러 곧은 도와 바른 학문이 온 세상의 존중을 받아 영의정
에 추증되었고, 문강(文康)이란 시호를 받았다. 손자 휘 동량(東亮)은
임진년에 임금을 호종한 공로로 금계군(錦溪君)에 봉해졌고, 관직은
참찬(參贊)에 올랐으며 충익(忠翼)이란 시호를 받았다. 이분이 휘 미
(瀰)를 낳으니, 선조(宣祖)의 제5녀 정안옹주(貞安翁主)와 혼인하여
금양군(錦陽君)에 봉해졌고, 문학과 곧은 절개로 세상에서 어진 부마
로 일컬어졌고, 문정(文貞)이란 시호를 받았다. 증손 휘 필균(弼均)은

14　환규(桓圭) : 주(周)나라 때 서옥(瑞玉)의 일종으로 공작(公爵)이 의식(儀式)에
쓰던 기물이다.

영조 때에 관직이 지돈녕(知敦寧)에 이르렀으며 직간(直諫)으로 이름이 났고 장간(章簡)이란 시호를 받았으니, 이분이 공의 고조이다. 증조의 휘는 사유(師愈)로 말수가 적고 행실이 독실하며 문장이 풍부하면서 통창하였으며 이조 판서에 추증되었다. 조부의 휘는 지원(趾源)으로 경제와 문장 및 자신을 지키는 큰 방도로 당시에 명성을 떨쳤고, 세상길에 험난함이 많음을 근심하여 이른 나이에 과거를 포기하고 은거하다가 음직으로 관직에 나갔다. 그 문장과 사실은 모두 의정공(議政公)이 찬술한 《과정록(過庭錄)》에 실려 있다. 좌찬성(左贊成)에 추증되었고 문도(文度)라는 시호를 받으니, 세상에서 연암 선생(燕巖先生)으로 일컫는다. 부친의 휘는 종채(宗采)로 몸가짐이 신중하며 성실하였고 장고(掌故)에 견문이 넓었으나, 관직은 경산 현령(慶山縣令)에 그쳐 영의정에 추증되었다. 이상 3대가 추증을 받은 것은 환재공이 현귀해졌기 때문이다.

비(妣) 유씨(柳氏)는 통덕랑(通德郎) 휘 영(詠)의 딸로 순조 7년 정묘년(1807) 9월 27일에 가회방(嘉會坊)의 집에서 공을 낳았다. 유씨가 문중에 시집올 때에 온순한 학이 앞길을 인도하였고, 의정공의 꿈에 연암 선생이 옥판(玉版)을 내려 주는 꿈을 꾸고서 얼마 후에 임신하였으므로 어릴 적 이름을 규학(珪鶴)이라 하였다.

공은 어려서부터 단정하며 영특하였고, 풍채가 엄숙하고 방정하였다. 7세에 《논어》를 읽으면서 분판(粉板)에 글씨를 쓰기를 "효성스런 백성이라야 신하가 될 수 있다.〔孝民可以爲臣〕"라고 하였고, 또 "군자는 공경해야 하고 업신여겨선 안 되고, 소인은 업신여길 수 있어도 공경해선 안 된다.〔君子可敬而不可侮, 小人可侮而不可敬.〕"라고 하였다. 의정공이 이것을 보고서 기뻐 웃으며 "법언(法言)이다. 문중자(文中

子)¹⁵도 이만 못하리라."라고 하였다. 이로부터 문리가 깨어 날마다 수천 자를 외었고, 14, 5세 때에는 문장이 크게 진보하였다. 북해(北海) 조충간공(趙忠簡公) 종영(鍾永)¹⁶이 다른 좌석에서 공이 지은 시를 보고서, 그 날로 방문하여 온 종일 경술(經術)과 사업(事業)을 토론하고는 드디어 망년지교(忘年之交)를 맺었다. 공이 선배 중에 지우(知遇)의 감정을 느낀 것은 북해가 가장 으뜸이라고 하였다.

을유년(1825) 여름, 익종(翼宗 효명세자)이 세자로서 경우궁(景祐宮)¹⁷을 배종하여 후원(後苑)의 문을 걸어 나와 공의 집에 왕림하였다. 공의 집안은 그때 계산(桂山)의 언덕에 있었으니, 바로 연암(燕巖)의 구택(舊宅)이다. 사실(私室)에 세자의 행차가 친히 이른 것은 예로부터 드문 일이었으므로, 공은 창졸간에 인견(引見)을 받았음에도 단정하고 엄숙한 태도로 응대가 자세하고 분명하였다. 세자가 글을 읽고 글씨를 써 보라고 명하고서 크게 칭찬을 하였고, 밤이 깊어서야 궁으

---

15 문중자(文中子) : 수(隋)나라 때 경학가 왕통(王通, 584~617)의 사시(私諡)이다. 자는 중엄(仲淹)이고 강주(絳州) 용문(龍門) 사람이다. 촉군 사호서좌(蜀郡司戶書佐), 촉왕 시독(蜀王侍讀) 등을 역임하였다. 육경(六經)의 효용을 중시하였으며, 그 체제를 본떠 여러 저술을 남겼으나 모두 전해지지 않고, 《논어》를 모방하여 지은 《중설(中說)》만 남아 있다.

16 북해(北海) 조 충간공(趙忠簡公) 종영(鍾永) : 조종영(趙鍾永, 1771~1829)을 가리킨다. 본관은 풍양(豊壤), 자는 원경(元卿), 북해는 그의 호이고, 충간은 그의 시호이다. 1792년(정조16) 사마시에 합격하였고, 1799년(정조23) 정시 문과에 급제하여 승정원 승지, 홍문관 부제학을 역임하였다. 1823년(순조23) 3월에 규장각 직제학이 되었고, 이후 성균관 대사성, 이조 참판, 이조 판서 등을 두루 역임하였다.

17 경우궁(景祐宮) : 순조의 생모인 수빈(綏嬪) 박씨(朴氏, 1770~1822)의 묘호(廟號)이다. 궁호(宮號)는 가순궁(嘉順宮)이고, 원호(園號)는 휘경원(徽慶園)이다.

로 돌아갔다.

정해년(1827) 2월, 세자가 대리청정하게 되어 공은 일차유생(日次儒生)으로서 《주역(周易)》을 진강하고 물러나왔다.[18] 세자가 근신에게 말하기를 "박모(朴某)의 문학에 대해 사람들은 무어라 하느냐."라고 하였으니, 이에 온 세상이 공이 특별한 은총을 받았음을 알았다.

무자년(1828) 봄, 《연암집(燕巖集)》을 올리라는 명이 내리고, 또 "너도 필시 저술이 있을 것이니, 숨기지 말고 모두 올리라."는 하교가 있었다. 이에 평소 저술한 《상고도설(尙古圖說)》 80부(部) 480조목을 진상하였으니, 이 책의 범례는 예로부터의 명석(名碩)·충량(忠良)·의열(義烈)의 사적을 뽑아서 안설(案說)을 덧붙인 것으로, 국가의 치란(治亂)의 기미, 민생의 안위(安危)의 요체, 군자와 소인이 진퇴(進退)하고 소장(消長)하는 즈음에 이르기까지 생각을 다해 궁구하지 않음이 없었다. 세자가 필묵(筆墨)과 부채를 하사하면서 "저술한 글을 자세히 열람하니, 문장저술이 풍부함을 볼 수 있다. 너는 모범이 될 만한 조종조의 성덕(盛德)에 대해 찬술하여 올려라."라고 하교하였다. 이에 열성조의 역사사실을 채록하여 《봉소여향(鳳韶餘響)》[19] 1백 수를

---

18 일차유생(日次儒生)으로서……물러나왔다 : 성균관과 사학(四學)의 유생 중에 식당 도기(食堂到記 아침과 저녁을 합쳐 1점을 부여함)가 50점 이상 되는 자를 가려 임금이 매년 2월·4월·6월·8월·10월·12월의 16일마다 궁중에 모아서 삼경(三經)을 강하는 것을 일차 유생 전강(日次儒生殿講)이라 한다. 이 또한 시험의 일종으로 일정한 날짜를 정해 놓고 시행하기 때문에 '일차(日次)'라고 부르며, 수석(首席)을 가리기 위해 재차 시험을 보이기도 하였고, 여러 날이 지나도록 수석이 가려지지 않으면 왕명에 의해 제술 시험으로 대체하여 재시험을 치르기도 하였다. 《銀臺條例 禮攷 日次儒生殿講》

19 봉소여향(鳳韶餘響) : 역대 제왕의 모범사례를 발췌한 것으로, 임금의 수기(修己)

올렸다. 이때에 명성이 자자하여 사람들이 모두 조석 간에 과거에 급제하리라 여겼으나, 공이 오래도록 과거에 낙방한 것은 그의 재주를 숙련시켜 등용하고자 한 까닭이리라.

경인년(1830) 5월에 세자가 죽자 공은 여러 날 동안 슬퍼하면서 살고 싶어 하지 않는 듯하였다. 이윽고 생각을 바꿔 "이 일은 내가 종신토록 해야 할 일인데, 어찌 아녀자처럼 마음 내키는 대로 해서야 되겠는가." 라고 하고서, 드디어 환(桓)이란 자(字)를 환(瓛)으로 고쳤으니, 이는 '스스로 의리에 편안하여 사람마다 선왕께 의로운 뜻을 바친다[自靖, 人自獻于先王.]'[20]는 의미를 붙인 것이다. 이로부터 과거를 그만두고 경전과 역사서를 읽는 일로 즐거움을 삼았고, 집이 가난하여 책을 빌려 한번 읽으면 종신토록 잊지 않았다. 오랜 뒤에 혹자가 벼슬에 나가기를 권하자 공은 "냉철한 눈으로 시무를 살피고, 겸허한 마음으로 고서를 읽네. 추위에 피는 매화나무를 가장 사랑하노니, 맑은 향기 본래 넉넉하기 때문이네.[冷眼看時務, 虛心讀古書. 最愛寒梅樹, 淸芬自有餘.]"[21]

와 치국(治國)을 예찬하는 절구 100수의 장편 시로 엮어 외척을 견제하고 왕권을 강화하고자 한 효명세자의 염원에 호응하는 동시에, 국정을 주도하면서 신민들에게 덕정을 베푸는 모범적인 군주상을 제시하고자 했다. 《환재집》 권2에 실려 있다.

20 스스로……바친다 : 은(殷)나라가 점점 망해 가자, 은나라의 종실(宗室)인 미자(微子)가 기자(箕子)와 비간(比干)에게 앞으로의 일을 상의하여 말하기를 "스스로 의리에 편안하여 사람마다 스스로 선왕께 의로운 뜻을 바쳐야 한다.[自靖, 人自獻于先王.]"라고 한 데서 온 말이다. 《書經 微子》

21 냉담한……있네 : 《환재집》 권3에 실린 〈세모에 어떤 이에게 주다[歲暮寄人]〉라는 시인데 전문은 다음과 같다. "오랫동안 홀로 지낸 산중의 사람, 뜻과 사업이 근래 어떠한가. 냉담한 눈으로 시대를 살피고, 겸허한 마음으로 고서를 읽네. 고기 잡고 나무하다 세월이 늦었고, 시문을 짓다보니 경륜이 엉성해졌네. 추위에 피는 매화나무를

라는 시를 지어 답하였다.

헌종(憲宗) 때에 다시 익종 때의 정치를 닦아 현신(賢臣)을 우대하고 외척을 억눌러 퇴폐한 기강을 만회할 조짐이 있어 14년 무신년(1848)에 증광시를 설치하자, 이에 공이 대책(對策)으로 급제하여 사간원 정언, 병조 정랑에 제수되었고 외직으로 용강 현령(龍岡縣令)으로 나가니, 당시 공의 나이는 이미 40이 넘었다.

헌종이 공이 일찍부터 익종의 은혜를 입었음을 알고 장차 발탁해 쓰려고 하였으나, 얼마 안 있어 헌종이 승하하는 애통함을 만나자, 공은 몇 달 동안이나 슬픔에 잠겨 몸이 축나도록 울부짖었다.

경술년(1850)에 부안 현감(扶安縣監)과 자리를 바꿔 제수되었다.

철종(哲宗) 원년 신해년(1851)에 사헌부 지평, 홍문관 수찬에 제수되었다. 6월에 헌종을 태묘(太廟)에 부묘(祔廟)할 때에, 공은 진종(眞宗)을 마땅히 조천해야 한다는 논의를 올렸는데, 대신들이 이를 반대하지 못하였다.

-글은 문집에 실려 있다.-

8월에 호남(湖南)에 가서 선비를 선발하고서 조정에 돌아와 삼사(三司)를 두루 거쳤고, 강연(講筵)과 소대(召對)에서 임금을 보좌함이 매우 많았다.

갑인년(1854) 영남 좌도에 안렴사(按廉使)가 되어 관리를 탄핵하는 데 피하는 바가 없었고, 편의(便宜)를 도모한 수십 가지 일을 조목별로 아뢰었으며, 복명(復命)해서는 특별히 동부승지에 제수되었다.

가장 사랑하노니, 맑은 향기 본래 넉넉하기 때문이네.〔山人索居久, 志業近何如. 冷眼看時務, 虛心讀古書. 漁樵歲月晩, 著述經綸疏. 最愛寒梅樹, 淸芬自有餘.〕"

무오년(1858)에 곡산 부사(谷山府使)에 임명되었다.

경신년(1860) 11월에 청황제(淸皇帝)가 열하(熱河)에서 난리를 피하자, 조정에서 장차 위문사를 파견하려 하였으나 사람들이 모두 모면하려 하여 공이 열하 부사(熱河副使)에 임명되었다.

신유년(1861) 봄에 연경(燕京)에서 돌아와 성균관 대사성에 제수되었다.

임술년(1862) 봄에 영남 지방에 소요가 크게 일어나 지방관을 몰아내고 아전을 죽이며 관사를 불태웠는데, 가는 곳마다 어디나 그러했음에도 진주(晉州)가 유독 심했다. 조정에서 논의를 거쳐 공이 평소 명망이 높다하여 영남 안핵사(嶺南按覈使)에 임명하였다. 공은 이들은 모두 양민(良民)인데 지방관의 가혹한 수탈을 견디지 못하여 떼로 일어나 소요를 일으킨 자들이니, 먼저 민심을 위무하지 않는다면 옥사를 다스릴 수 없을 것이라 생각하였다. 이에 격문을 내어 영남의 온 고을을 효유하여, 먼저 포리(逋吏)들이 여러 해 동안 농간을 부린 정황을 조사하여 참빗으로 서캐를 빗고 키로 쭉정이를 날리듯 다스리니 민심이 크게 기뻐하였다. 그리하여 옥사를 심리하여 주동자와 가담자를 분별하여 조정에 보고하니 온 고을이 흡족하게 여겼고, 여러 고을에서 선동하던 자들도 지레 겁을 먹고 수그러들었다. 대신들이 옥사를 안찰하면서 시일을 지체하였다고 상주하자 삭탈관작의 처분이 내렸다가 10월에 서용되어 이조 참의에 제수되었다.

금상(今上 고종) -덕수궁(德壽宮)- 원년 갑자년(1864) 정월에 대왕대비가 하교하기를 "박모(朴某)는 포의(布衣) 때부터 익종의 특별한 지우를 입었으되 등용되지 못하였다. 이런 때에 이런 사람에게 성의를 보여주는 조치가 없을 수 없다."라고 하고서 공에게 가선(嘉善)의 품계를 내리니, 당시 동조(東朝 대왕대비)가 수렴청정하였으므로 이런 명을 내리게 된 것이다. 마침내 차례대로 동의금·경연·춘추관사, 병조 참판, 의정부 유사당상(有司堂上), 승정원 도승지, 홍문관·예문관 제학, 사헌부 대사헌, 이조 참판, 승문원·전설사(典設司) 제거(提擧)에 제수되었다.

2월에 자헌(資憲)의 품계에 올라 한성부 판윤, 선혜청·내의원 제거를 거쳐 공조·예조 판서에 제수되었다. 2년 사이에 현달한 관직을 두루 역임하여 겉으로는 헛된 명성이 높았으나 조정의 사무에는 조금도 관여하지 못했으니, 이는 공이 바르고 정직하여 당시 권력자의 뜻을 구차히 따르지 않았기 때문이다.

병인년(1866) 2월에 평안도 관찰사로 나갔다. 7월에 서양 선박이 대동강에 들어와 몹시 소요를 일으키다가 암초에 좌초하여 배가 불에 타는 사건이 있었다. 미국 수군 총병관(摠兵官)이 문서를 보내 힐문하니, 공은 청국(淸國)의 예부(禮部)에 자문(咨文)을 보내 그 당시의 사정을 분명히 밝혔다.

-글은 문집에 실려 있다.-

공은 서해 연안의 해안방비가 허술함을 들어 동진 첨사(東津僉使)를 설치해야 한다는 것과 또 후창(厚昌)과 자성(慈城) 두 군(郡)을 설치하여 유민(流民)을 처리해야 함을 건의하였다.

기사년(1869)에 관상감 제거에서 해임되어 형조 판서, 홍문관·예문관 대제학에 제수되었다.

임신년(1872) 5월에 청황제가 대혼(大婚 동치제의 혼인)을 거행하자, 공이 진하 정사(進賀正使)에 뽑혔다. 공은 두 번째로 연경에 사신을 가서 당시의 명사들과 교제하였으니, 심병성(沈秉成),[22] 풍지기(馮志

沂), 황운곡(黃雲鵠),²³ 왕헌(王軒),²⁴ 동문환(董文煥),²⁵ 왕증(王拯),²⁶ 설춘려(薛春黎),²⁷ 정공수(程恭壽),²⁸ 만청려(萬靑藜),²⁹ 공헌각(孔憲

22 심병성(沈秉成) : 1823~1895. 자는 중복(仲復), 호는 우원(耦園)이다. 광서 순무(廣西巡撫)·안휘 순무(安徽巡撫)·양강 총독(兩江總督) 등을 역임하였다. 금석과 서화를 애호하여 고기(古器)와 고서를 많이 수장했으며, 만년의 안휘 순무 시절에는 경고서원(經古書院)을 창설하여 고증학풍의 진작에도 힘썼다.

23 황운혹(黃雲鵠) : 1818~1897. 자는 상운(緗芸)·상운(翔雲)·상인(祥人), 호는 양운(驤雲)이다. 황정견(黃庭堅)의 17대손이다. 청렴한 관직 생활로 사람들에게 칭찬을 받아 '황청천(黃靑天)'으로 불렸다고 한다. 저서로《실기문재전집(實其文齋全集)》,《귀전시초(歸田詩鈔)》,《학역천설(學易淺說)》등이 있다.

24 왕헌(王軒) : 1823~1887. 자는 하거(霞擧), 호는 고재(顧齋)이다. 기굴(奇崛)한 시문으로 명성이 있었고 고증학에도 힘써 특히 문자학과 수학에 밝았다. 저서로《누경려시집(樓經廬詩集)》,《고재시록(顧齋詩錄)》등이 있다.

25 동문환(董文煥) : 1833~1877. 자는 요장(堯章)·세장(世章), 호는 연초(硏樵)·연추(硏秋), 초명은 문환(文煥)이다. 저서로《연초산방시집(硯樵山房詩集)》,《연초산방문존(硯樵山房文存)》등이 있다.

26 왕증(王拯) : 1856~1876. 초명은 석진(錫振), 자는 정보(定甫), 호는 소학(少鶴)·용벽산인(龍壁山人)이다. 매증량(梅曾亮)을 사사(師事)하였고, 시와 그림에 뛰어났다. 저서로《용벽산인문집》,《귀방평점사기합필(歸方評點史記合筆)》등이 있다.

27 설춘려(薛春黎) : 생몰년 미상. 자는 회생(淮生)·치농(稚農), 호는 미경득준재(味經得雋齋)이다. 삼례(三禮)에 조예가 깊었다. 저서로《미경득준재집》이 있다.

28 정공수(程恭壽) : 1804~?. 자는 용백(容伯), 호는 인해은거(人海隱居)이다. 도광(道光) 때 거인(擧人) 출신으로 광록시 소경(光祿寺少卿)을 지냈으며, 글씨에 뛰어났다.

29 만청려(萬靑藜) : ?~1883. 자는 문보(文甫), 호는 조재(照齋)·우령(藕舲)이다. 진사가 된 후 이부시랑, 병부상서를 거쳐 한림원장원학사(翰林院掌院學士) 등을 역임했다. 광서(光緖) 연간 순천부(順天府)에서 재직하며《순천부지(順天府志)》를 편수했다.

殼),[30] 오대징(吳大澂)[31] 등 백여 인인데, 모두 동남 지방의 아름다운 인재들로서 오랜 벗처럼 어울리며 문주(文酒)의 고상한 모임을 열어 헛되이 보낸 날이 없었다. 기미(氣味)가 서로 어울리고 도의(道誼)로 서로 권면하였으니, 심중복(沈仲復) -심병성의 자(字)이다.- 은 늘 "환경(瓛卿)의 말은 문문산(文文山)과 사첩산(謝疊山)[32]의 입에서 나온 것과 같아 사람으로 하여금 공경심을 일으킨다."라고 칭송하였으니, 공

30 공헌각(孔憲殼) : 공헌각(孔憲殼)으로 추정된다. 공자의 72대 손으로 자는 옥쌍(玉雙)이다. 저서에 《춘풍좌여초(春風坐餘草)》가 있다.

31 오대징(吳大澂) : 1835~1902. 초명은 대순(大淳), 자는 청경(清卿), 호는 항헌(恒軒)・각재(窓齋)이다. 청조 말기의 관료・금석학자・서화가이다. 종정(鍾鼎), 이기(彝器)에 바탕을 둔 금석학에 전념했으며, 글씨는 금문체(金文體)를 위주로 한 전서에 심취하였고, 그림은 서위(徐渭)의 화풍을 따르는 산수화를 특기로 했다. 저서에 《설문고주보(說文古籀補)》, 《고옥도고(古玉圖考)》, 《각재집문집(窓齋文集)》 등이 있다.

32 문문산(文文山)과 사첩산(謝疊山) : 송나라가 원나라에 의해 멸망했을 때 절의를 지켜 원나라에 벼슬하지 않은 문천상(文天祥, 1236~1282)과 사방득(謝枋得, 1226~1289) 두 사람을 가리킨다. 문천상의 자는 송서(宋瑞)・이선(履善), 호는 문산이다. 이종(理宗)과 익왕(益王)을 섬겼고, 임안이 함락된 뒤에도 송나라 단종(端宗)을 받들고 근왕군을 일으켜 원군(元軍)과 싸웠으며, 위왕(衛王) 때 조양(潮陽)에서 패전하여 원군의 포로가 되어 연경에 3년 동안 억류되었다. 원나라의 온갖 회유에도 굴하지 않고 〈정기가(正氣歌)〉를 지어 자신의 충절을 나타내고 죽었다. 《宋史 卷418 文天祥列傳》 사방득의 자는 군직(君直), 호는 첩산이다. 1256년에 문천상과 함께 진사에 급제하였다. 직언을 좋아하여 가사도(賈似道)에게 미움을 받아 쫓겨났다가 1267년에 사면되었다. 1275년에 신주(信州)를 맡았을 때, 원나라 군대가 침공하여 성이 함락을 당하자, 당석산(唐石山)에 은둔하여 제자를 가르치며 살았다. 송나라가 망한 뒤, 원나라 조정에서 누차 출사를 권했으나 굳게 사양하고 나아가지 않았다. 원나라 지방관이 억지로 호송하여 북경에 억류해 두었으나, 굴복하지 않고 단식하다가 죽었다. 문집에 《첩산집》이 있다. 《宋史 卷425 謝枋得列傳》

이 그들의 추앙을 받음이 이와 같았다. 공이 조선으로 돌아온 뒤로 옛날의 성대한 교유에 대해 말할 때마다 감탄하며 상상해 마지않았으니, 조문자(趙文子)가 '내게 다시 이런 즐거움이 없으리라.〔吾不復此樂.〕'[33]라고 한 것과 같은 의미이다.

계유년(1873) 12월에 규장각 제학에 제수되었다가 우의정에 올랐다.

갑술년(1874) 9월에 상소하여 스스로 물러나고서 판중추부사가 되었다.

을해년(1875) 정월에 일본국 사신이 동래(東萊)에 와서 서계(書契)를 받아주기를 청하였다. 이보다 앞서 무진년(1868)에 일본 황실이 대마수(對馬守)를 복권시키면서 그 나라의 국서(國書)를 우리나라 예조(禮曹)에 보냈는데, 조정에서는 국서가 옛 규식과 다르다고 거절하였다. 7년이나 지나 이때에 또 받아주지 않으니 일본사람이 매우 유감을 품고서 선박을 보내 연달아 내항(內港)까지 들어오니, 사태가 장차 어찌 될지 헤아릴 수 없었다.[34] 공이 비록 산위(散位 이름만 있고 맡은 일이 없는 지위)에 있었으나 국가의 위태로움을 차마 볼 수 없어서 이웃나라와의 우호를 닦지 않아선 안 되고, 서계를 받지 않아선 안 됨을 항변

---

33 조문자(趙文子)가……한 : 조문자는 춘추 시대 진(晉)나라의 대부 조맹(趙孟)을 가리키며, 시호는 문(文)이다. 조맹이 정(鄭)나라를 방문했을 때 숙손표(叔孫豹), 자피(子皮) 등과 《시경》의 시를 읊으면서 각자의 뜻을 말하고 술을 마시며 즐겼는데, 즐거움에 겨워 "내게 다시는 이런 일이 없으리라."라고 말했다고 한다. 《春秋左氏傳 昭公元年》

34 을해년……없었다 : 1875년(고종12) 9월에 일본군함 운양호(雲揚號)가 강화도까지 들어온 사건을 가리킨다. 자세한 내용은 《환재집》 권11 〈대원군께 답해 올리는 편지〉 1~5 참조.

하여 여러 차례 주무부서를 일깨웠다. 그러나 당시 여론은 오히려 막연히 귀담아 듣지 않고서 또 다시 1년이나 끌었고, 마침내 핍박을 받은 후에 받아들였다. 그러나 외교문서를 작성할 즈음에 사리에 맞게 대처함에 실수가 많아 공도 더 이상 어찌할 수 없었다. 당시는 위아래가 꽉 막혀 좋은 계책이 받아들여지지 않아 정치는 문란하고 민심은 흩어져 시사(時事)가 날로 잘못되니, 공은 늘 천장을 올려다보며 "윤리와 기강이 끊어져 나라가 장차 망할 것이니, 애달픈 백성들이 하늘에 무슨 죄를 지었단 말인가."라고 장탄식하곤 하다가 마침내 울분과 근심이 질병이 되고 말았다.

병자년(1876) 정월에 나이 70으로 기사(耆社)에 들어갔고, 8월에 수원 유수(水原留守)에 제수되었다. 이해 12월 27일에 북부(北部)의 재동(齋洞) 집에서 일생을 마쳤다.

부음이 조정에 알려지자 예에 따라 조부(弔賻)가 내렸고, 정축년(1877) 3월 11일에 양주(楊州)의 노원(蘆原) 간좌(艮坐)의 언덕에 장사지냈다. 문익(文翼)이란 시호가 내리니, 부지런히 공부하고 묻기를 좋아함이 문(文)이고, 생각이 깊고 원대함이 익(翼)이다.〔勤學好問曰文, 思慮深遠曰翼.〕

배(配)는 정경부인(貞敬夫人) 연안 이씨(延安李氏) 군수 준수(俊秀)의 딸로 공보다 1년 늦은 같은 달 같은 날에 태어났다. 현덕(賢德)으로 군자의 짝이 되어 서로 공경하며 해로하였고, 아들 하나를 낳았으나 기르지 못하여 아우 선수(瑄壽)의 아들 제정(齊正)을 아들로 삼았으나 나이 열아홉에 요절하였으므로 가까운 친족 희양(羲陽)을 데려다 후사로 삼았다.

공은 총명하고 준수한 자질을 타고나 체용(體用)을 겸비한 학문을 닦았고, 몸을 지킴에 곧고 바름으로 하였고, 학문을 닦음에 경제와 계책을 우선하였으니, 옛사람이 칭한바 '성인의 덕성이고 경국의 재주'이다.

이른 나이에 세자에게 인정을 받는 은총을 받으니, 공은 이 때문에 더욱 몸을 소중히 여겨 마치 옥을 잡고 물그릇을 받든 듯이 조금도 태만하지 않았으니, 이는 실로 임금이 알아주신 뜻이 천지에 고하고 귀신을 감읍시킬 만하였기 때문이다. 그러므로 공의 중년 이후의 출처(出處)는 환히 알 수 있으니, 하나는 무신년(1848) 사이에 헌종이 익종 때의 정치를 닦고자 했을 때 출사한 것이고, 하나는 갑자년(1864) 초년에 동조(東朝 대왕대비)께서 전교하여 지난날의 고사를 진술하며 벼슬을 권했을 때 출사한 것이다. 이는 특별한 지우에 감격하여 선왕을 추모하여 폐하께 보답하고자 한 것이니, 이것이 바로 공의 평생의 뜻과 사업이다.

공이 초년에 임금의 은총을 받은 것과 임금이 승하하는 애통함을 만난 것은 마치 하서(河西)가 인묘(仁廟)에 대한 것과 같았으나,[35] 중

---

35 하서(河西)가……같았으나 : 하서는 김인후(金麟厚, 1510~1560)의 호이고, 인묘(仁廟)는 조선 제12대 왕 인종(仁宗, 재위 1544~1545)을 가리킨다. 《기재잡기(寄齋雜記)》 권3 〈역대 조정의 옛 이야기 3〔歷朝舊聞三〕〉에 "김인후는 문장과 학술로 당시의 추앙을 받았는데, 일찍이 홍문관과 세자시강원의 관직을 겸임하여 특히 중종과 인종 두 임금의 특별한 대우를 받았다. 어버이를 위하여 현령을 희망하던 중 두 임금이 잇달아 승하하게 되자, 이에 벼슬을 버리고 고향으로 돌아가, 드디어 한쪽 발에 습증(濕症)이 생겼다고 핑계하고 뜰에도 나오지 않았다. 언제나 6월 그믐 전부터 7월 그믐께까지는 몸을 가누지 못할 정도로 술을 흠뻑 마시고 일체 세상일에 관여하지 않았으며, 때로는 통곡하기도 하여 슬픔을 감당하지 못하였다. 아마 인종이 승하하신 날에는 지극한 애통이 있어 말하기 어려웠던 것이다."라는 기록이 있다.

년 이후로 임금의 인정을 받음은 하서보다 나아 마치 큰일을 할 수 있을 듯하였다. 그러나 뜻만 지니고 펴지 못한 채 결국 한을 품고 죽으니, 어찌 운명이 아니겠는가.

공은 나이 22세에 삼례(三禮)를 연구하기를 《의례(儀禮)》로부터 시작하여 "옛사람들이 의례를 읽기 어렵다고 한 까닭은 경문이 간고(簡古)하여 서로 대조해서 보아야 하기 때문이다."라고 생각하였다. 이에 의례의 주석 가운데 호문(互文)이 되어 서로 생략된 구절을 대상으로 의주(儀註)를 경문 아래에 붙이고, 안설(案說)을 덧붙여서 《심정의례수해(審定儀禮修解)》라고 이름 붙였다. 사관(士冠), 사혼(士昏), 향음(鄕飮), 향사(鄕射)의 예를 모두 면체(綿蕝)[36]로써 익히고, 범례(凡例)에 드러냈다.

옛날에 선비의 성복(盛服 격식을 갖춰 입은 옷)에 세 가지가 있으니, 현단(玄端), 피변(皮弁), 작변(爵弁)이 그것이다. 면복(冕服)을 제외하면 오직 현단(玄端)과 심의(深衣)의 쓰임이 가장 넓으므로 〈거가잡복고(居家雜服考)〉와 〈심의광의(深衣廣義)〉를 저술하였다.

제작한 의기(儀器)를 평혼의(平渾儀), 지세의(地勢儀)라고 하는데 그 설명은 모두 문집에 실려 있다.

연재(淵齋) 윤공(尹公)이 《벽위신편(闢衛新編)》을 저술하자 공이 13단락의 제평(題評)을 지으니, 연경의 여러 문사들이 다투어 감상하였고, 평론하기를 "주공·공자께서 해와 달처럼 아래로 간사함을 귀신처럼 비추시듯 하니, 소대(昭代)의 《경세문편(經世文編)》[37]도 이런 높

---

36 면체(綿蕝) : 한 고조(漢高祖) 때 숙손통(叔孫通)이 국가의 예식을 제정하면서 야외에서 띠풀을 베어 세워서 존비의 차례를 표시하고 예를 익혔던 것을 가리킨다.

고 깊은 계책을 싣지 못했다."라고 하였다.

기유년(1849)에 조천하자는 논의는 더욱 여러 인사들의 감탄을 자아냈으니 "부묘(祔廟)에 대한 한 가지 논의는 명교(名敎)에 공이 있다. 대례(大禮)를 밝게 논쟁하는 사람의 견해가 여기에 미치지 못함이 애석하다."[38]라고 하였다.

공이 비록 이단을 배척함에 엄정하였으나 늘 인서(仁恕)의 마음을 지녔다. 평양에 관찰사로 있을 때에 조정에서는 한창 서교(西敎)를 배척하여 각지의 교인들을 남김없이 수색하여 죽이라는 명이 내렸다. 평양은 평소 서교를 신봉하는 백성이 많았는데, 공은 "백성들이 교화의 은택을 입지 못하여 정도를 등지고 사교로 달려간 것이다. 만약 선도로써 인도할 수 있다면 모두 우리의 양민이니 많이 죽여서 어쩌겠단 말인가."라고 하고서 마침내 한 사람도 죽이지 않았다.

공은 평소 깨끗한 지조를 지녀 염치를 중시하고 명절(名節)을 숭상하였고, 사양하고 받는 일에 터럭만큼도 구차하지 않았으니, 높은 관직

---

37 소대(昭代)의 《경세문편(經世文編)》: 소대는 태평세상이라는 뜻으로 여기서는 청나라 인사들이 자신의 시대를 높여 부른 이름이다. 경세문편은 청나라 때 간행된 《황조경세문편(皇朝經世文編)》을 가리킨다. 이 서적은 도광 6년(1826)에 저술되어 이듬해 120권으로 간행되었는데, 2236편의 문장을 학술(學術), 치체(治體), 이정(吏政), 호정(戶政), 예정(禮政), 병정(兵政), 형정(刑政), 공정(工政)의 여덟 부류로 나누고 부류 아래에 세목을 두었다. 청나라 초엽부터 도광 연간 이전의 관청 문서, 저술, 논설, 상소, 서간 등의 문헌을 채록하였다.

38 부묘(祔廟)에……애석하다 : 《환재집》권6의 〈헌종대왕을 부묘할 때, 진종대왕을 조천하는 것이 타당한지의 여부에 대한 논의〔憲宗大王祔廟時 眞宗大王祧遷當否議〕〉에 실린 심병성(沈秉成, 1823~1895)과 황운혹(黃雲鵠, 1818~1897) 두 사람의 논평을 요약하여 합친 것이다.

에 올랐을 때에도 처자들은 늘 주린 기색이 있었다. 공이 평안도 관찰사를 맡았을 때, 집안사람이 공의 집안이 가난함을 염려하여 훗날의 계책을 도모하려고 몰래 봉급의 나머지로 한 구역의 전답 수십 결을 사려고 도모한 일이 있었다. 공이 조정에 돌아오니 어떤 시골 사람이 찾아와 "소생이 근래 장토(庄土) 하나를 샀는데, 듣자니 공의 집안에서 먼저 샀다고 하더이다. 사실입니까?"라고 하였다. 공은 "그런 일 없소"라고 하고서 집안사람을 불러 물어보니, 그런 일이 있었다고 대답하였다. 이에 공은 전답의 문권을 가져오라 명하여 그 시골사람에게 보여주니, 그 사람이 놀라며 "과연 이것이 진짜 문서이고, 소생이 산 것은 가짜 문서입니다."라고 하였다. 공은 "그렇다면 가짜 문서는 쓸모가 없으니, 이 진짜 문서를 가지고 가시오."라고 하였으나, 그 사람은 굳이 사양하며 감히 받지 못하였다. 집안사람이 "저 사람은 스스로 속임을 당한 것이니 속여 판 사람에게 따지면 되는데, 어찌하여 먼저 산 진짜 문서를 내준단 말입니까?"라고 하자, 공이 노하여 꾸짖으며 "조정의 높은 관원이 어찌 힘없는 백성과 이익을 다툰단 말이오."라고 하고서, 이윽고 탄식하기를 "사대부가 명절(名節)을 훼손하는 것은 모두 이런 무리들의 작은 충성심 때문이다."라고 하였다. 그 시골사람은 거듭 감사해하면서 떠나갔으니, 공의 청백(淸白)한 처사가 대개 이와 같았다.

공의 중제(仲弟)는 휘가 주수(珠壽), 자는 조경(藻卿)으로 지혜가 일찌감치 깨어 식견이 또래에서 뛰어났는데, 불행히 일찍 죽어 공은 일생동안 애통해 하였다.

공은 보통의 체격으로 용모가 엄숙하고 온화하였으며 목소리가 맑고 편안하였다. 문장을 지음에 오로지 말이 통하고 논리가 뛰어난 것을 위주로 하고 기승전결(起承轉結)이나 조응(照應)하는 번거로움은 일삼지 않아, 옛것을 법도로 삼아 변화할 줄 알았고, 새로운 것을 만들어 내면서도 전아하였다. 글씨는 명가의 반열에 들었고, 그림도 일품(逸 品)에 들었으니, 공의 서화 한 조각이라도 얻으면 사람들은 모두 보배 로 여겼다.

공의 학술은 가정에 연원을 두었고, 또 사우(師友)들이 절차탁마해 준 도움도 매우 많았다. 외척으로는 순계(醇溪) 이공(李公),[39] 지산(芝 山) 유공(柳公),[40] 염재(念齋) 이공(李公)[41]이다. 선배로는 북해(北海) 조공(趙公),[42] 연천(淵泉) 홍공(洪公),[43] 항해(沆瀣) 홍공(洪公),[44] 대 산(臺山) 김공(金公),[45] 다산(茶山) 정공(丁公),[46] 풍석(楓石) 서공(徐

---

39 순계(醇溪) 이공(李公) : 이정리(李正履, 1782~1843)를 가리킨다. 본관은 전주 (全州), 자는 심부(審夫), 순계는 그의 호이다. 연암의 처남인 이재성(李在誠)의 아들 이다.

40 지산(芝山) 유공(柳公) : 유화(柳訴, 1779~1827)를 가리킨다. 본관은 전주(全 州), 자는 화지(和之), 지산은 그의 호이다. 환재의 외종조이다.

41 염재(念齋) 이공(李公) : 이정관(李正觀, 1792~1854)을 가리킨다. 본관은 전주 (全州), 자는 치서(稚舒, 稚瑞)·관여(盥如, 盥汝), 호는 염재·치창(癡蒼)·치원(癡 園)·잠실산인(潛室山人) 등이다. 이재성의 아들이다.

42 북해(北海) 조공(趙公) : 조종영(趙鍾永, 1771~1829)을 가리킨다. 본관은 풍양 (豊壤), 자는 원경(元卿), 북해는 그의 호이다.

43 연천(淵泉) 홍공(洪公) : 홍석주(洪奭周, 1774~1842)를 가리킨다. 본관은 풍산 (豊山), 자는 성백(成伯), 연천은 그의 호이다.

44 항해(沆瀣) 홍공(洪公) : 홍길주(洪吉周, 1786~1841)를 가리킨다. 본관은 풍산 (豊山), 자는 헌중(憲仲), 항해는 그의 호이다.

45 대산(臺山) 김공(金公) : 김매순(金邁淳, 1776~1840)을 가리킨다. 본관은 안동 (安東), 자는 덕수(德叟), 대산은 그의 호이다.

46 다산(茶山) 정공(丁公) : 정약용(丁若鏞, 1762~1836)을 가리킨다. 본관은 나주(羅

公),⁴⁷ 침계(梣溪) 윤공(尹公)⁴⁸이다. 지우(知友)로는 연재(淵齋) 윤공

(尹公),⁴⁹ 계전(桂田) 신공(申公),⁵⁰ 규재(圭齋) 남공(南公),⁵¹ 소정(邵

亭) 김공(金公),⁵² 해장(海莊) 신공(申公),⁵³ 위사(韋史) 신공(申公),⁵⁴

경대(經臺) 김공(金公),⁵⁵ 규정(圭庭) 서공(徐公),⁵⁶ 산북(汕北) 신공

(申公)⁵⁷이다. 모두가 경술과 문장이 당대의 으뜸이었으니, 한 시대의

州), 자는 미용(美鏞), 호는 다산·사암(俟菴)·여유당(與猶堂)·채산(茶山) 등이다.

47 풍석(楓石) 서공(徐公) : 서유구(徐有榘, 1764~1845)를 가리킨다. 본관은 달성
(達城), 자는 준평(準平), 풍석은 그의 호이다.

48 침계(梣溪) 윤공(尹公) : 윤정현(尹定鉉, 1793~1874)을 가리킨다. 본관은 남원
(南原), 자는 계우(季愚), 침계는 그의 호이다.

49 연재(淵齋) 윤공(尹公) : 윤종의(尹宗儀, 1805~1886)를 가리킨다. 본관은 파평
(坡平), 자는 사연(士淵), 연재는 그의 호이다.

50 계전(桂田) 신공(申公) : 신응조(申應朝, 1804~1899)를 가리킨다. 본관은 평산
(平山), 자는 유안(幼安), 호는 계전·구암(苟菴)이다.

51 규재(圭齋) 남공(南公) : 남병철(南秉哲, 1817~1863)을 가리킨다. 본관은 의령
(宜寧), 자는 자명(字明) 또는 원명(元明), 호는 규재·강설(絳雪)·구당(鷗堂)·계
당(桂堂)이다.

52 소정(邵亭) 김공(金公) : 김영작(金永爵, 1802~1868)을 가리킨다. 본관은 경주
(慶州), 자는 덕수(德曳), 소정은 그의 호이다.

53 해장(海莊) 신공(申公) : 신석우(申錫愚, 1805~1865)를 가리킨다. 본관은 평산
(平山), 자는 성여(聖如), 해장은 그의 호이다.

54 위사(韋史) 신공(申公) : 신석희(申錫禧, 1808~1873)를 가리킨다. 본관은 평산
(平山), 자는 사수(士綏), 위사는 그의 호이다.

55 경대(經臺) 김공(金公) : 김상현(金尙鉉, 1811~1890)을 가리킨다. 본관은 광산
(光山), 자는 위사(渭師), 호는 경대(經臺)·노헌(魯軒)이다.

56 규정(圭庭) 서공(徐公) : 서승보(徐承輔, 1814~1877)를 가리킨다. 본관은 대구
(大丘), 자는 원예(元藝), 규정은 그의 호이다.

성대함을 다 망라했다고 하겠다.

57 산북(汕北) 신공(申公) : 신기영(申耆永, 1805~?)을 가리킨다. 본관은 평산(平山), 산북은 그의 호이다. 경기도 광주(廣州) 두릉(斗陵)에서 살았다. 감역관을 지냈으며 다산 정약용의 제자이다.

114 환재집

환재집

제1권

詩시

반남(潘南) 박규수(朴珪壽) 환경(瓛卿) 저(著)
제(弟) 선수(瑄壽) 온경(溫卿) 교정(校正)
문인(門人) 청풍(淸風) 김윤식(金允植) 편집(編輯)

시詩

윤식(允植)이 고찰하건대, 선생께서는 어려서 시에 재능이 있었으나, 시가 무익하다고 여겨서 즐겨 짓지 않았다. 문집에 수록된 222수의 시는 대부분 약관 전후로 지은 것이고, 30세 이후로는 10년 동안에 한두 수를 짓기도 했으나, 56세 이후로는 다시 짓지 않았다.

성동시[1] 병서
城東詩 幷序

기묘년(1819) 가을 9월에 임금께서 가마를 타고 정릉(貞陵)에 배알하였다.[2] 나는 동대문 밖에 나가서 의장대를 구경하고, 그 길로 성 동쪽의 여러 승경을 돌아보았다. 당시 내 나이가 겨우 열세 살로 처음 교외를 유람하게 되니, 눈에 들어오는 것이 모두 처음 보는 광경이었다. 그리하여 한문공(韓文公)의 〈성남연구(城南聯句)〉[3] 시

---

1 성동시(城東詩) : 환재의 나이 13세 때인 1819년(순조19)에 지은 시이다. 한유(韓愈)의 〈성남연구(城南聯句)〉의 운자를 따르되 순서에 구애받지 않았다. 운자는 모두 69구에 달하는데, 하평성(下平聲) 경(庚)운을 사용했다.

2 기묘년……배알하였다 : 《순조실록》 기묘년(순조19, 1819) 8월 29일(무오)에 정릉(貞陵)에 나아가 전알(展謁)하고, 몸소 제사를 지냈다는 기록이 실려 있다.

3 성남연구(城南聯句) : 당나라 한유(韓愈)와 맹교(孟郊)가 합작하여 지은 시로, 모

의 운을 따라 지어 겨우 절반을 얻었으니, 한유(韓愈)와 맹교(孟郊)를 따로 나눈다면 또한 이 숫자가 된다.

안개는 맑은 새벽에 일고	煙雲起淸曉
산천은 서울을 열었네	山川開聖京
밭둑길에 신명한 교화가 열리고	阡陌神化闢
기미[4]에 문상이 밝아졌네	箕尾文象明
너른 길은 먹줄을 놓은 듯 곧고	周道繩準治
너른 들의 전답은 정(井) 자로 구획했네	平原井字耕
화려한 누대는 바다에 솟은 신기루 같고	麗譙潚海蜃
하얀 성가퀴는 산에 장막을 두른 듯하네	粉堞蔓山蚲
수목들은 가을을 향해 서 있고	萬樹拱秋立
먼 마을 닭은 새벽을 알리네	遠鷄市晨鳴
먼 산의 봉우리들 구름에 씻겨 푸르고	遐峯刷雲碧
떨어지는 잎은 서리 맞아 가볍게 나부끼네	衰葉染霜輕
늙은 소나무는 제멋대로 구불구불하고	松老任盤屈
수려한 바위는 어쩌면 저리 가파른지	石秀何崢嶸

두 154운 308구에 달한다. 연구는 두 사람 또는 여러 사람이 각각 지은 구절을 연결하여 만든 한시를 가리키는데, 〈성남연구〉는 한 사람이 기구(起句)를 지으면 다음 사람이 대구(對句)와 다음 연의 기구를 짓고, 그 다음 사람이 앞사람의 기구를 받아 대구와 다음 연의 기구를 지어 내려가 마지막 한 사람이 대구만을 지어 마무리하는 독특한 형식의 시이다.

4 기미(箕尾) : 기성(箕星)과 미성(尾星)을 가리키는데, 28수(宿) 중 동쪽에 있는 별자리로 우리나라를 상징하는 별이다.

대나무 그림자는 흐릿한 그림 같고	竹影鎖暗畫
흐르는 개울물에 수정 같은 물방울 튀네	澗響跳圓晶
깨끗한 모래는 옥가루를 뿌려놓은 것 같고	沙明布瑣玉
붉은 사다리는 둥근 옥돌을 매단 것 같네	梯紅垂團瓊
물이 광활하니 돛단배 아득히 보이고	水闊帆檣杳
섬이 외로우니 안개 기운 걷혔네	嶼孤氛霧晴
풍년이 들어 쌓은 볏단 보이고	年豐見滯穗
서리가 내리자 진상하는 귤이 올라왔네	霜落來貢橙
성상께서 선침을 전알하시니	乘輿謁仙寢
임금의 유예에 백성들 기뻐하네[5]	遊豫忭野氓
의장 깃발에는 화려한 채색 성대하고	羽旄盛華彩
말과 수레는 요란한 소리 내며 가네	車馬喧軿輷
깃발 든 병졸들 빽빽이 옹위하고	旛幢擁簇簇
징과 북소리 우렁차게 울리네	金鼓震鍠鍠
용맹한 장군은 날렵하게 깃발 들고 달리고	神將燁走幟
용사(龍蛇)는 펄럭이는 깃발에서 움직이네	龍蛇動風旌
전명이 전서(箭書)를 가지고 달려오니	傳命持箭馳
장군이 고삐 잡고 진군시키자	將軍按轡行
대수장군[6]이 어가를 기다렸다가	侯伏大樹帥

---

5 성상께서……기뻐하네 : 선침(仙寢)은 왕릉을 달리 이르는 말이다. 유예(遊豫)는
노닐고 즐긴다는 뜻으로, 제왕의 순행을 비유하는 말이다. 《맹자》〈양혜왕 하(梁惠王
下)〉에 "한번 노닐고 한번 즐기시는 것이 제후들의 법도가 된다.〔一遊一豫, 爲諸侯度.〕"
라는 말이 나온다.

6 대수장군(大樹將軍) : 후한의 장군 풍이(馮異)의 별칭으로 매사에 겸손하고 말없이

천천히 세류영⁷으로 호위해 들어가네 徐驅細柳營

무사들은 굳세고도 늠름하며 介士毅赳赳

군마들은 한결같이 건장하네 伍馬齊騯騯

세워 둔 검은 섬광을 토하고 樹劍吐閃閃

가로 놓인 화살통은 붉게 빛나네 橫鞉露駢駢

우의(羽儀)는 용맹을 숭상하고 羽儀尙武威

군악은 상성을 연주하네⁸ 軍樂是商聲

봄가을 사냥은 군사훈련을 위한 것뿐인데 蒐獼但閑武

서리와 이슬이 성상의 효성 감동시켰네 霜露感哀誠

조종(祖宗)께서 사냥에 방종 말라 경계하시니 聖祖戒縱獵

선영을 배알하는 이름 빌려 관병(觀兵)하시네 瞻楸寓觀兵

높이 든 붉은 일산은 봉황 같고 紅傘翥如鳳

수고하는 장군을 가리킨다. 광무제(光武帝) 때의 장군 풍이가 몹시 겸손하여 여러 장수들이 자신의 공적을 자랑할 때에도 항상 큰 나무 밑으로 물러가 자기의 공적을 숨겼기 때문에 군중에서 대수장군이라고 불렸다고 한다.

7 세류영(細柳營) : 서한의 장군 주아부(周亞夫)의 군영 이름으로 군율이 엄한 군대를 상징하는 말이다. 한 문제(漢文帝)가 유례(劉禮), 서려(徐廬), 주아부를 장군으로 삼아 각각 패상(霸上), 극문(棘門), 세류(細柳)에 군영을 설치하게 하였는데, 패상과 극문의 진영을 순시할 때는 곧장 말을 치달려 군문으로 들어가서 극진한 환영을 받았다가, 세류에 도착해서는 삼엄한 군기로 인해 문 앞에서부터 저지를 당하자, "여기야말로 진짜 장군의 군영이다. 전에 다녀온 패상과 극문의 군대는 아이들 장난과 같았다.〔嗟乎! 此眞將軍矣. 曩者霸上棘門軍, 若兒戲耳.〕"라고 탄식한 고사가 있다. 《史記 卷57 絳侯周勃世家》

8 우의(羽儀)는……연주하네 : 우의는 의장대 또는 그 장식을 가리킨다. 상성(商聲)은 오음 중의 하나로 처량하며 애원하는 듯한 소리를 말한다. 사계절로는 가을에 속하고 방위로는 서방에 속하므로 군대의 음악으로 사용한다.

벽제하는 소리는 생황을 부는 것 같네	淸警奏似笙
훈풍은 따스하면서 상쾌하고	熏風溫且舒
향내는 엄숙히 진동하네	香塵肅而盈
온화한 기운이 엉켜 위로 올라가니	和氣凝浮浮
상서로운 구름이 뭉쳐 아름답네	瑞雲團英英
누가 감히 경외하지 않으랴	何敢不嚴畏
은총과 영화를 입은 듯이 기뻐하는데	旋若被恩榮
아이들은 배불리 먹은 듯 기뻐하고	兒童喜如飽
어른들은 하사품 받은 듯이 즐거워하네	父老欣若賵
수행하는 반열마다 복제가 다른데	陪班各異制
그 중에 융복 입은 이가 한 사람 있네	戎服又一名
아름다운 의복에서 거룩한 체모 드러나고	衣鮮見體偉
둥근 삿갓은 둥근 일산을 기울인 듯하네	笠圓似蓋傾
우뚝이 선 옥정자(玉頂子)는 백로가 선 것 같고	玉頂竦立鷺
수정 갓끈은 앵두처럼 윤기 나는 구슬이네	晶纓半潤櫻
품계가 낮은 자는 털로 만든 솔을 쓰고	品微毛以刷
지위가 높은 이는 붉은 실을 사용하네	位高絲用頳
귀한 이는 무늬 있는 남색 옷을 입었고	貴而紋且藍
낮은 자는 선홍색 물들인 모시옷 입었네	卑則紵染猩
옻칠을 한 화살통은 눈이 부시고	箭房髹炫燿
두른 띠는 모두 아름다운 옥일세	帶環玉琇瑩
전감은 꽃송이처럼 모여 있고	殿監幾叢萼
조라치는 한 무리 꾀꼬리 같네	照羅一隊鶯
갓 장식은 부가(副珈)보다 아름답고	笠飾勝副珈

찬 주머니는 번영(繁纓)과 닮았네[9]	囊佩似繁纓
말 등에 호피 깔아 국새를 싣고	皐比璽寶馬
붉은 장막치고 수라를 만드는 선반 세웠네	紅帕御供棚
반열을 지영(祗迎)하려 둥근 천막 펼치고	迎班穹廬張
늙은 재상은 걸상에 앉아 버티고 있네	老宰胡牀撑
갖가지 명색이 다르고	種種名色別
정연한 제도가 훌륭하네	井井制度宏
소나무 언덕에 기댄 군영에는	營屯倚松岸
호궤할 음식 만들려고 솥을 벌려 걸었네	犒炊列鼎鎗
음식을 고르게 나누니 떠드는 자 없고	分均無敢譁
엄하게 단속하니 조용하여 다투지 않네	束嚴靜不爭
쩝쩝 소리내며 구운 고기 먹고	唼唼吃煨戴
후룩 소리내며 뜨거운 국 마시네	唷唷歠熱羹
숯불을 벌겋게 피워 놓았는데	燔炭烈赫赫
잡으려던 새는 재빠르게 날아가네	攫翔疾翃翃
좌상이 파는 것은 모두 음식물이고	販賣皆籨飧
행상이 파는 것도 음식과 술인데	荷擔是簋罌
사람이 모였을 때 다 팔지 못할까 저어하여	湊集恐不及
기다렸다는 듯이 큰 소리로 권하네	叫勸若徯迎

---

9 갖……닮았네 : 부가(副珈)는 여러 가지 화려한 수식을 가리키는데, 《시경》〈군자
해로(君子偕老)〉에 "군자와 백년해로를 하는지라, 쪽 짓고 비녀 꽂고 여섯 군데 옥으로
꾸미네.[君子偕老, 副笄六珈.]"라고 하였다. 번영(繁纓)은 말의 뱃대끈과 굴레인데,
제후의 말장식을 가리킨다.

쌓아 놓은 배는 둥근 공 같고	堆梨似宛鞠
엮어 놓은 능금은 구슬을 매단듯하여	綴檎若垂珵
향기 빼어난 장마 뒤의 버섯과	異香霖後菌
찰기 좋은 서리 전의 찰벼며	另粘霜前粳
군침 도는 포도주와	口涎葡萄釀
위를 동하게 하는 계피 엿이며	胃醒桂椒錫
맛이 담백한 황권채(숙주나물)와	味淡黃卷荣
이름도 고상한 필관정(맛조개)이며	名典筆管蟶
붉게 찐 게와	炙赭蒸郭索
두형10을 섞은 김치일세	菹香雜杜蘅
낯익은 얼굴들 자주 만나니	熟面頻離合
벗들이 술을 마시자고 서로 이끄네	朋飲相牽縈
산승의 범패를 처음 보고서	剏睹山僧唄
갑자기 놀라 원숭이처럼 눈이 휘둥그레	猝怕木侯瞠
동동 소리는 보살이 치는 북소리이고	鼕鼕優婆鼓
땡땡 소리는 수도승이 치는 징소리이네	鏗鏗頭陀鉦
옛 종소리 온 골자기를 울리는데	古鍾驚殷谷
늙은 부처는 두 눈을 감은 듯하네	老佛若瞬睛
개구리는 놀라서 도망가고	駭竄瞥眼耿
개는 으르렁대며 덤벼드네11	怒鬪咆聲獰

---

10 두형(杜蘅) : 아욱과 비슷한 향초인데 입이 말발굽과 비슷하다 하여 마제향(馬蹄香)이라 칭하기도 한다. 굴원(屈原)의 〈이소경(離騷經)〉에 "두형과 방초도 섞어 심었다.〔雜杜蘅與芳芷.〕" 하였다.

산사의 터가 명승지여서 　　　山寺占名區

별채엔 공경들 자주 드나드네 　　別墅競貴卿

동부(洞府)는 깊숙한 소라 속 같은데 　洞府邃若螺

용마루는 고래보다 웅장하네 　　屋脊雄於鯨

물을 끌어들여 네모진 연못 만들었고 　引流開方塘

구렁을 가로질러 단청한 들보 놓았네 　跨壑起畫栐

숲길을 뚫고 으슥한 곳으로 오니 　穿林來奧地

대숲 사이에서 한가한 바둑소리 나네 　隔篠聞閑枰

뜨락과 난간은 그윽하게 둘러 있고 　庭欄走窈篠

연못의 연꽃은 시들어 흉물스럽네 　池荷委蓁鬚

대로(大老)가 사시던 옛터가 있어 　大老有舊址

끼치신 가르침 남아 서당이 있네 　遺風猶村黌

　　이미 도성에 들어와 송동(宋洞)을 찾으니, 바로 우암(尤庵) 선생이 머물던 옛터인데, 반궁(泮宮)의 뒤편 산기슭에 있다. 숲과 시내가 깊고 으슥한 흥취가 있었고, 거주하는 사람들은 대부분 무리를 모아 놓고 독서하는 자들이다.

초당은 갈대에 둘러싸여 검푸르고 　堂黝繞蒹葭

모래톱엔 볕 쬐는 백로가 하얗네 　汀白曬鵁鶄

절벽이 천 길이나 높이 솟아 　立壁仰千仞

　　절벽에는 선생이 손수 크게 쓴 '증주벽립(曾朱壁立)' 4글자가 있다.[12]

떨어지는 물줄기가 깊은 웅덩이 만들었네 　落泉頮深坑

11 　개구리는……덤벼드네 : 환재가 나들이하며 지나친 곳의 즉경(卽景)을 읊은 것인데, 정확히 무엇을 가리키는지는 미상이다.

12 　절벽에는……있다 : 현재 서울 종로구 명륜동 성균관로 17길 골목에 있다.

오고 가는 제비는 얕은 물을 차고　　　　　　　客燕蹴淺水

조는 백로는 휘늘어진 버드나무에 섰네　　　　眠鷺立臥樨

바위틈에 숨은 금개구리 찾으려했건만　　　　巖罅覓伏蛙

　세상에 전하기로, 바위틈에 천 년 묵은 금색 개구리가 있는데, 도를 지닌
　학인(學人)이 오면 출현한다고 한다.

나무 끝에 날다람쥐만 보일 뿐이네　　　　　　林端見超鼯

주막 문밖에는 술꾼을 부르는 아이 서성대고　柴門佇酒保

무밭에는 채마밭지기가 앉아있네　　　　　　　苜田坐圃傖

주막의 푸른 깃발 단풍과 어울리고　　　　　　青帘映楓葉

문 위에는 종규 그림[13] 붙여 놓았네　　　　　鍾馗貼門桁

호위하는 인부들 자갈길 익숙하여　　　　　　衛行慣踏确

호령소리가 은은히 골짜기에 울리네　　　　　虞呼隱聞舷

일찍 핀 국화를 만지니 소매에 향기가 배고　袖香把早菊

큰 잔에 술을 마셨더니 귀가 붉어졌네　　　　耳熱擧大觥

구경한 경치 중에 기이한 볼거리가 많으나　歷覽多異觀

생각나는 대로 대략만 기록하네　　　　　　　略記以騁情

13　종규 그림 : 조선 시대에 새해를 기념하여 주고받던 세화(歲畫)의 주제로 애용된
〈종규도(鍾馗圖)〉를 가리킨다. 종규는 당나라 현종 때 사람으로 모습이 추하다는 이유
로 과거시험에 합격하지 못하고 원한을 품고 죽었다. 그의 추한 외모가 귀신을 물리친다
는 전설이 생겨 후세에는 재앙을 쫓기 위하여 그의 형상을 그려 붙이는 풍습이 유행했다
고 한다.

석경루잡절[14] 20수 병서

石瓊樓雜絕 二十首 幷序

경진년(1820) 4월 말에 외종조 지산공(芝山公)[15]께서 소사구(小司寇)로서 휴가를 받아 도성 북쪽으로 나가면서 나귀를 보내 나를 부르셨다. 석경루(石瓊樓)와 장원(張園) 등 여러 승경을 찾아다닐 때에 짤막한 시를 지으라 명하시기에, 그때마다 즉시 왕우승(王右丞)의 〈망천절구(輞川絕句)〉를 본받아 20수를 지었다.

성문이 반쯤 하늘을 향하니	城門半向天
허공에 둥근 거울 열렸네	跨空開圓鏡
나가는 말과 들어오는 사람들이	去馬與來人
또렷이 공중에 그림자 박히네	歷歷印空影

복건 쓰고 나귀 등에 타서	幅巾驢子背

---

14 석경루잡절(石瓊樓雜絕) : 환재의 나이 14세 때인 1820년(순조20)에 지은 시이다. 석경루는 도성의 북쪽 세검정 부근, 즉 종로구 홍제천길 42번지 자하주택 자리에 있었던 추사 김정희의 별장으로, 19세기 서울의 시인들이 자주 시모임을 갖던 명소이다. 환재도 두세 차례 친구들과 어울려 이곳을 찾았고, 이곳에서 유숙한 적도 있다. 《瓛齋集 卷3 辛丑暮春 同人宿石瓊……》

15 외종조 지산공(芝山公) : 유화(柳訴, 1779~1827)를 가리킨다. 본관은 전주(全州), 자는 화지(和之), 지산은 그의 호이다. 1801(순조1)에 정시 문과에 급제하여 헌납, 장령, 교리, 부수찬, 승지 등을 지냈다. 정통 성리학자로 저서에 《배경당시문고(拜經堂詩文稿)》 4책이 있다.

성곽을 나가 산 누각으로 오르네　　　　　　　出郭上山樓

산 누각에서 골짜기를 내려다보니　　　　　　山樓臨澗壑

새벽 서늘한 기운이 도리어 가을 같네　　　　曉涼翻似秋

푸른 덩굴은 으슥한 오솔길로 이어지고　　　綠蘿通幽逕

흐르는 노을은 주렴 창살을 스치네　　　　　流霞拂簾櫳

누각은 봄이 온 성곽 북쪽에 있고　　　　　　樓在春城北

사람은 물소리 가운데 앉았네　　　　　　　　人坐水聲中

산 밖에 해가 중천에 떴는데　　　　　　　　　山外日已晏

산 속엔 아직 서늘함 가시지 않았네　　　　　山中未除涼

먼 봉우리엔 묵은 안개 걷히고　　　　　　　　遠岫霽宿霧

무성한 숲은 새벽빛 머금었네　　　　　　　　茂林涵晨光

수레와 말의 흔적이 없고　　　　　　　　　　　而無車馬迹

때로 춤추는 학이 보이는데　　　　　　　　　　時見鶴翩躚

묻노니, 이곳의 나그네는　　　　　　　　　　　爲問此間客

신선이 된 줄 아는가 모르는가　　　　　　　　自知做神仙

한스러워라 백석정[16]은　　　　　　　　　　　　惆悵白石亭

---

16 백석정(白石亭) : 서울 종로구 부암동(付巖洞)에 있는 백석동천(白石洞天)을 가
리키는 것으로 보이는데, 현재 정자는 남아있지 않다. 1800년대에 도성에 인접하여
조성되었던 어떤 이의 별장 유적으로 2008년에 명승 제36호로 지정되었다. 일설에 백사

진인이 독서하던 곳인데 　　　　　　　　　　眞人讀書處

시냇물 한 줄기만 남아 　　　　　　　　　　唯有一道溪

쉼 없이 인간세상으로 향하네 　　　　　　　長向人間去

　석경루(石瓊樓) 북쪽에 시내와 바위가 매우 기이한데, 그 위에 백석정의
옛터가 있다. 세상에 전하기로 허진인(許眞人)이 거처하던 곳이라 하는데,
진인은 어느 시대 사람인지 모른다. 아마 도환(陶桓)[17]의 부류일 듯하다.

솔바람은 옷에 불어오고 　　　　　　　　　松風吹衣帶

갈수록 산은 깊어지네 　　　　　　　　　　去去山更深

장의사를 찾아가고 싶으나 　　　　　　　　欲尋莊義寺

푸른 봉우리 그늘 속에 있으리 　　　　　　應在碧峯陰

　옛날에 장의사(莊義寺)[18]가 있었다가 지금은 폐사가 되었는데, 그 터도 찾
을 수 없다.

(白沙) 이항복(李恒福)의 별장이라 한 것은 와전된 것으로 보인다. 산과 계곡이 어우러
진 자연경관이 수려한 곳에 건물의 유지와 연못 등이 남아있으며, 인근에 '백석동천(白
石洞天)', '월암(月巖)' 등의 바위에 새긴 글씨가 남아있다.

17　도환(陶桓) : 진(晉)나라 도간(陶侃)을 가리키며, 환(桓)은 그의 시호이다. 동진
(東晉) 여강(廬江) 심양(潯陽) 사람으로 자는 사행(士行)이다. 어려서 아버지를 잃고
가난하게 살면서도 시간을 아껴 독서하였는데, 항상 사람들에게 "우 임금은 성인이신데
도 촌음을 아꼈으니, 보통 사람들도 응당 분음을 아껴야 할 것이다.〔大禹聖者, 乃惜寸
陰, 至於衆人, 當惜分陰.〕"라고 한 말이 있다.

18　장의사(莊義寺) : 장의사(藏義寺)라고도 하며, 서울 종로구 신영동 세검정초등학
교 자리에 있었던 절로 지금은 보물 제235호로 지정된 당간지주(幢竿支柱)만이 남아
있다. 659년(무열왕6)에 황산벌(黃山伐) 싸움에서 전사한 신라의 장춘랑(長春郎)과
파벌구(罷伐九)의 명복을 빌기 위하여 창건하였다고 한다.

떠도는 아지랑이는 비가 되려 하고　　　　　浮嵐欲化雨
축촉한 푸른빛은 옷을 물들이려 하네　　　　滴翠欲染衣
숲을 뚫고 꾀꼬리 한 쌍 지나가고　　　　　穿樹雙鶯過
시내를 건너 한 마리 백로 날아가네　　　　度溪一鷺飛

오솔길을 내키는 대로 가다 쉬며　　　　　細路任行歇
굽은 산길과 휘도는 여울을 지나는데　　　曲崦與廻汀
갈수록 푸르러 그림처럼 아름다운 곳에　　轉翠堪畫處
언뜻언뜻 반쪽 정자가 보이네　　　　　　時露半面亭

나무꾼이 흥미진진 이야기하며　　　　　　樵人津津說
멀리 처사의 집을 가리키네　　　　　　　遙點處士家
일천 봉우리 구름과 맞닿은 곳에　　　　　千峯雲合處
무성히 뽕나무와 삼이 자라네　　　　　　翳菀長桑麻

여산의 일만 그루 살구와　　　　　　　　盧山杏萬樹
무릉의 천 그루 복숭아나무는　　　　　　武陵桃千章
예로부터 그 붉은 열매를　　　　　　　　從古云朱實
먹으면 수명이 길어진다 하네　　　　　　食之壽命長

물빛이 산과 함께 맑으니　　　　　　　　水光與山淥
날마다 마시고 은자의 얼굴 붉어졌네　　　日飮癯顔紅
필시 포독자가 아니면　　　　　　　　　不是抱犢子
정녕 축계옹이 되리[19]　　　　　　　　　眞定祝鷄翁

맑고 적막하기 절간과 같으니   淸寂似佛宇

이 참에 참선하고 싶네   依然欲參禪

주렴 그림자는 장삼에 가늘게 드리우고   簾影衲衣細

향불 연기는 불경을 둥글게 쓰네   篆煙梵文圓

도미꽃[20]은 화려한 병풍처럼 보이고   酴醾錯繡屛

동그란 이끼는 비단 방석과 흡사하네   苔錢幻錦茵

부귀라도 이와 바꾸지 않고   富貴不與易

오만하게 산중의 사람 되리   傲此山中人

칡가루가 서리보다 가볍고   葛粉輕於霜

맑은 꿀이 달고도 시원하네   蜂瀝甘而冽

비방을 전한 자 누구인가   秘方傳者誰

종내 옥가루[21]보다 널리 전하지 못했네   終不博玉屑

19 필시……되리 : 포독자(抱犢子)는 송아지를 기르는 사람을 가리키고, 축계옹(祝鷄翁)은 닭을 기르는 사람이란 뜻인데, 모두 은거하는 사람을 비유한 말이다. 당나라 왕유(王維)의 〈산으로 돌아가는 벗을 전송하는 노래〔送友人歸山歌〕〉에 "구름 산속에 들어가 닭을 기르고, 산꼭대기에 올라가 송아지를 기르네〔入雲中兮養鷄, 上山頭兮抱犢.〕"라는 구절이 있다.

20 도미꽃 : 찔레꽃을 가리키는 듯하다. 원문의 '도미(酴醾)'는 도미(酴釄) 또는 도미(酴醿)와 통용하는 술이름이다. 그런데 술의 빛깔과 닮은 꽃 이름을 가리키기도 하는데, 도미(荼蘼), 산장미(山薔薇) 등의 별칭이 있다.

21 옥가루 : 원문은 '옥설(玉屑)'인데, 전설에 따르면 옥가루로 밥을 지어 먹으면 병에 걸리지 않는다고 한다.

느릿느릿 술 따르며 간간이 차도 마시고　　疏酌間茗飮

한가로이 바둑 두며 이야기도 나누네　　散棋雜語聲

우연히 아름다운 흥취를 얻으니　　偶然得佳趣

나의 시 생각이 맑아지게 하네　　使我詩思淸

말술을 마시고 꾀꼬리 소리 실컷 듣고　　斗酒聽鶯盡

구름을 바라보며 돌아가길 까맣게 잊네　　看雲澹忘歸

주인의 집이 가장 사랑스러우니　　最愛主人屋

으슥한 나무그늘이라 더위 기운 미미하네　　邃樾暑氣微

주인이 서화를 좋아하여　　主人嗜書畫

온 벽마다 빈구석이 없고　　滿堂壁不空

주인이 화초를 좋아하여　　主人嗜花草

집 둘레에 사계절 꽃이 붉네　　繞屋四時紅

나무꾼이 노래하며 너른 밭으로 오르려　　樵歌上平田

소를 타고 풀숲 안개 헤치네　　跨牛披艸煙

다시 생황 부는 자를 보니　　更見吹笙者

단정히 푸른 하늘에 앉은 듯하네　　端然坐綠天

물가에서 앞 다투어 말에 올라　　水邊競上馬

느릿느릿 푸른 산을 나서네　　翩翩出翠微

돌이켜 올랐던 누각을 바라보니　　回看登樓處

석양이 숲을 반쯤 물들였네　　夕陽半林暉

비 내리는 몽답정에서[22]

夢踏亭雨中

골짜기 가로질러 붉은 정자 놓이니	架壑紅亭在
구름 짙어 창을 반쯤 가렸네	雲重半垂窓
늦게 핀 꽃은 선명히 빛나고	晚花明冉冉
어린 제비는 쌍쌍이 오가네	穉燕度雙雙
짙은 녹음은 옷 가에 듣고	濃翠衣邊滴
층층 여울은 좌석 아래로 흐르네	層湍席下淙
친구가 술을 가지고 올까 하여	故人携酒至
가랑비에 발자국소리 나는가 자주 귀 기울이네	疏雨頻聞跫

---

22 비 내리는 몽답정에서 : 문집 편차를 고려하면 환재의 나이 15세 때인 1821년(순조20)에 지은 시로 추정된다. 몽답정은 조선 영조 때 지은 정자로 창덕궁 북쪽 신선원전 앞쪽 언덕에 위치한다. 현재 '夢踏亭'이라고 바위에 새긴 글씨가 남아있으며 주변에는 냇물이 흐르고 연못이 있어 경치가 빼어나다.

다시 절구 한 수를 읊다

又賦一絶

짙은 그늘 맑은 물 흐르는 곳에   繁陰淸漪處

흰 구름은 빈 누각을 감쌌네   白雲繞樓空

아련한 하룻저녁의 흥취가   迢然一夕興

반쯤 산비에 섞이네   半雜山雨中

산골 집에 갑자기 내린 여름비
山齋夏雨驟過

마을 반쪽엔 비바람 불고 반은 안개 끼었는데	半村風雨半村煙
산새 우는 창가에 책을 안고 조네	山鳥啼窓擁書眠
먹과 붓을 휘두르며 여름 더위 식히고	墨舞筆歌消夏暑
오이며 콩 시렁도 시편에 들어오네	苽棚荳架入詩篇
옛 시모임에선 꽃을 구하는 글[23] 빈번하고	頻繁舊社乞花字
신풍주[24] 살 돈은 있었다 없었다 하네	斷續新豊沽酒錢
우두커니 앉았다고 그대는 웃지 마소	癡坐一番君莫笑
돌아가는 구름 되비쳐 동쪽하늘이 붉었으니	歸雲返照滿東天

23 꽃을 구하는 글 : 원문의 '걸화자(乞花字)'는 걸화서(乞花書)와 같은 말로 꽃가지 또는 꽃모종을 나누어 달라고 청하는 편지를 말한다.

24 신풍주(新豊酒) : 술의 이름이다. 신풍은 한(漢)나라 고을의 이름인데, 한 고조 (漢高祖)의 부친이 동쪽으로 돌아가고자 하니, 한 고조가 성사(城寺)와 거리를 개축하 여 풍(豊) 땅의 형상과 같이 만들고, 풍의 백성을 옮겨 거주하게 한 데서 유래하였다. 예로부터 이곳에서 나는 술이 맛이 좋아 시에 자주 등장하였으니, 왕유(王維)의 〈소년 행(少年行)〉에 "신풍의 맛 좋은 술은 한 말에 십천인데, 함양의 유협들은 대부분이 소년이로세.〔新豊美酒斗十千, 咸陽游俠多少年.〕"라고 읊은 구절이 유명하다.

저물녘 풍경

晚眺

저녁 까마귀는 연기 속에 먹물처럼 찍혔고	昏鴉衝煙墨灑
멀리 백로는 구름 속에 은가루처럼 빛나네	遠鷺著雲銀織
물결은 잦아들다 이내 일렁이고	水紋乍舒乍縐
산모퉁이는 반쯤 둥글고 반쯤 뾰족하네	山角半圓半尖

밤비 속에 반딧불을 보다
夜雨見螢

하늘 가득한 비바람에 푸른 등불 켜고　　　　　滿天風雨點燈靑
생각이 아득하여 홀로 사립을 닫았네　　　　　　幽思迢迢獨掩扃
산과 바다에 천리의 눈길 주니　　　　　　　　　山海欲憑千里目
천지 사이에 띠풀 정자 하나 있네　　　　　　　　乾坤又有一茅亭
마음이 책에 쏠려도 구할 방도가 없고　　　　　心馳墳典求難獲
꿈은 방호25에 들어 불러도 깨지 않네　　　　　夢入方壺喚不醒
밤 깊어 턱 괴고 문을 향해 앉으니　　　　　　　夜久支頤當戶坐
떠도는 반딧불에 괜시리 수심이 이네　　　　　閑愁無賴感流螢

25　방호(方壺) : 신선이 산다는 전설상의 산 이름이다. 발해(渤海) 바다 가운데 세
산이 있는데, 하나는 방호로 곧 방장(方丈)이고, 하나는 봉호(蓬壺)로 곧 봉래(蓬萊)이
며, 하나는 영호(瀛壺)로 곧 영주(瀛洲)인데, 이들을 삼신산이라고 한다.《拾遺記 卷1》

수선화를 얻고 기뻐서[26] 2수 병서

得水仙花喜賦 二首 并序

황노직(黃魯直 황정견(黃庭堅))이 〈수선화시(水仙花詩)〉를 지었는데,
내가 그 시를 읽고서 그 꽃을 보고 싶었다. 어떤 객이 연경에 갔다가
수선화를 사와서 나에게 몇 뿌리를 주니, 아마 처음 우리나라에 온
듯하다.[27] 뿌리는 둥근 연근과 닮았고, 흙에 심지 않고 물속에 두어
도 잘 산다. 잎은 길어 푸른 부들과 닮았고, 줄기는 곧아 비녀와
같다. 꽃잎은 흰색이고 꽃술은 황색이어서 마치 젓가락 위에 술잔을
올린 듯하다. 본초에서 이른바 금잔은대(金盞銀臺)가 이것이다. 연
기, 소금기, 비린내, 쇳내 등을 꺼린다. 유리나 수정으로 만든 그릇
이 가장 어울리니, 맑고 서늘한 성품에 적합할 뿐만 아니라, 또한
맑고 티 없는 자태를 감상할 만하다. 정소남(鄭所南)이 난을 그리며

---

26 수선화를 얻고 기뻐서 : 문집 편차를 고려하면 환재의 나이 15세 때인 1821년(순
조20)경에 지은 시로 추정된다.

27 아마……듯하다 : 수선화는 동북아시아와 지중해의 연안에 자생하는 식물로, 우리
나라의 남쪽 지방에서 흔히 볼 수 있다. 그런데 중부 이북에서는 월동이 어려웠기 때문
에 오랫동안 황정견의 시 등을 인용하면서 문헌적으로 언급되다가 조선 후기에서야
본격적으로 완상물로 등장한 것으로 보인다. 이규경(李圭景, 1788~1856)은 "수선화가
우리나라에서 유명하게 된 것은 내가 보기에는 수십 년 전에 시작되었고, 근래 들어
가장 성대하다. 옛날에는 들어 보지 못했다.〔水仙之名於東, 以予所見, 自數十年始, 而
不如近日之盛. 古則無聞焉.〕"라고 하였다. 수선화가 처음 우리나라에 온 듯하다는 환재
의 말은 서울 지방에 완상품으로 유통되면서 자주 눈에 띄게 된 정황을 의미하며, 중국
을 통해 수선화 중의 특정 품종이 이때 도입되어 유행한 것으로 이해하는 것이 좋을
듯하다. 《五洲衍文長箋散稿 萬物篇 草木類 花草 水仙花辨證說》

흙을 그리지 않아 수염뿌리가 엉성한 것과 닮았다.[28] 매각(梅閣)에
들여 놓고 '수선실(水仙室)'이라 이름 붙였다.

푸른 모자 노을빛 치마 노란 꽃물 물들어　　　　　　青冕霞帔水濺黃
　진거비(陳去非)의 〈수선시(水仙詩)〉에 '푸른 모자가 어지러이 땅에 깔렸
　네.〔青冕紛委地.〕'라고 하였다.[29]
물 위를 날아서 공중에 떠 향기롭네[30]　　　　　　凌波飛去泛空香
울타리의 강매[31]에선 옥 눈송이 흩날리고　　　　　江梅籬落流瓊雪
누대를 감싼 달빛은 흰 이슬을 비추네　　　　　　月樹樓臺映玉霜
늙은 조개 진주를 키우니 구름이 물결을 막고　　　老蚌養珠雲鎖浪

28　정소남(鄭所南)……닮았다 : 정소남은 정사초(鄭思肖, 1241~1318)를 가리킨다.
송말원초 때 복주(福州) 연강(連江) 사람으로 자는 소남(所南), 호는 억옹(憶翁)·삼
외야인(三外野人)이다. 강개하고 지조가 있어 송나라가 망하자 사초라고 이름을 고쳤
으니 조실(趙室)을 잊지 않는다는 것을 드러낸 것이고, 소남이란 자는 다른 성씨에게
북면(北面)하지 않는다는 것을 보여주려는 의도라고 한다. 오하(吳下)에 은거하여 조
정 관리들과 서로 내왕하지 않았으며, 조국을 이민족에게 빼앗긴 울분에 난초를 그릴
때 흙을 그리지 않았다고 한다.
29　진거비(陳去非)의……하였다 : 진거비는 송나라 진여의(陳與義, 1090~1139)를
가리키며, 거비는 그의 자(字)이다. 남송 낙양(洛陽) 사람으로 호는 간재(簡齋)이다.
송나라 휘종 정화(政和) 연간에 벼슬에 진출하여 이부 시랑에 이르렀다. 시를 잘 지었는
데, 처음에는 황정견(黃庭堅)과 진사도(陳師道)를 배우다가 나중에는 두보(杜甫)를
배웠다. 국가의 환란을 경험하며 비탄과 정한을 시에 담아 강서시파(江西詩派) 삼종(三
宗)의 한 사람으로 꼽힌다. 인용된 시는 〈수선화를 읊다〔詠水仙〕〉란 시에 나온다.
30　물위를……향기롭네 : 원문의 '능파(凌波)'는 황정견(黃庭堅)의 〈수선화(水仙花)〉
시에 "능파선자가 버선에 먼지를 날리면서, 물 위를 사뿐사뿐 달빛 아래 걷네.〔凌波仙子
生塵襪, 水上盈盈步微月.〕"라는 구절을 인용한 것이다.
31　강매(江梅) : 산골짜기 물가에 피어 있는 야생매화를 말한다.

봄 죽순이 껍질 벗으니 비가 대숲을 적시네　　　　春筍脫籜雨侵篁

문을 나서 한번 웃고 우두커니 서서　　　　　　出門一笑蒼茫立

방주를 찾아가고자 갓끈을 푸네　　　　　　　欲向芳洲解瑱瑠

듣자니 상수 가운데 수선이 있어　　　　　　見說湘中有水仙

한 번 허물 벗으면 더 고와진다네[32]　　　　一番輕蛻更嬋娟

깊은 대숲 가랑비 속에 황량한 사당 있어　　　筼深雨細荒祠在

《항주도경(杭州圖經)》[33]에 "전당문 밖 호숫가에 수선왕묘(水仙王廟)가 있
다."라고 하였다.

바다는 넓고 사람은 없는데 옛곡조만 전해지네　　海闊人無古操傳

《금원요록(琴苑要錄)》에 따르면, 백아(伯牙)가 성련(成連)에게 거문고를
배웠는데, 거의 경지에 오르자 성련이 "나는 너의 정(情)을 바꾸지 못하겠
다."라고 하고서 함께 봉래산(蓬萊山)으로 갔다. 성련은 백아를 그곳에 남
겨 두고 "내 스승 방자춘(方子春)과 함께 돌아올 것이다."라고 하고서 배를
저어 떠나가 돌아오지 않았다. 백아가 탄식하면서 "선생께서 나의 정을 옮
기셨구나."라고 하고서[34] 드디어 거문고를 끌어다 〈수선조(水仙操)〉를 지
었다.

금술잔과 은받침으로 이슬가루 받고　　　　　金盞銀臺承露屑

---

32 듣자니……고와진다네 : 명나라 서위(徐渭)의 〈수선화 그림[水仙畫]〉이란 시에
"바닷가의 이름난 꽃은 수선화를 꼽는데, 그림 속의 모습이 더욱 곱네.[海國名花說水
仙, 畫中顔貌更嬋娟.]"라는 구절이 참고가 된다.

33 항주도경(杭州圖經) : 송나라 대중상부(大中祥符) 3년(1010)에 이종악(李宗諤)
이 찬술한 《상부항주도경(祥符杭州圖經)》을 가리키는 듯하다.

34 백아가……하고서 : 약간의 내용이 생략되었다. 백아가 성련이 돌아오기를 기다리
는데, 사람은 보이지 않고 바다의 파도소리만 찢어질 듯 들리고, 산림은 적막하여 슬피
우는 새소리만 들리자, 이에 백아가 크게 깨달아 성련이 자신의 깨우치지 못한 음악의
재능을 마저 깨우쳐 주었다고 탄식하였다고 한다.

용연과 계설로 향기를 피우네 　　　　　　　龍涎鷄舌侍香煙

　용연(龍涎)과 계설(鷄舌)은 향이름이다.《진고(眞誥)》에 이르기를, "신선
의 관직에 향을 모시는 직책이 있다."라고 하였다.

지금껏 이와 같은 꽃 드물었으니 　　　　　　從來花面鮮如此

창가에 술잔 들고 온 마음으로 사랑하네 　　　對酒晴窓盡意憐

눈 오는 밤에 동파의 취성당 운에 차운하여 수선화를 읊다[35]
雪夜次東坡聚星堂韻 賦水仙花

취성당 운자는 높아 황엽을 굴리는 듯[36]　　　　聚星韻高轉簧葉

선생께서는 그저 흰 눈 읊기 즐기셨네　　　　　先生只喜吟白雪

나에게 영롱한 세모의 벗 있으니　　　　　　　我有玲瓏歲暮友

　수선화는 일명 옥영롱(玉玲瓏)이라 하고, 세모우(歲暮友)라고도 일컫는다.

새로 시를 지어 깊은 시름을 부치네　　　　　好作新詩寄愁絶

달빛과 옥구슬이 줄지어 드리웠고　　　　　　月籠珠璣聯更垂

대나무는 추위에 얼어 부러질듯하네　　　　　寒凌琅玕凍欲折

연한 먼지조차 옷 위에 붙게 하지 마소　　　　不敎軟塵衣上吹

비단 휘장 미동해도 연기가 사라지리　　　　　羅幌微動紫煙滅

아롱진 비단 촉촉하여 향기가 흩어지지 않고　　霧縠凝濕不散香

---

35 눈오는……읊다 : 문집 편차를 고려하면 환재의 나이 15세 때인 1821년(순조20)경
에 지은 시로 추정된다. 취성당(聚星堂)은 송(宋)나라 때 구양수(歐陽脩)가 여음 태수
(汝陰太守)로 있을 적에 소설(小雪)의 날에 빈객들을 모아 놓고 금체시(禁體詩)로 시
를 지었던 곳이라 한다. 소식(蘇軾)이 여음 태수로 있으면서 원우(元祐) 6년 11월 1일
에 눈이 내리자 취성당에서 구양수의 두 아들과 함께 구양수의 금체를 본받아 눈을
읊은 일이 있다.《蘇東坡詩集 卷34 聚星堂雪》 금체란 사물을 시로 읊으면서 그 시어로
흔히 쓰이는 글자, 예컨대 눈을 읊으면서 옥(玉), 월(月), 이(梨), 매(梅), 연(練),
서(絮), 노(鷺), 학(鶴), 아(鵝), 은(銀) 등의 글자를 사용하지 않고 시를 짓는 규칙을
말한다.

36 취성당……듯 : 운자가 높다는 말은 소식의 시가 입성(入聲) 설(屑)운임을 가리킨
다. 황엽(簧葉)이란 악기 속에 든 소리를 내게 만든 얇은 울림판을 가리키는데, 대껍질
이나 구리판 등으로 만든다.

흰 비단이 휘날려 바람 따라 너울거리네　　　　　氷紈旖旎隨風掣

도리의 아름다움 많을까 오히려 싫어하여　　　　却嫌桃李顏色多

은근히 꽃다운 혼을 밤으로 이끄네　　　　　　　暗將芳魂入夜纈

따스한 옥사발 잡아 흰 파도를 보고　　　　　　煖持瓷甌看素濤

　송나라 사람이 차를 논하며 흰 파도[素濤]라고 한 말이 있다.[37]

서늘하게 옥주[38]를 잡고 소설 소리 듣네　　　　冷把玉麈聽騷屑

　대나무에 부는 바람을 소설(騷屑)이라 한다.

이 꽃이 나의 졸렬한 눈길 받을까 부끄러워하여　知是恥上鹵莽眼

피어날 때는 더디더니 질 때는 잠깐이네　　　　綻時遲遲斂時瞥

함께 마시며 문자 친구 될 만하니　　　　　　　可能伴飮文字朋

세속을 향해서는 절대 말하지 말게　　　　　　愼勿對做世俗說

서글퍼라, 시인 오래[39]는　　　　　　　　　　惆悵詩人吳萊生

37　송나라……있다 : 송나라 채양(蔡襄)이 범중엄(范仲淹)에게 "공이 지은 〈채다가
(採茶歌)〉에 '황금 맷돌 곁에 파란 먼지 날리고, 벽옥 사발 속에 푸른 파도 일어나네.[黃金
碾畔綠塵飛, 碧玉甌中翠濤起.]'라고 하였는데, 지금 차가 매우 빼어나고 그 색깔이 몹시
흽니다. 취(翠)나 녹(綠)은 하품이니, '옥색 먼지 날리고[玉塵飛]'와 '흰 파도 일어나네
[素濤起]'로 고치는 것이 어떻겠습니까?"라고 물으니, 범중엄이 좋다고 하였다.《類說
卷46》

38　옥주(玉麈) : 남북조(南北朝) 시대에 청담(淸淡)을 하는 선비들이 백옥주미(白玉
麈尾)를 손에 들고 담론하기를 즐겼는데, 백옥주미는 사슴의 꼬리에 옥으로 자루를
한 것이다.

39　오래(吳萊) : 1297~1340. 원나라 무주(婺州) 포강(浦江) 사람으로 원명은 래
(來), 자는 입부(立夫), 호는 심효산도인(深皋山道人), 사시(私諡)는 연영(淵穎)이
다. 젊어서 방봉(方鳳)에게 수학하면서 학문에 널리 정통하였으나, 진사 시험에 떨어진
후 심효산(深皋山)에 은거하면서 연구와 저술에 전념하였다.

미친 듯 노래하며 철여의로 부쉈다네   狂歌擊碎如意鐵

오래(吳萊)의 자는 연영(淵穎)으로 원나라 시인이다. 그의 시에 '수선사 미친 듯 부르며, 철여의로 부숴버리네.〔狂歌水仙詞, 擊碎如意鐵.〕'라고 하였다.[40]

---

40 그의……하였다 : 〈포양구유명월천……〔浦陽舊有明月泉……〕〉이란 시의 마지막이다.

다시 동파의 송풍정 운에 차운하여 수선화를 읊다[41]

又次東坡松風亭韻 賦水仙花

새벽에 일어나 창을 여니 눈이 마을을 덮어　　曉起開窓雪封村

송옥[42]을 불러다 매화혼을 부르고 싶네　　　　欲招宋玉降梅魂

부옹의 꽃에 수심한 말에 화답하고자[43]　　　　爲和涪翁花惱語

하릴없이 찻사발 들고 먼저 혼미함을 떨치네　　漫提茶鎗先滌昏

　　산곡(山谷 황정견)의 〈전다부[煎茶賦]〉에 '기름기 씻고 혼미함을 떨치네.
　　[解膠滌昏.]'라는 구절이 있다.

시상이 활발하여 깨달을락 말락 한데　　　　　詩思旖旎悟未悟

덩이뿌리 찾으러 언 정원으로 달려가네　　　　若尋顆果走氷園

보물 상자에 봄을 담아 동해로 가져오니　　　　寶笈貯春來東海

서곡에 음률을 따사롭게 분 것[44]과 어떠한가　　何似黍谷吹律溫

41　다시……읊다 : 문집 편차를 고려하면 환재의 나이 15세 때인 1821년(순조20)경에
지은 시로 추정된다. 〈송풍정(松風亭)〉 원시는 〈11월 26일에 송풍정 아래 매화가 만발
하다.[十一月二十六日松風亭下梅花盛開]〉라는 시이다.

42　송옥(宋玉) : 전국 시대 초(楚)나라 시인으로, 그의 스승 굴원(屈原)의 신세를
서글프게 여겨 〈구변(九辯)〉과 〈초혼(招魂)〉을 지었다.

43　부옹(涪翁)의……화답하고자 : 부옹은 송나라 황정견(黃庭堅)의 호이다. '꽃에 수
심한 말'이란 황정견의 〈수선화(水仙花)〉 시를 가리킨다. 그 시에 "향기 머금은 흰 꽃잎
은 성을 기울일 자태이니, 산반화는 아우이고 매화는 형이라오. 앉아서 마주함에 참으
로 꽃에 번뇌를 당하니, 문을 나가 한번 웃음에 큰 강만 비껴 흐르네.[含香體素欲傾城,
山礬是弟梅是兄. 坐對眞成被花惱, 出門一笑大江橫.]"라고 하였다.

44　서곡에……것 : 서곡(黍谷)이란 중국 하북(河北) 밀운현(密雲縣)에 있는 지명으
로 본래 이름은 한곡(寒谷)이었다. 너무 추워서 오곡이 자라지 않았는데, 제(齊)나라

이슬에 흠뻑 젖어 금비녀 늘어지려 하고	金珈欲朶沾瀼重
새벽빛 감도니 옥뺨이 가볍게 발그레하네	玉臉輕暈著瑞暾
옛날에 사화녀가 낭원에 머물더니[45]	昔時司花住閬苑
이제 건수를 먹자마자 월문을 내려오네	今纔啜騫降月門

《운급칠첨(雲笈七籤)》에 이르기를 "달 속에 건수(騫樹)가 있어 그 잎을 먹은 자는 옥선(玉仙)이 되는데, 그 몸이 수정 유리처럼 투명해진다."라고 하였다.

자태가 아리따우나 온전히 아름답지 못하니	强半含嬌不全媚
방긋 웃기는 해도 말을 할 줄 모르네	猶能解笑未解言
요즈음 술을 마시매 향이 입에 가득하니	邇來含杯香滿口
그림자가 거꾸로 술동이에 박혔기 때문이네	知是倒影入淸樽

음양가(陰陽家) 추연(鄒衍)이 율관(律管)을 부니 따뜻한 기운이 퍼져 기장을 심을 수 있게 되어 서곡이란 이름이 생겼다고 한다. 《列子 湯問》

45 사화녀(司花女)가……머물더니 : 사화녀는 중국 장안에 살던 원보아(袁寶兒)를 가리킨다. 원보아가 나이 15살에 허리가 가늘고 교태가 넘치니, 황제가 사랑하여 후대하였다. 그때 낙양에서 꼭지가 붙은 영련화(迎輦花)를 진상하였는데, 황제가 원보아를 시켜 이것을 붙잡게 하였으므로 호를 '사화녀(司花女)'라고 하였다고 한다. 후대에는 백화(百花)를 관장하는 여신을 가리키는 말로 쓰였다. 낭원(閬苑)은 신선이 산다는 곳을 가리키는데, 정원을 가리키는 말로 자주 쓰인다.

〈백학도가〉를 지어 순계 선생 모친의 칠순잔치에 올리다[46]
百鶴圖歌 爲醇溪先生萱闈七旬之慶

〈백학도(百鶴圖)〉는 전기(錢起)가 그린 것이다. 본래 어떤 사람의
장수를 기원하며 올린 것이 세상에 전해온 것이다. 내가 이제 노래를
지어서 순계 척숙(醇溪戚叔) 태부인(太夫人)의 칠순잔치 자리에 올
리니, 신사년(1821) 2월 26일이다.

구름 깊은 바닷가 산에 박쥐가 날고	雲深海山蝙蝠飛
새벽빛 침침한데 바람이 이네	曉色森沈風隨之
처음 보니 노송이 층층절벽에 솟아	始見古松挺層壁
절벽의 긴 폭포가 소나무로 인해 기이하네	層壁脩瀑松以奇

그 아래에 두 학이 생각이 몹시 맑아	下有雙鶴思全淸
한 다리를 움츠리고 서서 물소리를 듣네	立拳一足聽水聲

---

46 백학도가를……올리다 : 환재의 나이 15세 때인 1821년(순조21)에 순계(醇溪) 이
정리(李正履, 1782~1843)의 모친의 칠순잔치에 올린 시이다. 백학도(百鶴圖)는 수많
은 학을 그려서 장수를 기원하는 그림인데, 전기(錢起)가 그렸다는 것은 미상이다.
이정리는 조선 후기의 문신으로 자는 심부(審夫), 호는 순계(醇溪), 본관은 전주(全州)
이다. 그의 조부 이보천(李輔天)은 박지원의 장인이며, 부친 이재성(李在誠)은 박지원
의 처남이자 지기(知己)였다. 이정리는 1807년(순조7) 진사시에 합격하여 강릉 참봉
(康陵參奉)과 의령 현감을 지냈다. 1835년(헌종1) 문과에 급제, 홍문관 전적, 사간원
헌납, 홍문관 수찬 등을 역임하였고, 공조 참의를 거쳐 북청 부사로 재직 중 죽었다.
일찍이 문명(文名)이 높아 많은 저술을 남겼다.

또 다른 여러 학이 소나무에 모이니　　　　　復有衆鶴集松樹

한 떨기 구름이 둥지를 푸르게 감쌌네　　　一朵留雲幬巢青

숲이 깨끗하여 풀밭에 나아가 졸고　　　　林下清淨趁艸眠

영지는 흰 깃털 앞에서 자줏빛으로 빛나네　靈芝紫暈雪毛前

멀리 학이 빙빙 돌며 하늘에서 내려오니　　遠鶴盤旋下天際

여러 학들이 고개를 치키고 다투어 펄럭이네　衆鶴抽吭爭翩躚

화가의 신묘한 마음 어찌 이리 영롱한지　　畫人心妙何瓏玲

물감을 붓에 묻혀 세세히 정신을 담았네　　蘸筆一一留神精

그린 일백 마리 학이 모두 자태가 달라　　畫鶴一百各殊態

열흘 동안 고심해 읊어도 형용하기 어렵네　苦吟十日難容形

긴 둑에 꼿꼿이 서서 이야기라도 나누는듯　長堤竦立如晤語

삼삼오오 모여 벗들과 어울리네　　　　　三五離離逐朋侶

빼곡히 모인 곳은 어지러워 질서가 없으니　稠處雜亂不整齊

흡사 춘사일[47]에 모여서 술 마시는 듯하네　洽似春社聚飲醑

어떤 학은 긴 목을 빼고 언덕에 서서　　有如延頸佇高陌

서글픈 심정으로 먼 손님 기다리듯 하네　意帶惆悵待遠客

어떤 학은 획 날아 모래톱에 내리니　　有如儵然臨汀洲

---

47 춘사일 : 춘사(春社)는 입춘(立春) 이후 다섯 번째 무일(戊日)을 일컫는데, 옛날 민속에 의하면 이날 토지신(土地神)에게 제사하여 풍년을 기원했다고 한다.

될 듯 말 듯 좋은 시구를 찾는 듯하네   欲圓未圓佳句覓

야명주와 월계화를 쌍쌍이 머금고서   明珠桂花含雙雙
어지러이 날아 요지의 잔치에 달려가네   紛紛來赴瑤池席
이에 둥근 해가 바다를 붉게 물들이니   於是圓日盪海紅
무수히 노니는 학이 구름 속을 헤치네   無數遊鶴披雲中
말았다 펼쳤다 보고 또 보니   且卷且舒看復看
눈은 피로해도 마음은 절로 한가롭네   視官雖勞心自閑
자세히 관지를 살피니 금실로 수를 놓아   審視小識金線繡
과연 어떤 이의 무궁한 장수를 빌었으니   果然祝人岡陵壽
고인이 나보다 먼저 축수를 하였도다   古人先獲我爲副

바라노라, 인자하신 분이 오래 사시어   我願仁人長在世
백 마리 학이 각기 삼천 세를 바쳤으면   有如百鶴各效三千歲
바라노라, 인자하신 분이 자손을 두어   我願仁人有孫子
백 마리 학처럼 많고도 아름답기를   有如百鶴衆多而粹美

이 날은 중춘의 이십육일이라   是日中春二十六
거사가 술잔을 잡고 북당에 올리니   居士稱觴上北堂
소자는 이를 위해 백학도가를 지어   小子爲之歌百鶴
관현에 올려 이 기쁨과 영광을 기록하네   欲被管絃識喜光

아름다운 새[48] 2수 병서

彩鳥 二絶 幷序

천수재(千秀齋) 이공(李公)이 나를 불러 누각의 편액을 쓰라고 하였
는데, 책상 가에 구리실로 만든 작은 바구니가 보였다. 그 가운데
길쭉한 붉은 복사꽃나무를 세워 놓았고, 가화(假花)를 장홍(長紅)이라 한
다. 두 마리 빛깔이 아름다운 새를 넣어 두었는데, 울며 날아 오르내
리고 물 마시고 모이를 쪼는 모습이 편안해 보여 나는 한참을 완상하
였다. 돌아갈 때가 되자 공께서 사람을 시켜 그 바구니를 들려 나를
따르게 하기에 서루(書樓)에 십여 일 동안 두었다가 돌려보냈다.

얕은 잠 가벼운 꿈에 따스한 봄이 괴로운데	淺眠輕夢惱春溫
누각 머리에 재잘대는 새소리를 들었네	和聽樓頭數舌翻
아마도 봉래섬의 녹의사자[49]런가	知是蓬萊綠衣使

---

48 아름다운 새 : 환재의 나이 15세 때인 순조 21년(1821)에 지은 시이다. 환재가
이노준(李魯俊, 1769~1849)의 요청으로 편액의 글씨를 써주고 그 답례로 새를 받아왔
는데, 그 새에 대한 감흥을 읊은 것이다. 이노준의 본관은 덕수(德水), 자는 중현(仲
賢), 호는 천수재(千秀齋)이다. 1805년(순조5)에 생원이 된 후 공주 판관, 합천 군수,
진주 목사 등을 지냈다. 이노준은 환재를 아껴주던 친지 중의 한 사람이었던 듯한데,
환재는 1822년(순조22)에 이노준이 경상도 합천 군수로 부임하자 〈강양죽지사(江陽竹
枝詞)〉 13수를 지어 송별하기도 했다.

49 녹의사자(綠衣使者) : 앵무(鸚鵡)의 별명이다. 당나라 장안(長安)의 부호 양숭의
(楊崇義)의 아내가 이웃의 이엄(李弇)이란 남자와 간통하며 남편을 살해하여 우물 속
에 묻었다. 법관이 그 집에 가서 단서를 찾을 때, 그 집 대청 앞 새장의 앵무가 "집

애석해라 꽃이 깨기 전에 해는 중천일세　　　　惜花未覺日紅暾

내 글씨는 거위조롱에 값하지 못하나　　　　我書非敢値鵝籠
진나라 기풍 아직 남았음을 아득히 상상해보네[50]　曠想猶存晉代風
반년의 글씨 공부는 동시처럼 추한데[51]　　　半歲臨池東施醜
두 마리 새 얻어 벌써 새장에 넣었네　　　　博來雙鳥已棲櫳

주인을 죽인 것은 이엄이다."라고 하여 사건이 해결되었다. 이에 당 명황(唐明皇)이
그 앵무를 녹의사자에 봉작하고, 후궁에게 사육하게 한 고사가 있다. 《古今事文類聚
後集 卷43 封綠衣使》

50 내……상상해보네 : 환재가 글씨를 써주고 새를 받아 온 것이, 왕희지(王羲之)가
글씨를 써 주고 거위와 바꾼 환아첩(換鵝帖) 고사와 닮았음을 가리킨다. 진(晉)나라
때의 명필 왕희지가 본래 거위를 매우 좋아했는데, 산음현(山陰縣)의 한 도사가 거위를
많이 기르고 있었으므로, 왕희지가 한 번 가서 구경을 하고는 매우 만족하여 거위를
사려고 하였다. 이에 도사가 《도덕경(道德經)》을 써주면 거위를 많이 주겠다고 하자,
왕희지가 흔쾌히 써주고 그 거위들을 조롱에 담아가지고 왔던 고사가 있다.

51 동시처럼 추한데 : 못난 사람이 훌륭한 분의 고사를 흉내 내어 추하기 그지 없다는
의미이다. 월(越)나라 미인 서시(西施)가 심장병으로 인해 얼굴을 찡그리면 그 모습이
더욱 아름다웠다. 이에 못생긴 이웃 여인 동시(東施)가 이를 부러워하여 가슴을 쥐고
찡그리니 사람들이 추하다고 여겨 문을 닫아버렸다고 한다. 《莊子 天運》

늦가을에 두보의 시에 차운하여 순계 침랑의 재숙소에 올리다[52]

九秋 次杜韻上醇溪寢郎齋居

엄숙히 재계하는 곳	肅肅齋居地
푸른 산이 흰 구름에 잠겼네	青山封白雲
단풍과 국화 속에 지팡이 멈추고	筇停楓菊裏
줄지은 기러기를 아득히 바라보네	目極雁鴻群
끊어진 폭포 밤비로 다시 걸리고	斷瀑懸宵雨
기울어진 소나무에 저녁노을 찾아드네	欹松老夕曛
짐작컨대 맑고 한가로운 여가에	定知清閑暇
빙설 같은 시문 여러 편 지으셨으리	氷雪幾篇文

---

52 늦가을에……올리다 : 환재의 나이 15세 때인 순조 21년(1821)에 강릉 참봉(康陵
參奉)으로 재직 중인 척숙 순계(醇溪) 이정리(李正履)에게 올린 시이다. 침랑(寢郎)은
능참봉이라고도 하는데, 조선 시대에 왕릉(王陵) 및 원(園)의 관리를 맡은 참봉으로
종9품의 실직(實職)이다.

동짓날에 우연히 짓다
冬至日偶成

맑은 아침에 화롯불 살피다 보니	淸早測垂炭
매화가 한겨울에 그득 피었네	梅花滿仲冬
맑은 연기가 몇 집의 지붕에 떠 있고	淡煙浮數屋
엷은 눈에 온 봉우리가 드러났네	薄雪露千峯
나그네 발길 그쳤으니 복월임을 알겠고[53]	息旅占雷復
잔을 들어 들농사 풍년을 기원하네	稱觥祝野農
오늘 아침 구름 빛도 좋아라	今朝雲物好
밝고 선명하게 들창을 붉게 물들이네	鮮旭入窓彤

---

53 나그네……알겠고 : 《주역》에서는 동짓달인 11월을 복괘(復卦)에 대응시켰는데, 복괘는 상괘가 곤(坤)이고 하괘가 진(震)이어서 하나의 양효(陽爻)가 제일 아래에서부터 회복되어 점점 자라나는 형세를 상징한다고 보았다. 이에 동지에 양(陽)이 처음 생겨날 때는 안정을 취하여 잘 길러야 하므로 문을 닫고 장사꾼과 행인을 다니지 못하게 하였다. 《주역》〈복괘 상(象)〉에 "우레가 땅속에 있는 형상이 복괘이니, 선왕이 이를 보고서 동짓날에 관문을 닫아 장사꾼과 여행자가 다니지 못하게 한다.〔雷在地中, 復, 先王以至日閉關, 商旅不行.〕"라고 하였다.

〈강양죽지사〉 13수를 지어 천수재 이공의 부임길에 드리다[54] 병서

江陽竹枝詞十三首 拜別千秀齋李公之任 幷序

강양(江陽)은 지금의 합천군(陜川郡)으로 신라 때는 대량주(大良州), 일명 대야주(大倻州)인데 경덕왕(景德王)이 강양군으로 고쳤다. 고려 현종(顯宗)이 대량원군(大良院君)으로 있다가 즉위하자 지합주사(知陜州事)로 승격시켰고, 조선 태종(太宗) 때에 이르러 지금의 군명으로 고쳤다. 아마 옛날 가야국은 가야산이 동북쪽에 있어 나라의 진산(鎭山)이 되므로 그로 인해 국호를 삼은 듯하다.

맑고 시원한 열두 줄 가야금　　　　　　　　　冷冷一十二絃琴

김부식(金富軾)의 《삼국사기(三國史記)》에 가야국 가실왕(嘉悉王)이 12줄의 금(琴)을 만들어서 열두 달의 율을 상징하였다. 이에 악사에게 명하여 열두 곡을 만들게 하고, 가야금이라 명명하였다. 〈하림(河臨)〉과 〈눈죽(嫩竹)〉두 곡조가 있어 모두 185곡이다. 지금 그 악기와 악부(樂府)가 남쪽 땅에서 더욱 성대하게 전해져 관기(官妓)들 중에 곡조를 이해하고 연주하는 자가 많다.

나는 금관가야의 옛 속음을 이해하네　　　　　　我解金官古俚音

가야국은 일명 가락(駕洛)으로 금관(金官)이라고도 한다.

에워싼 계곡과 산은 태고시절 그대로인데　　　　表裏溪山眞太古

54　강양죽지사(江陽竹枝詞)……드리다 : 환재의 나이 16세 때인 순조 22년(1822)에 합천 군수로 부임하는 천수재(千秀齋) 이노준(李魯俊, 1769~1849)을 송별하며 지은 민요풍의 시이다.

호정(浩亭) 하륜(河崙)의 〈징심루기(澄心樓記)〉에 "안팎의 산천 경치가 높이 올라 굽어볼만한 아름다움을 구비하였다."라고 하였는데, 누각은 군의 남쪽에 있다.

가실 이사금을 매우 그리워하네　　　　　　　　　　長懷嘉悉尼師今

신라 유리왕(儒理王)이 즉위하려 할 때에 대보(大輔) 해탈(解脫)이 덕망이 높아 그에게 양위하고자 하였다. 이에 해탈이 말하기를 "내가 듣기에 성스럽고 지혜로운 자는 치아가 많다고 하니, 떡을 깨물어 시험해야 합니다."라고 하였다. 이에 유리왕의 치아 자국이 더 많아 드디어 받들어 즉위시켰다. 나라 풍속에 이를 계기로 임금의 칭호를 이사금(尼師今)이라 하였는데, 방언으로 치아를 이(尼), 자국을 금(今)이라 한다.

고운의 종적 외로운 구름과 같으나　　　　　　　　孤雲蹤迹似孤雲

아직도 당서 예문지에 글이 실려 전하네　　　　　尙有書傳唐藝文

문창후(文昌侯) 최치원(崔致遠)의 자는 고운(孤雲)으로 신라인이다. 나이 12살에 상선을 따라 당나라에 들어가 희종(僖宗) 건부(乾符) 갑오년(874)에 배찬(裴瓚)이 주관한 시험에 급제하여 시어사(侍御史) 내공봉(內供奉)이 되어 자금어대(紫金魚袋)를 하사받았다. 회남도통(淮南都統) 고변(高騈)이 황제에게 아뢰어 그를 종사관으로 삼자, 고변을 위해 격문을 지어 황소(黃巢)를 토벌하는 군대를 모았는데, 황소가 격문을 보고 놀라 침상 아래로 떨어졌다. 그 뒤 조사(詔使)에 뽑혀 우리나라로 와서 십사(十事)를 올려 임금께 간하였는데, 그 속에 "곡령에 솔이 푸르고 계림엔 잎이 누르다.〔鵠嶺青松, 鷄林黃葉.〕"라는 구절이 있으므로 왕이 그를 미워하니, 이에 온 집안을 이끌고 가야산으로 들어가 종적을 알지 못하였다. 고려 시대에 문묘(文廟)에 종사(從祀)되었다. 저서에 《계원필경(桂苑筆耕)》이 있는데, 《당서(唐書)》 예문지(藝文志)에 실려 있다.

학사루 높이 솟은 천령군　　　　　　　　　　　學士樓高天嶺郡

승려들 아직도 옛 수령을 이야기하네　　　　　　金魚猶說舊夫君

지금 함양(咸陽)은 신라 때 천령군(天嶺郡)이다. 문창후가 일찍이 이곳의 수령이 되어 누각을 건립하니, 지금까지 그 누각을 학사루(學士樓)라고 부른다. 왕고 연암공(燕巖公)께서 중수기를 지었다.[55]

천 그루 긴 대나무에 촌마을도 담박하니　　　　千竿脩竹淡村容

유사눌(柳思訥)의 강양시(江陽詩)에 "땅이 외져 마을 모습도 예스럽네〔地僻村容古.〕"라는 구절이 있다.

이끼는 새긴 시를 덮고 시냇물만 넘실대네　　　苔沒題詩逝水溶

해인사(海印寺)는 가야산 속에 있는데, 골짜기 이름은 홍류동(紅流洞)이다. 문창후가 바위에 쓴 시가 있으니, 그 시에 "첩첩한 돌 사이 미친 듯이 내뿜어 겹겹 봉우리에 울리니, 사람 말소리 지척에서도 분간키 어렵네. 항상 시비하는 소리 귀에 들릴까 두려워, 짐짓 흐르는 물로 온 산을 둘러싸게 했네.〔狂噴疊石吼重巒, 人語難分咫尺間. 常恐是非聲到耳, 故敎流水盡籠山.〕"라고 하였다. 후대 사람이 그 바위를 치원대(致遠臺)라고 불렀고, 학사대(學士臺)라고도 한다.

신선이 될 기약이 있는 듯하여 부질없이 슬피 바라보는데

　　　　　　　　　　　　　　　　　　若有佳期空悵望

진인이 떠난 후에 달만 봉우리에 머무네　　　眞人去後月留峯

가야산이 서쪽으로 뻗어 월류봉(月留峯)이 되었다. 이중환(李重煥)의 《택리지(擇里志)》에 이르기를 "돌 기세가 가팔라 사람이 이를 수 없는데, 늘 구름기운이 덮고 있다. 나무꾼이 때로 그 위에서 나오는 음악소리를 들었고, 절의 중들은 안개 속 산 위에서 수레와 말의 소리가 들린다는 말을 하곤 한다."라고 하였다.

---

55 왕고……지었다 : 《연암집(燕巖集)》 권1에 실린 〈함양군학사루기(咸陽郡學士樓記)〉를 가리킨다. 함양 관청 동쪽에 있던 퇴락한 학사루를 갑인년(1794)에 군수 윤광석(尹光碩)이 사재를 털어 대대적으로 중수하고 연암에게 글을 부탁하자, 연암이 이에 학사루의 연원과 최치원의 행적을 소상하게 적었다.

가야산 절반이 서리에 물들고 　　　　　　　　渲染伽倻一半霜

산 깊어 구름이 패다라[56] 향기를 감싸네 　　　山深雲擁貝多香

푸른 이끼엔 청학이 다닌 자취가 없고 　　　莓苔靑鶴行無迹

단풍잎 흩날리는 독서당만 있네 　　　　　紅葉繽紛讀書堂

　세상에 전하기를 문창후가 하루아침에 관과 신발을 숲 속에 남겨두고 어디로 간지 알 수 없자, 해인사 중이 그 날마다 명복을 빌어주고 초상화를 그려 그가 독서하던 건물에 걸어놓았다고 한다.

강양땅에 가을이 되어 물결도 일지 않고 　　秋入江陽水不波

하늘 높이 석탑만이 깨끗하게 솟아 있네 　　凌空石塔皓嵯峨

온 숲의 가랑비는 홍류동 길을 적시는데 　　一林疏雨紅流路

누가 다시 소 타고 찾아가 도롱이 벗을까 　誰復騎牛訪脫蓑

　세상에 다음과 같은 이야기가 전한다. 남명(南冥) 조식(曺植)이 보은(報恩)에 있는 대곡(大谷) 성운(成運)을 방문하였다. 이때 그 고을 수령인 동주(東洲) 성제원(成悌元)이 자리를 함께하였다. 남명이 동주와 처음 인사를 나누고선 그를 놀리기를, "형은 내구관(耐久官 오래 벼슬하는 관리)이시군요."라고 하였다. 이에 동주는 대곡을 가리키며 웃으면서 사과하기를 "바로 이 늙은이가 붙들어서 그렇게 되었지요. 그렇긴 하나 금년 팔월 보름에는 해인사에서 달이 뜨기를 기다릴 테니 형께서 오실 수 있겠습니까?"라고 하였다. 남명은 그러마고 약속하였다. 기약한 날이 되자 남명이 소를 타고 약속을 지키러 가다가 도중에 큰비를 만나 간신히 앞개울을 건너 절문에 들어서니, 동주는 벌써 누각에 올라 막 도롱이를 벗고 있었다. 조식과 두 성씨는 모두 징사(徵士)였다. 단릉처사(丹陵處士) 이윤영(李胤永)이 그린 〈해인탈사도(海印脫蓑圖)〉가 있다.

56 패다라(貝多羅) : 옛날 인도에서 패다라나무 잎에 불경(佛經)을 썼으므로 곧 불경을 가리킨다.

많고 많은 팔만대장경을	哀然八萬大藏經
긴 행랑에 두고 쇠 자물쇠 잠갔네	閣置長廊鎖鐵扃
나는 새도 깃들지 않고 먼지조차 없으니	飛鳥不棲塵不集
어찌 부처의 혼령이 가호함이 아니리오	呵嘘豈是佛之靈

신라 애장왕(哀莊王) 3년에 해인사를 창건했다. 그 뒤에 왕이 기이한 꿈에 느낌이 일자 염원을 발하여 당나라에 들어가 팔만대장경을 구입하여 배로 실어오게 하였다. 이것을 판에 새기고 옻칠을 하고 구리와 주석으로 장식하였다. 120칸의 누각을 세워 보관하였는데, 천여 년이 되었어도 새것처럼 질서정연하였고, 지붕과 뜨락에는 새로 날아오지 않고 먼지도 끼지 않으며 낙엽도 떨어지지 않아 늘 물 뿌려 비질한 듯하다고 한다.

원융의 도포와 전립이 누각에 남으니	元戎袍笠留高閣
비바람 그치고 용이 돌아가자 구름에 자취 남았네[57]	風雨龍歸雲有痕
하룻밤 솔바람에 승려의 꿈 깨어	一夜松風僧夢淺
철마가 산문을 오르는가 의심하네	却疑鐵馬上山門

해인사에 원융각(元戎閣)이 있어 이여송(李如松) 제독의 전립(戰笠)과 도포 및 그가 지은 시 1편을 보관하였다. 이는 명나라 신종 만력 임진년에 공이 왜적을 치러 조선에 와서 영남으로 군대를 진군했으므로 옷과 모자가 이곳에 남은 것이다.

| 쌓인 눈 녹아 속으로 물이 흐르는데 | 積雪初消暗水涓 |
| 무릉교 밖에 버들가지 아리땁네 | 武陵橋外柳嬋娟 |

무릉교(武陵橋)는 홍류동(紅流洞) 입구에 있는데, 점필재(佔畢齋)의 시에 "그림 같은 무지개다리 급한 물결에 비친다〔虹橋如畫蘸驚波.〕"라는 구절이

---

57 비바람……남았네 : 전란이 그치고 이여송이 중국으로 돌아간 것을 가리킨다.

있다.[58]

| 찬 연기 여린 풀에 청명이 가까우면 | 寒煙細草淸明近 |
| 태수가 풍속을 시찰하러 가야천을 건너리 | 太守觀風渡倻川 |

야천(倻川)은 야로현(冶爐縣)에 있다. 그 근원이 하나는 무릉교에서 나오고, 또 하나는 거창군(居昌郡) 우두산(牛頭山)에서 나와 월광사(月光寺) 앞에서 합수되는데, 이곳은 땅이 비옥하고 인구가 많으며 산천이 평탄하고 넓어 살기에 좋다.

| 한가한 날 함벽당을 소요하면 | 暇日逍遙涵碧堂 |

함벽당(涵碧堂)은 남강(南江) 절벽 위에 있는데, 안진(安震)이 "처마는 날아갈 듯하고, 단청이 화려하게 빛나 마치 봉황이 공중에 나는 듯하다."라고 기록하였다.

| 수령의 가슴도 푸른 물결처럼 맑으리 | 使君胸次映滄浪 |
| 음풍뢰와 자필암도 모두 이와 같으니 | 吟風泚筆渾如此 |

음풍뢰(吟風瀨)는 홍류동(紅流洞)에 있는데, 봉우리가 사방을 감싸고 성난 시내가 바람을 뿜어댄다. 자필암(泚筆巖)도 홍류동에 있는데, 거대한 돌이 시내에 놓여 숫돌처럼 매끄럽다.

| 일만 구멍에 서늘한 구름이 피어남을 앉아서 보리 | 坐見雲生萬竇涼 |

찬성(贊成) 강희맹(姜希孟)이 일찍이 홍류동(紅流洞)을 유람하면서 "땅이 이러한데 이름이 없어서야 되겠는가."라고 하며 드디어 홍류동이라고 이름을 붙였다. 시를 짓기를 "깎아지른 바위 천 길이나 장엄한데, 구름이 일만 구멍에서 나와 서늘하구나.〔鐵削千尋壯, 雲生萬竇涼.〕"[59]라고 하였다.

---

58 점필재(佔畢齋)의……있다 : 점필재는 조선 전기의 시인 김종직(金宗直, 1431~1492)의 호이다. 인용된 구절은《점필재집(佔畢齋集)》권14에 실려 있는 〈무릉교(武陵橋)〉란 시의 첫 구절이다.

59 깎아지른……서늘하구나 : 인용된 시는《사숙재집(私淑齋集)》권1에 실린 〈세경

옥산의 나직한 옛 궁궐터에	玉山低合舊宮墟
방초가 무성하고 연꽃이 그윽하네	芳艸萋萋暗水渠
서글퍼라, 대량군이 떠난 후로	惆悵大良君去後
수많은 반딧불만 가을 뜨락에 흩어졌네	剩多螢火散秋除

옥산(玉山)은 객관(客館) 서쪽 모퉁이의 작은 산인데, 고려 현종(顯宗)이 거처하던 곳으로 지금도 궁지(宮址)라고 부른다.

| 비석 찾아 반야사로 오니 | 尋碑般若寺中來 |

반야사(般若寺)는 가야산 아래에 있는데 지금은 폐사되었다. 원경화상비(元景和尙碑)가 있으니, 고려 추밀지주사(樞密知奏事) 김부일(金富佾)이 지은 것이다.

| 득검지 머리에서 검무를 추네 | 得劍池頭舞劍迴 |

해인사 북쪽 5리에 내원사(內院寺)가 있는데, 스님 옥명(玉明)이 절을 지으면서 연못을 파다가 옛날 검을 얻어 드디어 득검지라고 이름을 붙였다.

| 피리 불며 황계폭포 속에 앉으니 | 吹笛黃溪瀑裏坐 |

황계폭(黃溪瀑)은 합천군 서쪽 30리에 있는데, 아래에 깊은 못이 있다.

| 월광사 종소리에 골짜기 구름이 걷히네 | 月光鍾響洞雲開 |

월광사(月光寺)는 대가야 태자(大伽倻太子) 월광(月光)이 창건한 절로 이숭인(李崇仁)의 시가 있다.[60]

진춘……(歲庚辰春……)〉이란 절구의 앞부분이다.

60 이숭인(李崇仁)의 시가 있다 : 《도은집(陶隱集)》 권2에 실린 〈월광사에 제하다 〔題月光寺〕〉란 시를 가리킨다.

좋은 경치 만날 때면 이름을 써놓고	每逢佳處便書名
또 쌍계를 향해 지팡이를 짚는다오	又向雙溪杖屨行
들의 다리에는 손님 보내는 앞뒤의 그림자요	送客野橋前後影

춘사는 해마다 정견사에서 열려 　　　　　　　春社年年正見祠

정견사(正見祠)는 해인사 안에 있다. 세상에 전하기로 대가야국 왕후 정견(正見)이 나중에 가야산신이 되었다고 한다. 고운(孤雲) 최치원(崔致遠)의 〈석이정전(釋利貞傳)〉에는 가야산신 정견이 천신(天神) 이비가(夷毗訶)와 감응하여 대가야왕을 나았다고 한다.

한 바탕 씨름판에 자웅을 겨루네 　　　　　　一場角戲賣雄雌

이 고장 풍속에 매년 사일(社日)에 모여 굿을 하고 씨름판을 연다.

돌아오는 길에 곱게 단장한 화상의 춤 　　　　歸途爭像和尙舞

달 그림자 비칠 때 긴 소매 너울거리네 　　　長袖僛僛桂影時

내원사(內院寺)에 나월헌(蘿月軒)과 조현당(釣賢堂)이 있는데, 탁영(濯纓) 김일손(金馹孫)의 기록에 "해인사에서 몇 리를 가니 산은 더욱 험준하고 골짜기는 더욱 평탄하였다. 일찍이 듣자니 명장로(明長老)가 연못을 파고 집을 지어 이곳에서 늙었다고 한다. 명장로는 시를 지을 수 있고 소라를 불기를 즐겼으므로 점필재공이 일찍이 나화상(螺和尙)이라 불렀다. 멀리 봉우리를 바라보니 푸른 연기 속에 절간이 보이기에 걸음을 재촉하여 올라가니 이곳은 나화상이 거처하던 곳으로 왼쪽 편액은 나월(蘿月)이고 오른쪽 편액은 조현(釣賢)이다. 나화상이 일찍이 〈나월독락가(蘿月獨樂歌)〉를 지어 밤낮으로 소라를 불며 노래하고 이어 춤을 추었는데, 까까머리 넓은 소매에 계수그림자가 너울거리니 참으로 호걸스런 승려이다."라고 하였다.[61] 민속에서 지금도 그 춤을 따라 추는데 화상무(和尙舞)라고 부른다.

소나무 걸상에는 염불하는 길고 짧은 소리로다 　　　念經松榻短長聲

산천은 경개가 좋아 그림 속 풍경과 같고 　　　　山川地勝如圖畫

수목은 연륜이 쌓이며 절로 노성해졌네 　　　　　樹木年深自老成

북으로 가면 언제나 다시 남으로 내려올까 　　　　北去何時更南下

이 경치 가장 마음에 어른거릴 줄 알겠네 　　　　懸知此景最關情

61 탁영(濯纓)……하였다 : 인용된 구절은 《탁영집(濯纓集)》 권3 〈조현당기(釣賢堂記)〉에 나오는데, 원전의 내용을 대폭 재구성하였다.

아홉 절 세 누각에 장맛비 그치니 　　　　　　　九刹三樓積雨收

야로현에 풍년 들어 술을 새로 거르네 　　　　　治爐秋熟酒新蒭

　야로현(治爐縣)은 합천군 북쪽 30리에 있는데, 본래 신라 시대 적화현(赤
火縣)으로 군의 속현으로 있다가 지금은 없어졌다. 이씨(李氏)의 《택리지
(擇里志)》에 "야로현의 논은 몹시 비옥하여 1말을 씨를 뿌려 1백 말을 수확
하고, 물이 풍부해 가뭄을 모르고 또 목화를 심기에 가장 좋은 땅이므로
의식(衣食)이 풍부한 고장으론 가장 으뜸이라 칭한다. 동북쪽에 만수동(萬
水洞)이 있는데, 깊고 그윽하여 은거할 만하다."라고 하였다.

사또께서 오시는 날 권진[62]을 노래하며 　　　　使君來日歌權軫

다스림의 교화가 대가야주에 거듭 새로우리 　　治化重新大倻州

　권진(權軫)은 조선 사람으로 일찍이 이 고을을 맡아 훌륭하게 다스리니,
백성들이 노래하기를 "권진의 앞에 권진 없었고, 권진의 뒤에도 권진이 없
으리.〔權軫之前無權軫, 權軫之後亦無權軫.〕"라고 하였다.

62　권진(權軫) : 1357~1435. 조선 전기의 문신으로 본관은 안동(安東), 호는 독수와
(獨樹窩)이다. 어려서부터 총명해 1377년(우왕3) 21세의 나이로 문과에 급제해 촉망을
받았다. 연해안 지방에 왜구의 노략질이 심하자 의창현령이 되어 민심을 안정시키고
폐단을 제거해 선정을 폈고, 정종 대에는 문하부 직문하(直門下)를 거쳐 지합주사(知陜
州事)가 되었다. 청렴한 처신으로 내외의 관직을 두루 역임하여 벼슬이 우의정에까지
올랐다. 시호는 문경(文景)이다.

임금의 명으로 반가운 비를 읊다[63]

喜雨應製

계미년(1823) 단양(端陽 단오)에 비가 내렸다가 이튿날 아침에 개었다. 동몽(童蒙)에 선발되어 희정당(熙政堂)에 입시하였는데, 임금께서 희우(喜雨)를 주제로 시를 지으라 명하셨다.

봉래 영주에 해가 솟아 햇빛이 일렁이니	日上蓬瀛盪瑞輪
한 떨기 붉은 구름이 궁궐을 감쌌네	紅雲一朶繞淸宸
찬송소리 드높은 남쪽 공전에 비가 흡족하니	頌騰南畝公田洽
비가 개인 단오에 물색도 새로워라	霽趁端陽物色新
궁궐의 짙은 그늘에 새는 이리저리 옮기고	紫陌陰繁遷谷鳥
붉은 뜨락 따스한 바람에 향내가 풍겨오네	彤庭風暖颺香塵
용봉을 그린 어좌에 신묘한 교화를 우러르니	龍圖鳳屝瞻神化
궁궐의 푸른 나무도 만년토록 푸르리	宮樹靑靑萬歲春

---

63 임금의……읊다 : 이 시는 환재의 나이 17세 때인 순조 23년(1823) 5월 6일에 임금의 명에 따라 지은 시이다. 5월 5일 단오절에 비가 내렸고, 이튿날 순조가 희정당(熙政堂)에서 동몽(童蒙)을 소견(召見)하였다. 이때 환재는 교관 송흠명(宋欽明)의 인솔로 입시하였고, 임금이 희우(喜雨)라는 주제로 시를 짓게 하자, 참석한 동몽들과 함께 시를 지어 바치고 똑같이 포상과 음식을 받고 돌아왔다. 당시 환재는 박규학(朴珪鶴)이란 아명을 사용하였다. 《承政院日記 純祖 23年 5月 6日》

설로 족질이 보내온 칠석시 50운 배율에 차운하다[64]
次韻雪鷺族姪七夕詩五十韻排律見贈之作

주옥같은 시를 보내어 나에게 화답하게 하니	贈我琅玗我[65]有歌
그 사람 가까이 푸른 산 언덕위에 있네	伊人近在碧山阿
뭇 새들 지저귐은 화락하기 때문이고	衆禽喙喙緣和悅
산봉우리 옥돌은 갈아주기 바라서이지	叢璞頭頭冀斲磨
문단의 오솔길에 잡초가 우거진 것 근심하면서도	文苑徑阡愁灌莽
예원에 너울거리는 문사들의 의복을 부러워하네	藝場巾袂羨婆娑
그대는 문필이 뛰어나 가을 은하수 건너지만	君能翰墨橫秋漢
나는 재주가 모자라 여름 강물에 막혔네	我乏才情壅夏河
술에 젖어 게으른 버릇 크게 부끄러워서	樽酒多慙懶漫癖
향불 피워 청신한 시 가로막는 마귀를 태우고 싶네	
	瓣香擬燒輕淸魔
구리그릇은 모나고 둥근 거푸집을 따르고	銅鉶稜角方圓範
화려한 비단은 십오승으로 곱게 짜네[66]	繡縷綜縼三五梭
잡초들은 부질없이 화려함을 다투는데	雜卉徒爭紅爛漫
높은 봉우리라야 푸르게 높이 솟아오르지[67]	高岑然後碧嵯峨

---

64 설로⋯⋯차운하다 : 환재의 나이 17세 때인 순조 23년(1823)에 지은 시이다. 설로
족질(雪鷺族姪)은 누구인지 미상이다.

65 我 : 환재의 초기 한시를 모아 놓은 《장암시집(莊菴詩集)》 권4에는 '秋'로 되어 있다.

66 구리그릇은⋯⋯짜네 : 시인의 역량에 따라 작품이 달라짐을 말하는 듯한데, 자세
한 의미는 미상이다.

복사꽃은 비단보다 곱지만 경박함이 도리어 싫고　桃花勝錦還輕薄

꾀꼬리도 황금 같지만 소리를 뽐냄이 밉네　黃鳥如金憎佞詑

문채를 드러내려면 토수역[68]을 어이 싫어할 것이며　發彩寧嫌吐綬鷂

광채를 온축해도 진주 품은 조개 얻기 어려우리　蘊光難得孕珠螺

뿌리를 그리고 잎을 그리니 그 누가 그대만 하며　畫根布葉其誰似

물을 보고 근원을 찾은 것 그대 같은 이 누구인가　觀水溯源如爾何

대숲에 바람 불어 맑은 거문고 소리를 내고　瑲瑟翠瓊風入竹

맑은 물에 달 비추자 거울에 물결 어른거리네　晃朗空鑑月生波

근래엔 문자를 다듬으며 침착하기 구하지만　年來鉛槧要沈實

지난날엔 문장을 지으며 화려한 조탁 일삼았네　疇昔彫鐫任旖拖

시례의 전형은 오래 전부터 전해온 것이지만　詩禮典型傳自遠

문장의 광염은 다른 이의 도움 받지 않았네　文章光焰藉無他

문장 짓는 재사들은 마음 먼저 빼앗기고　操觚才子心先鹵

책궤를 진 거인들 머리가 모두 세었는데　負笈擧人髮盡皤

명리를 쫓는 마당에서 서로 경쟁만 생각하니　猗角堪憐鹿場逐

누가 띳집에 살며 서적의 오류를 바로잡으려 하랴　蓬茅誰訂兎園訛

---

67 잡초들……솟아오르지 : 평범한 재능을 가진 사람들이 화려한 기교를 서로 뽐내지만, 본래 출중한 시재(詩才)를 지녀야 우뚝이 드러난다는 의미이다. 원문의 '고잠(高岑)'은 당나라의 빼어난 시인인 고적(高適)과 잠삼(岑參)을 가리키기도 하므로 중의적인 뜻을 내포하였다.

68 토수역(吐綬鷂) : 본래 칠면조를 가리키는 말인데, 수조(綬鳥) 또는 토수조(吐綬鳥)라고도 한다. 월산(越山)에 털 색깔이 아주 고와서 사랑스러운 새가 있는데 일기가 청명한 때에는 한 길이나 되는 고운 실끈을 토해 냈다가 잠시 뒤에 다시 삼키곤 하므로 그 지방 사람들이 이 새를 토수계(吐綬鷄)라 명명했다는 고사에서 온 말인데, 전하여 화려한 문채를 가리킨다.

그대의 맑고 고운 시를 칠석에 읊조리니 嗟君青藻吟星夕

붉은 구름 타고서 항아를 만난 듯 황홀하네 悅余紫氛逢玉娥

신기루가 막 올라 헤아리기 어려우니 海市初蒸難審測

얼음항아리를 굳게 잡고 매만지고자 하네[69] 氷壺深撼欲摩挲

널리 향기로운 풀과 꽃다운 국화 모으고 廣蒐芬苣和芳菊

벌의 촉수와 나비의 날개는 모두 쓸어버리리[70] 幷掃鬚蜂與翅蛾

다리의 구름에 들어가 무지개에 걸릴까 두려워 恐入橋雲橫彩霓

베틀의 비단 가져다 단과금에 보태려 하네[71] 試牽機縠添團窠

곤강의 옥 수풀을 이루 셀 수 있으랴 崑岡勝數球琳藪

금석은 보옥의 장막을 엿보지 말라[72] 金石莫窺珠翠羅

빼어난 시는 하늘을 나는 기러기 놀라게 하고 逸韻遠驚碧落雁

새로운 소리는 은하의 거북을 깊이 숨게 하네 新聲深遁銀浦鼈

장수의 경쾌한 뗏목을 타고 가서 願因張叟輕槎快

견우직녀의 아리따운 웃음을 보았으면[73] 睺得黃姑一笑瑳

---

69 신기루가……하네 : 부귀와 공명은 수증기가 만든 신기루와 같아 신뢰하기 어려우니, 빙호(氷壺)처럼 고결한 덕행을 이루기 위해 절차탁마해야 함을 의미한다.

70 널리……쓸어버리리 : 향초와 국화를 모은다는 말은 현사(賢士)를 가까이 함을 의미하고, 벌과 나비를 쓸어버린다는 말은 여색(女色)을 멀리하는 의미로 보인다.

71 다리의……하네 : 단과금(團窠錦)은 비단의 일종인데, 두 구절이 무엇을 의미하는지 미상이다.

72 곤강(崑岡)의……말라 : 곤강은 곤륜산(崑崙山)으로 예로부터 옥의 명산지로 유명하다. 주취(珠翠)는 구슬과 비취(翡翠)로 모두 여인의 머리 장식에 쓰이는 물건이기 때문에 전하여 여인의 머리꾸미개를 가리킨다. 두 구절은 문단의 수많은 인재와 작품을 가리키는 듯한데, 자세한 의미는 미상이다.

73 장수(張叟)의……보았으면 : 장수는 한나라 박망후(博望侯) 장건(張騫)을 가리

문예를 익힘은 많이 섭렵할 필요가 없고   游藝非須涉獵富

작가는 끝내 지론이 많음을 귀하게 여기네   作家終貴持論多

앞 다퉈 문호를 개방하고서 시끄럽게 떠들어대며   競開門徑徒紛聒

없던 의관을 창제하니 이것이 어찌 절차탁마랴   創製冠裳豈切劘

한유와 구양수를 함부로 평하며 술만 배우고   妄議韓歐學酗釃

이백과 두보라 자랑하며 서로 업신여기네   爭誇李杜相凌摩

하늘 꽃이 아름다워도 자잘하지 않고   天葩鮮艷非纖屑

늙은 잣나무 구불구불함은 왜소한 나무와는 다르네   老柏屈盤殊矮矬

어리석은 종은 아교를 호박이라 속이고   癡僕摘膠欺琥珀

교활한 공인은 돌을 달여 유리에 섞네[74]   巧工煎石雜璃玻

숲속 사당의 북소리는 귀 기울이기 싫고   叢祠缶鼓懶傾耳

시골 보리밥상은 제육(祭肉)을 부끄럽게 하네   田舍麥瓜羞擁膰

백 알의 구슬도 꿰어야 하는데   百琲明珠須有縚

천근의 쇠도끼에 어찌 자루가 없을 손가   千斤鋼斧詎無柯

들 때엔 힘이 임획[75]만 못할까 근심하지만   扛時法力愁任獲

킨다. 장건이 한 무제의 명을 받고 대하(大夏)에 사신으로 나가서 황하의 근원을 찾을 적에 뗏목을 타고 은하수 위로 올라가서 견우와 직녀를 만나고 왔다는 전설이 전한다. 《天中記 卷2》 황고(黃姑)는 본래 견우성을 가리키다가 고(姑)에 여성의 의미가 있으므로 후대에는 직녀성을 가리키기도 한다.

74 어리석은……섞네 : 기교와 표현에 몰두하여 대중의 이목을 현혹시킴을 비유한 듯한데, 자세한 의미는 미상이다.

75 임획(任獲) : 전국 시대 진 무왕(秦武王)의 역사(力士) 임비(任鄙)와 오획(烏獲)을 합칭한 말이다.

깨달으면 심령이 부처와 같으리 悟處心靈同佛迦

후세에 나온 경박한 시는 들을수록 싫고 後出輕新聞益厭

전인들의 질박한 글은 감히 탓할 수 있으랴 前人樸陋敢工訶

난초 꽃의 푸른 빛깔 다투어 보면서도 爭看翠羽巢蘭茗

마름과 연잎에서 노는 거북은 알지 못하네 不識玄龜戲荇荷

좋은 곡식 심어 함께 김매고서 培植芳嘉共鋤耨

세상 먼지 쓸어내고 풍년을 기원하네 掃除塵雜興禳儺

벗으로 어울리기엔 늙어도 괜찮으나 友朋追逐老蒼可

이로 인해 마음이 경망스러워지면 어찌하랴 心旨因緣瑣屑那

큰 언덕이 토양을 머금은 것 장쾌하게 바라보고 大阜快瞻含塊壤

산호가 강물 삼키는 장관을 구경하네 石帆壯觀吞江沱

북명이 나의 추함을 알고자 하면 北溟政欲知吾醜

꼭대기에 올라 멀리 바라보아야 하리[76] 絶頂會當凌遠睋

가을 되면 정원의 나뭇잎 떨어지고 園庭秋闕陰嘉木

봄이 가면 채마밭에 이삭이 패리라 場圃春除秀瑞禾

마전하는 비단은 흰 물이 흐르는 것 같고 素練能令流水白

봉황은 미끼가 된 비둘기를 쫓지 않네 丹禽不逐鳴鳩啁

조정에 나아가 좋은 계책 펼치기 힘쓰고 務趨廊廟陳瑚璉

도성의 시끄러운 음악 본받지 않으리 莫效閭閻喧嗔囉

근자에 비로소 학문의 길을 알았으니 近日稍聞爲學路

훗날 경전 읽는 집 함께 지으세 他年同築誦經窩

집 둘레에 꽃을 심어 붉은 열매 거두고 名花繞屋收朱實

---

76 큰 언덕이……하리 : 자세한 의미는 미상이다.

주머니 털어 술 사다가 마셔 보세나	醇酒傾囊飮白醆
문풍을 진작시켜 고아함으로 되돌리고	振蕩文風迴古雅
시법을 일신하여 번거로움 제거하세	掃淸詩令黜煩苛
독서하여 밝은 시대의 교화를 선양하고	對揚絃誦明時敎
명물제도 고찰하여 습속의 병통 고쳐보세	坐療蟲魚習俗瘥
세상에 필요한 군왕의 교화를 빛나게 보좌하고	需世皇猷黼黻煥
한마음으로 혜초 난초 모두 차서 늘어뜨리세	同心雜佩蕙蘭纙
그 분은 가을 기운 많은 것 좋아하니	其人可喜多秋氣
우리 도가 태평을 맛볼 가망이 있네	斯道惟望味太和
달 지고 구름 멈추면 초당을 열고 나가	月落雲停開艸屋
푸른 갈대 흰 이슬에 소용돌이 치는 물 맞이하세	葭蒼露白溯淸渦
한씨 집 자식들처럼 등잔불 가까이하고	韓家宜子親燈火
여씨의 형제처럼 서로 절차탁마하세[77]	呂氏難兄推切磋
밤 깊어 북두성이 하늘에 걸려 또렷하고	夜爛斗箕麗落落
연말의 추위에 소나무는 이리저리 흔들리네	歲寒松橞見傞傞
자운의 현각이 자못 적막하거든	子雲玄閣頗寥闃
술 싣고 가만히 달빛 아래 찾아가리[78]	載酒殷勤月下過

---

77 한씨……절차탁마하세 : 두 구절에 등장하는 한가(韓家)와 여씨(呂氏)는 누구를 가리키는지 미상이다.

78 자운(子雲)의……찾아가리 : 그대의 서재가 적막할 때 술을 가지고 달밤에 찾아가 겠다는 의미이다. 한(漢)나라 양자운(揚子雲 양웅)이 천록각(天祿閣)에서 《태현경(太玄經)》을 저술하며 숨어 살면서, "적막(寂寞)으로 덕을 지킨다."라고 하였다.

회포를 적어 두양 조공께 드리다[79]

述懷呈斗陽趙公

계미년(1823) 한가을에 북해(北海) 조공(趙公)께서 찾아와 이야기를 나누었다. 당시 공께서는 규장각 직제학의 직함에 있었는데, 휴가를 받아 단양(丹陽)을 유람을 떠나면서 나에게 이별의 시를 구하였다.

부끄럽게도 내가 진평이 아닌데	愧我非陳平
문밖에 장자의 수레가 왔네[80]	門外長者轍
얕은 재주를 공께서 찾아주시니	才薄高軒過
어찌 이리 감별을 잘해 주시는가	云何賜鑑別
지난날 귀에 대고 일러 주실 때부터	粤自辟咡時

---

79 회포를……드리다 : 환재의 나이 17세 때인 순조 23년(1823)에 조종영(趙鍾永, 1771~1829)에게 지어 준 시이다. 조종영의 본관은 풍양(豐壤), 자는 원경(元卿), 호는 북해(北海)이다. 1792년(정조16) 사마시에 합격하였고, 1799년 정시 문과에 급제하여 승지, 홍문관 부제학을 역임하였다. 1823년(순조23) 3월에 규장각 직제학이 되었고, 이후 성균관 대사성, 이조 참판, 이조 판서 등을 두루 역임하였다. 환재가 14~15세 무렵 문사(文詞)가 크게 진보하자 조종영이 찾아와 경술(經術)과 사업(事業)에 대해 두루 논하고 나서 망년지교(忘年之交)를 맺었다.

80 내가……왔네 : 조종영이 이름 없는 자신을 찾아온 것을 겸손하게 말한 것이다. 한(漢)나라 진평(陳平)이 소싯적에 가난해서 빈민가에 살았는데, 그때 해진 거적으로 문을 가렸음에도 문밖에 장자(長者)의 수레바퀴 자국이 많이 나 있었다는 고사가 있다. 《史記 卷56 陳丞相世家》

선배들이 많이 이끌어 주시니　　　　　　　先輩多提挈

순계[81]의 경사에 대한 학문과　　　　　　　醇溪經史學

지산[82]의 시례의 학설이었네　　　　　　　芝山詩禮說

촛불 들고 모퉁이에 앉아　　　　　　　　　執燭許隅坐

지게미나마 마음껏 마시니　　　　　　　　　糟粕任哺啜

내 생애에 다행스런 일이라　　　　　　　　吾生亦幸耳

사우들이 방에 가득하네　　　　　　　　　　師友得一室

비유하자면 그림 배우는 화가가　　　　　　譬如學畫家

신묘한 경지는 설색에 있다 하여　　　　　　神境在色設

억지로 먹물 칠하기를 배우지만　　　　　　强欲效渲墨

삐치고 파임에 서툴면 어쩔 수 없네　　　　其奈迷波撇

배치에도 법도가 있어　　　　　　　　　　　布籌亦有法

종횡의 나열이 전부가 아니고　　　　　　　非徒縱橫列

변화와 응용이 만약 미숙하면　　　　　　　乘除苟未熟

다섯은 놓치고 하나만 건지네　　　　　　　漏五而掛一

고인들의 약관의 사업은　　　　　　　　　　古人弱冠業

본말을 통찰함을 귀히 여기는데　　　　　　原委貴洞徹

올해 들어 심지가 허약해져　　　　　　　　年來坐荏冉

자잘한 데 달려갈까 크게 두렵네　　　　　　大懼趨瑣屑

81　순계(醇溪) : 이정리(李正履, 1782~1843)를 가리킨다. 조선 후기의 문신으로 자
는 심부(審夫), 호는 순계(醇溪), 본관은 전주(全州)이다.

82　지산(芝山) : 환재의 외종조인 유화(柳訸, 1779~1827)를 가리킨다. 본관은 전주
(全州), 자는 화지(和之), 지산은 그의 호이다.

때문에 소씨의 아들은	所以蘇氏子
한·부 같은 분들께 글을 올려	上書韓富傑
세 가지 큰 논점을 모두 관철시키려고	願盡三大觀
입론이 자못 격렬했네[83]	立論頗激烈
아, 나는 어떤 자인데	嗟余獨何者
앉아서 찾아주심을 받았는가	坐獲顧蓬蓽
문장은 천고의 일이라	文章千古事
앞 철인 본받으라 나를 권면하셨네	勖我以前哲
위로는 국사로 대접해 주심이 부끄럽고	仰懃國士遇
아래로 나약한 자질이 부끄럽네	俯愧菲薄質
이제부터 법도에 나아가	從今就矩矱
길이 절차탁마를 받으리	永言受磋切
저 맑은 한수의 배를 보니	睠彼清漢舟
가을 물에 해가 맑게 비치네	秋水日澄澈
떠나는 수레 만류하지 못함이 한스럽고	車蓋恨莫攀
순채와 농어는 좋은 계절일수록 서글프네	蓴鱸悵佳節
봉황[84]은 예로부터 상서로운 새이니	九苞古祥禽

---

83 소씨의……격렬했네 : 한·부(韓富)는 송 인종(宋仁宗) 때의 명재상인 한기(韓琦)와 부필(富弼)을 가리킨다. 소씨의 아들은 소식(蘇軾)으로 추정되는데, 구체적으로 어떤 일을 가리키는지 미상이다.

84 봉황 : 원문의 '구포(九苞)'는 봉황이 지녔다는 아홉 가지 특징을 말하는데, 구포명(口包命), 심합도(心合度), 이청달(耳聽達), 설굴신(舌詘伸), 채색광(彩色光), 관구주(冠矩州), 거예구(距銳鉤), 음격양(音激揚), 복문호(腹文戶)이다. 《山堂肆考 卷211 羽蟲 鳳》

단산에 응당 굴이 있어   丹山應有穴

변화하며 맘껏 모이를 쪼으고   變化隨啄抱

하늘을 날기에 깃촉도 수고롭네   羽翮勞摩䎃

공께서 떠나 널리 수집하시면   公去廣蒐羅

한 번 보고도 다 감식하시리   鑑識在一瞥

선외에 감히 스스로 비유하오니   先隗敢自比

찾아오는 이 모두 준마이리[85]   來者待騠駃

85 선외(先隗)에……준마이리 : 평범한 자신을 먼저 대우함으로써 현자를 널리 초빙
한다는 의미이다. 전국 시대에 연 소왕(燕昭王)이 천하의 현자를 구하자, 곽외(郭隗)가
스스로를 천거하며 "먼저 이 곽외부터 써 주십시오."라고 하였다. 이에 연 소왕이 그를
스승으로 삼자, 악의(樂毅)・추연(鄒衍)과 같은 인재들이 나타난 것을 가리킨다. 《戰
國策 燕策1》 결제는 준마(駿馬)의 이름이다.

용진의 시골집 벽에 걸린 시에 차운하다[86] 3수
次龍津田舍壁上韻 三首

석양에 말 세우고 농부에게 물으니　　　　　斜陽立馬問田夫
강가 누각 가리키니 멀어서 가물가물　　　　指點江樓遠有無
인가는 푸른 연기에 싸여 풍경도 좋은데　　　桑柘綠煙多勝地
갈대 우거진 가을 물에 친구들을 맞이하네　蒹葭秋水溯吾徒
몇 번이나 자연 속에서 읊었는가　　　　　　幾時邱壑經吟詠
오늘 구름 낀 산이 그림과 같네　　　　　　此日雲山似畫圖
유람하는 지금 몹시도 흡족하니　　　　　　遊事今番圓十分
좋은 경치에 시 지으니 말이 허망하지 않네　詩緣境好語非誣

사방의 단풍잎에 나무꾼 찾을 길 없고　　　四圍紅葉迷樵夫
온종일 강촌에서 지내니 세속일도 없네　　鎭日江居俗事無
가을 물 배 앞에서 술자리를 여니　　　　　秋水帆前開飲社
낚시터의 찬 연기가 낚시꾼을 쫓네　　　　寒煙磯畔逐漁徒
어둑한 산빛은 동이의 술과 어울리고　　　山光黯黯通樽酒
침침한 강기운이 벽의 그림에 스며드네　　江氣沈沈上壁圖
붉은 벼 다 거두자 아이들이 밤을 찾으니　收盡紅稻兒覓栗
전원의 즐거운 일이 모두 거짓이 아니네　　田園樂事不全誣

86　용진의……차운하다 : 문집 편차를 고려하면 환재의 나이 18세 때인 순조 24년
(1824)경에 지은 시로 보인다. 용진(龍津)은 경기도 양수리의 옛이름으로 추정된다.

주인은 편안히 누워 게으른 사람이라 칭하면서　　　主人高臥稱慵夫
빚어 놓은 탁주가 없느냐 물어보네　　　更問濁醪釀得無
우연히 갈매기 따라 물가에 나왔다가　　　偶逐押鷗臨水趣
포독자[87] 되어 산으로 향하는 무리 되었네　　　仍成抱犢向山徒
여울 소리는 때로 속세의 꿈을 씻고　　　響灘時滌紅塵夢
첩첩 산 가을되니 맑은 그림이 열리네　　　疊嶂秋開澹墨圖
거사의 생애란 본래 이러하니　　　居士生涯元似許
강 구름과 호수 달을 둘 다 속이기 어려워라　　　江雲湖月兩難誣

　시골집의 편액이 '강운호월(江雲湖月)'이라 되어 있었다.

87　포독자 : 원문의 '포독(抱犢)'은 은자를 비유한 말이다. 당나라 왕유(王維)의 〈산
으로 돌아가는 벗을 전송하는 노래〔送友人歸山歌〕〉에 "구름 산속에 들어가 닭을 기르
고, 산꼭대기에 올라가 송아지를 기르네〔入雲中兮養鷄, 上山頭兮抱犢.〕"라는 구절이
있다.

을유년 대보름 밤에 같은 마을 사람들과 운종교에서 답교하다[88]

乙酉上元夜 與同閈諸人踏雲從橋

누각 밖에 구름 흩어져 달빛이 일렁이고	樓外雲銷月漾黃
옅은 추위 엄습하여 봄빛을 재촉하네	輕寒剪剪惹春光
안개 덮은 성긴 버들에 거리가 어둑하고	煙遮疏柳連街暗
눈 덮인 시든 매화에 향기가 주위에 가득하네	雪壓殘梅滿地香
여기저기 화려한 집에 음악소리 요란한데	幾處彫樑喧管吹
네거리에 은촛대로 의상을 인도하네	九衢銀燭導衣裳
좋은 밤이라 금오랑의 단속도 두렵지 않아	良宵不怕金吾禁
술 취해 돌아가는 길 파루소리도 길어라	被酒歸來更漏長

88　을유년……답교하다 : 환재의 나이 19세 때인 순조 25년(1825)에 운종교(雲從橋)에서 답교(踏橋)를 하며 지은 시이다. 운종교는 한양의 종로 네거리 종루(鐘樓 종각) 근처에 있던 다리 이름인데, 답교놀이로 유명한 광통교(廣通橋)로 추정된다. 답교는 음력 정월 보름날 밤에 다리를 밟던 풍속으로, 서울에서는 광통교를 중심으로 하여 열두 다리를 밟으면 그 해의 액운을 면한다고 하여 달빛 아래에서 즐겨 행했던 풍속이다.

유신이 그린 계수나무 그림을 빨리 읊다[89]
走筆題幼臣畫桂

계수나무가 남쪽 땅에 자라	桂樹生南裔
붉은 열매가 어찌나 주렁한지	朱實何離離
그윽한 꽃은 다른 꽃보다 빼어나	幽芳超群品
서리를 견디며 무성히 피어 있네	凌霜鋪葳蕤
치마를 걷고 중원으로 올라가서	搴裳陟中原
열매도 따고 가지도 줍네	採實掇繁枝
돌아와 맑은 물가에 앉아	歸來坐淸流
두 손으로 잘 씻으니	雙手洗濯之
깨끗이 씻어서 무엇을 하려는가	洗濯復何爲
그리운 님에게 바치고자 함이네	將以遺所思

89 유신이……읊다 : 환재의 나이 20세 전후에 지은 시이다. 유신(幼臣)은 누구인지 미상이다. 계수나무는 과거에 급제하여 명성을 드날림을 비유하는 상징물이다.

백설세모행[90]

白雪歲暮行

기축년(1829) 동짓날 밤에 왕용표(王龍標)[91]의 공후인(箜篌引)을 읽고서 붓을 들어 이를 모방하였다. 어떤 이가 제목이 무어냐 묻기에, 창졸간에 "이것은 백설세모행(白雪歲暮行)이오."라고 답하였다.

흰 눈 내리는 세모에 높은 누대 오르니	白雪歲暮登高樓
차가운 빛 번쩍이고 바람은 우수수 부네	寒光晶矗風颼颼
현명[92]이 씩씩하게 위엄을 거두지 않아	玄冥用武威不收

---

90 백설세모행(白雪歲暮行) : 환재의 나이 23세 때인 순조 29년(1829)에 당나라 왕창령(王昌齡)의 〈공후인(箜篌引)〉을 읽고서 모방하여 지은 작품이다. 흰 눈 내리는 세모에 친구들을 생각하며 지은 시라는 뜻인데, 다른 이름으로는 〈숙수념행(孰遂念行)〉이라고 한다. 환재는 눈 내리는 세모에, 은둔해서 글이나 읽으며 한을 품은 채 의욕 없이 지내는 불우한 친구들을 떠올리고는, 그들을 대신해 선비로서의 원대한 이상을 노래하여 그들의 심정을 위로하고자 하였다. 제1구에서 제14구까지는 이 시의 창작동기를 서술하여 자신과 벗들을 위로하겠다는 취지를 읊었다. 제15구에서 제30구까지는 벼슬에 나가기 이전의 젊은 시절을 노래하는 내용이다. 제31구에서 제64구까지는 벼슬에 나아가 출세가도를 달리는 사환기의 삶을 노래한 것이다. 제65구에서 제80구까지는 벼슬에서 물러난 이후의 삶을 그리는 내용이다. 제81구에서 마지막 104구까지는 현실에 돌아와 스스로를 반성하는 내용이다.《김명호, 환재 박규수 연구, 창작과비평사, 2008, 119~134쪽》

91 왕용표(王龍標) : 당나라 시인 왕창령(王昌齡)을 가리키며, 용표는 그의 별호이다.

92 현명(玄冥) : 겨울 귀신 이름이다.《예기》〈월령(月令)〉에 "겨울을 주관하는 상제(上帝)는 전욱(顓頊)이요, 그 귀신은 현명(玄冥)이다."라고 하였다.

지뢰[93]가 잠복되어 드러날 방도 없네　　　　地雷潛蓄發無由

숲속에 봄날 되자 비둘기 울고　　　　　　　中林春日鳴鶺鳩

번화한 꽃송이 가지에 조밀하네　　　　　　繁華亂蘂枝上稠

세월은 어찌 잠시도 머무르지 않는가　　　　日月幾何不曾留

깊은 장막에 술 데우며 두터운 갖옷 찾네　　深幕煮酒覓重裘

육룡[94]이 수레를 몰아 서쪽으로 달리니　　六龍駕輪疾西投

쉼 없이 흐르는 강물은 다할 날 없네　　　　滾滾不盡江漢流

인간의 사업이란 모두 아득하니　　　　　　人間事業儘悠悠

지사들 어찌 긴 근심 없으랴　　　　　　　志士能無長路憂

술동이 두드리며 긴 노래 맑게 부르며　　　擊壺長歌歌瀏瀏

강개하게 그대 위해 깊은 고뇌 풀어주리　　慷慨爲君解窮愁

어떤 남자가 두 눈동자가 밝아　　　　　　有一男子明兩眸

영걸스런 자태가 보통 사람과 다르네　　　　英豪不比常人儔

젓가락 들면 소를 통째로 먹을 기세이고　　下箸氣欲吞全牛

말을 잘 달려 격구도 잘 하네　　　　　　　亦能走馬能擊毬

천하의 기이한 선비를 몰래 구하려　　　　天下奇士且陰求

변방이며 관문까지 온통 뒤졌네　　　　　　亭障阨塞盡訪搜

산천을 두루 구경하며 멀리 유람하니　　　　歷覽山川恣遠遊

서쪽으로 곤륜산과 동으로 지부[95]까지일세　西極崑崙東之罘

93　지뢰(地雷) : 일양(一陽)이 초생함을 가리킨다. 양효(陽爻)가 다 사라져 순음(純陰)의 상태인 곤괘(坤卦)에서 양효가 아래에 다시 하나 생긴 것이 지뢰(地雷) 복괘(復卦)인데, 이는 폐색되었던 기운이 열리어 만물의 활동이 시작됨을 의미한다.

94　육룡(六龍) : 태양을 가리킨다. 신화에 태양신이 타는 수레를 여섯 마리의 용이 끄는데, 희화(羲和)가 고삐를 잡는다고 한다.

기질 굽혀 독서하여 만권을 읽으니	折節讀書破萬卷
삼분과 팔삭과 구구일세[96]	三墳八索與九邱
고인을 벗삼아 묻고 의논하니	尙友古人相咨諏
붓을 대면 신묘하여 옥구슬이 구르네	下筆有神戞瓊球
드디어 맹단에 올라 북채를 잡았으나	遂登盟壇執鼓枹
사도는 적막하여 아무도 닦는 이 없네[97]	斯道寂寞無人修
가시나무 베어내어 향초와 악초를 구분하고	剪拂荊榛辨薰蕕
우는 봉황은 새들의 지저귐과는 판이하게 다르네	鳴鳳迥異群雀啾
사책하여 금문에 나아가 임금을 배알하고[98]	射策金門拜冕旒
황극의 대도인 구주[99]를 진달하네	皇王大道陳九疇

95 지부(之罘) : 바다 위에 돌출한 산의 지명인데, 반도(半島)를 형성하고 있는 곳이
다. 진시황이 발해 동쪽으로 가서 성산을 샅샅이 뒤지고 지부에 올라가 돌을 새겨 세웠
으며, 한 무제 역시 지부에 올라갔다는 기록이 보인다.《史記 秦始皇紀》《漢書 武帝紀》

96 삼분(三墳)과 팔색(八索)과 구구(九邱)일세 : 모두 중국 고서(古書)의 이름으로
지금은 전해지지 않는 책들이다. 삼분은 복희(伏羲)・신농(神農)・황제(黃帝)의 글이
고, 팔색(八索)은 팔괘(八卦)의 설을 기록한 것이고, 구구는 구주(九州)의 토지와 생산
품을 적은 것이다.

97 맹단(盟壇)에……없네 : 시문을 일삼는 사람은 많으나 유학을 연마하는 사람은
적다는 의미이다. 맹단은 고대에 맹약을 체결할 때 설치하는 단이다. 원문의 '고부(鼓
枹)'는 북채처럼 생긴 별이름이다.《진서(晉書)》〈천문지 상(天文志上)〉에 "기(旗)의
끝에 네 별이 남북으로 나열되었으니, 천부성과 고부성이다.〔端四星南北列, 曰天桴
鼓枹也.〕"라고 하였다.

98 사책(射策)하여……배알하고 : 과거에 급제하여 대궐에 나아간 것을 말한다. 사책
은 옛날 선비를 시험하던 한 방법으로 경서 또는 정치상의 의문을 죽간(竹簡)에 쓰게
하여 이것으로 우열을 분별하던 제도인데 곧 과거를 가리킨 것이다. 금문은 한대(漢代)
궁문에 있던 금마문(金馬門)의 약칭으로 후세에는 한림원(翰林院)을 가리키게 되었다.

추위 더위 장마에 기도하니 누구의 허물인가 　　祈寒暑雨誰怨尤

음양이 조화를 잃음은 재상의 수치일세 　　陰陽愆和宰相羞

하물며 탐관오리가 백성의 원수 되어 　　況又臟吏作民仇

환과고독이 괴로워 울부짖네 　　鰥寡孤獨困呻嚘

세금을 독촉하며 관아로 끌어가 　　徵金責租相牽摟

목에 칼을 씌워 곤궁한 죄수를 만드네 　　擊頭枷胵作窮囚

괴로움 당한 창생들 숨이 막힐 지경이니 　　倒懸蒼生扼咽喉

신이 품은 방책으로 구제할 수 있으랴 　　臣有籌策能綢繆

도포와 홀을 하사받아 이두[100]에서 모시니 　　勅賜袍笏侍螭頭

아, 너의 문장으로 임금의 다스림 보좌하라 　　咨爾黼黻補皇猷

간악한 무리를 공격하여 해충을 제거하니 　　疾擊姦憸去蟊蝥

백 번 단련한 강철은 손가락에 감기지 않네[101] 　　百鍊鋼不繞指柔

삼보[102]의 호걸들이 변방으로 수자리 가니 　　三輔豪傑役邊州

---

99 구주(九疇) : 천하를 다스리는 아홉 가지 대법(大法)으로 우왕(禹王)이 하늘의 계시에 의하여 얻은 것으로서 대대로 전하다가, 기자(箕子)에 이르러 무왕(武王)의 물음에 대답한 후 비로소 세상에 알려졌다. 이는 곧 오행(五行), 오사(五事), 팔정(八政), 오기(五紀), 황극(皇極), 삼덕(三德), 계의(稽疑), 서징(庶徵), 오복(五福)이다. 《書經 洪範》

100 이두(螭頭) : 정전(正殿) 앞 돌계단에 새겨진 용머리 모양의 조각으로, 머리의 움푹 패인 부분에 먹물을 담아서 사신(史臣)이 붓을 적셨다 하여 사관을 이두관(螭頭官)이라고도 한다.

101 백 번……않네 : 오래도록 단련되어 의지가 굳은 사람은 지조가 쉽게 변하지 않음을 비유한 말이다. 진(晉)나라 때 유곤(劉琨)의 〈중증노심(重贈盧諶)〉 시에 "어찌 뜻했으랴 백 번 단련한 강철이, 손가락에 감을 만큼 부드러워질 줄을.〔何意百鍊鋼 化爲繞指柔〕"이라고 한 데서 온 말이다.

변경의 전쟁이 오래도록 그치지 않네 　　　　塞北兵聲久未休

이해를 진술하여 좋은 계책 세우고 　　　　　指陳利害畫良籌

오랑캐 족장 사로잡으려 임금 위해 떨쳐 나서네 　奮身爲君禽羌酋

사자 가죽 갑옷 입고 봉황투구 휘날리니 　　　狻猊裹甲飛鳳兜

깃발 든 십만의 군사가 장군을 옹위하네 　　　旌旗十萬擁貔貅

한 쌍의 창 휘두르며 달려가 짓밟아서 　　　　指揮蹵踏雙鐵矛

손수 융적의 두목을 하루살이처럼 사로잡네 　手取戎王等蚍蜉

산그늘 밤사냥에 눈이 활고자까지 차더니 　陰山夜獵雪滿彄

장성의 개선가에 공후가 울리네 　　　　　　長城凱歌鳴箜篌

장사들 철권[103] 받고 포상도 넉넉하여 　　　壯士鐵券賞賜優

왕실의 금전과 비단 꾸러미가 가득 쌓이네 　內府金錢堆繒紬

미천한 신하는 만호후가 필요치 않으니 　　微臣不用萬戶侯

지금 사해에 병이 아직 낫지 않아서이네 　　顧今四海病未瘳

어진 정치의 소문은 역말보다 빠른데 　　　仁政風動若置郵

그저 군왕의 마음속에 있을 뿐이네 　　　　只在君王方寸幽

성인의 훈계를 조술한 노나라와 추나라 　　聖訓祖述魯與鄒

이제삼왕의 공적에 짝할 만하네 　　　　　二帝三王功可侔

102　삼보(三輔) : 도성을 둘러싼 근기(近畿) 지역을 가리키는 말이다. 중국 한(漢)나라 무제(武帝) 태초(太初) 원년에 서울인 장안(長安)을 중심으로 부근의 땅을 셋으로 나눴는데, 장안 동쪽을 경조윤(京兆尹), 장릉(長陵) 북쪽을 좌풍익(左馮翊), 위성(渭城) 서쪽을 우부풍(右扶風)이라 하였다.

103　철권(鐵券) : 철권은 옛날에 임금이 공신에게 내려 주어 면죄 등의 특권을 누리게 한 증명서를 말하는데, 철제로 된 계권(契券)에 단사(丹沙)로 썼으므로 보통 단사철권 (丹沙鐵券)이라고 부른다.

승상의 의장대가 팔마를 부리고	丞相鹵簿駕八騶
군신이 화합하니 참으로 좋은 짝일세	君臣契合眞好逑
공을 이루고 몸이 늙자 한가로이 지내길 허락하시니	功成身老賜優游
도성문의 전별연에 송축가가 드높네	都門飮餞騰歌謳
연못의 봄물은 푸르게 일렁이고	陂田春水碧油油
노신이 농사에 밝아 밭갈이를 권하네	老臣明農勸犁耰
안개 긴 뽕나무밭 좋은 땅에 터를 잡아	桑柘煙霞卜勝區
무릎의 아들손자에게 고기포를 나눠주네	兒孫繞膝分腒臑
행인들 말을 세우고 잠시 머무르며	行人立馬暫夷猶
송추가 무성한 곳 누구 무덤인지 묻네	誰家塋域蔭松楸
둥근 거북은 비석을 져 땀이 줄줄 흐르고	穹龜負石汗如溲
신물이 호위하니 용과 이무기일세	神物騰挐蛟螭虯
당시 영웅들 모두 모여 있으니	當時英雄盡羅蒐
수심에 겨운 백성들이 자주 우러르네	恫卹窮民亟瞻眸
나라를 위하느라 몸을 돌볼 겨를이 없었던	爲國未暇爲身謀
선조의 대신들 그 공에 보답키 어렵네	先朝大臣功難酬
사신들이 기록하며 큰 붓을 뽑아드니	史臣書之椽筆抽
이렇게 되면 그대의 뜻에 흡족하겠는가	如此於君得意不
바다 외딴 동쪽에 태어나 살며	人生乃在海東陬
발자취가 책구루[104]에 닿은 적 없으니	足迹未到幘溝婁

---

104 책구루(幘溝婁) : 고구려 때 현도군(玄菟郡)의 동쪽 경계 지역에 있던 작은 성으로, 중국에서 세시(歲時)에 조복(朝服), 의책(衣幘) 등을 이곳에 놓아두면 고구려에서 받아가던 곳이다. 《三國志 卷30 魏書 東夷傳》

빈 집을 서성거리며 뜻이 펴지지 않아	躀躉空堂意不遒
부족한 식견은 자라와 고래를 보고도 놀라네	少見多怪憐鼇鰍
토원의 책자[105]나마 부지런히 모으나	兎園冊子勤集哀
세월은 빨라 물 위의 거품 같네	光陰倏瞥水上漚
지혜로운 자의 처세는 뜬 구름과 같아	知者處世若雲浮
즐거움과 괴로움이 본래 군더더기네	憂樂榮苦本贅疣
팔십 살에 등용되어 서주를 보좌하니	八十鷹揚佐西周
위수 가에 고기 잡던 백발노인이고[106]	渭濱白髮一漁叟
해가 중천인데 한 그릇 밥도 못 먹고	日中未得飯一甌
회음의 성 아래 모래톱에서 낚시질하네[107]	去釣淮陰城下洲
몇 사람의 사업은 자못 시끄러운데	數子事業頗讙啾
실의하게 되면 못을 잃은 용의 신세네	當其失意龍失湫
치이는 기미를 보고 오호에서 배를 탔고[108]	鴟夷見幾五湖舟

---

105 토원의 책자 : 서적을 겸손하게 일컫는 말이다. 토원(兎園)은 본래 경제(景帝)가
양(梁)나라 효왕(孝王)의 토원을 효왕 사후에 백성에게 경작하게 하였는데, 토원의
조(租)를 기록한 부서(簿書)가 다 이어(俚語)였다. 이로 인해 저속한 글을 토원책이라
고 한다. 《舊五代史 卷126 馮道列傳》
106 팔십……백발노인이고 : 태공망(太公望) 여상(呂尙)이 주 문왕(周文王)을 만나
인정을 받기 전에 위수(渭水)에서 곧은 낚싯바늘을 물속에 드리운 채 세월을 보냈다는
고사를 가리킨다.
107 해가……낚시질하네 : 한(漢)나라 개국공신 회음후(淮陰侯) 한신(韓信)이 일찍
이 포의(布衣)의 신분으로 빈궁해서 끼니를 잇지 못하고 외톨이로 성 아래에서 낚시를
하고 있을 적에, 빨래를 하던 아낙네 한 사람이 굶주린 한신에게 수십 일 동안 밥을
먹여 준 일을 가리킨다. 《史記 卷92 淮陰侯列傳》
108 치이(鴟夷)……탔고 : 치이는 춘추 시대 월왕(越王) 구천(句踐)의 모신(謀臣)인

후영은 낙척하여 문빗장을 안았네[109]　　　　　　侯嬴潦倒抱干楗

풍공은 유난스러워 괴후를 두드리며　　　　　　　馮公多事彈蒯緱

생선과 고기반찬 없다고 어찌 상심했는가[110]　　食無魚肉豈悵惆

예로부터 준마가 고삐에 묶이면　　　　　　　　　從古驥駬絆紖緧

맥없이 고개 숙이고 태항산 수레를 끌었다네[111]　局蹐屈首太行輈

사슴이 좋은 풀 찾으면 기쁘게 우나니　　　　　　鹿得美草鳴呦呦

범려(范蠡)의 별칭이다. 범려가 일찍이 월왕을 보좌하여 오나라를 쳐서 멸망시키고
나서는 월나라를 떠나 오호(五湖)에 배를 띄우고 돌아다니다가 제나라에 들어가서 치
이자피(鴟夷子皮)로 성명을 바꾼 고사가 있다. 《國語 越語下》《史記 卷129 貨殖列傳》

109 후영(侯嬴)은……안았네 : 후영은 위나라의 은사로 집이 워낙 가난하여 70세가
넘도록 위나라 동문인 이문(夷門)의 문지기로 있었다. 위나라 공자인 신릉군이 후영이
재능이 있음을 전해 듣고 그를 후히 대우하고자 몸소 수레를 몰고 이문으로 가서 매우
공손한 태도로 후영을 맞이해 와서 상객(上客)으로 삼은 고사가 있다.

110　풍공(馮公)은……상심했는가 : 풍공은 제(齊)나라 유세가 풍환(馮驩)을 가리키
고, 괴후(蒯緱)는 손잡이를 새끼줄로 두른 칼을 가리킨다. 풍환이 맹상군(孟嘗君)의
식객이 되었을 때, 밥상에 고기반찬이 없자 장검의 칼자루를 두드리면서 "장검이여
돌아가자, 밥상에 고기가 없으니.〔長鋏歸來乎, 食無魚.〕"라고 노래했다는 고사가 있다.
《戰國策 齊策4》《史記 卷75 孟嘗君列傳》

111 예로부터……끌었다네 : 재주 있는 사람이 시대를 만나지 못함을 비유한 말이다.
춘추 시대 초(楚)나라 한명(汗明)이 춘신군(春申君)에게 "천리마에 대해서 들어보았습
니까? 늙은 천리마가 소금 수레를 끌고 태항산(太行山)을 오르는데, 발굽은 갈라지고
무릎은 꺾이고, 꼬리는 해지고 가죽은 문드러져서 온몸에 땀을 쏟으며 산길에서 온
힘을 다했지만 올라가지 못하고 있었습니다. 이에 말을 잘 감별하는 백락(伯樂)이 이
꼴을 보고 수레에서 내려 천리마를 어루만지며 통곡하고 옷을 벗어 걸쳐 주었습니다.
천리마가 이에 머리를 들고 슬프게 부르짖으니, 울음소리가 하늘을 찌르는데 마치 쇳소
리와 같은 것은 어째서이겠습니까? 이는 백락이 자기를 알아주었기 때문입니다."라고
말한 고사가 있다. 《戰國策 楚策》

그대는 노력하여 머뭇거리지 마소   勸君努力莫逗遛
궤짝 속의 좋은 옥 팔리기 어려운 법이니   櫝中美玉定難讎
죽백에 드리워 천만년 전하시게   垂之竹帛千萬秋

〈중원유기수〉를 지어 이덕잠 모친의 육십일 세를 축수하다[112]
中原有奇樹 爲李德潛慈親六十一歲壽

중원에 기이한 나무가 있는데	中原有奇樹
나이가 얼마인지 알지 못하네	年歲不可知
뿌리는 깊고도 단단하여	根柢旣深固
가지와 잎이 무성하네	柯葉乃葳蕤
붉은 꽃은 흐드러지게 피고	朱萼開紛紛
푸른 열매도 주렁주렁 달렸는데	碧實垂離離
그 위에 높은 둥지가 있고	上有亭亭巢
아래에는 빛나는 영지가 있네	下有燁燁芝
한 쌍의 봉황이 화답하며 울고	和鳴雙鳳凰
여러 아이들이 즐거이 노네	娛戲群童兒
촉촉한 감로수 방울져 떨어지고	浥浥甘露滴
무성한 그늘이 드리웠는데	莫莫繁陰垂
일부러 북돋아 주지 않았어도	不借培壅力

---

112 중원유기수(中原有奇樹)……축수하다 : 환재의 나이 23세 때인 순조 29년(1829)에 지은 시이다. 이덕잠(李德潛)은 이헌명(李憲明, 1797~?)을 가리킨다. 본관은 평창(平昌), 자는 덕잠(德箴)인데, 덕잠(德潛)과 혼용한 듯하다. 요화재(澆花齋) 이학무(李學懋)의 아들로 1852년(철종3) 진사시에 56세로 급제하였다. 아래의 〈요화사를 지어 이덕잠의 존공 요화재의 육십일 세 수연을 축하하다[澆花辭 爲李德潛尊公澆花齋六十一歲壽]〉가 참고가 된다.

자연히 꽃이 번성하네	自然英華滋
선한 자는 복을 두터이 받고	善人福且厚
어진 자는 수명이 한이 없네	仁者壽無期
꽃이 향기롭고 아름다운 열매 먹으니	花芳食美實
근본이 커서 번성한 가지 늘어졌네	本巨苗蕃枝
그 이치 바로 이와 같으니	其理乃如此
이 말은 참으로 의심이 없네	斯言定無疑
누가 이런 뜻을 알아	誰能知此意
노래를 하여 그리운 님께 보내랴	歌以遺所思
그리운 님은 서호의 나그네[113]이니	所思西湖客
돌아가 모친을 축수하는 시를 짓네	歸作壽母辭

---

113 서호의 나그네 : 이덕잠을 송나라 은일군자 임포(林逋)에 비유하여 한 말이다.
임포의 자는 군복(君復), 시호는 화정선생(和靖先生)이다. 어린 나이에 강회(江淮)
지방을 떠돌다가 서호(西湖)의 고산(孤山)에서 20년 동안 은거하며, 매화를 심고 학을
기르면서 독신으로 생애를 마쳤다. 이 때문에 매화를 아내로 삼고 학을 자식으로 삼았다
는 매처학자(梅妻鶴子)의 고사가 생겼다.

〈화목가〉를 지어 안의의 김득우에게 주다[114] 병서
花木歌 寄安義金得禹 幷序

할아버지 연암공(燕巖公)께서 안의(安義) 현감으로 계실 때, 염재
(念齋)[115]의 선군 지계공(芝溪公)[116]을 불러 자주 시내와 산에서 문주
(文酒)로 어울렸다. 계축년(1793) 봄에 난정(蘭亭)의 고사를 모방
하여 술잔을 물에 띄우고 시를 지었는데, 당시에 문장으로 이름난
선비들이 많이 모였다. 지계공이 어떤 이에게 보낸 편지에 "제가
화림(花林)[117]에 당도한 지 40일 동안 하풍죽로관(荷風竹露館)에 거
처하였는데, 주인 사또께서는 시절이 풍성하고 정무가 대범하여 관
아를 닫아걸고 삼일의 여가를 얻으면 번번이 손님의 자리에 앉으시
어 거문고와 술자리가 고상하였소. 글씨 쓰고 문장을 짓는 여가에
시를 아는 중과 이름난 기생이 늘 좌우에 있었소. 술이 거나해지면

---

114 화목가(花木歌)……주다 : 환재의 나이 23세 때인 순조 29년(1829)에 지은 시이
다. 김득우(金得禹)는 호가 신천(信天)이며 안의 현감으로 재직하던 연암을 모셨다는
사실 이외에 자세히 알 수 없다.

115 염재(念齋) : 이정관(李正觀, 1792~1854)을 가리킨다. 본관은 전주(全州), 자
는 치서(稚舒, 稚瑞)·관여(盥如, 盥汝), 호는 염재·치창(癡蒼)·치원(癡園)·잠실산
인(潛室山人) 등이다. 이재성(李在誠)의 아들로 1831년(순조31) 진사에 합격하여 장
릉 참봉·봉사를 거쳐 예산(禮山) 현감을 지냈고, 1847년 파직 당한 뒤에는 가평의
산중에서 만년을 보냈다.

116 지계공(芝溪公) : 연암의 처남이자 지기인 이재성(李在誠, 1751~1809)을 가리
킨다. 자는 중존(仲存), 호는 지계이다.

117 화림(花林) : 경상도 함양군 안의면에 있는 지명이다.

천고의 역사를 논하며 호탕하고 유쾌하였으니, 이 즐거움은 백년에 맞먹었소."라고 하였다. 화림은 안의 고을의 옛 이름으로 수승대(搜勝臺)와 원학동(猿鶴洞) 등 여러 명승이 있다. 기축년(1829) 가을 염재가 백씨 순계(醇溪)[118]를 의령(宜寧)의 임소에서 만났을 때, 득우(得禹)가 화림으로부터 와서 배알하였는데, 득우는 연암을 모셨던[119] 지인동자(知印童子)였다. 당시의 이야기를 진진하게 하였는데, 염재가 준 시에도 선공의 일을 언급하였다. 득우가 나에게 시를 보여주며 이어 나의 시를 구하기에, 이 시를 지어준다.

남쪽 고을 나그네는 호가 신천인데	南州客子號信天
지난해에 금천[120] 곁에 집을 지었네	去年築屋臨錦川
금천의 흐르는 물은 푸르게 감돌고	錦川流水碧演迤
만 줄기 대나무가 참으로 어여쁘네	萬竿脩竹眞可憐
빠른 인편으로 편지 한 통을 북으로 보내니	尺素北走千里足
나에게 큰 글씨 받아 주련을 장식하겠다네	求我大字侈松楹
염재 장인은 지금 시단의 으뜸이라	念齋丈人今詞伯
문채와 풍류는 앞 현인에 필적하는데	文彩風流追前賢

---

118 순계(醇溪) : 이정관의 형 이정리(李正履, 1782~1843)의 호이다.

119 연암을 모셨던 : 원문은 '체사(逮事)'인데 체(逮)는 급(及)과 같은 뜻으로, 부모나 조부모가 살아 계실 때에 미쳐 부모나 조부모를 모신 것을 가리키는데, 여기서는 연암 박지원을 직접 모셨다는 뜻이다. 이 말은 《예기》〈곡례 상(曲禮上)〉에 "부모를 체사하면 조부모의 이름을 휘하고, 부모를 체사하지 못하였으면 조부모의 이름을 휘하지 않는다.〔逮事父母, 則諱王父母, 不逮事父母, 則不諱王父母.〕"라고 한 데서 온 말이다.

120 금천(錦川) : 비단 같은 냇물이라는 뜻으로 안의면 금천리에 흐르는 시내 이름이다.

화림의 옛 유람을 시 속에서 말하니	花林舊遊詩中說
손꼽아 헤아려 보니 사십 년이 지났네	屈指坐數四十年
당시의 좋은 모임이 사람들에게 전파되어	當時勝事播人口
들녘의 농부도 누구나 말하는데	田夫野老猶能傳
몸소 본 자가 이제 몇이 남았는가	躬及見者今無幾
그대의 귀밑터럭도 희게 변했구려	如君鬢毛亦皤然
푸른 산 흰 물은 어제와 같고	山靑水白如昨日
신발 자국도 여전히 푸른 봉우리에 남았는데	屐痕依然翠微巓
어찌하면 겨드랑이 밑에 두 날개 돋아	安得腋下傅雙翼
한말 술을 그대와 함께 나눌까	斗酒與君相後先
지난 일을 또렷이 진진하게 이야기하니	歷歷往事說不倦
내가 수승대와 원학동에 앉은 듯하네	坐我搜勝猿鶴邊
한양의 사월은 꾀꼬리와 꽃이 늦으니	漢陽四月鶯花晚
녹음이 문에 드리워 낮잠 자기 좋네	綠陰纈戶足晝眠
애써 글자를 써서 그대에게 보내어	强筆作字寄君去
천애 멀리서 한묵 인연을 맺고자 하네	只結天涯翰墨緣
이제부터 밤마다 꿈자리 수고로울 테니	從今夜夜勞夢想
금천의 서재 곁에 달빛도 고우리	錦川齋畔月娟娟

〈요화사〉를 지어 이덕잠의 존공 요화재의 육십일 세 수연을 축하하다[121]

澆花辭 爲李德潛尊公澆花齋六十一歲壽

어제 꽃 한 송이 피더니	昨日一花開
오늘 또 한 송이 피었네	今日一花開
어제 꽃이 필 때는 봄이 아름답더니	昨日花開春正好
오늘 꽃이 시드니 봄도 저물려 하네	今日花老春欲老
나에게 유리병에 든 물이 있으니	我有玻璃寶瓶水
꽃에 부어주면 이 꽃 시들지 않으리	澆花及此花未老
한음 땅 두레박으로 긷지 않아도 되고[122]	不用漢陰桔槹汲

---

121 요화사(澆花辭)……주다 : 환재의 나이 23세 때인 순조 29년(1829)에 지은 시이다. 요화재(澆花齋)는 이학무(李學懋, 생몰년 미상)의 호로 한미한 집안에서 태어나 한 번도 관직에 오른 적이 없고, 서강(西江) 와우산(臥牛山)아래 살며 꽃 심고 물주는 일을 즐거움으로 삼아 요화(澆花)라고 당명을 삼았다고 한다. 이덕잠(李德潛)은 그의 아들 이헌명(李憲明, 1797~?)이다.《縹礱乙㰤 卷2 雜文紀2 澆花齋記; 奚疑稿序》이 헌명의 본관은 평창(平昌), 자는 덕잠(德箴)인데, 덕잠(德潛)과 혼용한 듯하다.

122 한음(漢陰)……되고 :《장자(莊子)》〈천지(天地)〉에 관련된 고사가 있다. 자공(子貢)이 남쪽으로 초(楚)나라에 놀다가 한음이란 땅을 지날 적에 한 장인(丈人)이 계단을 만들고 우물에 들어가 항아리에 물을 길어다가 밭에 주고 있었다. 자공은 노력은 많으나 효과가 적은 것을 안타깝게 여겨 길고(桔槹)라는 물푸는 기계를 사용하라고 하였더니, 그는 성을 내면서 "나는 스승에게 들으니 기계를 사용하는 자는 반드시 기사(機事)가 있고 기사가 있는 자는 반드시 기심(機心)이 있게 마련인데, 기심이 있으면 순백(純白)한 마음이 갖추어지지 않고 정신이 정해지지 않아 도(道)가 실리지 않는다고 하였다. 나는 기계를 사용할 줄 모르는 것이 아니라 사용함을 부끄럽게 여겨 하지

소릉처럼 꽃으로 인해 근심할 일 없네[123]　　　　不是少陵被花惱

휘날리는 흰 수염에 꽃바람 불어오니　　　　鬖鬖雪鬚花風吹

꽃내음 무성하여 가슴속에 들어가리　　　　花氣翁然入心脾

술동이에 백화주[124]를 빚어 놓으니　　　　樽中復有百花釀

발그레한 얼굴 늘 평온하시네　　　　顔如丹沙長悅怡

벌은 윙윙 나비는 춤추니 차마 떠나지 못하고　　　　蜂笙蝶舞劇留連

거나하게 취하여 꽃 시절 지난 줄 깨닫지 못하네　　　　傲醉不省花陰移

꽃이 시들려 하니　　　　花欲老

꽃에 물을 주어 시들지 말게 하라　　　　澆花遂令花不老

채마밭에 삼춘의 빛 오래 머물게 하여　　　　小圃長留三春暉

해마다 영원히 이 술잔을 잡으소서　　　　歲歲年年此盃持

않을 뿐이다."라고 대답하였다.

123　소릉처럼……없네 : 소릉(少陵)은 당나라 두보(杜甫)를 가리킨다. 원문의 '피화뇌(被花惱)'는 꽃이 핀 풍경을 보고 시름이 깊어진다는 뜻으로, 두보의 〈강가를 홀로 거닐며 꽃을 찾다〔江畔獨步尋花〕〉라는 시에 "강가에 꽃이 피니 산란한 맘 끝없는데, 하소연할 곳 없어 미칠 것만 같네.〔江上被花惱不徹, 無處告訴只顚狂.〕"라고 한 데서 유래하였다.

124　백화주(百花酒) : 여러 종류의 꽃을 넣어 만든 술을 가리킨다.

왕모초사도가[125] 병서

王母醮祠圖歌 并序

오래된 비단 4폭에 선녀(仙女) 몇 사람을 연달아 그렸는데, 물감이
검게 그을려 고색창연하였다. 그림은 인가의 병풍과는 달랐으니,
대략 왕모(王母)가 제사를 올리는 광경을 그린 것이다. 이미 작가의
성명도 알 수 없고 연대도 상고할 수 없으나, 필법으로 살펴보면
아마 당송(唐宋) 화가의 작품으로 보인다. 옛날 송 진종(宋眞宗)이
옥청소응궁(玉淸昭應宮)[126]을 지으면서 공사가 15년이 걸릴 것으로
예상했는데, 수궁사(修宮使) 정위령(丁謂令)[127]이 밤낮으로 공사를
독려하여 한 벽면을 완성할 때마다 초 2자루씩 지급하여 7년 만에
완성하였으니, 그림의 정교함을 알 수 있다. 그런데 병풍이나 비단
에 그렸다면 더욱 정성을 기울여 아름답게 만들었을 것이다. 뒤에

---

125 왕모초사도가(王母醮祠圖歌) : 환재의 나이 23세 때인 순조 29년(1829)에 지은
시로, 〈왕모초사도(王母醮祠圖)〉로 추정되는 퇴락한 그림을 보고서 그 내력과 의미에
대해 읊은 시이다. 왕모(王母)는 전설상의 여신 서왕모(西王母)를 가리키고, 초사(醮
祠)는 신불(神佛)을 모신 사당에 제사를 지내는 것을 가리킨다.

126 옥청소응궁(玉淸昭應宮) : 도교적인 색채를 띤 궁관(宮觀)으로 북송 진종(眞宗)
대중상부(大中祥符) 7년(1014)에 지었다. 이는 도가의 도참설에 의거하여 지은 것으
로, 하늘의 복을 비는 이른바 천서(天書)를 봉안해 둔 곳이다.

127 정위령(丁謂令) : 송(宋)나라 손승(孫升)이 저술한 《손공담포(孫公談圃)》에
"옥청소응궁(玉淸昭應宮)을 정진공(丁晉公)이 감독하여 지었는데, 토목의 공정이 천
하에서 극도로 정교하였다."라고 하였다. 이를 근거로 본다면 정위령은 정진공의 오류
로 보인다.

철종(哲宗)이 상청저상궁(上淸儲祥宮)을 짓고, 휘종(徽宗)이 보록궁(寶籙宮)을 지어서 재계와 초사에 편의를 도모하니, 이에 천하의 도관(道觀)과 영궁(靈宮)이 더 없이 찬란해졌다. 그런데 벽과 건물을 장식한 것은 어디나 선령(仙靈)의 신비하고 괴이한 형적이 아님이 없으니, 지금 이 몇 폭의 낡은 그림이 또 어찌 도관의 감실에 설치되었다가 건물이 부서지고 해지면서 세상에 나온 유물이 아닌 줄을 어찌 알겠는가. 나의 벗 신사유(申士綏)[128]와 함께 그림을 다 보고 나서 화제를 지어 기록한다.

낡은 네 폭의 그림 누가 그렸는가	古畫四幅作者誰
물감이 검게 그을리고 비단도 검게 변했네	五色黫煤帛化緇
드넓은 구름바다에 햇빛이 비치고	雲海冥冥天光垂
수백 수십 신선들 서로 따르네	百十仙人相追隨
옥 귀고리에 푸른 옷차림으로 줄지어 호위하니	明璫翠羽擁委蛇
눈이 어지러워 고운지 미운지 분간할 수 없네	目眩不能分姸媸
신마는 용처럼 푸른 갈기 휘날리며	神馬如龍蒼鬣鬌
파도를 헤치면서 힘차게 달리네	破浪擊波行駃駚
치마 걷어 옥설 같은 하얀 발 드러내고	搴裳跣足玉雪肌

---

128 신사유(申士綏) : 신석희(申錫禧, 1808~1873)를 가리킨다. 본관은 평산(平山). 자는 사유(士綏), 호는 위사(韋史)이다. 교리 신재업(申在業)의 아들로 신재정(申在正)에게 입양되었다. 1834년(순조34)에 진사시에 합격하였고, 1848년(헌종14)에 문과에 급제하였다. 1849년(철종 즉위년)에 박규수 등과 함께 홍문록(弘文錄)에 올랐으며, 이후 황해도 암행어사 · 규장각 직제학 · 한성부 판윤 등을 역임하고 벼슬이 이조 판서에 이르렀다. 시호는 효문(孝文)이다.

손에 투명한 구슬 들고 신귀를 밟고 섰네	手持明珠蹋神龜
무성한 붉은 터럭에서 유리가 생기고	戎戎焰髮生琉璃
달리고 돌아보며 그 모습 의기양양하네	且行且顧詫迱迱
백 척이나 높이 솟은 누대는 기이하고	高臺危欄百尺奇
평평하게 옥석 깔아 길이 험하지 않네	平碾玉石無嶮巇
소반에 복숭아와 영지를 섞어 담았고	盤中桃顆雜菌芝
동이에 담긴 산초술을 금술잔에 따라	奠以椒醑酌金卮
두 신선이 손으로 술잔 받들어 올리며	有兩仙人手捧之
고개 들어 하늘을 향해 바르게 섰네	矯首碧落立不欹
생황과 퉁소로 잔치를 도우니 봉황이 춤을 추고	侑以笙簫赤鳳儀
하늘에서 바람 불어 옷자락 펄럭이네	飄飄衣帶天風吹
그 중 한 사람이 큰 규옥을 들고 서니	中有一人介圭持
단아하고 아리따운 자태가 빼어나네	端嚴妙麗挺天姿
그리운 사람 있어 마음 다해 기도하니	潛心默禱有所思
말도 없고 웃음도 없이 조용히 서 있네	不言不笑立徐遲
그림에 관지 없어 내력을 모르겠으나	畫失款記不可知
당송 시대의 작품으로 짐작해 보네	唐宋年代總然疑
이는 서왕모가 요지에 있으면서	但道王母在瑤池
별과 달의 신령께 제사지낸 일을 말한 듯하네	星君月妃醮靈祇
지난날 분수 남쪽의 찰랑대는 물가에서	憶昔汾陰水漪漪
가을바람 일어 한 무제의 시름을 치료했다네[129]	秋風吹作漢帝醫

---

129 지난날⋯⋯치료했다네 : 한 무제가 후토신(后土神)에게 제사를 드리려고 하동 (河東)으로 행차하다가 분수(汾水)를 건너는 배위에서 군신(群臣)들과 함께 연회를

이로부터 허튼 소리 물리친 사람 없어	伊來無人闢淫詖
대도를 가린 구름을 헤치지 못했네[130]	大道終不披雲迻
후세 사람 오히려 옥으로 지은 밥 사모하여	後人猶戀玉瓊糜
몇몇 도사들 미쳐서 바보처럼 믿었네[131]	二三道士劇狂癡
진인선생이랍시고 황제의 스승 되어	眞人先生作帝師
제사 올리는 영궁을 크게 세웠는데	大開靈宮潔醮祠
추녀와 서까래 하늘 높이 솟았고	凌空雲桷與璹榱
금과 동을 녹여 솥을 만들었네	鎔爇金銅作鼎鼐
주홍색 탁자는 관원들 바쁘게 하고	朱紅桌子窘曹司

열었을 때, 흥에 취하여 지은 시가 바로 〈추풍사(秋風辭)〉이다. 그 가사에 "가을 바람이 일어나니 흰 구름이 날고, 초목이 누렇게 떨어지니 기러기는 남으로 날아가도다.〔秋風起兮, 白雲飛. 草木黃落兮, 雁南歸.〕"라고 하며 지난날을 추억하고 인생의 무상함을 탄식한 일이 있다. 《한무제내전(漢武帝內傳)》에 따르면 한 무제가 선도(仙道)를 갈망하여 서왕모를 만나고자 빌었더니, 칠월 칠석에 서왕모가 아홉 빛깔 용이 끄는 수레를 타고 내려왔다. 이때 서왕모는 한 무제에게 천상의 술과 천도복숭아를 선물로 주었고, 상원부인(上元夫人)을 불러 둘이서 함께 한 무제가 타고난 성품을 고쳐 장생불사에 이를 방도를 깨우쳐 주었다고 한다.

130 이로부터……못했네 : 원문의 '음파(淫詖)'는 윗 구절에 말한 한 무제가 서왕모를 만났다는 허황된 고사를 가리키며, 운규(雲迻)는 구름을 가리키는데 미혹된 이야기로 현혹시킴으로써 대도가 밝아지지 못함을 가리킨다.

131 후세……믿었네 : 원문의 '옥경미(玉瓊糜)'는 옥가루로 만든 밥〔玉屑飯〕을 가리킨다. 당나라 태화(太和) 연간에 두 사람이 숭산(嵩山)을 유람하다가 길을 잃었는데, 그때 깨끗한 차림의 어떤 사람이 보자기를 베고 자는 모습을 발견하였다. 두 사람이 그에게 길을 물었더니, 그는 보자기에서 두 알의 옥설반을 꺼내 나눠주면서 이것을 먹으면 장생하지는 못하더라도 질병은 면할 수 있다고 하고서 길을 가르쳐 주었다고 한다. 《山堂肆考 卷193 玉屑》

금니로 쓴 편액은 엿처럼 부드럽네[132]	金泥題榜滑如飴
누각에 그린 신선은 따를 수 있으나	樓閣神儒可相追
도경과 부록은 황홀해 추구하기 어렵네	天書雲篆怳難推
어찌 알랴, 이 그림이 당시에	安知此畫在當時
신에게 청사[133]를 올리는 평범한 광경인줄	獻媚無怪共青詞
그렇지 않다면 화법은 터럭끝을 다투니	不然畫法爭毫絲
평범한 화공은 그리기조차 어려웠으리	凡工定難筆墨施
하물며 서왕모는 한없는 장수 누려	況又王母過頤期
달디 단 복숭아 먹으며 평안히 지내거늘	坐噉甘桃足悅怡
어찌 몸을 굽혀 엿보며 서서	何必鞠躬立偵覗
다시 타인을 위해 장수를 빌랴	更向他人祝壽祺
듣자니 옛날 선왕의 다스림에	我聞昔者先王治
정성과 제수가 모두 다 합당했다네	馨香黍稷無不宜
일심으로 부지런히 백성을 보호하니	保民一心勤孜孜
천하가 태평하고 초목도 무성했다네	四海春光草木滋

그런데 어째서 천하를 위태롭게 하여 백성들 곤궁하고 신령을 수심케
하는가 　　　　　　　　　奈之何民窮神愁天下危

원망하는 무리 모아 복으로 삼기 때문이니 한탄스럽네

　　　　　　　　　　　　　　　斂怨爲福吁噫嘻

| 몇 폭의 그림마저 조각조각 떨어져서 | 若干畫幅且分離 |

132　주홍색……부드럽네 : 모두 제사를 올리는 과정과 풍경을 설명한 듯하나, 자세한
내용은 미상이다.

133　청사(靑詞) : 도사(道士)들이 하늘에 제사 지내는 부록(符籙)을 가리킨다.

세상에 흩어져 이리저리 흘러다니는데   散落人間屢轉移

당시의 화가는 수염이 허연 늙은이로   當時作者白鬚眉

성명마저 전해지지 않으니 거듭 불쌍하네   名姓不傳仍可悲

아, 붓을 빨고 먹을 가는 일이 어찌 가치 있는 일이랴

吁嗟乎舐粉和墨安足爲

의고
擬古

푸르른 소나무와 측백나무가	靑靑松與柏
저 높은 산에 있네	在彼山嶙峋
곧은 지조는 추위에도 변치 않고	貞操保歲寒
가을과 봄이라도 바꾸지 않네	不改秋復春
동풍이 때 맞춰 불어오면	條風有時至
그윽한 울림이 충만해지네	幽音感氤氳
우연히 의탁한 곳을 기뻐하며	偶爾欣所託
물성도 진실하고 순박하네	物性亦眞淳
근심스런 나의 사념은	悄悄予有思
또렷이 마음과 정신에 맺혔으니	耿耿紆心神
어찌 서로 알아주기 바라랴	豈必相知識
또 사랑하고 친애함도 아니네	又非愛與親
북풍이 대궐에 불어오니	北風吹彤雲
큰 눈이 도성에 내리네	大雪下城闉
여러 산들은 갈수록 희고	群山轉皓皎
모든 경치는 푸른 연기에 묻혔네	萬境杳靑煙
얼음물이 두형[134]을 적시고	氷溜浸杜蘅

---

134 두형(杜蘅) : 아욱과 비슷한 향초인데 입이 말발굽과 비슷하다 하여 마제향(馬蹄香)이라 칭하기도 한다. 굴원(屈原)의 〈이소경(離騷經)〉에 "두형과 방초도 섞어 심었

차가운 아지랑이가 가시덤불 길을 덮었는데   凍靄封荊榛

어찌 알랴, 아득하고 깊은 곳에   安知冥翳中

꼿꼿한 분이 없을 줄을   不有偃蹇人

다.〔雜杜蘅與芳芷.〕"라고 하였는데, 두형과 방초는 뜻이 같고 도가 합한 친구를 비유하
는 말이다.

환재집

제2권

詩시

반남(潘南) 박규수(朴珪壽) 환경(瓛卿) 저(著)
제(弟) 선수(瑄壽) 온경(溫卿) 교정(校正)
문인(門人) 청풍(淸風) 김윤식(金允植) 편집(編輯)

시詩

봉소여향절구[1] 100수 병서

鳳韶餘響絶句 一百首 幷序

궁사(宮詞)[2]는 당나라 왕건(王建)에게서 발달했다. 송(宋)·명(明)

---

1 봉소여향절구(鳳韶餘響絶句) : 환재의 나이 23세 때인 순조 29년(1829)에 7언 절구 100수로 지은 궁사체(宮詞體)의 장편한시이다. 환재는 순조 말년에 국정을 대리한 효명 세자의 명으로 이 작품을 지었는데, 봉소(鳳韶)는 곧 순(舜) 임금 때에 궁중음악 소소 (簫韶)를 연주하자 봉황이 날아와 춤추었다는 고사에 유래를 둔 것이고, 여향(餘響)은 여운이란 의미인데, 고대 중국의 이상적인 궁중음악의 전통을 잇는다는 뜻이다. 궁사가 오로지 궁중 내부의 생활을 노래하여 화려한 기교를 발휘한 데 반해, 이 작품은 왕정(王 政)에 기여할 교훈적인 궁사를 짓겠다는 자세로 태조 이후 정조에 이르기까지 역대 조선왕조 임금들의 고사를 차례로 노래하였다. 환재는 역대 임금들의 성덕을 노래하면 서 임금의 효행, 근학(勤學)과 검덕(儉德), 백성에 대한 여러 시혜조치, 존명사대를 예찬하는 방향에 주안점을 두었다. 또한 하나의 고사를 노래할 때마다 반드시 문헌에 근거한 자세한 주를 붙였다. 인용된 서적은 《국조보감(國朝寶鑑)》, 《열성어제(列聖御 製)》, 《갱장록(羹墻錄)》, 《열성지장통기(列聖誌狀通紀)》, 《해동패림(海東稗林)》, 《공 사견문록(公私見聞錄)》, 《오산설림(五山說林)》 등 30여 종의 문헌을 참조하였다. 《김 명호, 환재 박규수 연구, 창작과비평사, 2008, 104~118쪽》

2 궁사(宮詞) : 고대 시체(詩體) 중의 하나로, 대부분 궁중 생활의 소소한 부분을 주 제로 칠언절구(七言絶句) 형식으로 짓는다. 당나라 왕건(王建)이 현종(玄宗) 황제의 궁정생활을 읊은 〈궁사〉 100수가 원조가 되고, 오대 시대 후촉(後蜀)의 임금 맹창(孟

의 여러 작가들이 모두 그를 본받아 창작하니, 화려하고 산뜻하며 멋지고 질탕한 작품이라고 일컬어졌다. 태평성대의 음악은 느리되 명랑하지만 말세의 음악은 곱되 지나치게 섬세하니, 경전(經傳)에서 "시가(詩歌)의 도는 정치와 서로 통한다.〔聲音之道, 與政通.〕"[3]라고 한 말은 참으로 속일 수 없다. 일찍이 송·명의 여러 작가들의 작품을 보았더니, 참으로 아름답기는 하지만 훌륭하다고 할 수는 없었다. 그 화려한 점으로 말하자면 궁실과 장막이며 황금과 패물을 나열하여 번잡하게 수식한 것이고, 그 질탕한 점으로 말하자면 잔치를 벌여 노래하고 개와 말을 달려 사냥하는 소란스러움을 표현한 것뿐이니, 어디에 이른바 온유돈후(溫柔敦厚)한 면모와 흥을 느끼고 인정을 살필 수 있으며, 백성을 교화하는 바탕이 될 만한 내용이 있었던가. 이는 작가들이 만난 시대가 융성한 삼대(三代) 시대보다 못하여 시가로 표현된 것이 저절로 그렇게 될 수밖에 없었던 때문인가.

나는 다행히 태평무사한 시대에 생장하여 지금 스물세 살이 되었

昶)의 왕비 비씨(費氏)가 왕건의 작품을 본떠서 자신이 경험한 궁정생활을 100수로 읊어 궁사의 정형을 이루었다. 이후 송대의 왕규(王珪)·송백(宋白)·장공상(張公庠)·주언질(周彦質) 등 저명 문인들과 심지어 휘종(徽宗) 황제나 양태후(楊太后)까지 지었으며, 명나라 말 진종(陳琮)·장지교(蔣之翹)·진징란(秦徵蘭) 3인의 〈천계궁사(天啓宮詞)〉 등에 이르기까지 활발히 창작되었다. 《김명호, 환재 박규수 연구, 창작과비평사, 2008, 104~118쪽》

3 시가(詩歌)의……있다 : 《예기》〈악기(樂記)〉에 "성음의 도는 정사와 서로 통하는 것이다. 궁은 임금에 해당하고, 상은 신하에 해당하고, 각은 백성에 해당하고, 치는 일에 해당하고, 우는 물에 해당한다.〔聲音之道, 與政通矣. 宮爲君, 商爲臣, 角爲民, 徵爲事, 羽爲物.〕"라고 한 데서 온 말이다.

다. 무릇 가정에서 들은 것과 스승과 벗들이 입으로 전해준 것과 서적에서 읽은 것이 대부분 우리나라 역대 임금들의 고사(故事)이므로 비석에 새기고 악기로 연주하여 만세토록 전하여 영원히 모범을 삼을 만한 것이었다. 곧장 가송(歌頌)을 지어 한창려(韓昌黎)가 말한 당나라를 일관한 책〔唐一經〕⁴과 같이 만들고 싶었으나, 재주와 역량이 부족하여 실행하지 못하였다. 그래도 모방하고 힘써서 앞선 여러 작가들처럼 지을 수는 있었으니, 이에 고사 중에 현저하게 드러난 100칙(則)을 모아서 각각 시를 붙여 드러내었다. 가령 후세에 이 시편을 읽는 자들이 시권(詩卷)을 잡고 논하기를 "이 시편은 당·송의 여러 작가들보다 나은 점이 있다."라고 한다면, 이것은 작가가 유능해서가 아니라 바로 우리 역대 임금들의 훌륭한 덕이 그렇게 만든 것이니, 어찌 감히 이로써 스스로 자랑하겠는가. 혹은 논하기를 "이 시편은 송·명의 여러 작가들에 비해 손색이 있다."라고 한다면, 이것은 우리 역대 임금들의 훌륭한 덕이 미흡해서가 아니라 작가의 재주가 그에 미치지 못한 탓이니, 어찌 감히 이로써 스스로 변명하겠는가. 시편이 이루어짐에 《봉소여향집(鳳韶餘響集)》이라 이름을 붙였다. 시편 중에 수록한 것은 모두 성덕(盛德)을 드러낸 것이므

---

4 한창려(韓昌黎)가……책 : 한유(韓愈)가 지은 〈답최립지서(答崔立之書)〉에 나오는 말로 《한창려문집(韓昌黎文集)》 권16에 실려 있다. 한유가 정원(貞元) 8년(792)에 진사에 합격한 후 이부(吏部)의 삼시(三試)에 떨어졌을 때, 최립지(崔立之)가 편지를 보내 위로했는데 이에 대한 답장에 "앞으로 넓찍한 들에서 밭을 갈며 국가의 유사(遺事)를 구하고, 현인과 명철한 선비의 끝과 처음을 상고하여 당나라를 일관하는 책을 지어 길이 남기겠다.〔將耕於寬閑之野, 求國家遺事, 考賢人哲士之終始, 作唐之一經, 垂之無窮.〕"라고 하였다고 한다.

로 파인하리(巴人下里)[5]의 속악이라고 스스로 겸손의 뜻을 붙일 수
는 없다. 비유하자면 화려한 틀에 줄지어 걸린 경쇠와 종을 버리고
촌스럽고 남루한 질그릇과 북으로 대신하는 것과 같다. 그런데 악보
에 맞추고 현에 올린 것으로 말하자면 봉황이 이르고 짐승이 춤추던[6]
옛 곡조일 뿐이다.

1.

북한산의 상서로운 기운 짙게 에워싼 곳	華山佳氣鬱葱籠
근정문 열자 화려한 궁전과 통하네	勤政門開玉殿通
북극을 바라보니 일만 송이 붉은 구름이고	萬朶紅雲瞻北極
봉래산에 돋는 해는 밝게 비추네	蓬萊旭日照曨曈

---

5 파인하리(巴人下里) : 초(楚)나라의 민간에서 유행하던 〈파인〉과 〈하리〉라는 속악
을 가리키는데, 일반적으로 세속적인 음악을 뜻한다. 송옥(宋玉)의 〈대초왕문(對楚王
問)〉이란 글에 고사가 보이는데, 어떤 사람이 영중(郢中)에서 처음에 하리파인(下里巴
人)이란 노래를 부르자 그 소리를 알아듣고 화답하는 사람이 수천 명이었고, 양아해로
(陽阿薤露)를 부르자 화답하는 사람이 수백 명으로 줄었으며, 양춘백설가(陽春百雪歌)
를 부르자 화답하는 사람이 수십 명으로 줄어, 곡조가 높아질수록 그에 화답하는 사람이
더욱 적었다고 한다. 《文選 卷45》

6 봉황이……춤추던 : 태평성세를 이룩한 성인의 음악이라는 뜻이다. 《서경》〈익직
(益稷)〉에 기(夔)가 "명구를 치고 거문고와 비파를 타며 노래를 읊으니, 조고가 오시어
우빈의 자리에서 제후들과 덕으로 사양합니다. 당하에는 관악기와 땡땡이북을 진열하
고, 음악을 합하고 멈추되 축과 어로 하며 생황과 용(큰북)을 번갈아 울리니, 새와
짐승이 너울너울 춤을 추며, 소소 아홉 장이 끝까지 연주되자 봉황이 와서 춤을 춥니
다.〔戞擊鳴球, 搏拊琴瑟以詠, 祖考來格, 虞賓在位, 群后德讓. 下管鼗鼓, 合止柷敔, 笙
鏞以間, 鳥獸蹌蹌, 簫韶九成, 鳳凰來儀.〕"라고 하였다.

2.

나라의 지도 여덟 폭에 명당이 또렷하니	瑤圖八幅儼明堂
천세의 서울을 한수 북쪽에 잡았네	千歲神京漢水陽
이때는 태평하고 무사한 시절이라	政是太平無事日
순 임금이 팔짱 끼고 궁전 가운데 계시네[7]	舜衣深拱殿中央

《국조보감(國朝寶鑑)》. 태조가 왕위에 오른 4년에 신궁(新宮)의 이름을
지어 올리라 명하였다. 신궁은 경복(景福), 연침(燕寢)은 강녕전(康寧殿),
동소침(東小寢)은 연생전(延生殿), 서소침(西小寢)은 경성전(慶成殿),
연침의 남전(南殿)은 사정(思政), 정전(正殿)은 근정(勤政), 문은 근정문
(勤政門), 동서 두 누각은 융문(隆文)과 융무(隆武), 오문(午門)은 정문
(正門)이다.

3.

육룡이 해동의 하늘로 날아오르니	六龍飛上海東天
경회루 잔치에 군신의 만남을 함께 기뻐하네	共喜風雲慶會筵
봄날 밤늦도록 문덕곡에 맞춰 춤추며	舞袖春闌文德曲
금술잔 들어 만수무강을 축수하네	金觴稱壽萬斯年

《국조보감》. 태조가 왕위에 오른 4년에 임금이 경신(庚申)날 밤이라 하여[8]

---

7 순 임금이……계시네 : 순 임금은 당대의 임금을 비유하여 표현한 말이다. 많은 인
재들이 임금을 보좌하여 무위지치(無爲之治)의 태평시대를 이루자 임금의 다스림이
간소하게 되었다는 뜻이다. 《주역》〈계사전 하(繫辭傳下)〉에 "순 임금이 의상을 늘어
뜨리고 가만히 앉아 있었는데도 천하가 잘 다스려졌으니, 이는 대개 천지의 법도를
취했기 때문이었다.〔舜垂衣裳而天下治, 蓋取諸乾坤.〕"라는 말이 있다.

8 경신(庚申)날 밤이라 하여 : 경신일(庚申日)은 1년에 여섯 번 돌아오는데, 그 첫
번째 경신일 밤에 잠을 자지 않는 풍속을 가리킨다. 사람의 몸에 깃든 삼시충(三尸蟲)이
경신일에 사람이 잠을 자는 틈을 타서 몸에서 나와 천제(天帝)에게 제 주인의 악행을

여러 훈신을 불러 술자리를 마련하고 음악을 베풀었다. 술이 거나해지자 임금이 말하기를 "경들은 서로 공경하고 삼가서 자손 만세까지 이르도록 해야 할 것이다."라고 하였다. 정도전(鄭道傳)이 대답하여 "제 환공(齊桓 公)이 포숙(鮑叔)에게 묻기를 '어떻게 나라를 다스려야 하는가.'라고 하자 포숙이 '공께서 거(莒)에 거처하던 때를 잊지 마시고, 중부(仲父)는 함거 (檻車)에 있을 때를 잊지 마소서.'⁹라고 하였습니다. 신이 바라건대 전하께 서 말에서 떨어지셨을 때를 잊지 마시고, 신도 목에 칼을 썼을 때를 잊지 않는다면¹⁰ 자손만세토록 영화를 누릴 수 있을 것입니다."라고 하자 임금이 "옳도다."라고 하였다. 악공이 〈문덕곡(文德曲)〉을 부르자 정도전이 일어 나 춤을 추니, 이에 갖옷을 하사하여 즐거움을 만끽한 뒤에 파하였다.

밀고하여 수명을 단축시킨다고 하여, 뜬눈으로 밤을 새워 삼시충에게 빈틈을 주지 않고 자 했던 풍속이다.

9 공께서⋯⋯마소서 : 어려움에 처했을 때를 잊지 말라는 의미이다. 제(齊)나라 양공 (襄公)이 무도(無道)하자 관중의 친구인 포숙아(鮑叔牙)는 공자(公子) 소백(小白)을 받들고 거(莒)나라로 망명하였고, 관중은 공자 규(糾)를 받들고 노(魯)나라로 망명하 였다. 망명 중에 양공이 죽자 관중은 노나라에서 군대를 동원하여 규를 제나라로 들여보 내 임금이 되게 하려고 하였다. 이때 규가 관중으로 하여금 군사를 거느리고 가서 거 (莒)의 길을 막고 소백을 죽이게 하였는데, 관중이 쏜 화살이 소백의 대구(帶鉤)를 맞추었으나, 죽이지는 못하였다. 그 뒤에 소백이 먼저 제나라로 돌아와서 임금이 되니 바로 환공(桓公)이다. 환공은 노나라로 하여금 공자 규를 죽이고 관중을 제나라로 돌려 보내게 하였다. 그러자 관중은 함거(檻車)에 갇히기를 자청하여 제나라로 왔는데, 포숙 아가 환공에게 말하여 관중을 정승으로 삼게 하였다. 이에 관중은 환공을 섬겨 환공을 패자(霸者)로 만들어 천하를 바로잡게 하였다. 《史記 卷62 管晏列傳》

10 전하께서⋯⋯않는다면 : 고려 공양왕 4년(1392) 3월에 이성계(李成桂)가 명(明) 나라에 갔다가 돌아오는 세자 석(奭)을 마중하러 나가 해주(海州)에서 사냥을 하다가 말에서 떨어져 다쳤다. 이때 정도전(鄭道傳)은 구세력의 탄핵으로 봉화(奉化)에 유배 되어 있었는데, 이성계의 낙마 사건을 계기로 고려 왕조를 옹호하던 정몽주(鄭夢周) 등의 탄핵을 받아 보주(甫州)의 감옥에 투옥되었다. 그러나 정몽주가 이방원(李芳遠) 일파에 의해 격살당하자, 유배에서 풀려나와 이성계를 추대, 조선 왕조를 개창하는 데 주도적인 역할을 했다.

4.

누대에 개인 달이 크게 밝은데	樓臺霽月十分明
이것이 바로 인간세상 백옥경[11]이 아니랴	除是人間白玉京
광화문 남쪽에 새 곡조가 울리니	光化門南新唱曲
소리마다 태평성대를 기뻐함을 알겠네	聲聲認得喜昇平

이기(李墍)의 《송와잡기(松窩雜記)》. 조종 때에 육조(六曹)에 숙직하는 낭관들이 매번 아름다운 밤을 만나면 광화문 남쪽에 악기를 옮겨 베풀고, 시와 술과 노래로 즐기며 담소와 음주로 밤을 지새어 서울 거리의 안개와 달빛에 관현악기가 떠들썩하였으니, 참으로 태평시대의 훌륭한 일이었다.

5.

대궐문 한 굽이에서 선도를 바치자	天門一曲獻仙桃
임금이 기뻐하며 비단 도포 내리셨네	歡喜官家賜錦袍
문소전에 올리는 예식을 마치자	捧上文昭行禮罷
구중궁궐 봄빛이 붉은 술동이에 어리네	九重春色映紅醪

이륙(李陸)의 《청파극담(靑坡劇談)》. 공정대왕(恭靖大王 정종) 궁의 환관이 2월 말에 우연히 정원에 들어갔다가 건초더미 곁에서 복숭아 수백 개를 얻었는데, 복숭아 빛이 선홍색이어서 참으로 구월의 상도(霜桃 늦복숭아)와 같았다. 정종대왕이 복숭아를 문소전(文昭殿)[12]에 올리고, 또 태종(太宗)이 계신 궁에 보내면서 "선도(仙桃)를 얻었기에 진상합니다."라고

---

11 백옥경(白玉京) : 천제(天帝) 혹은 신선이 상주(常住)하는 천상의 낙원으로 옥루(玉樓)라고도 한다.

12 문소전(文昭殿) : 조선 시대 태조(太祖)와 신의왕후(神懿王后)의 혼전(魂殿)이다. 1396년(태조5)에 지어 신의왕후의 위패(位牌)를 모시고 인소전(仁昭殿)이라 했던 것을, 1408년(태종8)에 태조가 승하하자 여기에 함께 봉안하고 문소전으로 고쳤다. 세종 15년(1433)에는 태조와 태종의 위패를 봉안하였다.

하자, 태종이 크게 기뻐하며 어포(御袍)를 벗어 그 환관에게 하사하고, 즉시 상왕(上王 정종)이 계신 궁에 나아가 잔치를 베풀고 밤이 새도록 즐기다 파하였다.

6.

의장대의 일산이 한수 동쪽에 이어지니	羽葆逶迤漢水東
세 임금의 행차가 이궁에 머무시네	三王淸蹕駐離宮
급히 태복을 불러 전지를 받들라하여	催呼太僕承傳旨
궁궐 마굿간에서 팔척의 용마를 하사했네	馳賜天閑八尺龍

《조야집요(朝野輯要)》. 세종대왕이 동교(東郊)의 대산(臺山)에 낙천정 (樂天亭)을 세우니 상왕 태종이 편히 지내시도록 지은 것이다. 정종이 광진 (廣津)에서 피서하는데, 상왕이 세종과 함께 낙천정에 거둥하여 정종을 불러 술자리를 마련하였다. 상왕이 정종을 몹시 공손히 받들고 세종도 더욱 공손히 받들어 즐거움을 만끽하고 파하였다. 저녁에 궁궐로 돌아오면서 상왕이 백마를 탔는데, 도중에 말에서 내려 하연(河演)에게 하교하기를 "나는 이 말이 길이 잘 들어 아끼어 왔지만 지금 주상에게 주고자 하니, 상승(尙乘)은 안장을 바꿔 올려라."라고 하였다.

7.

배마다 밥 실어 강물고기에게 보시하니	船船載飯施江魚
불가의 기이한 풍속이 후세에 전해졌네	異俗流傳釋氏餘
듣자니 궁궐 연못에 달마다 뿌리던 쌀을 정지하면	聞道宮池停月米
창고의 묵은 곡식으로도 궁민들 진휼할 수 있다하네	陳倉紅粒賑窮閭

《국조보감》. 태종대왕이 일찍이 예빈시(禮賓寺)에서 묵은쌀로 연못의 물고기를 기른다는 말을 듣고서, 그 곡식이 얼마인지 묻자, "한 달에 열 말입니다."라고 대답하였다. 태종이 "비록 묵은쌀이라 하더라도 채소보다야 낫지 않겠는가. 사람들이 굶주렸는데도 구제하지 못한다면 물고기를 길러 무에

쓰겠는가. 혁파하라."라고 하였다.

8.

남양에 천년동안 경석이 비장되었는데	南陽磬石秘千秋
기장이 갑자기 해주에서 나왔네	秬黍居然産海州
하늘이 성인을 위해 새로 율려를 만들게 하니	天爲聖人新製律
일기가 무사히 옥경을 울리네[13]	一夔無事戞鳴球

《문헌비고》. 세종 7년 가을에 거서(秬黍 기장)가 해주(海州)에서 났고, 8년 봄에 경석(磬石)이 남양(南陽)에서 났다. 임금이 개연히 옛 제도를 새롭게 바꿀 뜻을 품고서 이에 박연(朴堧)에게 편경(編磬)을 만들도록 명하였다. 박연이 거서를 쌓아서 치수를 재어 황종(黃鐘)을 만들고, 한 달이 지나 편경 2틀을 만들어 올렸다. 임금이 "중국에서 반포한 경쇠는 음이 잘 맞지 않았는데, 지금 새로 만든 경쇠가 바르고 성음이 맑고 아름답다. 다만 이칙(夷則) 1매가 소리가 맞지 않는 것은 무엇 때문인가."라고 하였다. 박연이 자세히 살피고서 "먹줄이 아직 남아 있기 때문입니다."라고 하고서 즉시 먹줄을 갈아내니 소리가 맞게 되었다.

9.

세상에 드문 신묘한 곡조가 소소에 섞여 어울리니[14]	希音妙曲雜簫和
덕성을 노래한 함영[15]에 비교하면 어떠한가	象德咸英較若何

---

13 일기가……울리네 : 박연(朴堧)이 편경(編磬)을 만든 것을 가리킨다. 일기(一夔)는 순(舜) 임금의 신하로 악관에 임명된 기(夔)를 가리키는데, 일기라 한 것은 음악 한 가지 재능으로 충분했다는 뜻이다.

14 소소에 섞여 어울리니 : 소소(簫韶)는 순(舜) 임금의 음악 이름으로, 아름답고 오묘한 선악(仙樂)을 지칭한다. 《서경》〈익직(益稷)〉에 "소소가 구성(九成)이 되매 봉황이 와서 축하하였다."라고 하였다.

종묘와 조정에서 아악을 새로 만드니 　　　　　　郊廟朝廷新雅樂

대궐에서 처음 〈용비어천가〉를 연주하네[16] 　　　丹墀初奏御天歌

《문헌비고(文獻備考)》. 세종 27년에 권제(權踶)·정인지(鄭麟趾) 등에게
목조(穆祖) 이후 왕조의 터전을 개척한 자취 125장을 지어 올리라고 명하여
이를 《용비어천가(龍飛御天歌)》라고 이름하였다. 궁중에 명을 내려 목판
에 새겨 간행하여 조정과 종묘에 쓰는 악가(樂歌)로 삼게 하고 여러 신하들
에게 반사하였다. 나중에 또 이 악가를 바탕으로 〈치화평(致和平)〉·〈취
풍형(醉豐亨)〉·〈여민락(與民樂)〉 등의 악가를 지었다.[17]

10.

나랏말 표기하려 목소리 수고로웠으니 　　　　　方音翻切費呼歔

은구와 옥저를 줄여서 풀어내었네[18] 　　　　　演出銀鉤玉筯疏

15 함영(咸英) : 황제(黃帝)의 음악인 함지(咸池)와 제곡(帝嚳)의 음악인 오영(五
英)을 가리킨다. 소호함영(韶濩咸英)은 태평세대의 음악을 상징하는 말인데, 소호는
순(舜) 임금의 음악인 소와 탕(湯) 임금의 음악인 대호(大濩)를 가리킨다.

16 종묘와……연주하네 : 세종 27년(1445) 4월 5일에 권제·정인지·안지 등이 《용
비어천가》 10권을 올렸는데, 세종이 판에 새겨 발행하라고 명하였다. 이 악장은 세종의
명으로 목조(穆祖)가 처음 터전을 마련할 때로부터 태종이 잠저(潛邸)에 있을 때까지
의 기이한 사적을 모으고, 또 왕업의 어려움을 자세히 진술하면서 시를 붙이고 전거를
갖췄다.

17 나중에……지었다 : 세종 29년(1447)에 〈용비어천가〉, 〈여민락〉, 〈치화평〉, 〈취
풍형〉 등을 공사간 연향에 모두 통용케 하자는 의정부의 건의에 세종이 허락했다는
기사가 있다. 처음에 임금이 〈용비어천가〉를 관현에 올려 느리고 빠름을 조절하여 〈치
화평〉, 〈취풍형〉, 〈여민락〉 등의 음악을 제작하니, 〈치화평〉의 악보는 5권, 〈취풍형〉
과 〈여민락〉의 악보는 각 2권씩이었다고 한다. 《世宗實錄 29年 6月 4日 乙丑》

18 은구(銀鉤)와……풀어내었네 : 한글이 초서(草書)와 전서(篆書) 등의 유려한 필
체에서 유래하였음을 가리킨다. 진(晉)나라 색정(索靖)이 초서의 필법을 논하면서 "멋

평강의 화설지를 희게 다듬질하니 　　　　　白碾平江花雪紙

육궁에서 나란히 언문서를 익히네 　　　　　六宮齊習諺文書

《문헌비고》. 세종 28년에 임금이 《훈민정음(訓民正音)》을 지었다. 세종은
모든 나라들이 문자를 만들어 방언(方言)을 기록하는데, 유독 우리나라만
없다고 생각하여 드디어 자모(子母) 28자를 만들어 '언문(諺文)'이라 이름
을 붙였다. 궁궐 안에 부서를 설치하여 정인지(鄭麟趾), 성삼문(成三問)
등에게 찬정(撰定)하도록 명하였다.

11.

연잎과 금룡이 쇠구슬을 토하니 　　　　　蓮葉金龍吐鐵丸

성인의 신묘한 지혜는 하늘끝까지 헤아리네 　　聖人神智測乾端

시간을 맡은 신선이 천연스레 달려가 　　　　司辰仙子天然走

관원들 수고롭지 않게 시간을 알려주네 　　　報刻無煩禁漏官

《여지승람》. 보루각(報漏閣)은 경회루 남쪽에 있는데, 김돈(金墩)의 기록
에 "임금께서 때를 알리는 자가 혹시 착오를 면치 못할까 염려하여 호군(護
軍) 장영실(蔣英實)에게 명하여 사신목인(司辰木人)을 만들어 때가 되면
저절로 알리게 하고 인력을 수고롭지 않게 하였다. 누각을 세워 세 기둥을
세우고 삼신(三神)을 올려놓아, 하나는 시각을 맡아 종을 울리고, 하나는
경(更)을 맡아 북을 울리고, 하나는 점(點)을 맡아 징을 울리게 하였다.
구리구슬이나 쇠구슬을 두어 연잎으로는 구슬을 받치고 용의 입으로는 구
슬이 나오게 하였다. 여러 기계장치는 모두 숨겨 드러나지 않았고, 보이는
것은 관대(冠帶)를 차려 입은 목인뿐이었다."라고 하였다.[19]

지게 휘돌아 가는 은빛 갈고리[婉若銀鉤]"라고 표현한 일이 있다. 《晉書 卷60 索靖傳》
옥저(玉筯)는 진(秦)나라 이사(李斯)가 창안한 소전(小篆)의 서체를 말한다.

19 김돈(金墩)의……하였다 : 김돈이 지은 〈보루각기(報漏閣記)〉에 나오는 내용인
데, 환재가 내용을 축약하여 재구성한 것이다. 《東文選 卷82 報漏閣記》

12.

마음과 눈이 정교하여 공수[20]의 솜씨 발휘하니	心精目巧任工倕
물시계며 바퀴종을 모두 만들 수 있었네	水㗊輪鍾總可爲
누가 알랴 궁중의 흠경각에	誰知欽敬宮中閣
빈풍칠월 시가 따로 있을 줄을	另有豳風七月詩

《여지승람(輿地勝覽)》. 흠경각(欽敬閣)은 강녕전(康寧殿) 서쪽에 있는
데, 김돈(金墩)의 기록에 "주상전하께서 유사(攸司)에 명하여 의기(儀器)
를 제작케 하니 극도로 정교한 것이 앞 시대를 훨씬 능가하였다. 이에 천추
전(千秋殿) 서쪽 뜨락에 작은 전각 하나를 세워놓고 종이를 발라 산을 만들
고, 그 안에 옥루기륜(玉漏機輪)을 설치하여 그 위에 의기(欹器)[21]를 두었
다. 관인(官人)이 금병(金瓶)을 들고 물을 쏟는데, 비어 있으면 비스듬해지
고 중간쯤 차면 반듯해지며, 가득 차면 엎어져 모두 옛날의 훈계와 같았다.
또 빈풍(豳風)에 의거하여 나무를 깎아 인물·금수·초목의 형상을 만들어
그 절후에 맞춰서 안배해 놓으니, 〈칠월(七月)〉 한 편의 광경이 구비되지
않은 것이 없다. 누각의 이름을 흠경(欽敬)이라 하였으니, 이것은 '하늘의
뜻을 공경히 받들어 백성에게 일할 때를 가르쳐 준다.〔欽若昊天, 敬授人
時.〕'[22]는 뜻을 취한 것이다."라고 하였다.[23]

---

20 공수(工倕) : 고대 요(堯) 임금 때의 솜씨가 뛰어난 장인(匠人)으로서, 춘추 시대
의 공수반(公輸班)과 함께 교묘한 솜씨를 지닌 기술자의 대명사로 병칭된다.

21 의기(欹器) : 고대에 임금을 경계하기 위하여 잘 엎어지도록 고안된 술잔 형태의
기물이다. 물이 없으면 기울어지고 물이 가득 차면 엎어지며, 알맞게 담겨야만 반듯하
게 서 있는 형태로, 임금들이 이것을 자리 오른쪽에 두고 항상 경계로 삼았다고 한다.
《荀子 宥坐》

22 하늘의……준다 : 《서경》〈요전(堯典)〉에 "이에 희씨(羲氏)와 화씨(和氏)에게 명
하여 하늘의 운행을 따라서 해와 달과 별의 운행을 관찰하여 백성들에게 농사철을 알려
주게 하였다.〔乃命羲和, 欽若昊天, 曆象日月星辰, 敬授人時.〕"라고 한 것을 가리킨다.

23 김돈(金墩)의……하였다 : 김돈이 지은 〈흠경각기(欽敬閣記)〉에 나오는 내용인
데, 환재가 내용을 축약하여 재구성하였다. 《東文選 卷82 欽敬閣記》

13.

대군의 정자가 한양 서쪽에 있어	大君亭子漢師西
임금의 행차 돌아올 때 보리가 밭에 가득하네	法駕廻時麥滿畦
난간 사이 세 글자 편액에 기쁨이 넘치니	喜溢楯間三字額
저물녘 단비에 들판이 무성하네	晚來甘雨野萋萋

《국조보감》. 세종이 서교(西郊)에 거둥하여 농사를 관찰하느라 고삐를 잡고 천천히 다니면서 양맥(兩麥 보리와 밀)이 무성한 것을 보고 흔연히 기쁜 낯빛을 띠었다. 효령대군(孝寧大君) 별장에 들러 새로 지어 놓은 정자에 올랐는데, 마침 때에 맞는 비가 세차게 내려 잠시 후에 사방의 들판을 흡족하게 적시자, 임금이 몹시 기뻐하여 이에 그 정자를 희우정(喜雨亭)이라 이름하였다.

14.

별빛 같은 은촛대로 독서하는 책상에	如星銀燭讀書牀
환관이 자주 백옥당을 엿보네	中使頻窺白玉堂
학사가 오늘밤 비단옷 덮어 따스하니	學士今宵綾被煖
꿈속에서도 군왕을 가까이 모셨으리	夢酣應復近君王

《해동패림(海東稗林)》. 세종 조에 신숙주(申叔舟)가 집현전(集賢殿)에서 숙직하는데, 어느 날 밤 2경쯤 되어서 임금께서 환관에게 명하여 학사(學士)가 무엇을 하는가 엿보고 오라고 하였다. 이에 환관이 돌아와 지금 촛불을 켜고 글을 읽고 있다고 보고하였다. 이처럼 서너 번을 엿보았는데 글 읽기를 여전히 중지하지 않고 닭이 울어서야 비로소 잠들었다고 보고하니, 임금이 가상히 여겨 담비갖옷을 벗어 잠이 깊이 든 틈을 타서 덮어 주게 하였다. 신숙주가 아침에 일어나서야 비로소 이 사실을 깨달았다. 선비들이 이 말을 듣고 더욱 학문에 힘썼다.

15.

쩍쩍 우는 새들이 날기를 그치니	啾啾百鳥斂飛騰
땅 위를 스치는 바람결에 흰 매를 날리네	撲地長風放白鷹
태종께서 매를 감상하신 뜻을 알고서	恭識聖人臨賞意
맑은 아침 조회에서 그 위엄 상상하네	淸朝臺閣想威稜

《국조보감》. 세종이 강을 건너 금천(衿川)에 거둥하여 매를 구경하였다. 돌아오는 길에 강가에 이르자 눈보라가 갑자기 일고 파도가 거세져 배를 띄우지 못하게 되었다. 임금이 "태종께서 매를 구경하면서 강을 건너지 않았으나 나는 강을 건넜으니, 눈보라는 하늘이 나를 꾸짖는 것이다."라고 하였다.

16.

은하수 희미한데 신발 끄는 소리에	霄漢希微曳屣聲
집현전 학사가 꿈결에 혼이 놀라네	集賢學士夢魂驚
이른 아침 관원들이 즐거이 이야기하며	平朝院吏欣相語
세자의 행차가 올 때에 달이 정녕 밝았다고 하네	鶴駕來時月正明

《해동패림》. 문종이 오래도록 승화전(承華殿)에 거처하며 학문에 침잠하다가 달이 밝고 인적이 고요해지면 간혹 손에 책 한 권을 들고서 걸어서 집현전의 숙직소에 가서 학사들에게 난해처를 물어보곤 하였다. 이때 성삼문(成三問) 등이 집현전에서 숙직하면서 밤에도 감히 관대(冠帶)를 벗지 못하였다. 어느 날 한밤중이 되어 세자의 행차가 나오지 않을 것이라 생각하고서 옷을 벗고 누우려고 하는데, 문밖에 신발 소리가 나며 "근보(謹甫)!" 하고 부르며 들어오니, 바로 세자였다.

17.

앵도꽃 만발하여 온 궁궐이 밝은데	櫻桃花發滿宮明

잎이며 가지마다 모두 임금의 효성일세	葉葉枝枝總睿情
단오에 열매 맺어 각별히 간수하니	結子端陽看守別
매양 금탄환으로 꾀꼬리 쫓기 수고롭네	每煩金彈打流鶯

성현(成俔)의 《용재총화(慵齋叢話)》. 세종이 앵도를 좋아하자 문종이 손수 심어 온 궁궐에 앵도가 가득하였다.[24]

18.

갑자기 세상 밖의 향기가 은은히 풍기니	忽聞霏微世外香
자색옷의 관원이 금소반을 받들고 나오네	金盤擎出紫衣郎
어찌 알았으랴 소반 속 귤의 선명한 빛이	那知的皪盤中橘
절반은 임금께서 쓰신 먹빛에서 나온 줄을	半是龍章寶墨光

서거정(徐居正)의 《필원잡기(筆苑雜記)》. 문종이 동궁(東宮)에 있을 때에 금귤(金橘) 한 소반을 집현전에 보냈다. 귤을 다 먹자 소반에 시가 있었으니, 바로 문종이 지은 것이었다. 시에 "침단목 향기는 코에만 좋고, 고기의 맛은 입에만 좋아라. 가장 동정귤을 사랑하노니, 코에도 향기롭고 맛도 달다네.〔沈檀偏宜鼻, 脂膏偏宜口. 最愛洞庭橘, 香鼻又甘口.〕"라고 하였는데, 필법이 뛰어나 당대에 드문 보배였다. 여러 학사들이 그 시를 본떠 쓰려고 하였는데, 안에서 쟁반을 가져오라 재촉하니, 학사들이 쟁반을 붙들고서 차마 놓지 못하였다.

19.

| 길쌈하는 아낙과 농부들을 가련히 여겨 | 爲憐紅女與農夫 |
| 헌종[25]하고 돌아와서 베틀에서 베를 짜네 | 獻種歸來理績纑 |

---

24 세종이……가득하였다 : 《용재총화(慵齋叢話)》 권2 〈고동궁…(古東宮…)〉 조에 실려 있다.

올해 중전께서 신춘에 붙이신 그림은　　　　今歲中宮新帖子

상서를 맞이함이 〈종규도〉[26] 보다 낫네　　延祥勝似鍾馗圖

《국조보감》. 세조가 근신에게 하교하기를 "중전이 사민도(四民圖)를 세화(歲畫)로 삼아 궁전 벽에다 붙이고자 하는 것을 내가 불가하다고 하였다. 중전이 '먹을 것이 여기에서 나오고 입을 것이 여기에서 나오니, 붙여두고 보아도 되지 않겠습니까?'라고 하고서 마침내 붙였다."라고 하였다.

20.

의장대 선두에서 태평곡 연주하니　　　　羽葆前頭奏太平

천상의 선악이 소리가 이어지네　　　　　九霄仙樂引聲聲

뉘 알았으랴 의장대의 깃대가　　　　　　誰知衛士旗竿竹

소소에 들어 봉생과 어울릴 줄을[27]　　　選入簫韶雜鳳笙

《청파극담(靑坡劇談)》. 광묘(光廟 세조)가 일찍이 서교(西郊)에 거둥할 때, 도중에서 의장대의 깃발을 멀리 바라보다가 몇 번째 깃대를 가져 오라 명하여 이것으로 피리를 만드니, 악률에 매우 잘 맞았다.

25　헌종(獻種) : 궁중에서 농사를 권장하기 위해 행하는 친경(親耕) 의식의 하나이다. 왕비가 육궁(六宮)의 부인을 거느리고 올벼와 늦벼의 종자를 임금에게 바치는 의식인데, 이는 세대를 이어 번성한다는 상징을 취한 것이라고 한다. 《記言 卷54 續集 四時親耕序》

26　종규도(鍾馗圖) : 종규는 당나라 현종 때 사람으로 모습이 추하다는 이유로 과거시험에 합격하지 못하고 원한을 품고 죽었다고 한다. 그의 추한 외모가 귀신을 물리친다는 전설이 있으므로 후세에는 재앙을 쫓기 위하여 그의 형상을 그려 붙이는 풍습이 유행했다고 한다.

27　소소(簫韶)에……줄을 : 하찮은 깃대로 만든 피리소리가 궁중의 아악(雅樂)처럼 훌륭한 음악에 뒤지지 않는다는 의미이다. 소소는 순(舜) 임금의 음악이름이고, 봉생(鳳笙)은 봉황의 형상으로 만든 생황을 가리킨다.

21.

봄날이 깊어 세 진영 군사들이 싸우는데	三甲戰酣春日高
붉은 창 높이 들고 기개가 드높네	朱槍挺出意麤豪
일시에 궁궐 섬돌 아래 꿇어앉아	一時拜跪丹墀下
푸른 비단옷에 찍힌 붉은 점을 점검하네	點閱班花翠錦袍

《국조보감》. 세조가 경회루에 거둥하여 종친과 여러 장수, 내금위(內禁衛)와 장용대(壯勇隊)를 불러 삼갑전법(三甲戰法)을 가르쳤다. 세 대(隊)로 나누되 각 대마다 9명씩이었는데, 사람마다 작은 창을 쥐고, 창끝에는 붉은 물감을 칠하였다. 북소리를 듣고 전진하여 갑(甲)이 을(乙)을 쫓고 을이 병(丙)을 쫓고 병이 갑을 쫓되, 전투가 끝나고 옷 위에 찍힌 붉은 점을 세어 승부를 판가름하였다.

22.

금병풍 화려한 궁궐에 한매가 피니	金屛繡閣放寒梅
도리어 인간세상에 봄이 돌아온 듯하네	却似人間煖律回
한밤중 궐내에서 황급히 부르니	半夜內中呼喚急
형방승지가 죄수의 숫자를 적어 오네	刑房承旨錄囚來

김정국(金正國)의 《사재척언(思齋摭言)》. 파평(坡平) 윤필상(尹弼商)이 형방 승지(刑房承旨)로 숙직하는데, 한밤 오경이 되자 형방 승지를 들라하는 전교가 내려왔다. 침전에 이르자 광묘(光廟 세조)가 하교하기를 "오늘 밤 추위가 심하니 얼어죽는 자가 있을까 염려된다. 경외(京外)에 수감된 자가 얼마인지 속히 기록하여 오라."라고 하였다. 윤필상이 대답하기를 "신이 이미 그 숫자를 알고 있습니다."라고 하고서 차례대로 숫자를 아뢰니, 임금이 침전으로 들어오게 하여 술을 하사하였다. 이어 안쪽을 돌아보고 말하기를 "이 사람은 나의 보배로운 신하이다."라고 하기에, 윤필상은 정희왕후(貞熹王后)가 어좌 가까이 계심을 비로소 알고서 황공해하며 물러났다.[28]

23.

추풍오·발전자가 용등자·사자황을 따라 달리니	追風發電走龍獅
화정에서 방목하던 때를 상상해 보네	想見華亭放牧時
구름처럼 화가들이 모여 색을 베풀어	畫史如雲來設色
궁궐의 팔첩 병풍에 준마를 그렸네	宮屛八疊寫神騏

　　이정형(李廷馨)의 《동각잡기(東閣雜記)》. 태조가 타던 말이 여덟 필이었
으니, 횡운골(橫雲鶻)·유린청(遊麟靑)·추풍오(追風烏)·용등자(龍騰
紫)·응상백(凝霜白)·사자황(獅子黃)·현표(玄豹)·발전자(發電赭)이
다. 세조가 안견(安堅)에게 명하여 그 모습을 그리게 하니, 집현전 여러
신하들이 찬문을 지어 올렸다.

24.

상의원에서 은그릇을 궁궐에 진상하니	尙房銀器進銅墀
연적과 화로의 만든 모양이 기이하네	水滴熏爐制樣奇
왕실에 모범 보여 검소함을 앞세우니	躬率王家先儉德
전교가 처음 승정원에 내려오네	傳敎初下代言司

　　《갱장록(羹墻錄)》.[29] 세조 조에 왕세자를 책봉하면서 동궁(東宮)의 의장
(儀仗)을 마련하였는데, 상의원(尙衣院)에서 은으로 연로(硯爐)와 연적
(硯滴)을 만들기를 청하였다. 임금이 하교하기를 "자제를 가르치면서 검약
을 우선해야 하거늘 어찌 사치로 인도해서야 되겠는가."라고 하였다.

28　파평(坡平)……물러났다 : 정희왕후(貞熹王后, 1418~1483)는 윤번(尹璠)의 딸
로 윤필상(尹弼商, 1427~1504)에게 할머니뻘이고, 촌수로는 동성 8촌간이다.

29　갱장록(羹墻錄) : 정조가 각신 이복원(李福源) 등에게 명하여 열성조(列聖朝)의
업적을 서술하여 편찬한 8권 4책의 활자본으로 《열조갱장록(列朝羹墻錄)》 또는 《어정
갱장록(御定羹墻錄)》이라고도 부른다.

25.

붉은 옷에 흰 말 타고 어사화 너울대니	緋袍白馬綵花翻
좌주 문생의 옛 제도가 보존되었네	座主門生舊制存
하나하나 홍패를 하사하고 황금보탑에 앉으니	一一紅牌金寶榻
천동[30]이 춤추고 노래하며 임금의 은혜에 사례하네	天童歌舞謝君恩

《필원잡기(筆苑雜記)》. 광묘(光廟 세조)가 친히 공경과 재상 및 아래로 품계를 띤 모든 문관에 이르기까지 책제를 내어 시험을 치르니, 이를 등준시(登俊試)라고 이름하였다. 은영연(恩榮宴)을 베풀어주고 장원 이하에게 홍패(紅牌), 안마(鞍馬), 창옹(唱翁), 천동(天童)을 하사하였다. 임금이 말하기를 "옛날에 좌주(座主 급제한 자가 시관을 높여 일컫던 칭호)와 문생(門生)의 칭호가 있었는데, 지금은 내가 친히 책문으로 선발하였으므로 내가 은문(恩門)이 됨이 마땅하니, 이 궁을 은정전(恩政殿)이라 하는 것이 좋겠다."라고 하였다. 며칠이 지나 여러 사람들이 임금과 중전(中殿)에게 잔을 올리기를 한결같이 문생이 좌주에게 행하는 예와 같이 하였으니, 우리 동방의 성대한 일이었다.

26.

천 떨기 모란과 만 떨기 매화가	千朵牧丹萬朵梅
밝은 별처럼 어우러져 누대를 비추네	明星綴絡耀樓臺
특별히 문무 재상을 들라 명하시어	特宣文武宰樞入
금원에서 함께 불꽃놀이 구경하네	苑裏陪看火樹來

《용재총화》. 매년 군기시(軍器寺)에서 화구(火具)를 금원(禁苑)에 설치하는데, 지포(紙礮), 화전(火箭), 화간(火竿), 화승(火繩)의 제도가 서로 보완하면서 종횡으로 길게 이어졌다. 매양 지포에 불꽃이 일면 소리가 천지

---

30 천동(天童) : 궁중의 경사나 과방(科榜)을 발표할 때 춤을 추는 동자로, 천동군(天童軍)이라고도 한다.

를 진동하고, 신전(神箭)이 별처럼 날아 온 하늘에 번쩍인다. 또 화림(火林)을 만들어 꽃잎, 모란, 포도와 같은 종류를 새겨 놓고서 잠시 후 불이 숲을 모두 태우면 오직 붉은 꽃과 푸른 잎이 붉은 화염과 푸른 연기 사이에 덩굴처럼 얽힌 것이 보일 뿐이다. 임금이 후원에 거둥하여 문무(文武) 재추(宰樞)들에게 입시하라 명하여 밤이 깊도록 구경하고 파하였다.[31]

27.

황금사목에 붉은 구리가면 쓰고	黃金四目赤銅顏
초라니가 올 때에 섣달 눈보라가 매섭네	侲子來時臘雪寒
열두 신당이 풍모가 엄숙한데	十二神幢風肅肅
사악한 귀신 모두 몰아내 평안을 알리네	盡驅邪惡報平安

《오례통편(五禮通編)》.[32] 제석일 전날 밤에 관상감에서 대궐 뜨락에 대나(大儺) 의식을 베푼다. 악공 1인이 창수(唱帥)가 되고, 몽기(蒙供) 4인이 붉은 옷을 입고 황금사목(黃金四目)의 가면을 쓰고, 곰 가죽을 뒤집어쓰고 창을 잡는다. 가면을 쓴 군졸은 12신당(神幢)을 잡고, 악공 10인은 도열(桃茢 복숭아나무와 갈대이삭으로 만든 빗자루)을 잡고 이들을 따른다. 아동 수십 명에게 가면을 씌우고 붉은 옷과 두건을 입혀 진자(侲子 초라니)로 삼는다. 창수가 외치기를 "갑작(甲作)은 흉(胸)을 먹고, 필위(肺胃)는 호(虎)를 먹고, 웅백(雄伯)은 매(魅)를 먹고, 등간(騰簡)은 불상(不祥)을 먹고, 남저(攬諸)는 고(姑)를 먹고, 백기(伯奇)는 몽(夢)을 먹고, 강량(强梁)과 조명(祖明)은 함께 손사기생(飱死寄生)을 먹고, 위함(委陷)은 함(陷)과 츤(櫬)을 먹고, 착단(錯斷)은 거(拒)를 먹고, 궁기(窮奇)와 등랑(騰狼)은 함께 고(蠱)를 잡아먹으라. 오직 너희 12신은 급히 떠나 머무르지

---

31 매년……파한다 :《용재총화(慵齋叢話)》권1 〈관화지례…(觀火之禮…)〉조에 실려 있다.

32 오례통편(五禮通編) :《국조오례통편(國朝五禮通編)》을 가리킨다. 조선 후기의 문신 이지영(李祉永)이 《국조오례의(國朝五禮儀)》와 그 속편들을 집성한 책이다.

말라. 만약 더 머무르면 네 몸을 쪼개고 너의 몸뚱이를 꺾으며, 너의 살덩이를 헤치고 너의 간장을 뽑아내리라. 그때 가서 후회하지 말라."라고 한다. 이에 진자(侲子)가 "예"하고 머리를 조아리며 죄를 자복하면, 여러 악공이 북과 징을 한꺼번에 울리면서 대궐 문을 출발하여 도성 문에 이르러 그친다.

28.

따스한 소금장을 사방에 둘렀는데	煖帳銷金币四周
옥누각에서 한밤중에 변방을 염려하네	玉樓中夜念邊陬
화려한 궁궐에 훤하도록 눈빛이 밝으니	繡闥通明流雪色
어찌 임금의 담비가죽만이 추위를 막으랴	辟寒那忍御貂裘

삼가 고찰하건대, 성종이 지은 〈야설념북정장사시(夜雪念北征將士詩)〉의 서문에 다음과 같은 내용이 있다. "내가 변경의 일을 생각하느라 밤잠을 이루지 못하여 한밤중에 침상에서 일어난 것이 벌써 한 달이 넘었다. 지난 밤 4경에 잠에서 깨어 창문을 열고 하늘을 우러러 보니, 북두성이 움직인 것이 새벽빛은 아직 먼듯한데, 정원이 온통 훤한데도 새벽닭이 울지 않았다. 괴이하게 여겨 자세히 살펴보니 바로 눈이 내린 것이었다. 이에 변방 수자리의 고충과 북정(北征)하는 군대를 생각하다가 새벽까지 잠을 이루지 못하여 이에 소설시(小雪詩) 한 편을 지었다. 시는 이러하다. '한밤중에 침상에서 일어나 문을 열고 거닐자니, 변방에 수자리하고 북정하는 군사들 생각뿐이네. 적게 내린 눈도 밤빛을 이리 더하는데, 저녁 추위 먼저 들어와 바람소리를 돕네. 눈이 뜨락에 흩날려 매화 소식은 아직 먼데, 나무 사이로 가벼이 버들솜처럼 내려 앉네. 매양 삼군이 솜옷을 입었는지 걱정하면서, 갖옷 벗고 불돋우며 새벽까지 기다리네.〔中霄起榻啓軒行, 一念屯邊北討兵. 小雪尙繁增夜色, 暮寒先入助風聲. 飄庭已重梅花信, 穿樹猶加柳絮輕. 更憶三軍憂挾纊, 解貂推火到天明.〕'"

29.

학사를 급히 불러 표전을 고쳐쓰라 명하매	催呼學士理華箋

임금의 벼루가 옥 책상 곁으로 옮겨왔네	龍硯移來玉案邊
취중의 문장이 더욱 빼어나니	醉裏文章尤卓犖
문신의 재능이 이렇다면 신선이라 하리	詞臣到此卽神仙

차천로(車天輅)의 《오산설림(五山說林)》. 찬성(贊成) 손순효(孫舜孝)가 대제학(大提學)이 되자 성종이 몹시 그를 아껴 매번 술을 석 잔 이상 마시지 말라고 주의시키니, 손순효는 하교대로 하겠다고 대답하였다. 하루는 임금이 중국에 보내는 하표(賀表)를 고치고자 하여 대제학을 급히 불렀는데, 사자(使者) 십여 명이 손순효의 종적을 찾지 못하였고, 임금은 어탑에서 자주 일어나 손순효가 오기를 몹시 고대하였다. 초저녁이 되자 손순효가 비로소 이르렀는데, 머리를 풀어헤치고 얼굴에 술기운이 가득하였다. 임금이 노하여 "일찍이 경의 면전에서 석 잔을 넘지 말라고 경계했거늘 지금 지키지 않은 까닭이 무엇이냐."라고 꾸짖자, 손순효는 "신은 그저 세 그릇만 마셨을 뿐입니다."라고 대답하였다. 임금이 어떤 그릇이냐고 묻자 손순효는 놋사발이라고 대답하였다. 임금이 "경이 이미 취했으므로 제학을 불러야 하겠다."라고 하니, 손순효는 "제학을 부를 필요 없이 신이 직접 지어 올리겠습니다."라고 대답하기에 임금은 제학을 부르란 명을 거두고 손순효에게 어연(御硯)을 내주었다. 손순효가 쓰기를 마치고 줄대로 한 번 읽어본 후에 무릎을 꿇고 진상하니, 문장에 다시 고칠 곳이 없었다. 임금이 크게 기뻐하며 즉시 술을 하사하고, 이어 운을 불러 시를 지으라하니 막힘없이 즉시 지었다. 손순효가 이내 취하여 엎어지자, 임금이 남포(藍袍)를 벗어 덮어주었다. 이 말을 들은 자들이 영예로 여겼다.

30.

영산홍 한 떨기가 다른 꽃보다 먼저 피니	山紅一朶百花前
눈서리 곁으로 봄바람을 당겨왔네	句引春風霜雪邊
갈고로 꽃을 재촉한 것[33]도 너무 일러 싫어하시니	羯鼓催開嫌太早

---

33 갈고로……것 : 갈고(羯鼓)는 만족(蠻族)이 사용하던 북의 일종이다. 당 현종(唐

임금의 마음은 온통 자연의 순리를 따르네 　　　　　　宸心都付自然天

《국조모열(國朝謨烈)》. 겨울철에 장원서(掌苑署)에서 영산홍(映山紅) 화
분 하나를 진상하였다. 성종(成宗)이 하교하기를 "겨울철에 꽃이 핀 것은
인위적으로 피운 데 불과하다. 나는 이런 것을 좋아하지 않으니, 이후로
다시 올리지 말라."라고 하였다.

31.

금술잔 은주발을 소반 가득 벌여놓고 　　　　　　　　金爵銀罍貯滿盤

그 중에 둥근 옥술잔 잡아들었네 　　　　　　　　　　就中拾得玉團團

궁궐 잔치에 취해 일어나 절하고 춤을 추니 　　　　　醉起宮筵因拜舞

소매 속에 옥술잔이 깨지는 줄 알지 못했네 　　　　不知袖裏碎琅玕

《오산설림(五山說林)》. 성묘(成廟 성종) 때에 궁궐에 소장된 옥배(玉杯)
하나가 얼음처럼 맑고 영롱하였다. 임금이 매양 술자리를 마련하여 술이
거나해지면 곧 이 술잔을 가지고 술을 마시라고 명을 내렸다. 어떤 종실(宗
室)이 특별히 은덕을 입었는데, 하루는 또 이 술잔으로 술을 마시라고 명하
자, 그 사람은 술을 마신 후 곧 술잔을 소매에 넣고 일어나 춤을 추다가,
일부러 땅에 엎어져 술잔을 깨뜨리니, 풍간한 것이었다. 임금도 나무라지
않았다.

32.

성대한 사적이 학사들 사이에 떠들썩하니 　　　　　盛事喧傳學士群

팔뚝에 매 올린 정자가 궁문을 나서네 　　　　　　臂鷹正字出宮門

오늘 아침 부엌의 여러 가지 음식들이 　　　　　　今朝多少廚中味

玄宗)이 2월에 상원(上苑)에서 노닐 때 장사들을 시켜서 갈고를 쳐 꽃이 빨리 피도록
재촉했더니, 과연 꽃봉오리가 빨리 벌어졌다는 고사가 있다. 《開元天寶遺事》

바로 군왕께서 내부에서 나눠준 것이네 　　　　便是君王內府分

《해동패림》. 성종이 일찍이 홍문관 정자(正字) 성희안(成希顔)을 합문으로 불렀다. 중관(中官 내시)에게 명하여 팔뚝에 매 한 마리를 앉혀주고는 하교하기를, "그대에게 노모가 계시니 공무를 마치고 퇴근하여 여가가 있으면 교외에서 사냥하여 맛난 음식을 대접하라."라고 하였다.

33.

취하여 남에게 업혀 궁궐을 나오는데 　　　　不省人扶下殿時

어디서 온 금귤인지 이리저리 떨어지네 　　　　何來金橘落離離

귤 속에 씨가 있어 소매에 가득 품고서 　　　　橘中有核盈懷袖

임금과 어버이에 대한 생각을 다 담아왔네 　　　齎得君親兩樣思

《해동패림》. 성희안(成希顔)이 일찍이 야대(夜對)에 들어가자, 성종이 술과 과실을 하사하였다. 성희안이 감귤 수십 개를 소매에 넣고서 곧 취해 엎드려 인사불성이 되었다. 중관이 업고서 나오는데 소매 속의 감귤이 땅에 흩어지는 줄도 몰랐다. 이튿날 임금이 감귤 한 소반을 옥당에 내리면서 "어젯밤 성희안이 어버이께 드리려던 것이므로 하사하노라."라고 하였다.

34.

자색비단 같은 깃털에 별 같은 눈동자 　　　　紫羅毛色眼如星

붉은 팔깍지에 앉아 목에 방울 달았네 　　　　趾下紅鞲項下鈴

어느 저녁 서풍 불어 구름이 만리인데 　　　　一夕西風雲萬里

상림원에서 해동청이 날아 떠나가네 　　　　上林飛去海東靑

《국조보감》. 성종 5년에 대사간 정괄(鄭佸)이 차자를 올려 말하기를, "서려(西旅)가 오(獒)를 진상하자 태보(太保)가 경계의 말을 올렸고,[34] 문제(文

---

34 서려(西旅)가……간하였는데 : 서려는 서융(西戎) 안의 한 나라로 그곳에서 나는

帝)가 말을 물리치자 사관이 검덕(儉德)을 칭송하였습니다.³⁵ 성상께서 응방(鷹坊)을 혁파하였는데, 지금 도패(都牌) 유수(柳洙)의 집에 늘 해동청(海東靑)을 기르고 있으니, 이는 실제 혁파하지 않은 것이나 마찬가지입니다. 바라건대 풀어주도록 명하여 온 나라 신민(臣民)들로 하여금 성상께서 숭상하는 바가 외물(外物)에 있지 않다는 것을 밝게 알게 하소서."라고 하니, 성종이 즉시 해동청을 풀어주라고 명하였다.

35.

신선의 음악과 신선의 술을 내려 총애가 새로우니	仙樂仙醪寵賜新
집현전 학사들이 독서하는 신하 되었네	集賢學士讀書臣
용산에서 말을 달려 은혜 입고 들어가니	蓉山走馬承恩入
붉은 비단으로 전문을 봉하여 성인께 감사드리네	紅帕封箋謝聖人

《해동패림》. 성종이 용산(龍山)의 폐사(廢寺)를 수리하여 조위(曹偉)에게 기문을 짓게 하고, 아울러 '독서당(讀書堂)' 세 글자를 사액(賜額)하고 술과 음악을 내려 주면서 승지를 보내어 낙성케 하였다.³⁶ 이튿날 사례하는 전문(箋文)을 지어 대궐에 나아갈 때에는 붉은 비단으로 싼 함(函)을 마주 들도록 하였고 세악(細樂)³⁷을 뒤따르게 하여 임금의 하사(下賜)를 영예롭

개를 무왕에게 바쳤는데, 태보(太保)의 직에 있던 소공(召公)이 불가하다고 간한 것을 가리킨다. 《書經 周書 旅獒》

35 문제(文帝)가……칭송하였습니다. 한(漢)나라 문제 때 어떤 사람이 천리마를 바쳤더니, 문제가 말하기를, "앞에는 천자의 깃발인 난기(鸞旗)가 있고, 뒤에는 예비로 따라오는 속거(屬車)가 있어서 즐거운 일로 떠나는 길행(吉行)은 매일 50리, 군대가 출정하는 사행(師行)은 매일 30리를 가는데, 내가 천리마를 타고 홀로 먼저 어디로 갈 것인가?"라고 하고서, 명령을 내려 천리마를 받지 못하게 하였다는 고사가 있다. 《古今事文類聚 後集 卷38 却千里馬》

36 성종이……하였다 : 성종 23년에 용산호(龍山湖) 옆에 있던 폐사(廢寺)를 수리하여 독서당(讀書堂)을 만들었으므로 이를 호당독서(湖堂讀書)라 부르게 되었다.

게 하였다.

36.

대궐문에 꿇어 앉아 절하는 찬성 신하는	宮門拜跪贊成臣
어제 남산에서 술을 하사받은 사람이네	昨日南山賜酒人
골목길 한가로운 모임도 두루 살피시니	坊曲閑遊無不燭
한 때의 총애가 조정신하를 감동시키네	一時光寵動朝紳

선조 충익공(忠翼公)[38]의 《기재잡기(寄齋雜記)》. 찬성(贊成) 손순효(孫舜孝)는 충신이며 효자에 질박하고 정직하여 성종이 매우 총애하였다. 어느 날 성종이 저녁에 경회루에 올라 멀리 남산을 바라보는데, 마침 몇 사람이 수풀 사이에 둘러 앉아 있었다. 사람을 시켜 엿보게 하니 손공이 두 나그네와 탁주를 마시는데 소반에 참외 한 개뿐이었다. 성종이 즉시 말 한 필을 내어 술과 안주를 갖다 주도록 명하고, 다음날 사례하지 않아도 좋다고 아울러 당부하였다. 손공은 머리를 조아려 감사를 표하고 배불리 먹고 취하였다. 이튿날 새벽에 다시 와서 사례하니, 성종이 그가 당부한 바를 따르지 않음을 책망하자, 손공이 울면서 "신은 그저 임금의 은혜에만 감사하는 것이지 다른 것을 어찌 생각하겠습니까."라고 대답하였다.

37.

남산 산빛에 달이 휘영청 밝으니	南山山色月虛淸
별원에서 음악과 노래로 태평시절 즐기네	別院笙歌樂太平
내부에서 황봉주[39] 일백 병을 내리시니	內下黃封百壺酒

37 세악(細樂) : 군중(軍中)에서 장구·북·피리·저·깡깡이로 편성한 음악을 가리킨다.

38 충익공(忠翼公) : 환재의 8대조인 박동량(朴東亮, 1569~1635)의 시호이다. 본관은 반남(潘南), 자는 자룡(子龍), 호는 기재(寄齋)·오창(梧窓)·봉주(鳳洲)이다.

특별히 중추가절을 공경들과 함께하기 위함일세　　特分佳節與公卿

《국조보감》. 성종 20년 8월에 임금이 하교하기를 "8월은 천도(天道)를 살펴보면 한서(寒暑)가 고를 때이고, 월수(月數)로 말하자면 섬토(蟾兎 달)가 둥글 때이니, 옛사람의 달구경이 실로 까닭이 있다. 마침 중추가절을 만났으니, 임금의 은혜를 빌려 청량(淸涼)한 곳을 골라 태평의 기상을 즐기는 것도 아름답지 않겠는가."라고 하였다. 마침내 정부, 육조, 경연, 홍문관, 예문관, 승지와 주서(注書)에 명하여 장악원에서 달구경을 하게하고 술과 음악을 내렸다.

38.

성근 살구나무와 우거진 홰나무 사이에 술자리 마련하니

　　　　　　　　　　　　　　　　　杏疏槐密選遊場

특별히 궁궐에서 법온을 내리셨네　　　　　特地來宣法醞香

이로부터 반궁에 현송 소리 일어나니　　　　從此泮宮絃誦起

집춘문 서쪽이 바로 춘당대라네　　　　　集春西畔是春塘

《오산설림》. 삼월 삼짇날에 성종이 황문(黃門 내시) 여러 명과 후원(後苑)에서 노닐며 별감에게 반궁(泮宮 성균관)에 가서 유생이 몇 명인지 보고 오라고 명하였다. 내시가 돌아와 "서생 한 사람만 재사(齋舍)에서 독서하고 있었습니다."라고 보고하였다. 임금이 후원문을 열고 불러들이라 명하여 유생에게 묻기를 "제생들이 모두 나갔는데 너는 어찌 홀로 남았느냐?"라고 하니, 유생이 대답하기를 "금일은 좋은 명절이라 제생들은 집으로 돌아간 자도 있고, 친구들과 모임을 연 자도 있습니다. 신은 먼 고장에서 온 사람이라 친척과 친구도 없기에 홀로 남았습니다."라고 하였다. 임금이 제생들이 어디에 있는가를 물으니, 십여 인이 막 반수(泮水)에 술자리를 마련하는 중이라고 대답하였다. 임금이 "너는 우선 그곳에 가 있어라."라고 하였다.

39　황봉주(黃封酒) : 궁궐이나 관청에서 빚어 황색 비단이나 종이로 봉한 술을 가리킨다. 본래는 임금이 하사하는 술을 지칭하는데, 널리 술을 가리키기도 한다.

잠시 후에 내시가 궁궐의 음식과 좋은 술을 가지고 오자, 서생이 제생들을 불러 함께 즐기니, 모두가 크게 놀랐다.

39.

백 척 긴 장대에 백 척의 줄을 매니	百尺長竿百尺繩
궁인은 잘못 알고서 등을 달려 한다 하네	宮人錯道欲懸燈
공사의 창고에 곡식이 저처럼 높이 쌓여	公私廩積高如許
그저 해마다 큰 풍년 들기만 축원하네	只祝年年大有登

이자(李耔)의 《음애잡기(陰崖雜記)》. 민속에서 정월 15일에 짚을 엮어 곡식이삭 모양으로 만들어, 높은 장대를 세우고 긴 줄을 매고서 여기에 주렁주렁 매달아 그 해의 풍년을 기원한다. 궁중에서는 민속을 따르되 그 제도를 더 크게 하여 〈칠월편(七月篇)〉을 모방하여 사람이 농사짓는 모양을 만드니, 이는 기교를 부리고자 함이 아니라 바로 근본이 되는 농사를 중시하려는 뜻이다.

40.

수레는 물처럼 흐르고 말은 용처럼 크니	車如流水馬如龍
골목마다 음악소리 울리며 다리를 밟네	曲曲笙歌踏彩虹
금천교에 가서 위를 올려다보면	試向錦川橋上望
만가를 비추는 밝은 달이 하늘에 떴으리	萬家明月一天中

어숙권(魚叔權)의 《패관잡기(稗官雜記)》. 도성에 전하는 말에 정월 보름날 밤에 열두 다리를 걸어서 건너면 그해 열두 달의 재액을 없앤다고 한다. 이날 궁궐에 숙직하는 관원들도 서로 어울려 달빛 아래 금천교(禁川橋)를 거니니, 이 또한 답교(踏橋)의 의미이다.

41.

푸른 봄날 금원에 금수레가 납시니	青春紫籞度金輿
꽃 아래 관원들 그림자 드물지 않네	花下千官影不疏
학사 중에 누가 조정에서 제일인가	學士清朝誰第一
소매 속에서 《근사록》을 떨구었네	袖中遺落近思書

《국조보감》. 중종이 재상들과 함께 경회루에서 상화연(賞花宴)을 베풀었
다. 연회가 끝나고 내시가 수진본(袖珍本) 《근사록(近思錄)》을 주워서 임
금께 바치니, 임금이 "이것은 필시 권벌(權橃)⁴⁰의 소매 속에 있던 물건일
것이다."라고 하며 돌려주도록 명하였다.

42.

부용루 화려한 누각이 연못 중간에 솟았는데	芙蓉繡閣水中間
관현악기 소리가 반나절 동안 조용하네	細管清絲半日閑
이번에 이원의 여악을 혁파하자	新罷梨園女弟子
가을비 속에 사인이 홀로 난간에 기대네	舍人秋雨獨憑欄

《해동패림》. 중종이 어지러움을 다스리던 처음에 이성구(李聖求)⁴¹가 사간

---

40 권벌(權橃) : 1478~1548. 본관은 안동(安東), 자는 중허(仲虛), 호는 충재(冲
齋)·훤정(萱亭)·송정(松亭)이다. 1507년(중종2) 증광 문과에 급제, 지평·도승지
를 거쳐 1519년(중종14)에 예조 참판이 되었으나, 11월에 기묘사화에 연루되어 파직당
하고 귀향하였다. 이후 15년간 고향에서 지내다가 1533년(중종28)에 복직되어 용양위
부호군에 임명, 한성부 좌윤·형조 참판 등을 거쳐 중종 연간에 벼슬이 판서에까지
올랐다. 1539년(중종34) 7월에는 이성계의 가계를 고쳐달라는 종계변무(宗系辨誣)에
관한 일로 주청사(奏請使)가 되어 명나라에 다녀왔다. 명종이 즉위하자 원상(院相)에
임명되었다. 문집에 《충재집(冲齋集)》이 있다.

41 이성구(李聖求) : 1584~1644. 본관은 전주(全州), 자는 자이(子異), 호는 분사
(分沙)·동사(東沙)이다. 아버지는 이조 판서 수광(睟光)이다. 1608년(광해군1) 별시

이 되어 여악(女樂)을 혁파하기를 건의하였다. 고사에 따르면 정부(政府)의 사인(舍人)은 중서성의 막중한 직임이므로 특별히 정자와 누각, 연못에 사치를 부려 기악(妓樂)을 두어 즐겼는데, 이때에 이르러 모두 혁파하여 돌려보냈다. 얼마 안 있어 이성구가 정부에 들어와 사인이 되고서 시를 짓기를 "이원을 혁파하자고 아뢴 것은 간관이란 직명 때문인데, 이제와 연못 정자에서 풍정을 저버리네. 못물은 가득하고 연꽃은 서늘한데, 홀로 난간에 기대 빗소리 듣는구나.〔奏罷梨園爲諫名, 却來蓮閣負風情. 池塘水滿芙蓉冷, 獨憑危欄聽雨聲.〕"라고 하였으니, 이는 농으로 한 말이었다. 이성구는 중종 때 사람이 아니니, 오류가 있는 듯하므로 고찰해 보아야 한다.

43.

옥띠와 붉은 도포에 붉은 신발 갖추니	玉帶紗袍朱芾煌
오색구름 궁궐에서 원자를 모시네	五雲宮闕侍元良
주연에서 강독하매 옷도 짤막한데	冑筵講讀衣盈尺
사해의 봄볕이 성왕을 기쁘게 하네[42]	四海春光喜聖王

《동각잡기》. 중종 기묘년(1519)[43]에 인종(仁宗)이 다섯 살이었는데, 임금이 사정전(思政殿)에 거둥하여 원자의 독서하는 모습을 보았다. 보양관(輔養官) 조광조(趙光祖)가 입시하였는데, 원자가 강사직령(絳紗直領)에다가 옥띠를 띠고 흑화(黑靴)를 신었으며 두 손을 단정하게 모으고 책상을 대하는 모습이 마치 성인(成人)처럼 의젓하였고, 훈고(訓詁)를 분석(分

문과에 급제, 예조 좌랑·헌납·교리 등을 역임하였고, 1623년 인조반정 때에는 사간으로 기용되어 부승지·병조 참지 등을 거쳐 벼슬이 영의정에까지 올랐다. 이성구는 조선 중기의 문신으로 광해군과 인조 때에 활약하였으며, 사간이 된 것은 인조반정 때이다.

42 사해의……하네 : 천하의 백성들이 모두 세자를 좋아하여 봄볕처럼 우러르므로 임금까지 이를 보고 기뻐한다는 의미이다.

43 기묘년(1519) : 저본에는 '乙卯年'으로 되어 있으나 인종(仁宗 1515~1545)의 생년을 근거로 수정하였다.

析)하는 목소리가 인후(仁厚)하였다. 임금이 얼굴에 기쁨을 감추지 못하였다.

44.

궁궐의 종이는 물처럼 깨끗하고 부드러운데	宮箋如水淨漪漪
오색구름이 자주색 옥벼루에서 피어오르네	五色雲蒸紫玉池
상림원의 많은 나무를 그리지 않아도	不寫上林多少樹
강남의 긴 대나무를 상상할 수 있네	江南脩竹有相思

《시강원지》. 인종이 동궁(東宮 세자)으로 있을 때에 김인후(金麟厚)가 춘방(春坊 세자시강원)에 들어와 동궁과 대화를 나눔에 은혜가 날로 융성하였고, 간혹 몸소 숙직소에 이르러 난해처를 질문하기도 하였다. 동궁은 평소 기예가 많으면서도 남에게 보여주고자 하지 않았으나, 김인후에게만은 묵죽화(墨竹畫)를 하사하기도 하였다. 김인후의 자손들이 지금까지 보배로 간직하고 있다.

45.

삼베와 비단이 광주리에 가득하니	布帛羅綺儲滿筥
누에와 길쌈에 고생한 줄 어찌 알랴	那知辛苦在蠶絲
후궁들이 근래 베틀에서 부르는 노래에	六宮近日機聲裏
군왕께서 지은 베짜는 아낙노래도 부른다네	歌誦君王織婦詞

삼가 고찰하건대, 《열성어제(列聖御製)》에 인종(仁宗)이 지은 제목이 없는 시 한 수가 있었는데, 시는 다음과 같다. "한 집에 두 며느리가 있는데, 베 짜는 솜씨가 매우 달랐네. 서툰 자는 더딜 것을 염려하여, 하루에 한 자씩 베를 짰고. 솜씨 좋은 자는 솜씨를 믿고서, 백 자를 하루에 짜려고 했네. 머리를 매만지며 궁녀의 화장을 배우고, 꽃 사이의 나비를 쫓아다녔네. 나비를 쫓고 또 꽃을 꺾으며, 서툰 자가 베 짜는 것을 오래도록 비웃었네. 어느 날 저녁 가을바람 불어오고, 집집마다 다듬이소리 바빠졌네. 서툰

자는 먼저 겨울옷을 만들고서, 마루 앞의 달 아래 노래하고 춤추네. 솜씨 좋은 자는 후회한들 소용이 없어, 날씨는 추운데 옷소매가 얇네. 언 손을 불며 베틀 위에서 우는데, 북이 싸늘하여 쉽게 미끄러지네. 전날의 꽃과 나비를 데려와도, 이 추운 밤을 대신하게 할 수 없네.〔一家有兩婦, 巧拙百無敵. 拙者念其拙, 一日織一尺. 巧者恃其巧, 百尺期一日. 理鬢學宮粧, 好逐花間蝶. 逐蝶又折花, 長笑拙者織. 秋風一夕至, 萬戶砧聲急. 拙者先裁衣, 歌舞堂前月. 巧者悔何及, 天寒翠袖薄. 呵手泣機上, 梭寒易拋擲. 難將花與蝶, 敵此風霜夕.〕"

46.

궁궐 서고의 도서가 일천 상자를 넘는데	天廚圖畫溢千箱
책마다 상아찌 붙이고 비단 보자기에 쌌네	箇箇牙籤錦繡囊
따로 도산을 새로 그림으로 그려	另有陶山新粉墨
아침마다 임금의 책상 곁으로 옮겨두네	朝朝移在御牀傍

율곡(栗谷) 이문성공(李文成公)의 《석담일기(石潭日記)》. 문순공(文純公) 이황(李滉)이 벼슬에서 물러나 예안(禮安)에서 살면서 여러 차례 조정의 부름을 받고도 나아가지 않았다. 명종이 그의 염퇴(恬退)를 가상히 여겨 여러 차례 품계를 올려주었고, 또 '현자를 불러도 오지 않아 탄식한다.〔招賢不至歎〕'는 제목으로 시제를 내어 근신을 시켜 시를 짓게 하였다. 또 화공을 시켜 이황이 사는 도산(陶山)의 경치를 그려 진상하게 하였으니, 그 경모함이 이와 같았다.

47.

궁궐의 꽃도 취한 듯 조는 듯한데	宮花如醉復如眠
천 병의 술로 재상에게 잔치 베푸네	宮酒千壺宴相臣
구름 보장 옆으로 금보련을 타니[44]	雲步障邊金步輦
회란가 소리에 태평세월이로세	回鑾一曲太平春

《갱장록》. 명종이 취로정(翠露亭)[45]에 거둥하여 여러 신하를 불러 시를 짓고 술잔을 올리게 하였다. 영의정 상진(尙震)이 연회에 입시하자 임금이 몸소 술잔을 권하니 상진이 취하여 후원에 쓰러졌다. 임금이 궐내로 돌아가면서 "대신이 여기에 있으니, 수레가 지나갈 수 없다."라고 하고서 장막을 설치하여 가린 뒤에 궐내로 들어갔다. 이어 내관들에게 명하여 대신을 보호하여 돌려보내게 하였다.

48.

물 고요한 영대에 밝은 달 휘황하니	止水靈臺霽月輝
솔개 날고 물고기 뛰어 천기를 드러내네[46]	鳶飛魚躍見天機
궐내에서 내려온 임금의 시는	內中頒下宸章帖
수사의 은미한 말이요 염락의 시와 같네[47]	洙泗微言濂洛詩

삼가 고찰하건대, 선조가 지은 〈제부마(諸駙馬)〉 시는 다음과 같다. "너희들이 학문을 좋아하고 행실이 근면하여 나는 가상히 여긴다. 우연히 율시 하나를 읊어 보이노라. '영대의 맑은 물이 훤히 밝은데, 한 점 티끌조차 범접할 수 없네. 무극은 원래 바깥이 없어, 형체가 있어야 기틀이 있게

---

44 구름……타니 : 보장(步障)은 바람과 먼지를 막기 위해 대나무 등을 줄지어 세우고 휘장을 걸친 것이다. 보련(步輦)은 사람이 끄는 수레로 보만거(步挽車)라고도 한다.

45 취로정(翠露亭) : 세조 2년(1456) 3월에 경복궁 후원에 지은 정자로 연못을 파고 연꽃을 심었다.

46 물……드러내네 : 고요한 물[止水]과 영대(靈臺)는 모두 마음을 비유한 시어이다. 원문의 '연비어약(鳶飛魚躍)'은 하늘에는 솔개가 날고 못에는 고기가 뛴다는 뜻으로, 산수의 자연을 완상하는 중에도 천리가 드러남을 깨닫고 학문의 근원처를 찾는다는 의미이다. 《詩經 旱麓》

47 수사(洙泗)의……같네 : 공자의 말이나 성리학자의 시와 닮았다는 의미이다. 수사는 공자의 고향으로 유학의 발원지를 뜻하고, 염락(濂洛)은 염계(濂溪)의 주돈이(周敦頤), 낙양(洛陽)의 정호(程顥)·정이(程頤) 형제를 합칭한 말이다.

되네. 둥글게 개인 달은 천지를 비추고, 몇 길 담장에 도로가 희미하네. 더 높이 올라 빼어난 곳 찾고자 하여, 물고기 뛰고 솔개가 나는 모습 고요히 구경하네.〔靈臺止水淨輝輝, 一點纖塵不許依. 無極元來本無外, 有形方始却有機. 一輪霽月乾坤大, 數仞宮墻道路微. 上面欲尋奇絶處, 靜觀魚躍又鳶飛.〕"

49.

계인이여, 새벽을 알림을 더디게 하라	鷄人報曉且遲遲
흐르는 시간 한 눈금이라도 붙들고 싶네	駐得光陰一線移
날마다 일만 가지 사무가 몰려드니	日日萬幾常湊集
궁중에선 독서할 때가 아주 적다네	天家全少讀書時

《해동패림》. 문성공(文成公) 이이(李珥)가 경연에서 상주하기를 "일찍이 들으니 전하께서 시신(侍臣)에게 '내가 학문을 하려 하나 일이 많아서 겨를이 없다고 말씀하셨다는데, 정말 그런 말씀이 있었습니까?'라고 하자, 임금이 그런 말이 과연 있었다고 대답하였다. 이이가 아뢰기를, "신이 이 말씀을 듣고 한편으로는 기뻤고, 한편으로는 근심하였습니다. 기뻐한 것은 주상께서 학문에 뜻을 두셨기 때문이요, 근심한 것은 주상께서 학문의 이치를 살피지 못하신 때문입니다. 학문이란 꼿꼿이 단정하게 앉아 종일토록 글만 읽는 것이 아닙니다. 학문이란 단지 날마다 하는 일이 하나하나 이치에 맞는 것을 말합니다. 오직 이치에 맞는지 여부를 능히 스스로 알지 못하기 때문에 독서하여 그 이치를 찾는 것입니다. 만일 독서를 학문으로 알고 날마다 하는 일에 있어서 이치에 합당함을 구하지 않는다면 어찌 이른바 학문이겠습니까."라고 하였다.

50.

옥 자와 금 칼로 비단을 짜 함에 담아	玉尺金刀織錦箱
황후께서 내려 주어 상의원으로 나왔네	內人頒下出尙方
궁중에 남은 한 벌의 망룡 곤룡포를	留中一領蟒龍袞

각별히 간수하도록 여관에 분부했네   分付女官仔細藏

   삼가 고찰하건대《열성지장(列聖誌狀)》[48]에 다음 기록이 있다. 선조 조에
상의원에서 황제가 하사한 면복(冕服)이 옥체에 맞지 않으므로 다시 만들
것을 청하였다. 임금이 "이것은 황제가 하사하신 것이니, 싫증내지 말고
입어야지 어찌 감히 고치겠는가. 내가 임진년에 황급히 서쪽으로 몽진을
가면서 궁중의 물건은 모두 버리면서도 오직 우리 황제께서 하사하신 망룡
의(蟒龍衣)[49]만은 직접 찾아내어 가지고 갔다. 이 옷이 지금까지 남아서
때때로 펼쳐 보면 나도 모르게 눈물이 흐른다."라고 하였다.

51.

가난한 아낙이 베틀질하며 밤마다 분주한데   寒女機絲夜夜忙

48   열성지장(列聖誌狀) :《열성지장통기(列聖誌狀通紀)》를 가리킨다. 조선 태조의
4대 선조인 목조(穆祖)·익조(翼祖)·도조(度祖)·환조(桓祖)로부터 영조(英祖)의
원비(元妃)인 정성왕후(貞聖王后)에 이르기까지 각 인물의 행실·행장(行狀)·지문
(誌文)·신도비명(神道碑銘)·표석음기(表石陰記)·책문(冊文)·악장(樂章)·제
문(祭文)·선위(禪位)·교서(敎書)·교명문(敎命文)·반교문(頒敎文) 등을 모아 엮
은 책이다. 1688년(숙종14)에 목조 이후 원종까지를 5권 및 보유(補遺) 1권으로 간행하
였으며, 그 후 동평위(東平尉) 정재륜(鄭載崙)이 인조 이후 열조(列朝)의 지장(誌狀)
을 모아 구본(舊本)과 합하여 10책으로 만들었다. 이후 숙종이 어유구(魚有龜)·홍계
적(洪啓迪) 등에게 명하여 이것을 교정하여 20권 10책으로 편성 재간(再刊)하였고,
다시 1758년(영조34)에 정성왕후까지 넣어 증수하여 22권 14책의 활자본으로 간행하
였다.

49   망룡의(蟒龍衣) : 망의(蟒衣)라 하여 큰 구렁이의 무늬를 수놓은 예복을 가리키는
데, 명나라 제도에 금의위 당상관(錦衣衛堂上官)이 붉은 망의를 입고, 또 재상과 외국
임금에게 내려 주었다고 한다. 선조 20년 정해년(1587)에 방물(方物)을 도둑맞고 옥하
관(玉河館)이 불에 탄 일 때문에 진사사(陳謝使)로 배삼익(裵三益)을 차임하여 북경에
보냈는데, 황제가 우리나라에서 지성으로 사대한다 하여 칙서를 내려 표창하고, 또
망룡의를 하사한 일이 있다.《宣祖實錄 20年 9月 13日》

옷감을 짜고도 제 옷을 만들지는 못하네　　　　　織來不自製衣裳

어찌 알았으랴, 평범한 목화가　　　　　　　　　那知吉貝尋常物

산룡50을 가까이 모셔 곤룡포의 문장이 될 줄을　　去襯山龍寶袞章

《공사문견록(公私聞見錄)》51. 선조 때에 입시한 대신(臺臣)이 근래의 복식
이 화려하고 아름다움을 추구한다는 말을 올렸다. 임금이 속옷을 들춰 보여
주며 "내 옷도 면포이니, 신하의 복식이 어찌 나보다 좋을 수 있겠는가?"라
고 하자, 여러 신하들이 두렵고 부끄러워하였다. 이로부터 사치하는 풍습이
완전히 변했다.

52.

상아찌 꽂힌 누런 서책 티끌 없이 깨끗하여　　　牙籤緗帙淨無塵

내부에서 하사한 책도 한결같이 새것이네　　　　內府輸來一樣新

들자니 사원에서 처음 선비 선발하니　　　　　　聞說詞垣初薦士

영주에 오른 이52 중에 누가 독서한 선비인가　　登瀛誰是讀書人

　문충공(文忠公) 이항복(李恒福)의 《백사집(白沙集)》 연보(年譜). 선조가
태학사(太學士) 이문성(李文成)에게 하교하기를 "내가 《강목(綱目)》을 강
독하고 싶으니, 미리 재능 있는 신하를 선발하여 강독을 전담케 하라."라고
하였다.53 그때 한음(漢陰 이덕형), 광림(廣林 이정립)과 공이 나란히 그

50　산룡(山龍) : 왕이 입는 옷에 수놓인 산 무늬와 용 무늬로, 곧 곤룡포를 가리킨다.

51　공사문견록(公私聞見錄) : 정재륜(鄭載崙, 1648~1723)이 궁중이나 항간에서 일
어난 일들을 듣고 본 대로 적은 책이다. 정재륜의 본관은 동래(東萊), 자는 수원(秀遠),
호는 죽헌(竹軒), 시호는 익효(翼孝)이다. 영의정 정태화(鄭太和)의 아들로 효종의
다섯째 딸인 숙정공주(淑靜公主)와 결혼하여 동평위(東平尉)가 되었다.

52　영주에 오른 이 : 당 태종(唐太宗)이 문학관(文學館)을 열어 방현령(房玄齡), 두
여회(杜如晦) 등 18명을 뽑아 특별히 우대하였는데, 세상에서 이를 등영주(登瀛洲)라
하여 선계에 오른 것에 빗대어 영광으로 여겼다고 한다. 《資治通鑑 唐高祖武德4年》

선발에 뽑혀 내부(內府)에 소장된 《통감강목》을 각각 하사받았다.

53.

한 벌 도롱이에 한 자의 채찍으로	一領蓑衣一尺鞭
소를 탄 공자가 성상을 알현하러 가네	騎牛公子去朝天
대궐문에서 하사에 사은하고 저물녘 돌아오니	天門拜賜歸來晩
길 가득한 사람들 어진 부마 바라보네	滿路人看駙馬賢

삼가 고찰하건대, 선조가 해숭위(海崇尉)[54]에게 보낸 편지에 "듣자니 공이 하사품을 받고 두려워하면서 삿갓과 도롱이를 빌려 소를 타고 와서 은혜에 사례하고자 한다 하니, 사실인가? 내가 듣자니 군자는 남의 아름다움을 이루도록 도와준다 하니, 공을 위해 푸른 도롱이 한 벌과 백옥(白玉) 채찍 1개를 구하였으나, 오직 삿갓만은 좀처럼 구할 수 없네. 아마 칠리탄(七里灘) 가의 엄자릉(嚴子陵)이 이미 오래 전에 떠난 까닭에 세상에 이런 물건이 없는 듯하네.[55] 여모(女帽)로 대신하는 것이 삿갓보다 훨씬 나을 듯하네. 공은 그 송아지를 타고 이 복식을 하고서 빨리 달려오게. 나는 발돋움을

---

53 선조가……하였다 : 《선조수정실록》 15년 6월1일 기사에 대제학 이이(李珥)에게 《강목》의 강론을 고문할 신하를 선발하게 하자, 이이는 봉교 이항복(李恒福), 정자 이덕형(李德馨), 검열 오억령(吳億齡), 수찬 이정립(李廷立), 봉교 이영(李嶸)을 추천하였다.

54 해숭위(海崇尉) : 조선 중기의 문신 윤신지(尹新之, 1582~1657)를 가리킨다. 본관은 해평(海平), 자는 중우(仲又), 호는 연초재(燕超齋)이다. 선조와 인빈 김씨(仁嬪金氏)의 소생인 정혜옹주(貞惠翁主)와 결혼하여 해숭위에 봉해졌다.

55 칠리탄(七里灘)……듯하네 : 동한(東漢)의 은사 엄광(嚴光)이 은거하며 낚시질 하던 절강성(浙江省) 동려현(桐廬縣) 남쪽의 여울이다. 엄광은 본래 광무제(光武帝)의 친구로 벼슬을 주겠다는 것도 사양하고 칠리탄에 돌아가 낚시질을 하였는데, 지금도 그의 조대(釣臺)가 남아있다고 한다. 칠리뢰(七里瀨) 혹은 엄릉뢰(嚴陵瀨)라고도 한다. 《後漢書 卷83 逸民列傳 嚴光》

하고서 기다리겠네."라고 하고는 드디어 다음과 같은 시를 지었다. 푸른 삿갓 짧은 젓대에 소를 거꾸로 타고서, 멀리 대궐문 향해 은혜에 감사하러 돌아오네. 네 마리 수레 타고 속세에서 분주한 나그네여, 영원히 기심을 잊은 이 공자에 비하면 어떠한가.〔靑簑短笛倒牛騎, 遙向天門拜賜歸. 駟馬 紅塵奔走客, 何如公子永忘機.〕

54.

금물로 큰 글자를 붉은 비단에 쓰니	泥金大字絳紗籠
곳곳에 걸린 어필에서 서광이 빛나네	處處宸章耀瑞虹
성상의 필법을 대략 터득한 것은	略識聖人心畫法
임금을 모시며 궁중에 머문 까닭이네	只緣供奉在宮中

《공사문견록》. 선조 때의 내시 이봉정(李鳳楨)이 늘 임금을 가까이 모시고 필연(筆硯)을 받들면서 자못 임금의 글씨체를 터득하였다. 동고(東皐) 이 준경(李浚慶)이 수상(首相)이 되어 이봉정을 불러 꾸짖기를 "네가 임금의 필체를 모방한 것은 무엇을 하고자 해서이냐?"라고 하자 이봉정이 크게 두려워 필체를 고쳤다.

55.

금수술로 엮은 발이 걸음마다 흔들리니	金箋簾子步搖搖
휘장의 장식에서 품계가 밝게 드러나네	帷屋粧成品級昭
근래 들으니, 도성사람들 서로 전하는 말에	近聞都人相告語
궁궐의 유모가 가마를 타지 않는다 하네	天家乳媼不乘轎

《갱장록》. 선조의 유모가 일찍이 궁중에 들어와 임금을 뵙고 간청을 하자, 선조가 기뻐하지 않았다. 유모가 옥교(屋轎)[56]를 타고 왔다는 소식을 듣고

---

56 옥교(屋轎) : 나무로 집과 같이 꾸미고, 출입하는 문과 창을 달아 만든 가마로 옥교

서 "귀천이 분수가 있는데, 어찌 참람하게 옥교를 타는가?"라고 꾸짖으니,
유모가 걸어서 집으로 돌아갔다.

56.

열 폭의 궁전지에 파도무늬 맺혔으니	十幅宮箋纈海濤
꽃과 대와 짐승을 그릴 필요 없네	不要花竹與翎毛
해서로 쓴 성학십도 병풍을 올리니	楷書聖學圖屛進
하루 한 번씩 가만히 궁구하시네	溫繹尋常日一遭

《국조보감》. 인조 원년(1623)에 홍문관에 명하여 〈성학십도(聖學十圖)〉
및 〈무일(無逸)〉·〈홍범(洪範)〉으로 병풍을 만들어 올리게 하여 좌우에
두었다.

57.

궁궐 대낮이 일 년처럼 더디 가는데	宮晝如年漏共長
성상의 마음은 빠른 시간을 아끼시네	聖心猶惜寸陰忙
밭에서 호미질 하는 괴로움을 생각하면	田中更有揮鉏苦
애처로운 일념만으로도 전각에 서늘함이 생기리	一念應生殿閣涼

《국조보감》. 인조 원년(1623) 6월에 임금이 자정전(資政殿)에 거둥하여
행랑 아래서 주강(晝講)을 거행하니, 약원(藥院 내의원)에서 더위가 심하
므로 경연을 정지하라고 청하였다. 임금이 "학문의 방도는 촌음(寸陰)을
아껴야 하거늘, 어찌 덥다 하여 주강을 정지한단 말이냐?"라고 하며 듣지
않았다.

(玉轎)라고도 한다.

58.

밤을 새운 경연의 강독소리 당에 가득하니	徹夜經筵響滿堂
내일 아침 현량을 예우하란 교지가 내리리	明朝有旨禮賢良
생꼴 한 묶음을 먹이니 그 사람 옥과 같아	一束生芻人似玉
군왕이 친히 백구장을 풀이하시네[57]	君王親釋白駒章

《열성지장(列聖誌狀)》을 고찰해보니, 효종이 《시경》의 〈백구(白駒)〉편을 강독하다가 그 주석의 말[58]을 외면서 "예로부터 임금과 신하는 마음이 합치되기가 어렵다. 그러므로 한신(韓信)이 초나라 사신을 마주했을 때에도 '생각을 말하면 들어주시고, 계책을 올리면 따라주셨다.'라는 말로써 사신을 돌려보냈다.[59] 과연 생각을 말하면 들어주고 계책을 올리면 따라준다

---

57 생꼴……풀이하시네 : 〈백구(白駒)〉는 《시경》 소아(小雅)의 편명으로, 훌륭한 손님이 떠나지 말도록 만류하는 시이다. "망아지에게 먹이는 싱싱한 풀 한 다발, 그 사람 백옥처럼 아름답네.〔生芻一束, 其人如玉.〕"라고 한 구절이 있다.

58 주석의 말 : 〈백구(白駒)〉의 첫 구절에 붙인 주희(朱熹)의 주석에 "이 시를 지은 자는 어진 자가 떠나는데 만류할 수가 없었다. 그러므로 그가 타고 온 망아지가 우리 마당의 싹을 먹는다고 핑계하여, 그 망아지를 묶어 매고 고삐를 동여매어 행여라도 오늘 아침을 더 머무르게 하여 그 어진 분으로 하여금 이곳에서 소요하며 떠나지 않기를 바란 것이니, 후세 사람들이 손님을 만류하려고 수레의 굴대를 빼서 우물에 던져넣는 것과 같은 의미이다.〔爲此詩者, 以賢者之去而不可留也. 故託以其所乘之駒食我場苗, 而縶維之, 庶幾以永今朝, 使其人得以於此逍遙而不去, 若後人留客而投其轄於井中也.〕"라고 하였다.

59 한신(韓信)이……물리쳤다 : 한신은 초한(楚漢) 시대 한(漢)나라의 명장으로 처음 항왕(項王)을 섬기다가 한 고조에게 귀의하여 천하통일에 큰 역할을 하였다. 일찍이 항왕과 한 고조가 대치할 적에 수세에 몰린 항왕이 사신을 보내 한신에게 한 고조를 배반하고 천하를 삼분하자고 제의하였다. 이에 한신은 "한 고조는 자기 옷을 벗어 나에게 입히고, 자기 음식을 나에게 먹였으며, 생각을 말하면 들어주고 계책을 올리면 써주었다.〔解衣衣我, 推食食我, 言聽計用.〕"라고 하며 초나라 사신을 돌려보낸 일이 있다. 《史記 卷92 淮陰侯列傳》

면, 어진 자가 어찌 떠나고자 할 리가 있겠는가."라고 하였다.

59.

큰 인물이 주밀하게 변방 계책 세우니	大家密勿事邊籌
밤새 등불 밝히며 대화가 그치지 않네	連夜停燈語未休
용정[60]의 눈보라가 매서울까 상상하여	想像龍庭風雪壯
주상께서 침상에서 붉은 초구 하사하시네	御牀宣賜紫貂裘

우암(尤菴) 송문정공(宋文正公)의 〈내사초구발(內賜貂裘跋)〉[61]에 다음 기록이 있다. "지난 겨울에 주상께서 이 갖옷을 하사하시기에 신은 걸맞지 않는다는 말로 사양하였다. 나중에 주상께서 면전에서 효유하시기를 '사람이 서로 아는 데는 서로의 마음을 아는 것이 귀한데, 전날 내린 담비 갖옷은 요동(遼東)과 계주(薊州)에서 눈보라를 무릅쓰며 함께 말을 달리자는 뜻인데, 그것을 몰라주는가.'라고 하기에 신이 두 번 절하고 '전하의 뜻을 어찌 알지 못하겠습니까. 그러나 세상에 드문 큰 공을 세우기는 쉬우나 지극이 은미한 본심은 보존키 어렵고, 중원의 오랑캐는 물리치기 쉬우나 한 몸의 사욕은 제거하기 어렵다는 말은 주자(朱子)가 당시 효종(孝宗)에게 고한 지론이었습니다.'라고 대답하였다. 주상이 '선생이 전후로 올린 소장(疏章)에서 진술한 말이 이런 뜻이 아님이 없으니, 비록 불민하지만 가슴 깊이 새기지 않겠소.'라고 하였다."

60.

어갑에 구멍 뚫고 황금으로 메워넣어	嵌空御甲鎖黃金

---

60 용정(龍庭): 흉노족 선우가 5월에 큰 회합을 갖고 하늘에 제사를 지내던 곳으로 흉노를 가리키는 말로도 쓰인다.

61 내사초구발(內賜貂裘跋):《송자대전(宋子大全)》권146에 실려 있다. 숭정 기해년(1659) 4월에 작성한 글인데, 얼마 후 효종이 승하하였다.

원수를 무장시키고 옥음으로 당부하네　　　　　披掛元戎聽玉音

조만간 군대가 요동과 계주로 행군하면　　　　早晚師行遼薊野

한 순간 돌진하여 살호림[62]까지 이르리　　　　一時衝到殺胡林

《국조보감》. 효종이 일찍이 노량(露梁)에서 열병식을 대대적으로 거행하
였다. 그 전에 효종이 금은으로 장식한 어갑주(御甲冑)와 백우전(白羽
箭)·각궁(角弓)을 훈련대장 이완(李浣)에게 하사하면서 "머지않아 열병
식을 거행할 것이니, 군무를 관장함이 실로 대장에게 달려 있다. 당연히
특별한 은전이 있어야 되겠기에 특별히 이것을 경에게 하사하는 것이다."라
고 하였다.[63]

61.

임금이 탄 배가 저물녘 큰 강에 이르니　　　　龍舟晚御大江中

사방을 돌아보매 어디나 금수강산일세　　　　錦繡山河四望同

경외의 여러 군영이 어가를 호위하니　　　　京外諸營留扈駕

군왕이 이곳에 이르러 군대의 위용 사열했네　　君王到此閱軍容

《국조보감》. 효종 6년(1655) 가을 9월에 효종이 장릉(章陵)[64]에 거둥하였

62　살호림(殺胡林) : 지금의 하북성(河北省) 난성현(欒城縣)의 서북쪽에 있는 지명
으로, 당나라 천추태후(千秋太后) 때 이곳에서 돌궐(突厥)을 습격하여 오랑캐를 많이
죽였으므로 이렇게 이름하였다. 《續通典》

63　효종이……하였다 : 군대 사열은 효종 5년(1654) 3월에 거행되었다. 이완(李浣,
1602~1674)은 본관은 경주(慶州), 자는 징지(澄之), 호는 매죽헌(梅竹軒)이다. 효종
때의 무신으로 효종의 북벌정책을 도와 국방 및 군대 정비에 기여하였다. 훈련 대장·형
조 판서 등을 거쳐 현종 때에 우의정까지 올랐다. 시호는 정익(貞翼)이다.

64　장릉(章陵) : 인조(仁祖)의 생부인 원종(元宗)과 그의 비 인헌왕후(仁獻王后)의
능이다. 본래 경기도 양주(楊州)에 있던 것을 1627년(인조5)에 김포로 옮겨 흥경원(興
慶園)이라 했다가 1632년(인조10)에 장릉이라 하였다.

다가 돌아오는 길에 노량진 언덕에 이르러 도성을 돌아보면서 탄식하기를 "아름답도다. 강산의 빼어남이여! 사방의 조운선이 모여드는 곳으로 이 나라 왕도(王都)로서는 한양이 최고일 것이다."라고 하였다. 그때 어영군(御營軍) 및 양주군(楊州軍)이 백사장에 진을 치고 기다리고 있다가 대가(大駕)를 수행한 군대와 합류하여 하나의 진을 편성했는데, 총수가 1만 3천여 명이었다. 효종이 그 군용(軍容)을 사열하고서 이르기를 "이러한 군대와 말이 있어도 정당한 방법으로 통솔하지 않으면 한낱 쓸모없는 졸개가 될 뿐이다."라고 하였다.

62.

화려한 비단 붉은 치마에 세밀하게 수를 놓아	雲錦裳紅繡透心
서린 용과 나는 봉새를 금실로 엮었네	蟠螭飛鳳纈絲金
듣자니 공주의 저택에 편지가 내려와	自聞主第封書下
궁중에서 구공침에 실 꿰는 것[65]도 정지했다 하네	宮裏停穿九孔針

《공사문견록》. 숙휘공주(淑徽公主)가 일찍이 수놓은 치마 한 벌을 얻고자 청하니, 효종이 하교하기를 "내가 지금 한 나라를 다스리면서 검약을 솔선해 보이고자 하는데, 어찌 너에게 수놓은 치마를 입힐 수 있겠는가."라고 하였다.

63.

남해에서 올린 준마가 흰 눈처럼 빛나니	南海龍駒玉雪光

---

65 구공침(九孔針)에……것 : 부녀자들이 바느질 솜씨를 겨루는 풍속을 가리킨다. 중국에서는 궁중에서 칠석날 비빈(妃嬪)들이 각기 달을 향하여 구멍이 아홉 개인 구공침에 오색실을 꿰는데, 그 실이 바늘구멍을 통과하면 바느질 솜씨가 향상될 조짐으로 여겼다. 또 이때 채색 비단으로 치장한 누각에서 〈청상곡(淸商曲)〉을 연주하여 밤새도록 연회를 즐겼는데, 이 누각을 걸교루(乞巧樓)라 불렀다고 한다. 《開元天寶遺事》

부마들이 다투어 금 고삐를 만드네　　　　　儀賓爭備織金韉

잠시 후 태복이 주상의 말씀 전하며　　　　須臾太僕傳天語

특별히 종친 숭선방에 내린다 하시네　　　特賜宗親崇善房

《공사문견록》. 효종 무술년(1658) 가을에 제주(濟州)에서 공납한 말 중에
몸은 희고 갈기는 검으며 체구가 우람하고 잘 걷는 말이 있었다. 당시 홍익
평(洪益平)[66]이 여러 부마 중에 가장 나이가 많았고, 나[67]도 새로 의빈(儀賓
부마)에 들어 여러 차례 각별한 총애를 받았다. 사람들이 모두 용종(龍種
준마)이 홍공(洪公)에게 돌아가지 않고 반드시 나에게 돌아올 것이라 생각
했는데, 효종이 어람(御覽)을 마친 후 특별히 숭선군(崇善君)[68]에게 하사
하였다. 총애하는 사위에게 하사하지 않고 서제(庶弟)에게 하사하니, 참으
로 성대한 덕성이라 하겠다.

66　홍익평(洪益平) : 홍득기(洪得箕, 1635～1673)를 가리킨다. 본관은 남양(南陽),
자는 자범(子範), 호는 월호(月湖)이다. 1649년(인조27) 당시 세자이던 효종의 둘째딸
숙안군주(叔安郡主)와 혼인하여 익평부위(益平副尉)에 봉해졌다. 같은 해 인조가 죽고
효종이 즉위하자 익평위(益平尉)로 진봉(進封)되었다. 1660년(현종1) 사은사(謝恩
使)로 청나라에 다녀왔다. 인품이 겸손하고 신중하며 또한 소박하여 인망이 높았다.
시호는 효간(孝簡)이다.

67　나 :《공사문견록》의 저자인 정재륜(鄭載崙, 1648～1723)을 가리킨다. 1656년(효
종7) 효종의 다섯째 딸 숙정공주(淑靜公主)와 혼인하여 동평위(東平尉)가 되었다.

68　숭선군(崇善君) : 조선 중기의 왕자 이징(李澂, ?～1690)의 봉호이다. 인조의 다
섯째 아들이며, 어머니는 귀인(貴人) 조씨(趙氏)이다. 1646년(인조24)에 숭선군에 봉
해지고 효종이 즉위하던 해 동복(同腹)동생들과 함께 노비 150구(口)를 하사받았다.
1651년에 누이 효명옹주(孝明翁主)의 시할아버지 김자점(金自點)의 역모사건이 일어
나 어머니와 누이가 역모에 관련되었다 하여 조귀인(趙貴人)이 사사되고 효명옹주는
서인이 되었는데, 이에 연좌되어 강화도에 위리안치되었다. 1656년 부수찬 홍우원(洪
宇遠)의 소청으로 풀려 돌아온 뒤 관작이 복구되고, 제주에서 진상된 용종마(龍種馬)를
하사받기도 하였다. 시호는 효경(孝敬)이다.

64.

한 알의 곡식으로 백성들 장수하게 만들고자 하니	一粒靈丹欲壽民
금고와 경액[69]도 진귀할 것 없네	金膏瓊液未爲珍
소반의 밥알이 유하주와 옥식이니[70]	流霞玉食盤中粒
낱알마다 늘 구렁텅이 백성을 생각하네	粒粒常思溝壑人

《공사문견록》. 신이 효종을 후원(後苑)의 별당(別堂)에서 배종할 때, 상식(尙食)[71]이 점심수라를 올렸다. 신이 임금을 모시고 식사를 하면서 물에 밥을 말았는데, 밥이 많아 다 먹을 수가 없었다. 주상께서 책망하기를 "양을 헤아려 말아서 남김이 없어야 한다. 남은 밥을 혹 짐승이 먹는다면 그나마 쓰임이 있으나, 아랫사람들이 곡식 귀한 줄을 몰라 대부분 수채 구멍에 버려 하늘이 낸 물건을 허비하니, 전혀 복을 아끼는 뜻이 아니다."라고 하였다. 신이 나중에 상을 물릴 때 보았더니, 주상의 밥사발에 쌀 한톨 남지 않았으므로 신이 가슴에 새겨 지금껏 잊지 않고 있다.

65.

몇 이랑 궁궐의 논에 일도 그나마 수월해	宮田數畝易爲功
가을 수확철에 해마다 풍년을 보네	秋穫常看歲歲豐
농사의 어려움이 뼈에 사무친다 말하니	稼穡艱難言切骨
지금 세상에 누가 섭이중과 같으랴	今人誰似聶夷中

《국조보감》. 효종이 세자에게 명하여 후원에 가서 논에 벼를 심고 김매고 수확하는 모습을 관찰하여 농사의 어려움을 알도록 하였다. 매양 섭이중(聶

---

69 금고와 경액 : 모두 도가(道家)의 선약이다.

70 유하주와 옥식 : 유하(流霞)는 신선이 마신다는 좋은 술을 가리키고, 옥식(玉食)은 임금이 먹는 진귀한 음식을 가리킨다.

71 상식(尙食) : 조선시대 내명부(內命婦) 궁관(宮官)에게 주던 종5품 품계로 임금의 식사에 관한 일을 담당하였다.

夷中)의 시[72]를 외면서 "농가의 괴로움을 눈앞에 보는 듯하다."라고 하였다.

66.

꽃 사이 담소하는 사람들 뜰에 가득한데	笑語花間人滿垣
학사를 부축하여 궁문 나서는 모습 보네	看扶學士出宮門
경연하는 유신이 본래 준걸이라	經幄儒臣元儁異
술 취한 한때의 실수 거론할 필요 없네	暫時杯酌不須論

《국조보감》. 효종이 강연에 나아가니, 교리(校理) 이정영(李正英)이 취하여 강독을 할 수 없었다. 효종이 하번(下番)이 대신 강독하라고 명하자 승지가 이정영을 추고(推考)하기를 청하였다. 효종이 "술을 마셨다는 실수로 경연하는 신하를 책망한다면, 어찌 너그럽게 포용하는 도리이겠는가. 그냥 두어라."라고 하였다.

67.

비단옷차림 유생들이 전문을 받들고 와서	軟羅巾服奉箋來
대궐문 앞에서 사은하고 돌아가네	閶闔門前拜謝迴
해마다 반궁에서 행음례 거행하여	歲歲泮宮行飮禮
만년토록 영원히 흰 은술잔에 취하리	萬年長醉白銀杯

---

72 섭이중(聶夷中)의 시 : 섭이중(837~884)은 당나라 말기의 시인으로 자는 원지(垣之)이며, 하동(河東) 사람이다. 시를 잘하여 그가 지은 〈상전가(傷田家)〉는 매우 유명하다. 전문은 다음과 같다. "이월 달에 새 고치실을 미리 팔고, 오월에 새 곡식을 벌써 파네. 당장 눈앞의 급박함은 모면할 수 있으나, 심장의 살점을 도려내는 것 같네. 바라건대 군왕의 마음이, 밝게 빛나는 촛불이 되어. 화려한 잔치자리 비추지 말고, 유랑하는 집들을 두루 비췄으면.〔二月賣新絲, 五月糶新穀. 醫得眼前瘡, 剜却心頭肉. 我願君王心, 化作光明燭. 不照綺羅筵, 偏照逃亡屋.〕"《唐書 卷177》

《국조보감》. 효종이 명하여 은술잔 한 쌍을 만들어 태학(太學)에 하사하고, 관관(館官) 및 재유(齋儒)들에게 술을 내렸다. 이어 어찰(御札)을 내려서 "사치하기 위해서가 아니라 오래오래 쓰려는 것이고, 술을 위해서가 아니라 화목하기를 바라서이다."라고 하였다. 태종(太宗)이 전조(前朝)의 국자박사(國子博士)를 위해 성균관에서 술잔을 돌릴 때, 청화잔(靑花盞)[73]이라는 것을 썼다. 즉위를 하고서는 술잔을 깊이 간수했다가 많은 선비들이 태학에서 잔치할 때이면 그 술잔으로 술을 돌리도록 허락했다. 나중에 임진왜란의 와중에 잃어버렸고, 이때에 이르러 대사성 김익희(金益熙)가 다시 술잔을 만들어 조종조에서 행했던 훌륭한 일을 계속할 것을 청했기 때문에 이런 명령이 있었던 것이다. 이튿날 지관사(知館事) 채유후(蔡裕後) 등이 제생을 거느리고 전문을 올려 사례했다.

68.

부상에 새벽 해 돋아 선홍색이 찬란한데	扶桑曉日錦鮮紅
먼저 백옥궁의 왕손을 비춰주네	先照王孫白玉宮
한 가닥 가는 향연기 흩어지지 않아	一炷小香凝不散
만 리 심양에 상서로운 무지개로 변하리	瀋陽萬里化祥虹

삼가 고찰하건대, 《열성지장(列聖誌狀)》에 다음 기록이 있다. 효종이 심양(瀋陽)에 있을 때, 먼저 현종(顯宗)을 우리나라로 돌려보냈다. 현종이 매양 떠오르는 해를 바라볼 때마다 곧 "부모님이 얼른 돌아오시게 해주소서."라고 축원하였는데, 당시 나이 겨우 4세였다.

---

73 청화잔(靑花盞) : 파란색 안료로 그림을 그리거나 글자를 써서 장식한 청화자기(靑花磁器)로 된 술잔이다. 조선 시대에 청화자기는 안료를 외국에서 수입하여 매우 고가였으므로 금·은과 마찬가지로 술그릇처럼 작은 물건 외에는 사용하지 못하도록 법전에 금지 조항을 두었다. 《經國大典 刑典 禁制》

69.

구중궁궐 봄볕이 유하주에 어리니	九重春色映流霞
경연하는 대낮에 백화가 만발했네	日午宮筵蔭百花
특별한 모양으로 장황한 새 족자를	另樣粧潢新簇子
중관이 강신의 집집마다 나눠주었네	中官分與講臣家

《송자대전부록(宋子大全附錄)》. 금상(今上 현종)이 세자로 있을 때, 동춘(同春)과 시남(市湳)⁷⁴ 및 천신(賤臣)이 세자의 경연을 시강(侍講)하였다. 하루는 세자가 술자리를 마련하자, 모시고 앉은 신하들이 각각 잠규(箴規)의 말을 올렸다. 시남이 말하기를 "저하께서 선비를 대우하는 예는 근면하지 않을 수 없고, 스승을 섬기는 예는 더욱 공경하지 않을 수 없습니다."라고 하였다. 동춘과 천신이 말하기를 "유모(兪某)의 말이 옳습니다. 신등이 비록 천박하고 고루한 몸으로 초야에서 나왔지만 홀대해선 안 되고, 또 오늘의 말을 잊어서도 안 됩니다."라고 하였다. 세자 저하가 "내가 어찌 제공들의 말을 잊을 수 있겠소."라고 하고서 즉시 이 날의 일을 그림으로 그려 족자로 만들어 각각 1본씩 하사하였다. 부록에 서술한 것을 고찰하여 현종이 세자로 있을 때의 일을 삼가 기록한다.⁷⁵

70.

흰 깃털 금 화살로 나무 위의 새를 쏘니	雪翎金鏑鵲枝弓
들오리가 푸드덕 공중에서 떨어지네	花鶩離披墮碧空
사람들에게 활솜씨 빼어나다 자랑 말라	莫向衆中誇絶技

---

74 동춘(同春)과 시남(市湳) : 동춘은 송준길(宋浚吉, 1606~1672)의 호이고, 시남은 유계(兪棨, 1607~1664)의 호이다. 두 사람은 송시열(宋時烈)·윤선거(尹宣擧)·이유태(李惟泰) 등과 더불어 충청도 유림의 오현(五賢)으로 일컬어졌다.

75 금상(今上)이……기록한다 :《송자대전부록(宋子大全附錄)》 권18 〈어록(語錄) 최신록 하(崔愼錄下)〉에 실려 있다.

인애가 미물에까지 미친 성상의 마음일세　　　　　推仁及物是宸衷

《공사문견록》. 현종 대에 내시 전이성(全以性)이 활을 잘 쏘았다. 하루는
금원에서 들오리를 쏘았는데, 다리 하나가 부러져 멀리 날지 못하고 금원
안에 떨어졌다. 현종은 들오리가 외다리로 퍼덕거리는 것을 가엾게 여겨
바라볼 때마다 측은해 하며 안색이 한동안 좋지 못하였다. 인애(仁愛)가
미물에까지 미침이 아! 지극하도다.

71.

금원의 봄볕에 어린 곰을 기르니　　　　　　　養得稚熊禁苑春

영유의 우록과 날마다 친히 지내네[76]　　　　靈囿麀鹿日相親

하루아침에 곰을 깊은 산에 풀어주니　　　　　一朝放爾深山去

죽임을 좋아하지 않는 하늘같은 인덕에 감동하였으리

　　　　　　　　　　　　　　　　　　應感如天不殺仁

《갱장록》. 궁궐에서 일찍이 어린 곰을 길렀는데, 내시 등이 오랜 뒤에 반드
시 우환거리가 될 것이므로 죽여야 한다고 청하였다. 현종이 당시 세자로
있으면서 "곰이 비록 사람을 해치나, 아직 일어나지 않은 일을 염려하여
먼저 죽인다면 어진 사람의 마음씨가 아니다. 깊은 산에 풀어주는 것이
좋겠다."라고 하였다. 효종이 그 말을 듣고 크게 기뻐하며 "너의 세대에는
시기와 의심으로 죽임을 당하는 자는 없으리라."라고 하였다.

76　영유의……지내네 : 임금의 인덕이 미물에까지 이르러 모두 화락함을 가리킨다.
영유(靈囿)는 주(周)나라 문왕(文王)의 동산이고, 우록(麀鹿)은 암사슴이다. 《시경》
〈영대(靈臺)〉에 "왕이 영유에 계시니, 암사슴과 사슴이 엎드려 있도다. 암사슴과 사슴
이 번드르르 살쪘거늘, 백조는 깨끗하고도 희도다.[王在靈囿, 麀鹿攸伏. 麀鹿濯濯, 白
鳥翯翯.]"라고 하였다.

72.

만경창파에 일엽편주 띄우고서	一葉扁舟萬頃波
아무도 노를 젓지 않으면 어찌될 것인가	無人撐楫事如何
궁전 벽에 찬란히 촛불 밝힌 밤에	殿壁輝輝金燭夜
군왕이 한 번 생각하고 한 번 어루만지네	君王一念一摩挲

《국조보감》. 숙종이 일찍이 비국당상을 불러 한 폭의 그림을 보여주니, 바로 만경창파에 나룻배 한 척이 떠 있는 광경이었다. 그림에 한 편의 글이 있었으니, 바로 임금이 지은 것이었다. 그 글에 "나라를 다스림에 다섯 가지가 있으니, 첫째는 학문을 좋아하는 것이고, 둘째는 어진 인재를 등용하는 것이고, 셋째는 충성스런 간언을 받아들이는 것이고, 넷째는 나의 허물을 듣기 좋아하는 것이고, 다섯째는 보물을 천히 여기고 현자를 귀히 여기는 것이다."라고 하였다.

73.

금련촉[77] 아래 시를 지으니 달은 벌써 기울고	蓮燭詩成月在西
새벽바람은 벽한서[78]로도 막을 길 없네	曉風無賴辟寒犀
갑자기 훈훈한 향기가 풍겨오니	薰薰忽覺天香襲

---

77 금련촉(金蓮燭) : 황금 연꽃 모양의 등불로, 신하에 대한 왕의 특별 예우를 표현할 때 쓰이는 말이다. 당나라 영호도(令狐綯)가 궁궐에서 밤늦게까지 황제와 대화를 나누다가 돌아갈 무렵에 촛불이 거의 다 꺼지자, 황제가 자신의 수레와 금련촉을 주어 보냈는데, 관리들이 이것을 보고는 황제의 행차로 여겼다는 고사가 있다. 《新唐書 卷166 令狐綯列傳》

78 벽한서(辟寒犀) : 추운 기운을 없애 주는 물소 뿔의 이름이다. 당나라 개원(開元) 2년(714)에 교지국(交趾國)에서 물소 뿔을 바쳤는데, 이것을 궁전 안에다 놓아두자 한기가 물러가고 온기가 퍼지기 시작했다는 이야기가 전한다. 《古今事文類聚 後集 卷36 辟寒犀》

붉은 모자의 관원이 시고를 가지고 내려오네　　　　紫幘人來降赫蹄

《국조보감》. 숙종이 밤에 옥당에 술을 하사하고, 칠언시 한 수를 지어 내렸
다. 그 시에 "칼날 같은 북풍한설 솜옷조차 부러질 듯 추운데, 구중궁궐엔
어느새 밤이 침침하네. 불현듯 옥당이 생각나 술과 안주 내리니, 넉넉한
은전에 흠뻑 취하리.〔雪風如劍折綿寒, 金闕沈沈夜已闌. 忽憶登瀛傳御饌,[79]
厭厭醉飽侈恩歡.〕"라고 하였다. 또 소서(小序)를 쓰기를, "경악(經幄)의
신하는 임금을 궁궐에서 가까이 모시고 계설향(鷄舌香)을 물고서[80] 진강을
하거나 하문에 응하는 직책이다. 경들이 모두 훌륭한 문학과 행실로 경연에
서 임금을 지성으로 인도하니, 나는 매우 가상하게 여긴다. 지금 추위가
점점 심해지고 밤이 점점 길어지는데, 어전에 올린 진수성찬을 마주하자
입직한 옥당 관원들이 무료할 것이라 생각하여, 반찬과 술을 내리고 겸하여
시 한 수를 지어 나의 뜻을 표한다."라고 하였다. 이에 옥당에 입직한 관원이
전문(箋文)을 올려 사례하고, 그 운에 따라 시를 지어 올렸다.

74.

상서원 낭관이 어좌 곁에 서서　　　　　尙瑞郞官御座傍

붉은 비단 보자기로 너른 책상을 덮네　　紅羅帕子覆匡牀

이후로 고첩[81]에 새 도장을 찍으니　　　伊來誥牒安新寶

명나라가 하사한 옛 도장이기 때문이네　爲是皇朝舊印章

　충문공(忠文公) 이이명(李頤命)이 지어 올린 《명릉지문(明陵誌文)》에 다
음 기록이 있다. 신이 일찍이 괴원(槐院 승문원)의 옛 종이 가운데서 명나

79　御饌 : 저본에는 '二字缺落'이라 되어 있으나, 《국조보감》 원전을 확인하여 보충하
였다.

80　계설향(鷄舌香)을 물고서 : 시종신이나 낭관직을 가리킨다. 계설향은 정향(丁香)
을 말하는 것으로 옛날 상서성(尙書省)의 낭관이 임금 앞에서 사안을 아뢸 때 입냄새를
없애기 위해 계설향을 머금었다는 고사가 있다.

81　고첩(誥牒) : 임금이 신하에게 봉작(封爵) 등을 내릴 때 쓰는 문서를 말한다.

라 성화(成化) 연간에 하사한 인적(印蹟)을 찾아내 올렸더니, 모각하여
어보(御寶)로 삼으라 명하셨고, 이어 명하시기를 "이후로 왕위를 잇는 자들
은 청국(淸國)의 도장을 쓰지 말고 이 어보를 써서 자손만대에 황조의 은혜
를 잊지 말라."라고 하였다.

75.

관가의 기명복식이 검약을 법도로 삼아	官家器服儉爲章
은서피 갖옷을 숙상 갖옷으로 대신했네[82]	銀鼠皮裘代鷫鸘
들으니 유신이 새로 간언을 진달하자	聞有儒臣新奏達
대궐 앞에 급히 상의원 관원을 불렀다네	殿前催喚尙衣郞

《갱장록》. 숙종 조에 부제학 권해(權瑎)가 상주하기를 "항간에 은서피(銀
鼠皮)로 주상의 갖옷을 지었다는 소문이 있습니다. 옛날 진 무제(晉武帝)
와 당 현종(唐玄宗)은 평범한 임금에 불과했으나 치두구(雉頭裘)와 금수장
(錦繡帳)을 불살랐는데,[83] 지금에 밝고 성스러운 전하께서 어찌 저 두 임금
이 한 것보다 못하실 리가 있겠습니까."라고 하였다. 이에 숙종이 하교를
내려 칭찬하고, 아직 재봉하지 않은 갖옷까지 상의원에 보내 모두 불사르게
하였다.

---

82 은서피……대신했네 : 진귀한 것을 평범한 것으로 바꿨다는 의미이다. 은서 갖옷
은 흰 족제비 가죽으로 만든 고급 갖옷을 가리키고, 숙상(鷫鸘) 갖옷은 기러기와 비슷한
숙상이라는 새의 가죽으로 만든 갖옷 이름인데, 흔히 가난한 사람이 입는 옷을 뜻하는
말로 쓰인다.

83 옛날……불살랐는데 : 진 무제(晉武帝) 함녕(咸寧) 4년(278)에 태의(太醫) 사마
정거(司馬程據)가 꿩의 머리 깃털로 장식한 갖옷[雉頭裘]을 바쳤는데, 무제는 기이한
기예나 의복은 전례에 금지된 것이라 하여 대궐 앞에서 불사르도록 명하였고, 당 현종
(唐玄宗) 선천(先天) 2년(713)에 궁중의 주옥과 금수(錦繡) 등의 사치품을 정전(正殿)
앞에서 불사르게 한 일이 있다. 《晉書 卷3 帝紀 武帝》《舊唐書 卷8 本紀 玄宗上》

76.

심원⁸⁴의 아름다운 나무에 잎이 무성한데	沁園佳卉葉扶疏
조만간 백옥 섬돌 곁으로 옮겨 오리	早晚移來白玉除
하루 저녁 궐내에서 감상을 마치고서	一夕內中淸供罷
옛날 심었던 종려도 민가에 되돌려 주었네	民間還賜舊棕櫚

《국조보감》. 숙종이 일찍이 종려(棕櫚)나무를 구할 때에 군수(郡守)를 지낸 홍만회(洪萬恢)⁸⁵ 집에 있다는 소식을 듣고 액예(掖隷)를 시켜 구해오게 하였다. 이는 홍만회가 영안위(永安尉) 홍주원(洪柱元)의 막내아들로 임금의 인척이 되기 때문이다. 홍만회가 뜰아래 엎드려 "이마에서 발끝까지 국가의 은덕을 입었으니, 머리털도 감히 아끼지 못할 처지인데 하물며 꽃나무이겠습니까. 다만 명색이 국척이라고는 해도 촌수가 먼 외척의 신하이기에 꽃나무를 바치는 것은 죄스러워 감히 하지 못하겠습니다. 신의 집에도 또한 그대로 둘 수 없습니다."라고 하고는 즉시 뽑아 버렸다. 숙종이 훌륭하다고 칭찬하고, 드디어 전에 심었던 후원의 종려나무도 뽑아서 민간의 주인에게 돌려보내도록 하였다.

77.

궁궐의 꽃이 천 송이 만 송이 피어	宮花萬朶復千枝
봄이 되어도 벌나비가 탐내지 못하네	蠭蝶春來不敢窺
성상께서 손수 술을 빚어서	爲是聖人親釀酒

---

84 심원(沁園) : 후한(後漢) 때 심수공주(沁水公主)의 정원 이름으로 후대에 공주의 정원을 가리키게 되었다. 여기서는 홍만회(洪萬恢)가 부마(駙馬) 홍주원(洪柱元)의 아들이므로 한 말이다.

85 홍만회(洪萬恢) : 1643∼1709. 본관은 풍산(豊山), 자는 여괵(汝廓)이다. 영안위(永安尉) 주원(柱元)의 아들이며, 어머니는 선조의 딸 정명공주(貞明公主)이다. 1669년(현종10) 사마시에 합격, 장악원 직장·안악 군수·풍덕 부사 등을 지냈다.

아침마다 내전에 금술잔을 올리기 때문이네 　　　　朝朝殿裏拜金卮

《국조보감》. 영조가 인현왕후(仁顯王后)를 지극한 효성으로 섬겼다. 일찍
이 뜰에 핀 갖가지 꽃을 따다가 손수 술을 빚어 왕후에게 드렸는데, 이때
영조의 나이 겨우 5세였다.

78.

학 깃발 푸른 일산이 대궐문을 나오니 　　　　鶴旗靑繖出銅闈

늘어선 궁관들이 늦게 돌아온 행차를 맞네 　　　　班立宮官奉駕遲

고양 땅 삼십 리에 소식 알리니 　　　　報道高陽三十里

세자가 오늘 명릉을 배알하고 돌아간다 하네 　　　　自家今日拜陵歸

《국조보감》. 영조가 잠저(潛邸)에 있을 때, 8월 15일이 숙종의 탄신일이라
명릉(明陵)을 배알하고서 고령(古靈)의 농사(農舍)에 5일간 머물렀다. 장
차 대궐로 돌아가 안부를 살피려고 저물녘에 출발하여 덕수천(德水川)[86]에
이르렀는데, 밤이 깊고 불도 없어 검암(黔巖) 파발참(擺撥站)[87]에서 쉬게
되었다. 얼마 후 어떤 사람이 소를 끌고 앞개울을 건너자, 시종하던 자가
영조에게 도둑이라고 고하였다. 영조가 발참장(撥站將) 이성신(李聖臣)에
게 이르기를 "저 사람은 흉년이 들어 기한에 시달리다 저렇게 한 것이다.
그러나 농부가 소가 없으면 어떻게 경작할 수 있겠는가. 발참장이 비록
낮은 벼슬이긴 해도 또한 관직이다. 네가 잘 처리하여 소는 주인에게 돌려
주고 도둑은 관가에 고하지 말라."라고 하였다. 이성신이 곧 영조의 말대로
하였다. 새벽녘에 영조가 서울의 잠저로 돌아오니, 학가(鶴駕)가 잠저의
문 밖에 위의를 갖추고 있었다. 이미 저위(儲位)로 세워진 때문이었다.

86　덕수천(德水川) : 경기도 고양시의 덕양구 신도동을 흐르는 하천이다.

87　검암(黔巖) 파발참(擺撥站) : 검암은 현재 서울시 은평구 진관내동 일대에 해당하
는데 조선시대에 파발참이 있었다. 현재 〈검암기적비(黔巖紀蹟碑)〉가 있는데, 이는
정조가 1781년(정조5)에 숙종을 모신 명릉(明陵)을 참배하고 돌아오던 도중 할아버지
영조가 옛날 이곳에서 소도둑을 잡았다가 풀어준 일화를 회상하며 세운 것이다.

79.

한가로운 꽃그늘이 경연자리를 덮으니	遲遲花影覆宮茵
맑은 대낮 서책 앞에 주상이 눈물 흘리네	淸晝臨書泣聖人
선왕께서 손때 묻은 책을 남기시어	爲是先王留手澤
마치 어제인양 첩황[88]이 새롭기 때문이네	宛然如昨貼黃新

《국조보감》. 숙종이 일찍이 《예기》〈증자문(曾子問)〉을 강독할 적에, 이미 강독을 마친 부분에 찌를 붙여 놓았는데 몸이 편찮아져서 강독을 마치지 못하였다. 영조가 뒤에 주강(晝講)에 나아가 책을 읽다가 〈증자문〉에 이르자 목이 메어 눈물을 흘리며 말을 잇지 못하였다. 경연관들이 일제히 아뢰기를 "《소학》에서 '차마 아버지가 읽던 책을 읽지 못하니 손길이 남아 있기 때문이다.'라고 하였습니다. 청컨대 이 편을 강하지 마소서."라고 하자, 영조가 따랐다. 이날 밤 소대(召對)를 하고 선찬(宣饌)하면서 부모가 있는 자들에게 가져다 드리라고 명하자, 신하들이 앞 다퉈 소매 가득 채웠으나 부모가 없는 자들은 빈 소매로 물러났다. 주상이 이를 보고 슬피 울자 신하들도 모두 감동하여 눈물을 흘렸다.

80.

육상궁이 경희궁에 인접하여	毓祥宮接慶熙宮
한 해 내내 자주 나아가 절 올리네	展拜頻繁一歲中
또 아침마다 멀리서 바라보고자	更欲朝朝瞻望近
작은 누대를 상림원 동쪽에 새로 세웠네	小樓新起上林東

---

88 첩황(貼黃) : 숙종이 붙여 놓았던 찌를 가리킨다. 본래 당나라 때에 조서(詔書)에 고칠 데가 있으면 누런 종이를 붙여서 바로잡았던 데서 유래하였다. 후대에는 상소나 절목 등을 완성한 후에 미진한 데가 있으면 그 끝이나 해당 내용에 누런 종이를 붙여서 부연(敷衍)하는 것을 가리키기도 하고, 이외에도 왕실의 비밀에 속하는 사안일 경우에도 누런 종이를 붙여 국왕이 친히 뜯어보도록 하였는데 이를 첩황이라고도 불렀다.

삼가 고찰하건대, 정조가 지은《영종행록(英宗行錄)》[89]에 다음과 같은 기록이 있다. 영조가 만년에 경희궁(慶熙宮)으로 거처를 옮겼는데, 궁원에 영취(暎翠)라는 정자가 있어 높직하여 조망하기에 좋았다. 사직단(社稷壇)이 그 서쪽에 있고, 육상궁(毓祥宮)[90]이 북쪽에 있었다. 영조는 타고난 효성이 지극하여 자전(慈殿)을 오래 모시지 못한 것을 일생의 한으로 삼아, 날마다 새벽이면 영취정에 가서 한참 동안 부복했다가 육상궁을 바라보며 눈물을 흘리고 돌아왔고, 저녁에도 그렇게 하면서 모진 추위나 더위에도 한 번도 거른 적이 없었다. 일찍이 하교하기를 "내가 이렇게 하는 것은 바로 혼정신성(昏定晨省)의 뜻이다."라고 하였다.

81.

관원들의 옥패가 영롱히 울리니	千官玉珮響玲瓏
깊숙한 누런 휘장에서 대보단에 절하네	黃幄深深拜帝宮
풍마에 운거를 탄 모습[91] 우러른 듯하여	風馬雲車瞻髴髣
공중 가득 흰 기운이 어좌를 감싸네	漫空一氣北辰中

---

89 영종행록(英宗行錄) :《영종대왕행록(英宗大王行錄)》을 가리키며《홍재전서(弘齋全書)》권17에 실려 있다.

90 육상궁(毓祥宮) : 서울특별시 종로구 궁정동에 있는 조선 숙종의 후궁이며 영조의 생모인 숙빈 최씨(淑嬪崔氏)의 신주를 모신 사당이다. 영조 원년(1725)에 창건되어 숙빈묘라 하였다가 개칭하여 육상묘(毓祥廟)라 하였고, 영조 29년(1753)에 육상궁으로 높였다. 1908년에 저경궁(儲慶宮)·대빈궁(大嬪宮)·연우궁(延祐宮)·선희궁(宣禧宮)·경우궁(景祐宮) 등 5개의 묘당을 이곳으로 옮겨와 육궁(六宮)이 되었다가 1929년 덕안궁(德安宮)도 옮겨와서 현재는 칠궁(七宮)이 되었다.

91 풍마(風馬)에……모습 : 대보단에 제사를 올림에 의종의 신령이 강림한다는 의미이다. 한(漢)나라 무제(武帝) 때 만든 교사가(郊祀歌)에 "천지 신령의 수레는 검은 구름을 얽고……천지 신령이 내려오실 때 바람같이 빠른 말을 타시네.〔靈之車, 結玄雲……靈之下, 若風馬.〕"라고 하였다.《漢書 卷22 禮樂志》

삼가 고찰하건대, 정조가 지은 《영묘행록(英廟行錄)》[92]에 다음과 같은 기록이 있다. 갑신년(1644) 3월 19일은 바로 의종(毅宗)이 나라를 위해 목숨을 바친 날이었다. 그날에 임금이 문무백관을 거느리고 친히 대보단(大報壇)에 제를 올렸는데, 제삿날 며칠 전부터 재거(齋居)하면서 소찬을 들었다. 그리고 신하들에게 하교하기를, "《예기》에 '소리 없는 데서 듣고, 형체 없는 데서 본다.〔聽無聲, 視無形.〕'[93]라고 하였고, 또 '사흘 동안 재계를 하면, 재계하는 대상을 볼 수 있다.〔齋三日, 乃見其所爲齋者.〕'[94]라고 하였다. 나에게 과연 귀신을 감격시킬 정성이 있다면, 하늘에 계신 영령이 우리나라에도 강림하실 것이다."라고 하였다. 제삿날 밤에 왕이 지극한 정성으로 제를 올리고, 제가 끝난 후에 또 맨땅에 엎드려 있기도 했는데, 날이 밝을 무렵에 백기(白氣)가 나타나 누런 장막 위에 길게 가로질러 있는 것을 근시들이 모두 목격하였다고 한다.

82.

관경대 곁에 버들가지 늘어지니	觀耕臺畔柳絲絲
푸른 갓끈[95]으로 동적전에서 쟁기를 멜 때로다	東籍靑紘載未時
농장인성이 땅을 밝게 비추면	農丈人星光燭地
내일 아침에 사관이 임금께 아뢰리[96]	明朝太史奏丹墀

---

92 영묘행록(英廟行錄) : 《영종대왕행록(英宗大王行錄)》을 가리키며 《홍재전서(弘齋全書)》 권17에 실려 있다.

93 소리……본다 : 《예기》〈곡례 상(曲禮上)〉에 나온다.

94 사흘……있다 : 《예기》〈제의(祭儀)〉에 나온다.

95 푸른 갓끈 : 굉(紘)은 관(冠)에 다는 끈으로, 천자는 주굉(朱紘)을 쓰고 제후(諸侯)는 청굉(靑紘)을 쓴다.

96 농장인성(農丈人星)이……아뢰리 : 농장인성은 별 이름으로 남두성(南斗星) 서남쪽에 있는 별로 추수(秋收)를 주관한다고 한다. 농장인성이 뜨면 풍년이 들 조짐이므로 사관이 임금께 아뢰리라는 뜻이다.

《국조보감》. 영조 43년(1767) 봄에 주상이 왕세손을 거느리고 적전(耤田)을 친경(親耕)하였다. 처음에 주상이 《주례(周禮)》의 글에 따라 예조에 명하여 헌종의(獻種儀)를 지어 올리도록 하였다. 하루 전에 왕비가 의례대로 헌종(獻種)하였다. 그날 주상이 왕세손과 더불어 동적전(東耤田)에 갔다. 주상은 다섯 번 밀어주는 예를 행하고, 왕세손은 일곱 번 밀어주는 예를 행하고, 종실과 대신, 이조 판서 이하가 모두 아홉 번 밀어주는 예를 행하였다. 3일이 지나 주상이 세손과 더불어 남교(南郊)의 성경대(省耕臺)에 행차하여, 세손에게 명하여 몸소 밭두둑에 나가 농사짓는 절차를 묻고 힘들게 일하는 상황을 살피도록 하였다.[97]

83.

봄 되어 뻐꾸기가 관가의 뽕나무에 내리니	春來戴勝降公桑
밤에 선잠에 제사를 올려 친히 향불 사르네[98]	夜饗先蠶親上香
이윽고 군왕의 새 면복을 지으니	旋製君王新冕服
육궁이 나란히 〈갈담장〉[99]을 암송하네	六宮齊誦葛覃章

---

97 영조……하였다 : 영조가 친경한 절차는 《영조실록》 43년(1767) 2월 26일 기사에 자세하다.

98 봄……사르네 : 뻐꾸기가 뽕나무에 내린다는 것은 3월이 되었다는 의미이다. 《예기》〈월령(月令)〉에 "3월……산비둘기가 날개를 치고, 뻐꾸기가 뽕나무에 내려앉는다.〔季春之月, ……鳴鳩拂其羽, 戴勝降于桑.〕"라고 하였다. 공상(公桑)은 천자와 제후의 뽕나무밭을 말하는데, 천자와 제후는 공상과 잠실을 가지고 있었다. 선잠(先蠶)은 누에치기를 처음 시작했다고 전해지는 서릉씨(西陵氏)에게 올리는 제사이다.

99 갈담장(葛覃章) : 《시경》 국풍(國風) 주남(周南)의 〈갈담(葛覃)〉을 가리킨다. 두 번째 구절에 "칡덩굴이 쭉쭉 뻗어, 골짜기 가운데에 뻗어가서, 그 잎새가 빽빽하거늘, 그 덩굴을 베어 삶아서, 굵고 가는 갈포옷 지으니, 입으매 싫지가 않도다.〔葛之覃兮, 施于中谷. 維葉莫莫, 是刈是濩. 爲絺爲綌, 服之無斁.〕"라고 하여 부녀자로서 부지런하고 효심도 지극했던 문왕(文王)의 후비(后妃)를 기리는 내용이 있다.

《국조보감》. 영조 43년 3월에 왕비가 비로소 친잠(親蠶)을 행하였다. 하루 전에 왕비가 경복궁에 나아가 선잠(先蠶)에게 제향을 올리고, 이어 채상례(採桑禮)를 의례대로 행하였다. 여름 4월에 왕비가 비로소 수견례(受繭禮)를 행하고, 누에고치를 여러 신하들에게 나누어 주었다.[100] 이해 가을 주상이 몸소 석전(釋奠)을 거행하고, 대신에게 하교하기를 "이번 예를 행할 때 입은 면복(冕服)과 대대(大帶)는 바로 내전이 친잠(親蠶)하여 짠 옷감으로 만든 것이다."라고 하였다.

84.

북단에 친히 기도하며 면류관 드러내니	北壇親禱露珠旒
붉은 일산과 칠보 깃대가 비에 젖네	絳繖霑來七寶斿
보병 의장대와 함께 환궁하는 길에	步軍隊仗還宮路
벌써 밭둑사이에 콸콸 물소리 들리네	已聽田間活活流

《국조보감》. 영조 29년 여름에 큰 가뭄이 들어, 주상이 북교(北郊)에서 기우제를 지냈다. 초헌(初獻)을 하고 나자 쏴하고 바람 소리가 나서 장막을 거두도록 명하고 빗속에 섰는데, 일을 마칠 즈음 면불(冕黻)이 다 젖었다.

85.

둥둥 북소리 울려 운대에 아뢰니	鼕鼕靈鼓奏雲臺
해를 받든 희화가 잠시 머무네	捧日羲和暫竚徊
시종 하늘을 공경하고 두려워하도록	終始敬天勤惕念
고하는 말에 몇 조목을 덧붙였네	告辭添入數條來

《춘관통고(春官通考)》〈구식의(救食儀)〉에 "주상이 익선관(翼善冠), 참

---

100 영조……주었다 : 왕비의 친잠(親蠶) 및 누에고치를 반사한 내용은 영조 43년 정해(1767) 3월 10일, 4월 27일 기사에 자세하다.

포(黲袍), 오서대(烏犀帶), 백피화(白皮靴)를 갖추고 인정전(仁政殿) 섬돌 위에 나아가 해를 향해 앉으니, 관상감 제조가 나아가 '일식이 시작되니, 청컨대 경척수성(警惕修省)하소서.'라고 한다. 이윽고 향을 사르고 북을 쳐 의식대로 일식을 구원하고, 일식이 심해지면 다시 아뢰기를 '일식이 심해지려 하니 청컨대 더욱 경척수성하소서.'라고 한다. 해가 다시 둥글어지면 또 아뢰기를 '해가 다시 둥글어지려 하니, 청컨대 비해궐성(匪懈厥省)하소서.'라고 한다. 해가 이미 둥글어지면 드디어 북소리를 그친다."라고 기록되어 있다. 구의(舊儀)에는 다만 일식이 시작되고[將食], 일식이 심해지고[食甚], 다시 둥글어지는[復圓] 것만 고할 뿐이었는데, 영조 조에 특별히 명하여 '경척(警惕)'을 보태어 말을 만들어 정식으로 삼게 하였다.[101]

86.

하늘에 별 가득한 밤 난간에서	滿天星斗夜闌干
계절이 따스하고 추운지를 일념으로 걱정하네	時燠時寒一念端
듣자니 한강의 얼음이 천 척이나 얼어붙으니	聞道江氷千尺合
예관이 오늘 새벽에 사한제를 지냈다 하네	禮官今曉祭司寒

《갱장록》. 영조 45년 겨울에 얼음이 얼지 않으니, 관원을 보내어 사한제(司寒祭)[102]를 거행하였다. 주상이 자정전(資政殿)에 나아가 자리에 엎드려

---

101 춘관통고(春官通考)……하였다 : 《춘관통고》는 1788년(정조12)경에 유의양(柳義養)이 정조의 명을 받아 《춘관지(春官志)》, 《국조오례통편(國朝五禮通編)》 등을 바탕으로 예조(禮曹)가 관장하는 제반 업무를 길례(吉禮)·가례(嘉禮)·빈례(賓禮)·군례(軍禮)·흉례(凶禮)로 나누어 총96권으로 편찬한 책이다. 위 인용문의 내용은 권76에 〈구일식(救日食)〉, 〈구일식의 - 원의(救日食儀-原儀)〉, 〈친림구일식의 - 속의(親臨救日食儀-續儀)〉라는 제목으로 실려 있는데, 환재가 임의대로 내용을 축약하였다. 일식에 대처하는 의식에 대해서는 《은대편고(銀臺便攷)》 〈예방고(禮房攷) 일월식(日月蝕)〉도 참고할 만하다.

102 사한제(司寒祭) : 음력 12월에 사한단(司寒壇)에서 북방의 신인 현명씨(玄冥氏)

말하기를 "《춘추(春秋)》에 얼음이 얼지 않음을 기록하였는데,[103] 지금 납향
(臘享)이 멀지 않은데도 겨울이 이상스레 따스하여 두려움에 편안할 겨를
이 없습니다."라고 하였다. 시각이 다하고서 비로소 내전으로 돌아오니 새
벽녘에 한강의 얼음이 모두 합쳐졌다.

87.

중문을 활짝 열어 관원들을 인견하니	洞闢重門引鷺班
붉은 구름 어좌가 남산을 마주하네	紅雲黼座對南山
바다의 해가 처음 솟아 의장대 움직이니	海日初昇仙仗動
하늘 바람에 퉁소소리가 인간세상에 울리네	天風簫管下人間

《국조보감》. 영조가 일찍이 하교하기를 "예전에 송나라 예조(藝祖)가 '중문
(重門)을 활짝 여는 것은 바로 나의 마음과 같다.'라고 하였다. 법전(法殿)
에 임어(臨御)하였을 때는 양쪽 협문(夾門)을 열라. 임금이 법전에 임어하
는 것이 어찌 평시와 같을 수 있겠는가. 이후로는 법전에 임어하였을 때
앞의 세 문을 활짝 열도록 하라."라고 하였다.

에게 지내는 제사이름이다. 얼음을 빙고에 넣을 때 장빙제(藏氷祭)를 지내고, 춘분(春
分)에 빙고문을 열면서 개빙제(開氷祭)를 지내는데 이를 사한제라 한다. 그리고 추워지
지 않아 얼음이 얼지 않을 때에도 제사를 지냈는데, 이를 기한제(祈寒祭) 또는 동빙제(凍
氷祭)라고 하였다. 고려시대부터 조선시대까지 국가의례에서 소사(小祀)로 행하였다.
103 춘추(春秋)에……기록하였는데 : 《춘추》에 노 환공(魯桓公) 14년 정월(正月),
노 성공(魯成公) 원년(元年) 2월, 노 양공(魯襄公) 28년 봄에 각각 '얼음이 없다.〔無
氷〕'라고 기록한 것을 가리킨다. 유향(劉向)은 "'게으르면 항상 더운 날씨가 뒤따른다.
〔豫恒燠若〕'라고 한 말은 정사가 서완(舒緩)하고 기강이 해이해져 상벌(賞罰)이 행해
지지 않은 상(象)이다.〔豫恒燠若, 此政事舒緩, 紀綱縱弛, 善惡不明, 賞罰不行之象.〕"
라고 풀이하였다. 《葛庵集 卷3 辭職兼陳所懷疏-庚午》

88.

붉은 등롱 줄지어 하늘과 닿았는데	紗籠對對接天明
주상의 행차가 분주하게 한양성에 이르네	淸蹕紛紛抵漢城
주상이 이곳에 이르러 가마를 멈추니	到此凝旒停玉輦
운종가에 저녁 종소리 들려오네	雲從街上暮鍾聲

　삼가 고찰하건대, 정조가 지은 《영종행록(英宗行錄)》에 "내가 거둥하다가 종각(鐘閣)에 이르렀을 때 혹시 종이 울리게 되면 곧 행차를 멈추었다가 종소리가 끝난 뒤에 출발했다. 그것은 주자(朱子)가 동안(同安)에서 종소리를 듣고서 마음이 달려나감〔走作〕을 점검했던 것[104]과 같은 뜻이었다."라고 하였다.

89.

살랑살랑 동풍이 불어 풍경이 고운데	漫漫東風日色鮮
영주의 신록이 벌써 무성하네	瀛洲新綠已芊綿
주상께서 생장하는 뜻을 사랑하시어	天心愛玩生生意
봄풀이 옥안 앞에서 은혜를 흠뻑 입었네	芳艸偏承玉案前

　삼가 고찰하건대, 영조가 지은 《자성편(自省編)》[105]에 "봄풀이 막 자라날

104　주자(朱子)가……것 : 《심경부주(心經附註)》 권3 우산지목(牛山之木) 장에 "내가 소년 시절에 동안에 있으면서 밤에 종소리를 들었는데, 그 한 소리가 끝나기도 전에 이 마음은 벌써 제멋대로 다른 생각을 하려고 달아나고 있는 것이었다. 그래서 이를 계기로 철저히 반성한 끝에, 학문을 하려면 무엇보다도 먼저 뜻을 전일하게 가져야 한다는 것을 깨닫게 되었다.〔嘗記少年時在同安, 夜聞鍾聲, 聽其一聲未絶, 此心已自走作. 因是警省, 乃知學爲須是致志.〕"라는 주희(朱熹)의 말이 실려 있다.

105　자성편(自省編) : 《어제자성편(御製自省篇)》을 가리킨다. 1746년(영조22)에 영조가 독서와 생활을 통해 느끼고 생각한 바를 모아 2권 2책으로 엮은 책이다. 유학의 수기치인(修己治人)의 정신을 따라 마음을 닦는 것을 주제로 한 내편(內篇), 사물을

때에, 늘 주렴계(周濂溪)가 뜰의 풀을 뽑지 않았던 마음이 생각나서 차마
해치지 못하였다."라고 하였다.

90.

태창의 썩은 쌀은 풍년의 즐거움이니	太倉腐米樂豐年
주상께서 친히 백성보다 먼저 맛보시네	主上親嘗百姓前
홍부미 한 소반을 가져오라 하교하니	敎取一盤紅粒子
내시가 받들어 어좌 곁을 지나가네	中官捧過御牀邊

《국조보감》. 선혜청에서 상주하기를 "홍부미(紅腐米 오래 묵어 썩은 쌀)를
너무 오랫동안 쌓아두어 도리어 새 쌀을 상하게 하니, 싼 값으로 팔아서
쓸모없는 것을 유용하게 만드소서."라고 하였다. 영조가 하교하기를 "좋다.
그러나 먹을 수 없는 것이라면 어찌 백성을 속여서야 되겠는가. 내가 백성
들을 위해 먼저 맛볼 것이니, 속히 홍부미를 가져오도록 하라."라고 하였다.

91.

짙푸른 궁원에 청명이 가까우니	蔥籠宮苑近淸明
까치가 둥지를 지으려 나무를 돌며 우네	巢鵲營營繞樹鳴
이처럼 모든 생명들이 스스로 즐기는데	如此群生皆自樂
저 들판에서 고생하며 밭가는 이 몇이나 되는가	原田辛苦幾人耕

삼가 고찰하건대, 영조가 지은 《자성편》에 "내가 하루는 편전에 앉아 신료
들을 접견하는데, 까치가 편전 안에 들어와 방석의 터럭을 물고 날아갔다.
이는 까치집을 지으려는 것이어서 그것을 보고 나도 모르게 마음속에 가여
운 생각이 들었다. 이 마음을 만약 넓혔다면 백성들이 모두 안정된 삶의
즐거움을 누렸을 텐데, 애석하게도 실심(實心)을 미루어 실정(實政)을 행

다스리는 것을 주제로 한 외편(外篇)으로 되어 있다. 인용된 구절은 내편에 실려 있다.

하지 못하였다."[106]라고 하였다.

92.

기이하고 아름다운 상서를 날마다 바치니	異瑞嘉祥日不虛
아홉 이삭 영지가 뜰에서 돋았네	靈芝九穗産庭除
주상의 성덕이 겸양을 중시하시니	只緣聖德撝謙甚
붓을 잡은 사관이 감히 기록하지 못하네	簪筆天官未敢書

《국조보감》. 금원에 기이한 풀이 났는데, 한 줄기에 이삭이 아홉 개나 달렸고 자청색(紫青色)이었다. 금원을 맡은 자가 영지(靈芝)라고 하면서 바치니, 영조가 "내가 지금 이것을 가지고 상서(祥瑞)로 여긴다면 사방에서 상서라 하면서 바치는 자가 들끓을 것이다."라고 하면서 물리쳤다.

93.

유생 이백 명이 과거시험에 뽑혀	二百儒生擢禮闈
복두와 방울띠 차림으로 창명하고 돌아가네	㡤頭鈴帶唱名歸
금년의 진사들 은총이 각별하여	今年進士恩光別
명나라에 내린 옛 의복을 새로 입었네	新着天朝舊賜衣

《국조보감》. 영조가 진사과(進士科)의 복두(㡤頭)·난삼(襴衫)·대연화(戴蓮花)·문희연(聞喜宴)[107] 등의 제도를 복구하고자 하였으나 난삼만은

---

106 내가……못하였다 : 인용된 구절은 외편(外篇)에 실려 있다.

107 복두(㡤頭)·난삼(襴衫)·대연화(戴蓮花)·문희연(聞喜宴) : 복두는 각이 지고 위가 평평한 관모로 조선시대에 왕세자와 백관의 공복으로 제정된 적도 있었으나 그 용도가 점차 국한되었고, 관례복이나 과거 급제의 복식으로 한말까지 유지되었다. 난삼은 1746년(영조22)부터 생원·진사의 합격자가 착용한 옷으로 녹색이나 검은색의 단령(團領)에 각기 같은 색의 선을 둘렀다. 대연화는 복두에 어사화를 꽂는 것을 가리킨

제도를 알지 못하였다. 연신(筵臣)이 아뢰기를 "고 이조 참판 김륵(金玏)이 중국에 사신을 갔을 때, 명나라 신종(神宗) 황제가 복두와 난삼을 하사하니, 김륵이 돌아와 안동(安東)의 학사(學舍)에 보관하였다고 합니다."라고 하였다. 영조가 진상하라고 명하니, 이에 생원과 진사의 의관이 모두 명나라 제도로 회복되었다.[108]

94.

빛나는 선친의 붓으로 구름과 용을 그리니	煌煌睿墨寫雲雷
비늘이며 갈기가 살아 움직이는 듯하네	鱗甲如生動鬣鰓
듣자니 문손[109]이 처음 탄생할 적에	聞說文孫初誕降
신룡이 보호하는 길상이 있었다 하네	神龍擁護吉祥來

삼가 고찰하건대, 정조가 지은 〈경춘전기(景春殿記)〉[110] 뒤에 쓴 소지(小識)에 "궁전 동쪽 벽에 용이 그려져 있다. 그것은 내가 태어나기 전날 밤 선친(先親)께서 꿈에 용이 침실로 들어왔는데, 나를 낳고 보니 흡사 꿈속에

다. 문희연은 과거급제자가 친지를 불러 베푸는 자축 연회이다.

108 이에……회복되었다 : 생원·진사의 창방(唱榜) 때에 복두·난삼을 착용하도록 명한 것은 《영조실록》 영조 22년(1746) 9월 19일 기사에 자세하다.

109 문손(文孫) : 제왕의 자손을 가리키는 말로 정조 자신을 지칭한 말이다. 《서경》 〈입정(立政)〉에 "지금부터 이후로 문자와 문손은 여러 옥사와 여러 신중히 할 형벌을 그르치지 마시고, 오직 정(正)을 다스리소서.[繼自今, 文子文孫, 其勿誤于庶獄庶愼, 惟正是乂之.]"라는 말에서 유래하였다.

110 경춘전기(景春殿記) : 《홍재전서》 권14에 실려 있다. 경춘전은 창경궁(昌慶宮) 의 환경전(歡慶殿) 서쪽에 있는 건물로 성종 14년(1483)에 건립되었다. 정조는 이 기문에서 경춘전이 숙종(肅宗)과 인원성후(仁元聖后)가 거처하던 곳이고, 그 후에는 사도세자가 거처하였으며, 자신이 태어난 곳이라는 의미를 되새기고, 퇴락한 경춘전을 옛 모습이 보존될 수 있도록 최소한의 수리만 하도록 명하고서, 공사가 끝난 후 '탄생전(誕生殿)' 세 글자를 써서 문지방 위에다 걸게 된 내력을 적었다.

보았던 용처럼 생겼으므로 그것을 손수 벽에다 그려 아들을 얻은 기쁨을
기록한 것이다. 지금 보아도 먹물이 젖은 듯하고, 용의 뿔과 비늘이 움직이
는 것 같아 내가 그 그림을 볼 때마다 눈물을 쏟지 않은 적이 없었다."라고
하였다.

95.

기곡제 마치고 다시 농사 권장하니	祈穀禮成復勸農
윤음 수백 통을 써서 내리네	綸音寫出百千通
둥둥 기장 솥이 울리는 곳에	吰然黍鼎雷鳴處
그 소리 황종 제일궁에 부합하네	聲合黃鍾第一宮

삼가 고찰하건대, 정조가 지은 〈사직의 기곡일에 창려의 신묘설에 화운하
다.[社稷祈穀日 和昌黎辛卯雪詩]〉라는 시의 소서(小序)에 "몸소 사단에 나
아가서 삼가 기곡제를 거행했는데, 기장 솥[黍鼎]이 종처럼 울려 대풍(大
豐)의 조짐이 있었고, 누차 증험해도 마치 기약한 것 같았다. 이때 비가
온 다음에 눈이 내려서 수많은 나무에 설화(雪花)가 활짝 피었다. '사단의
비가 풍년을 아뢴다[社雨報年豐]'라는 송인(宋人)의 시도 있거니와, 옛날
창려가 지은 〈신묘설(辛卯雪)〉이라는 시에 풍년의 조짐을 기록하였는데,
그해에 과연 두미(斗米)의 값이 삼전(三錢)에 불과하였다. 그래서 마침내
그 시에 화운하여 농사의 풍년을 기원하는 정성을 붙인다."라고 하였다.[111]

96.

춘추 필법으로 공자의 가르침을 강독하니	陽秋筆法講宣尼

---

111 정조가……하였다 : 《홍재전서》 권7에 〈사단 기곡일에 창려의 신묘설시 운에 화
운하다.[社壇祈穀日 和昌黎辛卯雪詩韻]〉란 제목으로 실려 있다. 한유(韓愈)가 지은
시는 〈신묘년의 눈[辛卯年雪]〉이란 시인데, 당시 하남령(河南令)으로 있으면서 원화
(元和) 6년(811) 봄에 내린 눈을 읊은 것이다.

바른 학문 우뚝하여 만세의 사표 되었네　　　　　　典學巍然萬世師

여염집처럼 술소반 마련하여 책씻이하니　　　　　村樣杯盤名洗冊

자전의 심정은 내 어린 시절을 아직도 기억하시네　慈心猶憶尺衣時

　삼가 고찰하건대, 정조가 지은 〈춘추를 완독하던 날에 자궁께서 음식을 베풀어 주어 기쁨을 표하시다.〔春秋完讀日 慈宮設饌識喜〕〉[112]라는 시의 서문에 다음과 같은 기록이 있다. "기억하건대 옛날 내가 어렸을 때에 책 한 질을 완독하면 자궁(慈宮)께서 그때마다 약간의 음식을 마련해 주시어 기쁨을 표하셨으니, 세속에서 일컫는 '책씻이〔冊施時〕'라는 예이다. 오늘에도 일이 있을 때마다 아뢰는 도리에 따라서 《춘추》를 완독한 일을 자궁께 고하였더니, 자궁께서 소자(小子)를 마치 어렸을 때처럼 여기시고 마치 여염집에서와 같이 술과 떡을 약간 준비하시므로, 마침내 감인(監印), 현독(懸讀) 등 여러 사람과 함께 먹었다."

97.

인서록 엮어서 궁궐에 올리니　　　　　　　　編成人瑞獻丹闈

남극성 별빛이 자미원에 들어오네　　　　　　南極星光入紫微

만팔문 앞에 와서 장수를 축원하며　　　　　萬八門前來上壽

군왕이 먼저 노래자의 색동옷을 입었네　　　君王先着老萊衣

　삼가 고찰하건대, 정조가 지은 〈인서록에 대해 하전을 올린 날에 지은 연구〔人瑞錄進箋日聯句〕〉란 시의 서문에 다음과 같은 기록이 있다.
　《인서록(人瑞錄)》을 간행하여 올리기에, 내가 원자(元子)와 더불어 편전에서 친히 받았다. 이날 날씨는 맑고 경치는 아름다운데, 이 책의 교열(校閱)에 참예한 기구신(耆耈臣) 20인이 각각 그 아들, 손자, 증손, 현손의

---

112 춘추를……표하시다 : 《홍재전서》 권7에 〈춘추를 완독하던 날에 자궁께서 음식을 베풀어 주어 기쁨을 표하시므로, 읊어서 여러 신하들에게 보이다.〔春秋完讀日 慈宮設饌識喜 吟示諸臣〕〉란 제목으로 실려 있다.

부축을 받고 들어와, 서로 인도하고 도와서 몸을 굽혀 공경하여 위의(威儀)
가 정숙한 것이 매우 볼만하였다. 자궁께서 음식을 내려 축수의 술잔을
들게 하니, 붉은 얼굴과 하얀 머리털이 술동이에 서로 비쳤고, 물러감에
미쳐서는 머리에 꽃을 꽂아 영광됨을 자랑하고, 아악(雅樂) 소리는 거리를
가득 메웠다. 보는 이들이 혀를 치며 찬탄하였고, 이따금 사적으로 이 광경
을 그림으로 그려 놓은 이도 있었다."[113]

98.

부용정 아래 온갖 꽃 향기로운데	芙蓉亭下百花香
빼어난 곳 신선놀이가 좋은 밤 골랐네	特地仙遊卜夜良
언덕 위나 누각 위나 다 함께 바라보니	岸上人同樓上見
일만 시내에 비친 밝은 달 똑같이 둥그네	萬川明月一輪光

　　삼가 고찰하건대, 정조가 지은 〈내원에서 꽃구경과 낚시질을 하고, 밤에
부용정 작은 누각에 오르다〔內苑賞花釣魚 夜登芙蓉亭小樓〕〉란 시의 서문
에 다음과 같은 기록이 있다.[114] "이날 밤에 달이 밝으므로, 내가 여러 신하
들에게 '원운(原韻)에 궁궐 숲에 달 뜨기만 기다린다〔宮林待月輪〕는 구절
이 있으니,[115] 경들은 태액지(太液池)에 배를 띄우는 것이 좋지 않겠는가.'

113　정조가……있었다 :《홍재전서》권6에 〈어정인서록에 대하여 축하전문을 올린
날에 연구를 짓다.〔御定人瑞錄進箋日聯句〕〉란 제목으로 실려 있다. 《인서록(人瑞錄)》
은 《어정인서록(御定人瑞錄)》을 가리키는데, 1794년(정조18)에 장수한 백관들의 위계
에 따라 교지와 포상을 내린 전말을 기록하여 4권 2책으로 생생자(生生字)로 간행한
책이다. 영조의 계비 김씨의 오순(五旬)과 혜경궁 홍씨(惠慶宮洪氏)의 육순(六旬)을
기념하여 정조의 명으로 규장각 관원들이 편찬하고, 70세가 넘은 대신 및 문음관에게
교열하게 하였다.

114　정조가……있다 :《홍재전서》권6에 〈밤에 부용정의 작은 누각에 오르다〔夜登芙
蓉亭小樓〕〉란 제목으로 실려 있다.

115　원운(原韻)에……있으니 :《홍재전서》권6의 〈내원에서 꽃구경하며 고기를 낚

라고 하니, 중신(重臣) 이문원(李文源)이 그 말이 떨어지기 바쁘게 배에 오르자, 그를 따르는 사람이 열에 아홉이었다. 이에 옥피리와 한 병의 술을 지급하여 배가 정자와 섬 사이를 돌게 하였고, 사등롱(紗燈籠) 30개를 못가에 마주 세우니, 화려한 꽃과 밝은 달빛이 위아래로 서로 비쳤다. 나는 부용정의 작은 누각에 임어하여 그것을 구경하였는데, 시좌(侍坐)한 사람은 각신이 6인, 사관이 1인이었고, 그 나머지는 못가의 언덕에 앉아 있었다. 이때 누각에 앉은 사람이 배 안에 있는 사람과 서로 이야기를 나누면서 운(韻)을 부르고 축(軸)을 나누어 운이 떨어지는 대로 곧장 서로 창화하였다."

99.

누선 삼백 척을 큰 강 중심에 벌이니	樓船三百大江心
십리의 붉은 난간이 땅에 닿아 어둑하네	十里朱欄接地陰
이는 무지개다리의 아름다운 장관이 아니라	不是虹橋觀壯麗
수많은 고을에서 모은 탁지부의 돈일세	萬千省得度支金

100.

높은 산과 붉은 대궐이 푸른 하늘을 의지하니	神嵩紫閣倚靑空
봉황이 춤추고 용이 서려 해동을 안정시키네	鳳舞龍蟠鎭海東
안팎으로 산하가 뻗은 천리의 나라에	表裏山河千里國
동쪽에 돋는 해는 만년토록 붉으리	扶桑瑞日萬年紅

다[內苑賞花釣魚]〉란 시를 가리킨다. 원시는 다음과 같다. "이 자리에 원기가 다 모여, 오늘은 온 집안이 봄이로구나. 꽃나무는 겹겹이 서로 얽히고, 못 물은 출렁출렁 싱그러워라. 제군은 임금과 모두 가까운 사람이니, 약간 취하는 것도 자연스러우리. 작은 노 저어 일제히 흥을 타서, 궁궐 숲에 달 뜨기만 기다리자꾸나.〔此筵元氣會, 今日一家春. 花木重重合, 池塘灩灩新. 諸君皆地密, 微醉亦天眞. 小棹齊乘興, 宮林待月輪.〕"

삼가 고찰하건대 정조가 지은 〈용양봉저정기(龍驤鳳翥亭記)〉[116]에 다음과 같은 기록이 있다. "내가 해마다 현종의 능침에 갈 때, 배로 나루를 건너자면 그 역사가 너무 거대하고 그 비용도 너무 과다하기 때문에 노량강(鷺梁江)에다 주교를 설치하게 하고 관사를 두어 그 일을 맡게 하면서 강가의 작은 정자 하나를 구입하여 주필(駐蹕)하는 곳으로 삼았다. 그 주교가 만들어진 이듬해인 신해년(1791)에 내가 그 정자에 올라갔더니 때마침 먼동이 트고 해가 떠오를 무렵이어서 붉은 구름이 뭉게뭉게 피어오르고 새하얀 안개가 비단처럼 깔려, 강 주위의 봉우리들이 마치 떨어지는 것 같고, 공수하는 것 같고, 상투를 튼 것 같고, 쪽진 것도 같아서 주렴과 안석 사이로 출몰하며 비쳤다. 또 바다의 기운이 드넓어 천리가 온통 푸른데, 북쪽에는 높은 산이 우뚝하고, 동쪽에서는 한강이 흘러와 마치 용이 꿈틀꿈틀하는 것 같고, 봉이 훨훨 나는 듯하였다. 이에 그 자리에 나온 대신에게 명하여 '용양봉저정(龍驤鳳翥亭)'이라고 크게 써서 처마 밑에 걸게 하였다.

---

116 용양봉저정기(龍驤鳳翥亭記) : 《홍재전서》 권14에 실려 있다.

환재집

제3권

詩시

반남(潘南) 박규수(朴珪壽) 환경(瓛卿) 저(著)

제(弟) 선수(瑄壽) 온경(溫卿) 교정(校正)

문인(門人) 청풍(淸風) 김윤식(金允植) 편집(編輯)

시 詩

효명 세자 만장[1] 3수 남을 대신해 짓다.

孝明世子輓章 三首 代人撰

하늘이 세자를 때에 맞추어 내리시니　　　　　帝降元良降不遲

온화하고 고상하며 밝고 슬기로운 자태 빼어났네　溫文英睿挺天姿

집중정일의 심법[2]을 전수받아　　　　　　　執中精一傳心法

---

1 효명 세자 만장(孝明世子輓章) : 이 시는 환재 나이 24세 되던 1830년(순조30)에 효명 세자(孝明世子, 1809~1830)의 영전에 올린 만시이다. 누구를 위해 대신 지었는지는 미상이다. 환재는 효명 세자가 5월에 갑자기 훙서하자, 이 일로 크게 충격을 받고 과거 응시를 포기하였다. 또한 자(字)를 환경(桓卿)에서 환경(瓛卿)으로 바꾸고, 호를 환재(桓齋)에서 환재(瓛齋)로 바꾸었다. 이후 42세가 될 때까지 출사하지 않고 독서하였다.

효명 세자는 순조의 세자로 휘는 영(旲), 자는 덕인(德寅), 호는 경헌(敬軒)이다. 어머니는 순원왕후(純元王后) 김씨(金氏)이다. 1812년(순조12) 왕세자에 책봉되었으며, 1819년(순조19) 조만영(趙萬永)의 딸을 맞아 가례를 올리고 헌종을 낳았다. 1827년(순조27)에 대리청정을 시작하여 현재(賢材)를 등용하고 형옥(刑獄)을 신중하게 하는 등 쇄신에 힘썼으나 4년 만에 죽었다. 헌종이 즉위한 뒤에 익종(翼宗)으로 추존되었고, 대한제국이 출범한 뒤에 고종에 의하여 다시 문조익황제(文祖翼皇帝)로 추존되었다. 능은 수릉(綏陵)이고, 시호는 효명(孝明), 묘호는 문호(文祜)이다.

2 집중정일의 심법 : 《서경》〈대우모(大禹謨)〉의 "유정유일 윤집궐중(惟精惟一, 允

왕위를 이으시어³ 효심이 지극하였네   繼照离明藹孝思

참으로 이 날은 중화가 대리청정하던 날로   政是重華攝理日

문후께서 근심이 없는 때를 기쁘게 만났네⁴   欣逢文后無憂時

어찌하여 하룻저녁에 앞별이 어두워져⁵   云何一夕前星晦

천지가 아득해지고 초목도 슬퍼하게 하는가   穹輿茫茫艸木悲

엄숙한 의장대가 도성문을 나서니   羽儀肅肅出城闈

비바람도 울부짖으며 떠나는 행차와 뒤섞이네   雨咽風號雜去塵

비단등롱 어른거려 꿈결인가 싶은데   紗燭搖光渾似夢

상여 방울 딸랑딸랑 이것이 정녕 참이런가   輿鑾警節怳疑眞

執厥中)"을 가리키는 말이다. 형기(形氣)에서 나오는 인심(人心)은 사사롭기 쉽고 공정하기 어려우며, 의리에서 나오는 도심(道心)은 밝히기 어렵고 어두워지기 쉽기 때문에 정(精)하게 살펴 형기의 사사로움이 섞이지 않게 하고, 전일하게 지켜 의리의 바름이 순수하게 보존되게 하여야 모든 언동이 저절로 과불급이 없어 중도(中道)를 지킬 수 있다는 뜻이다.

3 왕위를 이으시어 : 원문은 '이명(离明)'으로 본래 해를 가리키는데, 여기서는 태자가 순조를 대신하여 대리청정한 것을 가리킨다. 《주역》〈설괘전(說卦傳)〉에 "이는 불이 되고 해가 된다.〔离, 爲火, 爲日.〕"라고 하였다.

4 이……만났네 : 중화(重華)는 고대에 효성이 지극하여 유명한 순(舜) 임금의 미칭으로, 여기서는 효명 세자를 가리킨다. 중화는 순 임금의 문덕(文德)이 요(堯) 임금을 이어 거듭 광화(光華)를 발하였다는 말에서 기인하였다. 문후(文后)는 문왕(文王)을 뜻하는 말인데, 여기서는 순조(純祖)를 가리킨다.

5 앞별이 어두워져 : 원문은 '전성회(前星晦)'인데 왕세자가 훙서한 것을 가리킨다. 《한서(漢書)》 권27하 〈오행지(五行志)〉에 "심성 중에 큰 별은 천왕에 해당하고, 그 앞의 별은 태자에 해당하고, 뒤의 별은 서자에 해당한다.〔心大星, 天王也. 其前星, 太子也. 後星, 庶子也.〕"라고 하였다.

알겠노라, 불쌍한 우리나라가 복이 없음이니　　　　已知無福哀東土

다시 무슨 말 올려 주상을 위로할까　　　　　　　更奉何辭慰北宸

맑은 대낮의 서연이 이제는 적막해져　　　　　　清晝書筵今寂寞

동궁의 나무들은 누굴 위해 잎을 피우랴　　　　　靑宮樹木爲誰春

아, 지극한 덕성은 오래되어도 잊기 어려워　　　　嗚呼至德久難忘

추모하는 신민의 심정 백대까지 이르리　　　　　沒世輿情迄百王

팔도 백성의 안정된 삶에 침석이 편안했고　　　　八域奠居安衽席

모든 신령 밝게 이르도록 규장을 받들었네　　　　百靈昭格奉珪璋

지치는 태평의 상서를 기약했고　　　　　　　　至治想望星雲瑞

대의는 일월처럼 높이 빛났네　　　　　　　　　大義高懸日月光

역사서에 이루 다 기록하지 못하니　　　　　　　史不勝書說不盡

슬픈 노래 목이 메어 어찌 문장을 이루랴　　　　哀歌哽咽豈成章

누숙의 〈경직도〉 1권은 송나라 궁중의 물건으로 짐작되어 느낌이 일어 짓다[6]

樓璹耕織圖一卷 似是宋內府物 感而有題

도성에서 나고 자라	生長輦轂下
밭 갈고 길쌈하는 법 익숙치 않았고	初未慣耕織
수많은 백성들의 괴로움과 즐거움을	一半民苦樂
대부분 그림을 보고 알았네	多因畫圖識
백성들 다른 기술 없어	齊民無他術
농사와 양잠이 바로 가업일세	農桑卽家學
빈풍을 풀이한 책을	豳風衍義編
누구를 위해 지어야 하리	行當爲誰作

6　누숙(樓璹)의……짓다 : 이 시는 환재 나이 24세에서 30세 사이에 지은 시로, 창작 시기가 명확하지 않다. 〈경직도(耕織圖)〉는 고대에 농사와 방직에 관한 과정을 묘사한 그림으로 본래 남송의 누숙이 경도(耕圖) 21장면과 직도(織圖) 24장면을 그려서 고종 (高宗)에게 바쳐 각본(刻本)이 세상에 널리 전해졌다.

　누숙(1090~1162)은 송나라 명주(明州) 은현(鄞縣) 사람으로 자는 수옥(壽玉)·국 기(國器)이다. 임안(臨安)의 잠령(潛令)으로 있을 때, 농사와 방적의 수고로움을 생각 하여 경직 두 그림을 그렸는데, 경도(耕圖)는 침종(浸種)부터 입창(入倉)에 이르는 21가지 장면이고, 직도(織圖)는 욕잠(浴蠶)에서 전백(剪帛)에 이르는 24가지 장면이 다. 매 그림마다 8구절로 된 5언시 1수를 붙여 농상(農桑)에 관한 정황을 곡진하게 읊었다.

지난 해 부세를 바칠 때   去歲獻賦時

농가 앞을 왕래하였네   往來田舍前

성대한 덕망 사라지지 않으리니   盛德應不泯

누가 다시 그림 그려 전하랴   誰更畫圖傳

한 부의 농사를 권장하는 책에   一部課農書

선신들의 의론이 풍부하니   先臣富議論

어찌하여 좀 벌레가 책을 쏠아서   如何蠹魚餘

보배로운 화첩에 흔적 남겼는가   寶藏摺帖痕

신사유와 함께 서릉호에서 달밤에 배를 띄우다[7] 2수
同申士綏西凌湖泛月 二首

거룻배에 걸터앉아 맑은 물 마주하니   野航橫坐對淸流

만 섬의 시름이 절반이나 사라졌네   萬斛閑愁半已休

해오라기 나는 마을에 달이 둥글게 떴고   鷗鷺鄕中一輪月

어룡이 출몰하는 나루 머리엔 깊은 가을일세   魚龍頭上五更秋

어부와 나무꾼이 저물녘에 돌아오니 도원의 즐거움이요

　　　　　　　　　　　　　　　　　　　　　　漁樵遲暮桃源樂

경세제민에 황급함은 기나라의 근심이네   經濟蒼茫杞國憂

취한 눈엔 유독 낚시하는 나그네 부럽고   醉裏偏憐垂釣客

갈대꽃 속에 잠이 깨니 눈이 머리에 가득하네   蘆花睡罷雪盈頭

능인호[8]의 물은 연기처럼 푸른데   凌人湖水碧如煙

---

7 신사유(申士綏)와……띄우다 : 이 시는 환재 나이 24세에서 30세 사이에 신석희(申錫禧, 1808~1873)와 유람한 것을 기록하며 읊은 시이다. 서릉호(西凌湖)는 지명으로 포착되지 않으나, 본문에 능인(凌人)이란 말이 나오는 것으로 보아 서빙고(西氷庫) 부근의 한강을 가리키는 말로 추정된다. 신석희는 본관은 평산(平山), 자는 사유(士綏), 호는 위사(韋史)이다. 아버지는 교리 신재업(申在業)이며, 어머니는 좌참찬 김이도(金履度)의 딸이다. 신재정(申在正)에게 입양되었다. 1848년(헌종14)에 증광 문과에 급제, 이듬해 11월에 오정수(吳正秀)·박규수 등과 함께 홍문록(弘文錄)에 올랐다. 성균관 대사성, 규장각 직제학 등을 거쳐 벼슬이 이조 판서에 이르렀다. 시호는 효문(孝文)이다.

8 능인호(凌人湖) : 제목의 서릉호(西凌湖)와 같이 용산 서빙고 부근의 한강을 가리

술 싣고 다시 오니 달빛이 배에 가득하네　　　載酒重來月滿船

가물가물 어부의 노래는 나무 사이로 멀어지고　　遠近漁歌歸樹際

어렴풋한 산 그림자는 술동이 앞에 드리웠네　　有無山影落樽前

바람 맞은 돛이 나를 긴 물결 따라 보내려 하니　帆風欲我乘長浪

지기석은 누구를 의지해 지난 인연을 물을까[9]　機石憑誰問宿緣

고상한 정취로 역사를 읊던 곳 어드메런가　　　詠史高情何處是

우강의 가을풍경 썰렁해서 더욱 사랑스럽네[10]　牛江秋色冷堪憐

《주례주소산익》을 돌려주며[11]

歸《周禮註疏刪翼》

묻노니, 당시의 사 태부는	爲問當年謝太傅
동산에 높이 누웠으니 그 뜻이 어떠했는가[12]	東山高臥意何如
예로부터 천지간에 백성을 위한 계책은	由來滿地蒼生計
주공께서 익히 보던 한 부의 책에 전해오네[13]	一部周公熟爛書

11 주례주소산익(周禮註疏刪翼)을 돌려주며 : 이 시는 환재 나이 24세에서 30세 사이에 지은 시로, 창작시기가 명확하지 않다. 《주례주소산익》은 명나라 말기의 경학자 왕지장(王志長)이 찬술한 30권의 책이다. 왕지장의 자는 평중(平仲)으로 소주부(蘇州府) 곤산(崑山) 사람이다. 왕지견(王志堅)의 제자로 숭정 연간에 거인(擧人)이 되었다. 책을 읽고 옛 것을 좋아해 경학에 통달했는데, 특히 삼례(三禮)에 밝았다고 한다.

12 당시의……어떠했는가 : 사 태부(謝太傅)는 동진(東晉)의 사안(謝安)으로 자는 안석(安石)이다. 그가 벼슬길에 나아가기 전에 회계(會稽)의 동산(東山)에 은거하면서 계속되는 조정의 부름에도 응하지 않고 유유자적했던 '고와동산(高臥東山)'의 고사가 전하는데, 동산에서 20여 년 동안 한가로이 은거할 때 "사안석이 나오려 하지 않으니 장차 창생을 어찌할꼬.〔安石不肯出, 將如蒼生何.〕"라는 말을 듣기도 하였다. 《晉書 卷 79 謝安列傳》

13 주공께서……전해오네 : 《주례》는 주(周)나라 왕실의 관직 제도와 전국 시대 각국의 제도를 기록한 책으로, 후대 중국과 우리나라에서 관직 제도의 기준이 되었다.

세모에 어떤 이에게 주다[14]

歲暮寄人

오랫동안 홀로 지낸 산중의 사람	山人索居久
뜻과 사업이 근래 어떠한가	志業近何如
냉철한 눈으로 시무를 살피고	冷眼看時務
겸허한 마음으로 고서를 읽네	虛心讀古書
고기 잡고 나무하다 세월이 늦었고	漁樵歲月晚
시문을 짓다보니 경륜이 엉성해졌네	著述經綸疏
추위에 피는 매화나무를 가장 사랑하노니	最愛寒梅樹
맑은 향기 본래 넉넉하기 때문이네	淸芬自有餘

14 세모에⋯⋯주다 : 이 시는 1830년(순조30) 이후에 지은 시이다. 1830년(순조30) 5월에 효명세자가 훙서하자 환재는 과거시험을 그만두고 경전과 역사서를 읽는 일로 시름을 달래며 지냈는데, 혹자가 벼슬에 나가기를 권하면 이 시로 자신의 심사를 대변했다고 한다. 《瓛齋集 卷首 節錄瓛齋先生行狀章》

제석날 위사가 보내준 시에 차운하다[15]
除夕步渭師寄示韻

등불 밝혀 수세하며[16] 속세기운 끊으니 　　　守歲燈明絶點氛

물시계 눈금 중첩되어 밤을 구분키 어렵네 　　銅籤重疊夜難分

동자들 노래하며 성곽을 돌아 봄기운 맞는데 　辰歌繞郭迎春氣

밝은 불이 공중을 떠다녀 석양빛을 흩네 　　煌火行空破夕曛

〈동경부(東京賦)〉[17]에 "휘황한 도깨비불이 별처럼 흘러, 붉은 역병귀신을 사해 끝까지 내쫓네.〔煌火馳而星流, 逐赤疫於四裔.〕"라는 구절이 있다.

전각 안의 제관은 옥패를 울리고 　　　　　殿裏祠臣鳴玉佩

홍원룡(洪元龍)[18]은 지금 향을 받으러 남전(南殿)에 가 있다고 한다.

15 제석날……차운하다 : 이 시는 환재 나이 24세에서 30세 사이에 지은 시로, 창작시기가 명확하지 않다. 위사(渭師)는 김상현(金尙鉉, 1811~1890)의 자(字)이다. 본관은 광산(光山), 호는 경대(經臺)・노헌(魯軒)이다. 1827년(순조27) 진사가 되고 1859년(철종10) 증광 문과에 급제, 벼슬이 판서에까지 올랐다. 문장에 능하여 왕실에서 필요한 전문(箋文)・죽책문(竹冊文)・옥책문(玉冊文)・행장・악장문(樂章文) 등을 저술하였다. 시호는 문헌(文獻)이다. 문집으로 《경대집》이 있다.

16 수세(守歲) : 제석(除夕)에 밤새도록 잠을 자지 않고 기다렸다가 밝아오는 새해 아침을 맞는 것을 말한다.

17 동경부(東京賦)……있다 : 〈동경부〉는 낙양(洛陽)의 풍물을 읊은 부로 동한의 장형(張衡, 78~139)이 지었다. 인용한 구절은 대나(大儺) 의식을 벌여 역병귀신을 물리치는 광경이다. 장형은 자가 평자(平子)로 남양(南陽) 하남(河南) 서악(西鄂) 사람으로 동한 시대의 주요한 문학가일 뿐만 아니라 중국 역사상 뛰어난 과학 사상가였다. 〈동경부〉 외에도 〈서경부(西京賦)〉, 〈남도부(南都賦)〉가 유명하다.

18 홍원룡(洪元龍) : 홍우건(洪祐健, 1811~?)을 가리킨다. 본관은 풍산(豊山), 자

수풀 사이 고사는 정운시[19]를 읊네 　林間高士詠停雲

취중에 시 지어 신년의 만남 약속했거늘 　飮中文字新年約

꽃소식 전하는 동풍은 아직 듣지 못했네 　花信東風已暗聞

게으른 눈에 촛불이 붉게 어른거리고 　倦眸暈燭紫成氛

쉼 없이 흐르는 불빛에 이 밤도 기우네 　滾滾流光此夜分

새로 받은 편지를 아직 펼치기도 전에 　把得新書封未柝

좋은 손님 전송하자 해가 붉게 지려 하네 　送歸佳客日初曛

바닷속 신선 과실은 결실이 늦은데 　海中仙果遲生子

계곡의 높은 소나무는 구름을 헤치려 하네 　澗底高松欲拂雲

그대와 내가 어느덧 함께 늙어가니 　爾我居然同老大

술병 두드리는 호탕한 노래를 멀리서 서로 들으리 　擊壺豪歌遠相聞

남산 자각봉 머리에 저녁놀 개어 　紫閣峯頭霽夕氛

그대의 집 바라보니 그림인양 또렷하네 　君家如畫望中分

다리 곁 매화가 흩날려 오솔길 희미하고 　橋梅飄霰迷深逕

골목의 버들은 연기에 섞여 석양 저편에 섰네 　巷柳和煙隔晚曛

제상의 누대는 일찍이 백설루였고 　濟上樓臺曾白雪

촉국의 사부는 또 능운부일세[20] 　蜀國詞賦又凌雲

는 원룡(元龍)으로 홍길주(洪吉周)의 아들이다. 1836년(헌종2) 문과에 급제하였고, 1840년(헌종6)에는 한림 소시(翰林召試)에 선발되었다. 1847년(헌종13)에는 함경도 암행어사, 1858년(철종9)에는 성균관 대사성, 이후 예문관 제학·이조 참판 등을 역임하였다.

19　정운시(停雲詩) : 친구를 생각함을 가리킨다. 진(晉)나라 도잠(陶潛)의 〈정운(停雲)〉 시의 서문에 "정운은 친구를 생각함이다.〔停雲, 思親友也.〕"라고 하였다.

먼 봉우리는 조용히 학이 깃들기 좋아 　　　　　遙岑好有幽棲鶴

맑은 울음소리 바람결에 밤마다 들려오네 　　　　清唳因風夜夜聞

20　제상의……능운부일세 : 상대방의 시문이 빼어난 것을 비유한 말이다. 제상(濟上)
은 명나라 이반룡(李攀龍)이 은거했던 산동성(山東省) 제남(濟南)을 가리키고, 백설
루(白雪樓)는 이반룡의 서실 이름이다. 이반룡의 자는 우린(于鱗), 호는 창명(滄溟)으
로 왕세정(王世貞) · 오국륜(吳國倫), 서중행(徐中行) 등과 함께 후칠자(後七子)로 불
렸다. 촉국(蜀國)은 한(漢)나라 사마상여(司馬相如)의 출신지인 촉군(蜀郡) 성도(成
都)를 가리킨다. 사마상여는 무제(武帝)에게 〈자허부(子虛賦)〉를 올린 것이 계기가
되어 문재(文才)를 높이 인정받았다. 〈능운부(凌雲賦)〉는 본래 〈대인부(大人賦)〉를
가리키는데, 무제가 이 부를 읽고 "기분이 들떠 마치 신선이 되어 구름을 타고 올라가서
천지 사이에 노니는 것 같다."고 칭찬한 데서 나온 말이다.《史記 卷117 司馬相如列傳》

지난 섣달에 오래 가물었기에 정초 아침에 눈을 보고 기쁨을
기록하며 앞의 운을 차운하다
去臘久旱 元朝見雪識喜 仍次前韻

상서로운 눈 내려 요망한 기운 누르니　　　瑞雪霏霏壓祲氛
정초에 많은 눈 내려 풍년의 조짐일세　　　元朝豐占足三分
차 달이는 화로의 불로 냉기를 물리치고　　烹茶鑪烘排微冷
밝은 창가에 글자 비춰 엷은 햇살 잡아두네　照字窓明駐薄曛
땅속에 든 누리는 섣달 추위에 얼었는데　　入地蜚蝗猶臘沍
　입춘 전날이므로 말한 것이다.
하늘을 지나는 기러기는 벌써 봄구름 속일세　度空候雁已春雲
알겠노라, 금호문에 상서를 아뢰는 표문이 올라와　虎門知有呈祥表
찬송하며 절하는 소리 후원 너머 들리리　　贊拜聲長隔苑聞

봄날에 남산의 인가에서 차를 마시고 용강에 올라 바라보다
春日南山人家飮茶 龍岡登眺

산 모퉁이에 띠집을 지으니	傍山得茅堂
푸른 숲에 서까래 몇 개로 족하네	蒼翠數椽足
먼 산줄기 창문으로 비쳐들고	入窓列岫遠
노목은 구부러져 문을 이루었네	成門老樹曲
객이 이르자 솔바람 급하니	客來松風急
흔연히 옷깃을 풀어 헤치네	欣然披襟裓
돌틈에서 달콤한 샘물을 길으려	石竇汲乳泉
무늬 표주박과 등나무 옹이를 깎았네	紋瓢瘦藤斸
측백나무 땔감은 향긋하고 불이 세차서	柏薪喜芳烈
차 달이는 연기 수풀을 벗어나 파르스름하네	茶煙出林綠
참으로 세상을 멀리하지 않았어도	諒非隔人寰
저절로 속세의 먼지가 적네	自然少塵俗
뒤따르는 두세 사람은	追隨二三子
순박하면서 뜻이 더욱 독실하여	眞淳意彌篤
홀로 진보하여 정밀함에 힘쓰고	獨造務精深
말로 엮은 것은 번거로움 없앴네	修辭去繁縟
이 비탈진 언덕을 돌아보니	睠玆層邱上
일만 가옥이 멀리 또렷이 보이네	萬戶明遐矚
이 감개한 느낌 어찌하지 못해	感慨復何如
고인의 자취를 생각하네	懷哉古人躅

내가 시 짓기를 좋아하지 않는다고 위사가 조롱하기에 곧 일백 운을 지어 해명하다[21]

渭師嘲余不喜作詩 輒以一百韻解之

산인이 산만하고 게으름에 익숙하여	山人習疏憻
시 짓기를 오래도록 버려두었네	詞賦久抛擲
십년간 시를 짓지 않아	十載不作詩
붓과 벼루에 먼지가 끼었네	筆硯荒塵積
성병[22]의 구애에서 벗어나	免被聲病拘
쾌활하게 유유자적했네	快活頗自適
나의 벗 두세 명은	其友二三子
시 짓기에 몹시 골몰하여	吟峨誠苦癖
빼어난 울림은 조사[23]를 따르고	逸響追曹謝
빼어난 글귀는 사람들 입에 회자되네	秀句傳膾炙
사람을 놀래는 말 끊임이 없으니	驚人語不休

21 내가……해명하다 : 이 시는 본문에서 10여 년간 시를 짓지 않았다고 하였으므로 환재 나이 34세 즉 1840년(헌종6)경에 지은 시로 추정된다. 시(詩)의 본질 및 기능, 역사에 대해 읊은 시이므로 환재의 시관(詩觀)을 엿볼 수 있다.

22 성병(聲病) : 시를 지을 때 평(平), 상(上), 거(去), 입(入) 등 사성(四聲)을 조합하여 구성하는데, 그 구성이 일정한 규칙에 들어맞는 것을 성(聲)이라 하고 그렇지 못한 것을 병(病)이라 한다.

23 조사(曹謝) : 조식(曹植)과 사영운(謝靈運)을 가리킨다. 한유(韓愈)의 〈현재유회(縣齋有懷)〉 시에 "사업은 고요(皐陶)와 후직(后稷)을 엿보고, 문장은 조식(曹植)과 사영운(謝靈運)을 멸시하네.〔事業窺皐稷, 文章蔑曹謝.〕"라는 구절이 있다. 《韓昌黎集 卷2》

많은 사람들 읊조리느라 이웃집이 시끄럽네 群詠聒隣宅

괴이해라, 나는 너무 산만하여 怪余太散漫

문을 닫고 궁벽한 분수 지키면서 掩門守窮僻

긴 목 움츠리고 울지 않아 修吭縮不鳴

마치 조롱 속 새처럼 조용하네 默如籠中翮

지난날에 不及疇昔日

시회와 술자리에서 詞場與酒席

호탕한 노래에 술동이 두드리며 豪歌每擊壺

두건이 젖혀지도록 미친 듯 읊조리지 못했으니 狂吟時岸幘

참으로 한만한 놀이를 좋아하다가 無乃喜惰遊

병의 뿌리가 날마다 깊어진 것이 아니겠는가 病根日沈劇

때때로 시를 보내 와서 時時操韻語

나의 시흥을 돋우려 하여 來試發其隙

오후정[24] 진미를 진열하고 味陳五侯鯖

페르시아 선박의 보물을 벌여놓았네 寶列波斯舶

내가 혼미하여 돌아보지 않을까 염려하여 恐余迷不顧

온화한 말로 이끌어 주니 溫言相誘掖

마치 오래 앉아 참선하다가 有如久坐禪

급히 달리다 넘어질까 염려하듯 하였네 急走愁蹶躄

오히려 천천히 부축함을 힘입었으니 尙賴徐扶起

---

24 오후정(五侯鯖) : 쉽게 맛볼 수 없는 진미(珍味)를 말한다. 한(漢)나라 누호(樓護)가 왕씨(王氏) 집안의 다섯 제후들로부터 진귀한 음식을 각각 나눠 받은 뒤 이를 합쳐 끓여서 오후정이라는 요리를 만들었던 고사가 있다. 《西京雜記 卷2》

너무 급박하게 재촉하지 마소	無令困疾迫
그대의 정중한 뜻 생각하여	念君珍重意
부드러운 붓을 억지로 잡고서	柔翰强自搦
옛날 배운 요령을 찾아	舊學尋要領
조리에 따라 무늬를 지어보네	條貫推襞積
뛰어난 시 오래도록 지어지지 못했으니	希音久不作
군자들은 그 책임을 져야 하리	君子任其責
거짓을 발라내야 풍아에 가까워진다 하니[25]	別裁親風雅
이 말은 바꿀 수 없네	斯語不可易
평온한 마음으로 들은 바를 서술하여	平心述所聞
우선 그대의 채택에 대비하네	聊備君所擇
성인은 날마다 멀어졌지만	聖人日以遠
은미한 말은 여러 책에 산재해 있네	微言散群籍
매우 다행스럽게 삼백편 시경에	幸甚三百篇
손때가 서책에 남았으니	手澤在簡冊
성정에서 감발하여	性情所感發
모두 억지로 지은 것 아니네	總非强模索
사특하고 바름에 헛된말 없고	邪正無虛辭
슬프고 즐거움은 모두 실제 자취이니	哀樂皆實迹

---

25 거짓을……하니 : 진체(眞體)가 아닌 위체(僞體)를 제거하여 선현(先賢)의 풍아
(風雅)에 가까워짐을 뜻한다. 두보(杜甫)의 〈희위육절(戲爲六節)〉에 "위체를 구별하
여 제거하니 풍아에 가깝구나. 갈수록 많은 스승 이것이 너의 스승이네.〔別裁僞體親風
雅, 轉益多師是汝師.〕"라고 한 것을 가리킨다.

이 때문에 선왕이 보시고서　　　　　所以先王觀

민풍을 알 수 있었네　　　　　　　民風斯可獲

성음에는 성쇠가 있으나　　　　　　聲音有隆替

의리에는 고금의 차이가 없네　　　　義理無今昔

서경(西京) 시대로 내려와서　　　　降自西京下

시인들의 자취 이어져　　　　　　　作者踵接蹠

흐름을 따라 근원을 추구해보니　　　沿流而溯源

천년의 시가 동일한 맥락이었네　　　千載同一脈

온유돈후[26]의 가르침은　　　　　　溫柔敦厚教

전후로 다름이 없었으니　　　　　　前後無間隔

어찌 부화한 말을 써서　　　　　　豈用浮靡辭

화려한 말 부지런히 늘어놓으랴`　　藻繪空浪籍

하해는 오악을 감아 돌아　　　　　河海帶五嶽

흐르고 솟음이 저절로 열리고　　　流峙自開闢

칠요[27]는 하늘에 매여　　　　　七耀絡渾天

돌고 돌아 밝게 빛나네　　　　　旋斡明輝爀

천둥이 치고 비가 내려　　　　　雷鼓而雨潤

온갖 과실이 싹이 트고　　　　　百果奮甲折

26　온유돈후(溫柔敦厚) : 고대 중국에서 추구한 이상적인 시론(詩論)으로 시의 내용
이 온화하고 돈독한 것을 가리킨다. 공자가 이르기를 “그 나라에 들어가 보면 그 나라의
가르침을 알 수 있다. 그 사람됨이 온화하고 돈후한 것은 시의 가르침을 받은 까닭이다.
〔入其國, 其教可知也. 其爲人也, 溫柔敦厚, 詩教也.〕”라고 한 말이 있다. 《禮記 經解》

27　칠요(七耀) : 일월(日月)과 금(金)ㆍ목(木)ㆍ수(水)ㆍ화(火)ㆍ토(土) 오성(五
星)을 가리킨다.

소리와 기운이 굴신하는 사이에	聲氣屈伸際
용호도 되고 자벌레도 되며²⁸	龍虎與蠖尺
기이한 기운이 응축되어	異氣之鍾毓
금고와 수벽이 되네²⁹	金膏又水碧
새와 짐승과 꽃과 잎이	羽毛及花葉
섬세하게 붉은 빛을 다투니	纖瑣妬紫赤
천지가 지극한 문장을 포괄하여	天地包至文
사람에게 감추거나 아끼지 않았네	不與人秘惜
이것을 구사하여 만물을 묘사하니	驅使萬品得
지혜로운 자는 계책에 빠뜨림이 없네	智者無遺策
천파³⁰가 기이한 향내 풍기니	天葩吐奇芬
일찍이 조탁을 일삼지 않았고	不曾費彫劃
천뢰가 금석을 머금었으니	天籟涵金石
무역 종을 주조할 필요 없네³¹	不假鑄無射

28 용호도……되며 : 때에 따라 움츠리거나 펴는 것을 가리킨다. 《주역》〈계사전 하(繫辭傳下)〉에 "자벌레가 몸을 굽혀 움츠리는 것은 장차 몸을 펴기 위함이요, 용과 뱀이 숨는 것은 자신의 몸을 보전하기 위함이다.[尺蠖之屈, 以求信也. 龍蛇之蟄, 以存身也.]"라는 말이 나온다.

29 금고와 수벽이 되네 : 금고(金膏)는 신선들이 먹는 선약이고, 수벽(水碧)은 선가의 약물의 일종으로 벽옥(碧玉)이라고도 한다.

30 천파(天葩) : 천연의 아름다운 꽃이란 뜻으로, 전하여 아름다운 시문(詩文)을 뜻한다.

31 천뢰가……없네 : 자연에 모든 울림이 들어 있으므로 인위적인 조탁은 필요치 않다는 의미이다. 천뢰(天籟)는 자연현상으로 나는 소리를 널리 가리키는 말로 시문이 천연스럽게 이루어져 자연의 운치를 지닌 것을 가리키기도 한다. 무역(無射)은 12율의 하나

화락한 곡조는 화창함을 즐거워하고	渢融樂昌明
격앙한 울림은 곤궁함을 슬퍼하며	激昂悲窮阨
화려함은 넓은 세계를 담아내고	瑰麗攬宏闊
소쇄함은 그윽한 이치를 탐색하네	瀟灑探幽賾
마주치는 광경이 각기 다르니	所遇各殊境
나오는 말이 격조가 같지 않네	發言不同格
조화를 머금어 밝은 조정에서 토하고	含和吐明廷
높은 관 쓰고 구슬 신발 신었네	峨冠躡珠舃
깨끗한 사당의 현이 붉은 비파는	清廟朱絃瑟
세 번 탄식하여 생각에 싫음이 없고	三歎思無斁
아름다운 소리가 푸른 하늘에 이어지니	璜聲曳蒼玄
단위 예복 입고 벽옥을 받드네[32]	端委奉璋璧
〈녹명장〉에서 아름다운 손님을 읊었고[33]	呦鹿賦嘉賓

로 방위로는 술(戌), 계절로는 9월에 해당한다. 주 경왕(周景王)이 무역을 주조하려
하자, 선목공(單穆公)과 영주구(伶州鳩)가 재물을 허비하고 백성을 피곤하게 만든다는
말로써 간한 일이 있다. 《左傳 昭公 21年》

32 깨끗한……받드네 : 시를 종묘의 악가로 사용함을 의미한다. 《예기》〈악기(樂
記)〉에 "청묘의 슬은 붉은 현으로 되어 있고 소리가 느릿하여서 한 사람이 선창하면
세 사람이 화답하여 여음이 있다.〔清廟之瑟, 朱絃而疏越, 壹倡而三嘆, 有遺音者矣.〕"라
고 하였다. 단위(端委)는 주나라 때의 예복(禮服)으로, 《춘추좌씨전(春秋左氏傳)》애
공(哀公) 7년 조에 "태백이 단위를 하고서 주나라 예를 다스렸다.〔太伯端委, 以治周
禮.〕"라고 하였다.

33 녹명장에서……읊었고 : 《시경》〈녹명(鹿鳴)〉에, "유유 하고 사슴이 울면서, 들의
마름을 먹는도다.〔呦呦鹿鳴, 食野之苹.〕"라고 하였는데, 그 서(序)에 "임금이 여러 신
하와 좋은 손님을 대접하는 시이다.〔燕群臣嘉賓之詩〕"라고 하였다.

〈진로편〉에서 나의 손님을 대접했네[34]	振鷺酬我客
금고가 어두운 바다에 요란하니	金鼓翻溟渤
개선가가 사막에 진동하고[35]	凱唱振窮磧
장성의 굴에서 말에게 물 먹이고[36]	馬飮長城窟
연산의 돌에 글씨를 새겼네[37]	銘勒燕山石
홀로 형문을 향해 잠들고	獨向衡門宿
무릎을 안고 길이 휘파람 부네[38]	抱膝長嘯嘯
누가 강 가운데에 있기에	謇誰在中洲
무성한 갈대에 가을달이 밝은가	蒹葭秋月白

---

34 진로편에서……대접했네 : 《시경》〈진로(振鷺)〉에 "떼 지은 백로가 나니, 저 서쪽 못에 하도다. 내 손님이 이르니, 또한 이런 모습이로다.〔振鷺于飛, 于彼西離. 我客戾止, 亦有斯容.〕'라는 구절이 있는데, 이것은 빈객(賓客)이 주(周)나라에 입조(入朝)하는 광경이 볼만함을 비유한 것이다.

35 금고(金鼓)가……진동하고 : 금고는 군대를 후퇴시키는 징소리와 전진시키는 북소리를 가리키는데, 누구를 가리키는 고사인지 미상이다.

36 장성의……먹이고 : 옛 악부에 〈음마장성굴행(飮馬長城窟行)〉이 있는데, 만리장성(萬里長城) 아래 물이 나오는 굴이 있어 수졸(戍卒)들이 그곳에서 말에게 물을 먹인 것을 소재로 하여 만들어진 노래이다. 이 노래는 본디 진 시황(秦始皇)이 호(胡)를 방어하기 위해 장성을 쌓을 적에 수졸들의 고통이 이루 말할 수 없고 죽은 시체가 성 아래 즐비하였으므로, 한 수졸의 부인이 남편의 수고로움을 생각하여 지었다고 한다.

37 연산의……새겼네 : 후한(後漢) 때 두헌(竇憲)이 흉노(匈奴)를 정벌하고 개선하여 연연산(燕然山)에 이르러 비석을 세워서 그의 공적을 기술했는데, 그 글은 두헌을 수행했던 반고(班固)가 지은 〈연연산명(燕然山銘)〉이다.

38 홀로……부네 : 제갈량(諸葛亮)에 대한 고사이다. 형문(衡門)은 나무를 가로질러 만든 누추한 문으로, 안분자족하는 은자의 거처를 뜻한다. 원문의 '포슬장소(抱膝長嘯)'는 제갈량이 남양(南陽)의 융중(隆中)에 은거할 적에 아침저녁으로 항상 무릎을 안고 휘파람을 길게 불며 자신의 원대한 뜻을 펼 날을 기다렸다는 고사를 가리킨다.

너의 의복 어찌 이리 아름다운가 　　　　　　爾服何修姱

찬 난초가 석 자나 늘어졌도다 　　　　　　蘭佩長三尺

가인은 잊을 수 없어 　　　　　　　　　　佳人不能忘

거닐며 읊조리며 연못가에서 원망하네[39] 　行吟怨空澤

이에 불운한 시대를 만나 　　　　　　　　乃或陽九會

한 손으로 나라를 떠받들어 　　　　　　　擎天手一隻

정기를 만고토록 보존하여 　　　　　　　　正氣萬古存

하늘을 울리는 우레가 혁혁하네[40] 　　　轟天雷赫赫

효자와 신하는 군부를 생각하고 　　　　　孝子孤臣思

출정가는 남편과 헤어진 부인은 원망하네 　征夫離婦謫

진심을 나눈 친구의 말은 　　　　　　　　血朋心友言

충정에서 나와 감격스러우니 　　　　　　　感激出肝膈

입으로 토로할 때엔 　　　　　　　　　　當其噴發時

누가 저지할 수 있으랴 　　　　　　　　　誰能强挽逆

이것이 위선의 말이 아님을 알아서 　　　　知非巧僞思

잘 받아서 손으로 엮었네 　　　　　　　　襲取手捃摭

---

39 누가……원망하네 : 초(楚)나라 굴원(屈原)이 유배된 광경과 《이소(離騷)》를 짓
게 된 연유를 묘사한 구절이다.

40 이에……혁혁하네 : 송나라 말기의 애국지사인 문천상(文天祥, 1236~1282)의 충
절을 읊은 구절이다. 문천상의 자는 송서(宋瑞)・이선(履善), 호는 문산(文山)이다.
이종(理宗)과 익왕(益王)을 섬겼고, 임안이 함락된 뒤에도 송나라 단종(端宗)을 받들
고 근왕군을 일으켜 원군(元軍)과 싸웠으며, 위왕(衛王) 때 조양(潮陽)에서 패전하여
원군의 포로가 되어 연경에 3년 동안 억류되었다. 온갖 회유에도 굴하지 않고 〈정기가
(正氣歌)〉를 지어 자신의 충절을 나타내고 죽었다. 《宋史 卷418 文天祥列傳》

번다한 소리는 정음을 어지럽히니	繁聲或亂雅
혀를 자주 놀림이 두렵네	可怕舌頻咋
우물에 빠져 달속의 원숭이를 붙잡고	墮井捉月猴
창고에 숨어 검은 맥을 깨무네⁴¹	竄庫齧鐵貘
혼탁한 웅덩이의 물과 같고	淸濁一泓泉
무뎌진 천 갈래의 창과 같네	耗鈍千枝戟
변하여 나쁜 시마로 변하니	化爲惡詩魔
이따금 목이 메이네	往往寄喉嗌
대아는 오래도록 적막하여	大雅久寂寞
부르짖으며 마음껏 서성이네	叫號恣躑躅
교활한 자는 일정한 계책 없어	狡者無定計
메뚜기처럼 펄펄 뛰고	趯趯跳猛蚱
어리석은 자는 한 구석을 지키며	愚者守一區
풀숲의 청개구리처럼 우네⁴²	艸泥鳴螻蟈
눈물 콧물 흘리며 전에 버린 것을 주워들고	涕唾拾前棄
스스로 잘난 체하며 주먹을 자주 불끈 쥐네	自豪腕屢扼
의관은 우맹에게 빌려 입고⁴³	衣冠假優孟

41 우물에……깨무네 : 지나친 조탁을 일삼는 천박한 시를 의미하는 듯한데, 자세한
전거는 미상이다.

42 교활한……우네 : 후세로 내려오면서 시의 도가 여럿으로 갈라져 기교와 지혜를
지나치게 추구하거나, 하나를 묵수하여 변화하지 못하는 폐단이 생긴 것을 가리키는
듯하다.

43 의관은……입고 : 축적된 학문이 없이 유생 흉내를 내는 것을 가리킨다. 우맹(優
孟)은 전국 시대 초(楚)나라의 유명한 배우이다. 당시에 정승 손숙오(孫叔敖)가 그를

과거장에 들어가 부채를 한번 치면서	登場扇一拍
두건을 배자에 걸치고	戴幘被于褟
수염을 치키면서 건궈을 썼네[44]	掀髥冒巾幗
썩은 눈동자로 진주를 비웃고	朽睛笑蠙珠
깨진 알을 호박이라 속이네	壞卵欺蜂珀
말이 많은 새는 항심이 없고	無恒百舌鶪
다섯 재주의 다람쥐는 곤궁해지기 쉽네[45]	易窮五技鼫
자잘한 지식으로 박식하다 자랑하고	碎瑣矜瞻博
고루한 식견으로 복시 합격을 바라네	硬奧睹覆射
꿈 이야기처럼 어렴풋하여	依俙如說夢
들으려면 여러 차례 통역이 필요하니	聽瑩須重譯
뻑뻑하기가 밀랍을 씹는 듯하고	蕭索如嚼蠟
재미는 손에 꼽기 어렵네	滋味難指摘
청신하고 경절하다며	清新與警絶
지나친 칭찬에 입이 닳으나	誇許方嘖嘖

잘 대해 주었는데, 손숙오가 죽은 뒤 그의 아들이 가난에 시달리는 것을 알고는, 손숙오의 흉내를 연습한 뒤에 손숙오의 의관을 착용하고 임금에게 나아가 설득하여 그 자손에게 땅을 봉해 주게 하였다고 한다. 《史記 卷126 滑稽列傳》

44 두건을……썼네 : 남자가 여자의 복식을 하듯이 체모(體貌)가 잘못됨을 의미한다. 건궈(巾幗)은 부인의 의복으로, 사내가 못나서 부인의 의복을 입는다는 경멸의 뜻을 내포한 말이다.

45 다섯……쉽네 : 많은 재주를 지녔으나 보잘 것 없다는 의미이다. 《순자(荀子)》〈권학(勸學)〉에 "교룡은 발이 없어도 잘도 나는데, 날다람쥐는 다섯 가지 기능을 지녔으면서도 궁하기만 하다.〔螣蛇無足而飛, 梧鼠五技而窮.〕"라고 하였다.

시인의 본뜻에는	其於風人旨
터럭만큼도 보탬이 되지 않네	毫末曾補益
이것이 가장 허황한 병폐로	最是虛曠病
점차 물들어 위태로운 지경일세	漸染侵危崴
마음을 전일하게 가지는 것이 훌륭하니	專心猶賢乎
그렇지 않으면 바둑과 장기가 낫지 않으랴[46]	豈不有博奕
아, 우리 당의 선비들은	嗟哉吾黨士
모두 봉액[47]을 입어	被服皆逢掖
기미는 좋은 술과 난초와 같고	氣味同醇蘭
문자는 속백의 유용함을 귀하게 여겨[48]	文字貴粟帛
육경을 표준으로 받들고	六經奉圭臬
다른 학설엔 울타리로 막았네	群言築藩柵
책을 펴 성인을 뵙고	開帙見聖師
옷자락 들고서 공손히 따르네[49]	摳衣足跋踏

---

46 마음을……않으랴 : 《논어》〈양화(陽貨)〉에 "배부르게 먹고는 하루가 다 지나도록 마음을 쓰는 곳이 하나도 없다면 곤란한 일이다. 장기나 바둑이라도 둘 수 있지 않겠는가. 그렇게 하는 것이 그냥 시간을 보내는 것보다는 그래도 나을 것이다.〔飽食終日, 無所用心, 難矣哉. 不有博奕者乎, 爲之猶賢乎已.〕"라는 공자의 말이 실려 있다.

47 봉액(逢掖) : 봉의(逢衣)라고도 하여 소매가 큰 옷을 말하는데, 유자(儒者)의 옷을 가리킨다. 《禮記 儒行》

48 문자는……여겨 : 평범하면서 유익한 숙속지문(菽粟之文)을 추구한다는 의미이다.

49 책을……따르네 : 성인 공자를 존경하여 따른다는 의미이다. 원문의 '성사(聖師)'는 공자를 가리키고, '구의(摳衣)'는 옷자락을 치켜든다는 뜻으로 경의를 표한다는 의미이다.

꿈속에서도 학교에서 노닐어	夢寐遊黌榭
단술을 마시고 말린 포를 올리네	啜醴薦脯腊
결백하기는 화려한 꽃잎과 같고	潔白媲華萼
청고한 생활은 빙벽[50]과 같네	淸苦厲氷蘗
속으로 영달에 대한 마음을 끊고	內絶芬華念
밖으로는 이목의 부림도 사절하였네	外謝耳目役
새로 알거나 예부터 아는 사람도	新知亦舊知
송백처럼 변치 않기를 기약하네	柯葉期松柏
산중에 흰 구름이 많고	山中多白雲
맑은 바람이 밤낮으로 부는데	淸風吹日夕
내가 갈 땐 삿갓을 쓰고	我往荷野笠
그대가 올 땐 나막신을 신었네	君至躡高屐
이별 후로 기이한 문장 얻었으니	別來得奇文
의심나는 뜻은 그대를 기다려 따져보리	疑義待尋繹
좋은 곡식이 곳집에 가득하여	嘉穀爛盈庚
방아질하여 죽정이를 까불고	鑿之簸糠覈
좋은 쇠가 광석에서 번쩍거리니	良金睒出礦
이를 녹여 납과 주석을 걸러냈네	鎔之漉鉛錫
마음에 밝게 풀리지 않으면	於心不犁然
도무지 손에서 놓지 못하여	到底不相釋
그런 후에 입으로 읊어	然後發吟哦

---

50 빙벽(氷蘗) : 맑은 얼음물을 마시고 쓰디쓴 황벽을 먹는다는 말로, 청고(淸苦)한
생활을 하며 절조를 지키는 것을 뜻한다.

얻은 것이 모두 정수였네	所得皆精液
그대 마구간에 백 필의 말이	君廐百駟馬
모두 용의 무늬에 범의 등골이네[51]	悉龍文虎脊
시도는 시대의 성쇠에 매이고	詩道係汚隆
백성들의 애환과 관계가 있으니	實關民瘠瘝
어찌 소매에 손 넣고 앉아	如何袖手坐
다른 사람들처럼 보고 지나칠 수 있으랴	隨衆視眽眽
근심거리를 내 힘으로 해결하지 못한다하니	所憂非我力
바로 스스로 한정하는 것이 아니랴	無乃近自畫
시와 예가 서로 겉과 속이 되어야 하니	詩禮相表本
내 말은 권모술수가 아니네	吾言非闔捭
먼저 경례와 곡례를 공부해야 하니	先理經曲文
삼천과 삼백이로다[52]	三千又三百

---

51 그대……등골이네 : 상대방이 지은 시문이 용과 범처럼 화려하고도 장대함을 칭송
하는 말이다.

52 경례와……삼백이로다 : 《예기》〈예기(禮器)〉에 "기본적인 예의가 3백 가지요,
구체적인 예절이 3천 가지인데, 그 정신은 하나이다.〔經禮三百, 曲禮三千, 其致一也.〕"
라고 하였다. 또《중용장구》제27장에도 "크고 넉넉하도다. 예의가 3백 가지요, 위의가
3천 가지로다.〔優優大哉! 禮儀三百, 威儀三千.〕"라는 말이 나온다.

중원날 밤에 홀로 앉으니 달빛이 매우 좋았다[53]
中元夜獨坐 月色甚佳

달빛 비치는 대청에 갈포옷 서늘하고	中堂月射葛衣涼
대나무 잣나무 우거져 밤풍경도 검푸르네	竹柏交陰夜色蒼
하얀 달빛이 너른 방에 번지고	虛白光華生曠室
허공의 밝은 구름이 연못에 비쳤네	空明雲水泛方塘
어리석어도 진기가 움직임을 스스로 보았으나	絶癡自看眞機動
습성이 게을러 세상의 바쁜 일 조금도 없네	習懶都無俗事忙
이처럼 맑고 서늘한 밤 잠 이루지 못해	如此淸寒眠不得
하늘 가득한 바람과 이슬 속에 굽은 난간 곁에 앉았네	一天風露曲欄旁

53 중원날……좋았다 : 환재 나이 34세 때인 1840년(헌종6)경에 지은 시로 추정된다.
중원(中元)은 음력 7월 15일을 말하는데, 백중(百中), 백종(百種), 망혼일(亡魂日)
등의 별칭이 있다. 도가에서 1월 15일을 상원(上元), 10월 15일을 하원(下元)이라고
하며 7월 15일의 중원과 함께 삼원(三元)이라 하여 초제(醮祭)를 지내는 풍속이
있었다.

하전 사군이 백작약을 읊어 보내준 시가 정신이 그윽하고 심원하기에 그 시에 차운하다[54]

夏篆使君示詠白芍藥詩 神情幽遠 聊次其韻

아리따운 신선이 달빛 아래 찾아와	婥約仙人月下過
고운 풀 긴 가지 위에 앉았네	坐來瑤艸長枝柯
가슴속에 품은 아름다움 본래 적지 않으니	胸中錦繡元非少
세상의 화려한 꽃들 대단할 것 없네	世上芬華未足多
완전무결한 꽃잎이 어찌 수판옥에 부끄러우랴	全潔豈羞手版玉
기이한 향내는 어의라에 가깝네	異香應近御衣羅

　수판옥(手版玉)과 어의라(御衣羅)는 작약(芍藥)과 목단(牧丹)에 모두 이런 이름이 있다.

봄이 깊어 모든 꽃이 먼지에 시들건만	百花春晩紅塵黦
그윽한 이 꽃은 물들지 않네	窈窕芳標不染痾

54 하전(夏篆)⋯⋯차운하다 : 환재의 나이 34세 때인 1840년(헌종6)경에 지은 시로 추정된다. 하전은 김익정(金益鼎, 1803~1879)의 호이다. 본관은 청풍(淸風), 자는 정구(定九)이다. 1834년(순조34)에 재랑(齋郞)이 되어 이후로 한성 주부, 돈녕 도정, 공조 참의, 호조 참판 등을 지냈고, 외직으로 아산 현감, 영해 부사, 청주 목사, 성주 목사 등을 지냈다. 세 아들과 두 손자가 과거에 급제한 영광으로 1876년(고종13)에는 가선대부로 승진하여 청은군(淸恩君)을 습봉하였다. 사군(使君)은 지방관을 높여 부르는 말로 사또에 해당한다.

경대 댁에서 위암공 유상에 참배하고 이어 명도와 회암 두 선생의 영정을 우러러 보다[55]

經臺宅拜韋庵公遺像 仍瞻明道晦庵二先生小眞

옛날 나는 포부가 솟는 태양과 같아	我昔志氣如初陽
밤마다 꿈속에 주공 공자 곁에 있었네	夜夢多在周孔旁
근래에는 옛 초상화 보기 좋아해	伊來好觀古圖像
좋은 그림 볼 때마다 미친 듯 기뻐했네	每逢佳本喜欲狂
몽매간 황홀함은 본래 자취가 없어	夢寐怳惚本無迹
허공의 꽃과 가을구름처럼 생각만 아득했네	空花秋雲思微茫
정신을 전함에 반드시 고수의 솜씨 아니라도	傳神未必高手手
이따금 전형이 완전히 없어지지 않았네	往往典型不全亡
경사는 얻기 쉽고 인사는 만나기 어려워[56]	經師易獲人師難

---

55 경대(經臺)……보다 : 환재의 나이 34세 때인 1840년(헌종6)경에 지은 시로 추정된다. 경대는 김상현(金尙鉉, 1811~1890)의 호이다. 본관은 광산(光山), 자는 위사(渭師)로 김장생의 9대손이며, 김상악(金相岳)의 증손이다. 위암(韋庵)은 김상악(1724~1815)의 호이다. 본관은 광산(光山), 자는 순자(舜咨)이다. 김성택(金聖澤)의 아들로 친척이 왕실과 혼인하여 그 부귀를 누리자 이를 싫어하여 벼슬에 나가지 않고 관악산에 숨어 살며 글을 즐겼다. 특히 《주역》에 관심이 깊어 여러 학자들의 주해(註解)를 섭렵하여 근세의 역학을 총망라한 10여만 자의 《산천역설(山天易說)》을 편찬하였다. 정조가 그의 현명함을 알고 홍릉 참봉을 제수하였다. 이어 첨지중추부사를 거쳐 동지중추부사에 이르렀다. 저서로는 《위암시록(韋庵詩錄)》이 있다. 시호는 문간(文簡)이다.

56 경사는……어려워 : 경사(經師)는 증거를 인용하며 해석하고 몽매한 것을 깨우치는 스승이고, 인사(人師)는 기국(器局)에 따라 진퇴(進退)시켜서 인도(人道)를 성취

문자는 찌꺼기라 자세히 전할 수 없네 　　　　文字糟粕不可詳

눈으로 보고 도가 전해지는 것[57]이 중요하니 　目擊道存斯爲大

흰 실을 물감으로 염색한다[58]는 말 잊기 어렵네 　素絲朱藍語難忘

부옹[59]의 문 밖에 눈이 석 자인데 　　　　涪翁門外三尺雪

냉엄한 가운데 따스한 봄기운 간직했네 　　冷嚴中有春煦藏

깊은 백원산에 밤은 바다와 같은데 　　　　百源深山夜如海

밝은 등불 아래 책상에 우뚝히 앉았네[60] 　虛明燈火儼高牀

시키는 스승을 가리킨다. 북주(北周)의 노탄(盧誕)이 학문이 넓고 문장이 훌륭하여
벼슬이 황문 시랑(黃門侍郎)에까지 올랐는데, 위 문제(魏文帝)가 "경사는 구하기 쉽지
만 인사는 얻기 어렵다.〔經師易求, 人師難得.〕"라고 하면서 그를 태자들의 사부로 삼은
일이 있다. 《周書 盧誕傳》

57 눈으로⋯⋯것 : 눈으로만 봐도 도가 있다는 것으로 곧 도가 아주 높은 경지에 이른
사람을 이르는 말이다. 자로(子路)가 일찍이 공자에게 "선생님께서는 온백설자(溫伯雪
子)를 만나고자 하신 지 오래였는데, 만나고 나서는 아무 말씀이 없으니 무슨 까닭입니
까?"라고 묻자, 공자가 "그런 사람은 눈으로만 보아도 도가 있는 줄을 알 수 있으니,
또한 말이 필요가 없는 것이다.〔若夫人者, 目擊而道存矣, 亦不可以容聲矣.〕"라고 한
데서 유래하였다. 《莊子 田子方》

58 흰⋯⋯염색한다 : 인물이 출중하여 가까이 하면 유익하게 됨을 비유한 말이다. 남
조(南朝) 제(齊)나라 왕융(王融)의 〈위왕검양국자제주표(爲王儉讓國子祭酒表)〉에
"나 자신이 주사와 쪽이 아닌데, 어떻게 흰 실을 아름답게 물들이겠는가.〔不自朱藍,
何遷素絲之質.〕"라는 말이 나온다.

59 부옹(涪翁) : 송나라 때 당쟁에 의하여 부주(涪州)로 유배되었던 정이(程頤)를
가리킨다.

60 깊은⋯⋯앉았네 : 백원산(百源山)은 하남성(河南省) 휘현(輝縣) 서북에 있는 산
으로, 송나라 소옹(邵雍)이 젊었을 때 은거하여 학문을 닦았던 곳이다. 소옹이 이곳에
서 서재를 만들고 굳은 결심으로 학문을 연마하여 겨울에도 화롯불을 쬐지 않고 여름에
도 부채질을 하지 않았으며, 밤에도 잠자리에 들지 않은 것이 여러 해였다고 한다.

말 없는 선생을 제자들이 모셨으니　　　　　先生無語弟子侍

어찌 조용히 빈방만 지켰으랴　　　　　　　夫豈寥悄守空堂

〈향당편〉은 문인의 손에서 나왔으니　　　　鄕黨篇出門人筆

공자께서 좌석에서 휘장을 드리우셨네　　　宣父在座垂帷裳

심하구나, 배우기 좋아하는 두 세 명이　　　甚矣嗜學二三子

온 뜻으로 모사하여 남긴 모습 추억하네　　曲意摸寫追遺光

한스러워라, 좋은 먹으로 백 폭을 그려내어　恨無妙墨繪百幅

수사로부터 희황에까지[61] 미치지 못한 것이　下自洙泗遡羲黃

그대 집안은 역과 예를 전수 받아　　　　　君家易禮有承受

영정각에서 옷차림 갖추고 날마다 향 사르네　影堂雜儀日焚香

하물며 낙민[62] 두 선생의 초상화 있어　　　況有洛閩兩夫子

향기로운 옥축을 시렁에 갈무리해 두었네　　熏蘭玉軸庋屋梁

내가 와서 재배하고 세 번 탄식하며　　　　我來再拜三歎息

나도 모르게 거울 앞에 옷깃 여미고 엄숙히 섰네

　　　　　　　　　　　　　不覺整襟引鏡色矜莊

아, 머리털과 광대뼈와 눈을 모두 갖추었으되　嗟爾鬚眉顴眸無不具

어찌하여 서글프게 기로에서 방황하는가　　奈何戚戚路岐空彷徨

61　수사로부터 희황에까지 : 수사(洙泗)는 산동성(山東省) 곡부(曲阜)를 지나는 두
개의 강물 이름으로, 공자가 이 지역에서 제자들을 가르쳤기 때문에, 보통 유가(儒家)
의 발원지를 뜻한다. 희황(羲黃)은 복희씨(伏羲氏)와 황제(黃帝)를 병칭한 것으로 이
상적인 태평시대를 가리킨다.

62　낙민(洛閩) : 송대 성리학을 대표하는 말인데, 여기서는 낙양(洛陽)의 정호(程
顥)·정이(程頤) 형제와 민(閩) 땅 출신인 주희(朱熹)를 병칭한 말이다.

늦가을에 연재, 소정, 경대와 함께 도성 북쪽에서 단풍
구경을 하고, 금선암에서 자고 승가사 선방을 들렀는데,
가고 오는 중에 고체 근체 모두 7수를 짓다[63]

秋晚同淵齋邵亭經臺 城北賞楓 宿金僊庵 歷僧伽禪房 往返得古近體凡
七首

서풍이 비를 몰아 지나가니	西風吹雨過
서늘한 봉우리에 가을이 드네	森蕭衆峯秋
촉촉한 숲은 산마을에 이어지고	淫翠連山郭
떨어지는 샘물은 돌계단을 울리네	飛泉響石樓
단사는 소식이 아득하고	丹沙杳消息

　백석정(白石亭)[64]은 전하는 이야기로는 허도사(許道士)가 단약을 굽던 곳

63 늦가을에……짓다 : 자의 나이 34세 이후 즉 1840년(헌종6)경에 지은 시로 추정된
다. 연재(淵齋)는 윤종의(尹宗儀, 1805~1886)의 호로 본관은 파평(坡平), 자는 사연
(士淵)이다. 제자백가에 정통하고 경학, 예학, 농사, 천문 등에 밝았다. 환재가 젊은
시절부터 학문적으로 가깝게 지내 평생 돈독한 우의를 나누었다. 소정(邵亭)은 김영작
(金永爵, 1802~1868)의 호로 본관은 경주(慶州), 자는(德叟)이다. 1827년(순조27)경
에 홍양후(洪良厚)의 중개로 당색을 초월한 교유를 맺어 청년시절뿐만 아니라, 조정에
서 활약하던 만년에 이르도록 변함없이 지속되었다. 경대(經臺)는 김상현(金尙鉉,
1811~1890)의 호이다. 금선암의 위치는 미상이다. 승가사(僧伽寺)는 서울특별시 종로
구 구기동 북한산에 있는 절이다.

64 백석정(白石亭) : 서울 종로구 부암동(付岩洞)에 있는 백석동천(白石洞天)을 가
리키는 것으로 보이는데, 현재 정자는 남아있지 않다. 1800년대에 도성에 인접하여
조성되었던 어떤 이의 별장 유적으로 2008년에 명승 제36호로 지정되었다. 일설에 백사
(白沙) 이항복(李恒福)의 별장이라 한 것은 와전된 것으로 보인다. 산과 계곡이 어우러

이라 한다.

총생한 계수는 머물 만하네	叢桂可淹留
문득 가까운 선방에서	忽覺禪房近
구름가로 범패소리 들려오네	雲邊梵唄流

마른 중과 늙은 바위가 몹시 애처롭고	枯禪老石特相憐
붉게 물든 담쟁이에 가을빛이 곱네	赤染藤蘿秋色鮮
향살바가 나무 걸상 아래서 생기고	香薩婆生木榻下
흰박쥐는 띠풀옷 곁으로 숨네[65]	白蝙蝠入茅衣邊
구름노을 자욱하여 길이 없을까 의심스럽고	雲霞遍地疑無路
북두성은 처마에 걸려 하늘을 가르려 하네	星斗橫簷欲界天
쓸쓸한 동림사 종소리도 그치니	怊悵東林鍾響斷
원공의 소식 들은 지도 여러 해 전일세[66]	遠公消息亦多年

자연에 살려던 옛 생각 온전히 이루지 못해	煙霞宿債未全還

진 자연경관이 수려한 곳에 건물의 유지와 연못 등이 남아있으며, 인근에 '백석동천(白石洞天)', '월암(月巖)' 등의 바위에 새긴 글씨가 남아있다.

65 향살바(香薩婆)가……숨네 : 절간에서 마주한 즉경(卽景)을 읊은 것인데, 무엇을 묘사한 말인지 미상이다.

66 쓸쓸한……전일세 : 원공(遠公)은 동진(東晉)의 고승 혜원(慧遠)을 가리킨다. 여산(廬山) 동림사(東林寺)에서 승려와 일반인 18인과 더불어 백련사(白蓮社)를 결성한 뒤에 도연명(陶淵明)을 초청하자, 도연명이 술 마시는 것을 허락하면 응하겠다고 하여 허락을 받고는 찾아갔다가 홀연히 이마를 찌푸리고 떠나왔다는 고사가 전한다. 《蓮社高賢傳》

늘 가을 꿈은 골짜기 사이를 맴돌았네 　　　　　秋夢尋常邱壑間

검정소를 사서 낙토를 갈지 못해도 　　　　　　不買烏犍耕樂土

우선 흰사슴 타고서 명산을 찾으리 　　　　　　且騎白鹿訪名山

난가의 세월에 바둑판을 거두고[67] 　　　　　　爛柯刦外收殘局

흐르는 물소리 속에 취한 얼굴을 드네 　　　　　流水聲中傲醉顏

지초와 낭간[68]을 찾아가고자 하여 　　　　　　芝艸琅玕行欲問

절간에서 백 척을 더 오르네 　　　　　　　　　上方百尺爲躋攀

새가 울자 산창에 새벽 드는데 　　　　　　　　禽號山窓曙

산사의 등불은 아직 형형하고 　　　　　　　　佛燈猶炯炯

골짜기들이 아직 희미한데 　　　　　　　　　　衆壑方迷離

아침 해가 벌써 봉우리에 솟았네 　　　　　　　初旭已峯頂

돌샘이 서늘하고 잔잔하여 　　　　　　　　　　石泉冷淪漣

가까이 앉으니 심신이 맑아지네 　　　　　　　逼坐心神瀅

장송 아래에서 옷을 풀어 헤치고 　　　　　　　散衣長松下

머리를 말리노라니 술기운 깨네 　　　　　　　晞髮宿醺醒

산사의 주방에서 좁쌀밥 내오는데 　　　　　　山廚供脫粟

향긋한 소채에 차를 곁들였네 　　　　　　　　香蔬雜苦茗

사리[69]가 짧은 지팡이를 주니 　　　　　　　闍梨獻短筇

---

67 난가의……거두고 : 난가(爛柯)는 신선의 바둑판에 도끼자루 썩는 줄 모른다는
고사를 가리킨다. 진(晉)나라 왕질(王質)이 산에서 나무하다가 몇 명의 동자가 바둑을
두며 노래하는 것을 구경하였는데, 얼마 뒤에 일어서려 하니 도낏자루가 모두 썩어
있었고, 산을 내려와 보니 아는 사람들이 모두 죽고 없었다고 한다. 《述異記 卷上》
68 지초(芝艸)와 낭간(琅玕) : 선인(仙人)의 낙원을 가리키는 말이다.

두루미 다리처럼 비쩍 말랐네 　　　　　　　瘦如野鶴脛

가파른 비탈길이 큰 바위를 돌아가니 　　　危磴抱穹石

거북이가 햇볕을 쬐고 솥을 받친 모습일세 　龜曝或撑鼎

산 그림자가 사람 따라 바뀌니 　　　　　山影隨人轉

장엄하기가 홀을 꽂은 듯하네 　　　　　　儼恪搢方珽

무성한 잎은 각건에 걸리고 　　　　　　　密葉礙角巾

빈 골짜기는 기침소리 되울리는데 　　　　虛谷答高謦

일만 가옥 도성을 내려다보니 　　　　　　俯視萬家邑

물고기 비늘이나 다랭이논처럼 보이네 　　魚鱗錯畦町

사람과 집이 이처럼 작게 보이니 　　　　　人物眇如此

천지가 갑자기 높아보이네 　　　　　　　天地忽高逈

인간의 사업은 본래 한량이 없으니 　　　事業固無窮

동이 술에 우선 흠뻑 취하세 　　　　　　樽酒且酩酊

산마루에 서리 내리고 바람도 사나운데 　絶頂霜落風氣悍

밤에 솔잎을 태우니 지각[70]이 따스하네 　夜燒松葉紙閣暖

누워서 똑똑 떨어지는 물소리를 들으니 　臥聽水石韻丁當

마치 하늘 끝에서 음악소리가 내려오는 듯하네 　怳從天際下簫琯

우리들이 이 작은 언덕에 올라보니 　　　吾儕憑玆小培塿

69　사리(闍梨) : 원래는 사범(師範)이 되는 승려를 지칭하는 말로 아사리(阿闍梨)라
고도 한다. 보통 승려를 지칭하기도 한다.

70　지각(紙閣) : 지합(紙閤)과 같은 말로, 창이나 벽을 종이로 도배한 방을 말하는데,
보통 청빈한 거처를 비유하는 말로 쓰인다.

가슴이 좀 넓어지고 번민이 사라지네 　　　胸次差寬消煩懣

참으로 모든 것을 물외로 보는 사람 있다면 　儘有人作物外觀

마음과 기운이 안정되어 발걸음이 평탄하리 　心降氣調履坦坦

잿빛차림의 죽반승[71] 두세 명이 　　　　壞色粥飯僧兩三

나루를 찾으려 하나 혼미하여 찾지 못하네 　欲尋津筏迷要竅

그대가 평등안을 지니고 있음이 기쁘니 　喜君乃有平等眼

찬 등불 벽너머에서 다정히 이야기 나누네 　寒燈隔壁語款款

이튿날 문을 열고 돌아갈 길 찾으니 　　　明朝開門辨歸路

푸른 산 다한 곳에 강호의 물이 그득하네 　碧山盡處江湖滿

일천 봉우리 하늘에 솟고 조각구름 나는데 　千峯揷昊片雲飛

어젯밤 행인이 푸른 산에서 잤네 　　　　昨夜行人宿翠微

흐르는 물도 이별의 아쉬움을 아는지 　　流水亦知餘戀在

온 숲의 붉은 단풍이 물에 떠 함께 돌아가네 　一林紅葉泛同歸

백 보의 너럭바위가 　　　　　　　　盤陀百步石

물을 만나 골짜기 이뤘네 　　　　　　遇水作洞府

예로부터 물이 절구질하여 　　　　　　終古以春撞

깎이고 씻겨도 괴로워하지 않네 　　　　磨濯不辭苦

지호가 굽은 골짜기에 터를 잡아 　　　　紙戶占溪曲

　조지국(造紙局)의 일꾼이다.

71　죽반승(粥飯僧) : 죽만 먹고 지내는 중이란 뜻으로 전하여 무능한 사람을 조소하는
말로 쓰이기도 한다.

대발을 어망처럼 펴 말리네   曬箔同漁罟

이곳 백성의 즐거움이 무엇인지 물으니   傍詢居民樂

허리 숙이고 노는 물고기가 부럽다 하고   俯羨游魚聚

동쪽 집에 술이 처음 익으면   東家酒初熟

담 너머로 가져오라 부를 수 있다네   墻頭可喚取

성진 임소로 가는 첨사 신관호에게 주다[72]
贈申僉使觀浩城津之任

술동이 앞에서 차마 이별의 말 나누니   可耐深樽話別離
내일 아침이면 어느 곳에서 서로 그리워할까   明朝何處最相思
아, 뿔피리 울리는 외로운 성은 차가운데   嗚呼畫角孤城冷
하물며 변방의 산에 달이 지는 때임에랴   況復關山落月時

당보군졸 낮잠 자는 변방에 시장이 열리니   塘卒晝眠邊市開
남아의 오랜 포부에 홀로 배회하네[73]   桑蓬夙志獨徘徊
녹이 슨 보도가 집안에 오래도록 전해오니   寶刀鏽澁傳家久
슬해[74]의 맑은 파도에 한번 씻고 돌아오리   瑟海波淸一洗來

72 성진……주다 : 환재 나이 34세 때인 1840년(헌종6)에 함경북도 성진(城津)의 첨사로 부임하는 신헌(申櫶, 1810~1884)에게 준 시이다. 신헌의 본관은 평산(平山), 초명은 관호(觀浩), 자는 국빈(國賓), 호는 위당(威堂)·금당(琴堂)·우석(于石)이다. 무관 집안에서 태어나 삼도 수군통제사, 훈련 대장, 병조 판서 등 요직을 맡아 순조 말기부터 대원군집권기까지 대내외의 군사적 현안을 도맡아 처리한 중추적 인물이다. 저서에 《민보집설(民堡輯說)》, 《융서촬요(戎書撮要)》, 《심행일기(沈行日記)》등이 있다.

73 당보군졸……배회하네 : 오랑캐와 평화롭게 지내 큰 공을 세울 포부를 이룰 기회가 없음을 애석해 한다는 의미이다. 당보군(塘報軍)은 적의 동정을 살피어 알리는 척후병(斥候兵)을 가리킨다. 원문의 '상봉(桑蓬)'은 뽕나무로 만든 활과 쑥대로 만든 화살로, 사내아이가 태어나면 뽕나무 활에 쑥대 화살을 메워서 천지 사방에 쏨으로써 장차 천하에 원대한 일을 할 것을 기대하였던 고사가 있다. 《禮記 內則》

74 슬해(瑟海) : 위치에 대해서는 여러 설이 있다. 정약용(丁若鏞)은 마천령(摩天嶺)

아름다운 사람이 군복처럼 갖옷과 모자를 쓰고	佳人裘帽戎裝如
말 위에서 비파를 울리니 이별의 한이 서렸네	馬上琵琶恨有餘
옥 같은 소년이 심장은 강철과 같아	玉貌少年腸似鐵
눈 오는 밤 등불 걸고 홀로 책을 보네	篝燈雪夜獨看書
흉노[75]의 연기가 강머리에 연달으니	穹廬煙火接江頭
완마[76]가 지금은 친구들의 걱정을 자아내네	宛馬今成識者憂
변방에 쌀을 모을[77] 사람 아무도 없으니	塞上無人能聚米
하황[78]의 지도를 어디서 구할까	河湟圖記若爲求

부근 단천(端川)의 앞바다를 슬해라 보았고, 홍양호(洪良浩)는 두만강이 바다로 들어
가는 곳을 슬해로 보았다. 《茶山詩文集 卷15 茯菴李基讓墓誌銘》《耳溪集 卷1 烏碣巖
辭》여기서는 성진(城津)이 단천 바로 위이므로 정약용이 지적한 것과 같은 곳을 슬해
로 본 듯하다.

75 흉노 : 원문의 '궁려(穹廬)'는 흉노의 천막을 가리킨다.

76 완마(宛馬) : 신관호를 비유한 말이다. 대완국(大宛國)에서 생산되는 천리마를 말
하는데, 흔히 뛰어난 인재를 뜻하는 말로 쓰인다.

77 쌀을 모을 : 원문의 '취미(聚米)'는 한눈에 환히 드러난다는 뜻이다. 후한 때 마원
(馬援)이 어전(御前)에서 쌀을 모아 산과 골짜기 모양을 만들고는 작전계획을 일목요
연하게 설명했던 고사가 있다. 《後漢書 馬援傳》

78 하황(河湟) : 황하와 황수를 합칭한 말인데, 전하여 그 주위에 있는 서융(西戎)
등의 지역을 가리킨다.

우후 이이춘과 작별하며[79]

別李而春虞侯

봄성에 내리는 눈에 연일 아침이 어둑한데	春城雪花連朝昏
나는 취하여 한강 남쪽 마을에 머물렀네	我自留醉水南村
저는 나귀 타고 모자를 안고 저물녘 돌아오니	蹇驢擁帽歸來晚
언 노을 모였다 흩어져 산자락이 흐릿하네	凍靄明滅迷山樊
사방을 둘러보니 연기 걷혀 선명하고	四望皎然煙火絶
솔과 대가 동산 가득 푸르러 사랑스럽네	愛此松篁青滿園
눈과 얼음이 뒤섞인 돌비탈 길에	銀碎玉亂石磴路
누가 추위를 뚫고 와서 문을 두드리는가	是誰凌寒來敲門
어떤 객이 말하기를 많은 곳을 다녔으나	有客自言閱歷富
당당한 가슴속 포부를 펼 곳이 없어	胸中磊磈無處售
태평시절에 고기 먹을 상[80]을 헛되이 읊었고	昇平空賦食肉相
몸은 건강하여 비쩍 마른 조랑말 괴롭혔네	健軀常苦款段瘦

---

79 우후(虞侯) 이이춘(李而春)과 작별하며 : 환재 나이 34세 때인 1840년(헌종6)경에 지은 시로 추정된다. 이이춘은 이인규(李仁奎, 1802~?)를 가리킨다. 본관은 평창(平昌), 자는 이춘이다. 사과(司果)를 지낸 이방영(李邦榮)의 아들로 1821년(순조21) 무과에 급제하였고, 철종 연간에 갑산 부사(甲山府使)를 지냈다. 신헌(申櫶)과 매우 돈독한 교분을 나눴다. 우후는 조선 시대의 무관직으로 병마절도사와 수군절도사의 다음으로 병마 우후는 종3품, 수군 우후는 정4품이었다.

80 고기 먹을 상 : 일반적으로 높은 지위에 오를 부귀한 관상을 이른다. 황정견(黃庭堅)의 〈희정공의보(戲呈孔毅父)〉 시에 "관성자에겐 고기 먹을 상이 없거니와, 공방형에겐 절교서를 지어 보냈다오.〔管城子無食肉相, 孔方兄有絶交書.〕"라고 하였다.

호남의 감영은 이천 리 길이라	湖南幕府二千里
지금 떠나면 도우후가 되리니	如今去作都虞侯
직분이 미미하여 어찌 국가의 은혜를 갚으랴	職微豈能酬國恩
밥이나 먹을 계책이지 금의환향 아니라네81	聊爲就食非衣繡
훌륭하도다, 그대가 이처럼 강개한 말을 하여	多君有此慷慨辭
이별의 수심이 조금도 미간에 드러나지 않는구려	都無離愁登雙眉
선비가 거처를 생각함을 성인이 경계했거니와82	士而懷居聖所戒
하물며 그대와 나는 본래 길이 다름에랴	況君與我本殊岐
남쪽 바다는 봄이 일러 떼 지은 물고기 올라오고	南溟春早魚大上
팔뚝만 한 감자와 삽살개를 삶으며	番藷如腕臭靑髦
원문83에 뿔피리 울고 곁에는 대나무가 무성해	轅門鼓角傍修竹
등불 비치는 속에 붉은 귤 늘어지리	篝燈影裏紅橘垂
더욱 부러워라, 남쪽 여인의 살갗이 눈보다 희어	更喜越女白勝雪
춤을 마친 능파선자의 버선에 먼지가 일리라84	舞罷凌波塵生襪

---

81 금의환향 아니라네 : 원문의 '의수(衣繡)'는 비단옷을 입는다는 말로 금의환향(錦衣還鄕)과 같은 말이다. 항우(項羽)가 진(秦)나라 궁실이 모두 불타서 잿더미로 변한 것을 보고는 다시 고향으로 돌아갈 생각을 하면서 "부귀한 신분이 되었는데도 고향에 돌아가지 않는다면, 이는 비단옷을 몸에 걸치고서 밤에 돌아다니는 것과 같다.〔富貴不歸故鄕, 如衣繡夜行.〕"라고 말한 고사에서 유래하였다. 《史記 卷7 項羽本紀》

82 선비가……경계했거니와 : 《논어》〈헌문(憲問)〉에 공자가 "선비이면서 거처를 마음에 두면 선비가 되기에 부족하다.〔士而懷居, 不足以爲士矣.〕"라고 한 말이 있다.

83 원문(轅門) : 장수가 주둔하는 군문(軍門)을 가리킨다.

84 춤을……일리라 : 원문의 '능파(凌波)'는 본래 수선화를 신선에 비유하여 의인화한 말인데, 여기서는 아리따운 여인을 가리킨다. 황정견(黃庭堅)의 〈수선화(水仙花)〉 시에 "능파선자가 버선에 먼지를 날리면서, 물 위를 사뿐사뿐 달빛 아래 걷네.〔凌波仙子生

훗날 어느 때 다시 만날까	他日相逢定何如
이런 모든 즐거움은 내 말이 아니라네	凡此可樂非吾說
보고 듣는 것마다 모두 실제 일이라	耳目所得皆實事
범상한 가슴에도 기백과 절개 보존되었네	尋常胸次存氣節
대장부의 뜻은 태어날 때부터 정해지니	丈夫志自設弧辰
옆 사람이 크게 웃어도 그대는 걱정하지 마소	傍人大笑君莫岫
그렇지 않으면 차라리 운수향에 내려가	不然寧就雲水邊
누런 띠풀로 집을 짓고 두 이랑 밭을 갈지언정	黃茅爲屋二頃田
어찌 문지방 안에서 그렁저렁 살아가며	安能奄奄房闥內
이불을 안고 죽이나 먹으며 백년을 살리오	擁衾喫粥過百年

塵襪, 水上盈盈步微月.)"라는 구절이 있다.

은퇴한 풍석 서 상서께 드리다[85]

呈徐楓石致政尙書

상서의 자연경실은 선방과 같아	尙書經室如禪龕
맑게 갠 대낮에도 젊은이들과 이야기를 즐기시네	淸晝樂與年少談
풍석공이 말씀하시길 예전에 연암 어른을	公言昔拜燕巖丈
가을날 세검정 물가에서 뵈었노라	洗劍亭子秋江潭
문장이 천고에 어찌 하찮은 일이랴	文章千古豈細事
아속과 진위를 힘써 가리고 바로잡아야지	雅俚眞贗勤訂參
법고하되 변화시킬 줄 알고 창신하되 전아해야 하니	法古能變新能典
이러한 문장의 도리 예로부터 다른 길 없었네	斯道從來無二三
광활한 해문에 번개가 내리치듯	海門溁闊電光掣
어지러이 하늘 찌른 봉우리에 안개가 피듯	亂揷靑峯蒸煙嵐
잠깐 사이 천둥이 요란하고 소나기가 휘몰아치듯	須臾疾雷捲急雨
태곳적부터 장강이 담담히 흘러가듯 해야 하네	萬古長江流淡淡
이런 즐거움 어제 같은데 벌써 육십 년 전이라	此樂如昨六十載

---

85 은퇴한……드리다 : 환재 나이 34세 때인 1840년(헌종6)경에 지은 시로 추정된다. 서 상서는 서유구(徐有榘, 1764~1845)를 가리키는데, 본관은 대구(大丘), 자는 준평(準平), 호는 풍석(楓石)이다. 소론 명가에서 생장하여 일찍부터 정조의 총애를 받았으나, 중부(仲父) 서형수(徐瀅修)가 벽파 세력으로 숙청될 때 이에 연좌되어 관직에서 쫓겨났다. 오랜 은둔생활 끝에 1823년(순조23)에 복귀하여 전라 감사·병조 판서·수원 유수 등을 지내다가 1839년(헌종5) 8월 국정에 헌신한 원로로서 은퇴했다. 이후 동대문 교외의 번계(樊溪)에서 은거하며 자연경실(自然經室)이란 서실에서 저술에 몰두하여 《임원경제지(林園經濟志)》를 완성했다.

지금 내 눈썹엔 흰 눈이 소복히 내렸네	我今雙眉雪鬖鬖
연암공의 문자를 얻을 때마다 필사를 하여	得公文字每傳寫
아직 빽빽하게 책이 상자에 가득하다 하네	尙有戢戢書盈函
소자는 몽매하고 몹시 늦게 태어나	小子顓蒙生苦晚
가학을 이어받아도 역량이 감당치 못하네	承述家學力不堪
아, 풍석공의 풍류는 선배에 못지않은데	嗟公風流及前輩
야복을 입고 지금 다시 벼슬에서 물러났네	野服今復謝組簪
나라의 병폐 고칠 경륜을 소매 깊이 감추고	醫國深袖經綸手
임원의 즐거움 누리며 분수를 달게 여기시네	林園樂事聊分甘
내가 《십육지》를 구하여 읽어보니	我來求讀十六志
신기루 속 보물처럼 이루 엿보기 어려웠네	海市百寶難窺探
지금 사람들은 사공(事功)을 말단이라 하찮게 여겨	今人不屑事功末
정서(政書)와 농서(農書)에 좀이 스는데	政書農書生魚蟫
유독 공의 의론을 귀에 익히 들었으나	獨公議論耳甚熟
학문에 적용하지 못하니 실로 부끄럽네	學無適用吾實慙
영미에 전답 구하는 일 거의 성취되었다 하시니[86]	潁尾求田聞將就
만 섬의 맑은 파도가 새로 돋은 쪽풀을 어루만지리	澄波萬斛挼新藍
무자위 소리 속에 물새가 날고	翻車響中飛水鳥
뽕오디 지려 할 때 봄누에를 재우며	桑椹閑時眠春蠶
어부나 나무꾼과 자주 자리를 다투고	漁人樵子屢爭席
시사에서 술 마시고 산꽃처럼 얼굴 발그레하리	社酒山花紅酣酣

---

86 영미에……하시니 : 영미(潁尾)는 요(堯) 임금 때에 영수(潁水) 가에 은거했던
은사 허유(許由)를 말하는데, 곧 은거함을 가리킨다.

강 건너에 어찌 산천의 승경이 적으랴   隔江豈少林泉勝

좋은 곳 찾아서 초가집 엮고 싶네   欲尋佳處結茅菴

책 속에서 실사를 물을 뿐   但把黃卷問實事

성률이나 수식은 내 알 바 아니네   聲律藻繪非所諳

공께서 한가로운 읊조림 좋아하지 않더라도   儻公不要閑吟詠

살구꽃 만발할 때 시내 남쪽으로 찾아주소서   杏花盛時過溪南

의고시를 풍석암께 드리다

擬古呈楓石庵

열두 채의 수레에	有車十二乘
가운데 수레에 야명주를 매달았네	當中懸明珠
뒤에서 앞을 바라보면	後者望前者
눈썹과 수염까지 또렷이 보이네	歷歷見眉鬚
앞먼지가 뒷먼지에 이어지고	前塵接後塵
남은 빛이 대로를 비추네	餘光照長衢
그대는 곤포⁸⁷에서 노닐고	君遊方崑圃
나는 봉호⁸⁸에서 왔으니	我來自蓬壺
봉호에서 무엇을 보았나	蓬壺何所見
일찍이 연문⁸⁹의 무리와 어울렸네	曾從羨門徒
찬란히 책상자 열고서	粲然發雲笈
화조를 먹고 제호를 마셨네⁹⁰	火棗啗醍醐

---

87 곤포(崑圃): 곤포는 곤륜산(崑崙山) 꼭대기에 있는 선경으로 예로부터 옥이 아주
많이 생산된 곳으로 유명하다.

88 봉호(蓬壺): 고대 전설 속의 바닷속 선산(仙山)을 말하는데, 봉래산(蓬萊山)과
방호산(方壺山)의 약칭으로 신선이 산다는 곳이다.

89 연문(羨門): 고대 선인이었던 연문자고(羨門子高)를 가리킨다. 진 시황(秦始皇)
이 일찍이 동해(東海) 가를 유람하면서 연문자고 등의 선인을 찾았다고 한다.

90 화조를……마셨네: 화조(火棗)는 신선이 먹는다는 과일로 이것을 먹으면 하늘을
날아다닌다 한다. 제호(醍醐)는 타락에서 추출한 기름을 가리키며, 아름다운 술을 비유
하기도 한다.

피리에서 신묘한 소리가 들리고	妙音聞簫琯
화로에서 신단을 엿보네	神丹窺鼎爐
곤포엔 쌓인 옥이 많아	崑圃多積玉
아름다운 것은 흰 박 만하네	美者白如瓠
그대에게 녹자[91]를 쓰도록 권하니	煩君題綠字
이무기와 용이 서리서리 얽힌 듯하네	虯龍鬱蟠紆
남겨서 후대 사람에게 전하면	留與後代人
이 말이 거짓이 아님을 알리라	知此言非誣
옛날의 많은 군자들은	多見古君子
매양 후생들에게 즐거움 주었으니	每與後生娛
정중하신 뜻을 묻고자하니	欲問珍重意
정녕 이와 같으신지요	正復如此無

---

91 녹자(綠字):《녹문(綠文)》,《녹도(綠圖)》라고도 하는데, 우(禹) 임금이 탁하(濁河)를 구경하다가 받았다는 부서(符瑞)를 말한다.

청수루에서 병든 벗 연재를 만났는데, 옛 친구들이 대부분
오지 않았다. 치옥은 수일 전에 먼저 왔다갔고, 덕수는
사헌부에서 숙직하는 중이고, 위사는 내일 아침에 온다고
한다. 절구 3수를 짓다[92]

清水樓會淵齋病友 舊游多不至 稚沃前數日先過 德叟直省中 渭師聞明
朝當來 作三絶

층층 성벽 사이에 두고 벗 기다리기 어려워 　　　　忽隔層城待友難
계곡 바람 요란한 밤에 높은 난간에 앉았네 　　　　溪風喧夜坐危欄
하늘에 맞닿은 검푸른 봉우리의 경치는 　　　　　　際天螺黛群峯色
남겼다가 내일 아침 벗과 말달리며 보리라 　　　　留與明朝走馬看

누가 나보다 먼저 산누각을 지나갔나 　　　　　　是誰先我過山樓
노목과 매미를 읊은 시를 남겼네 　　　　　　　　老木淸蟬韻語留
쓸쓸히 그대 앉았던 곳 찾아보니 　　　　　　　　怊悵爲尋君坐處
흰 너럭바위가 시내 가운데 있네 　　　　　　　　盤陀白石在中流

계곡 물과 솔바람 소리에 가을 꿈도 더딘데 　　　磵水松風秋夢遲
다시 찾아오니 문득 지난해가 생각나네 　　　　　重來忽憶去年時

---

92 청수루(淸水樓)에서……짓다 : 연재(淵齋)는 윤종의(尹宗儀, 1805~1886)의 호
이다. 치옥(稚沃)은 윤종의의 숙부인 윤육(尹堉, 1803~?)의 자(字)인데, 본관은 파평
(坡平)으로 경주 부윤을 지냈다. 덕수(德叟)는 김영작(金永爵, 1802~1868)의 자(字)
이다. 위사(渭師)는 김상현(金尙鉉, 1811~1890)의 자(字)이다.

대궐문에서 홀로 새벽닭소리 듣는 나그네는   金門獨有聽鷄客

이런 청한한 경치를 알려 하지 않는가   如此淸寒不肯知

부채에 써서 이백거 한진에게 주다[93] 절구 3수

題扇贈李伯擧翰鎭 三絶

중국 만리 길을 일곱 달 만에 돌아와　　　　　萬里中原七月還
눈 오는 날 두건과 도포 차림으로 정전 사이에 섰네　雪天巾袏井田間
당시 술자리에서 경계의 말을 남기시니　　　　酒筵當日留箴語
부채에 쓰신 말씀 손에 닿을 듯하네　　　　　便面遺文若可攀

선왕고 연암공께서 연경을 유람하고 돌아올 때, 서경(西京 평양)의 명승지
를 좋아하여 며칠을 머물렀으므로 '중국 만리 길을 일곱 달 만에 돌아와,
눈 오는 날 두건과 도포 차림으로 정전 사이에 섰네.〔萬里中原七月還, 雪天
巾袏井田間.〕'라는 구절을 지었다. 이때 백거(伯擧)는 연암공께서 묵으셨
던 집의 주인이므로 이별할 즈음에 연암공께서 술조심하라는 잠언(箴言)을
부채에 써서 주었는데, 이때 지은 시와 잠언은 문집에 실리지 않았다. 내가
지금 백거를 통하여 들으니, 백거의 집안이 신미년(1811) 홍경래 난을 겪으
면서 난민들에게 약탈을 당해 문자로 된 필적이 하나도 남지 않았다고 한다.
당시의 유묵(遺墨)을 볼 수 없으니, 서글픔을 가눌 길 없다.

유학을 대대로 전하여 서적이 집안에 가득한데　儒術傳承書滿家
기자의 남긴 은택으로 뽕나무와 삼을 심어 기르네　父師遺澤長桑麻
양반으로 붓을 던짐은 뜻이 없어서가 아니니　　班生投筆非無志
창을 잡고 임금을 호위함도 자랑삼을 만하네　　執戟從王亦足誇

---

93 부채에……주다 : 이한진(李翰鎭)은 평양의 한 무반(武班)으로 자는 백거(伯擧)
이다. 그의 조부는 연암 박지원이 연행에서 돌아올 때 평양에서 교분을 맺은 인연이
있어 자손 때까지 교분이 이어진 듯하다.

백거(伯擧)는 대대로 유학(儒學)의 전통을 이어서 각 대마다 저술이 있었다. 지금 백거가 문득 학문을 버리고 활쏘기를 배워 무과(武科)에 급제하였기 때문에 이렇게 말한 것이다.

동서남북의 도로에 대해 일찍이 논한 사람 있어	軌涂經緯憶曾論
조정과 시장의 터라는 확증을 내렸네[94]	朝市之墟確證存
쟁기 아래 기와를 주워 먹을 갈 수 있다면	犁底殘甎能潑墨
미앙궁과 동작대[95]는 아이들 장난이리	未央銅雀摠兒孫

어떤 벗이 평양을 유람하고 돌아와서 말하기를 "그곳의 정전(井田)은 아마 기자(箕子) 임금의 옛 도읍지이지, 반드시 70묘씩 주던 은나라의 정전제를 따른 것으로 보기 어렵다."라고 했는데, 이는 앞사람들이 미처 말하지 못한 바이다. 지금 백거에게 들어서 더욱 그 증거를 얻었으니, 바라건대 흙속에 묻힌 한 조각 옛 기와조각을 얻어 이런 의심을 깨뜨리고 또 벼루 재료로 쓰고 싶다.

---

94 동서남북의……내렸네 : 평양성 남쪽에 있는 정전(井田) 유적이 기자의 옛 도읍지임을 논한 것은 환재의 벗인 김영작(金永爵)으로 환재는 김영작의 주장을 매우 독창적인 것으로 인정한 일이 있다. 《瀷齋集 卷4 答金德叟論箕田存疑》 원문의 '궤도경위(軌涂經緯)'는 《주례》〈고공기(考工記) 장인(匠人)〉에 "국중에 남북으로 아홉 갈래와 동서로 아홉 갈래의 길을 두는데, 남북으로 난 길은 수레 아홉 대가 나란히 달린다.〔國中九經九緯, 經塗九軌.〕"라고 한 것을 가리킨다.

95 미앙궁과 동작대 : 미앙궁(未央宮)은 중국 서안(西安)에 있었던 한 고조가 만든 궁전이고, 동작대(銅雀臺)는 삼국 시대 조조(曹操)가 지은 누대이다. 후대에 두 곳의 유적에서 출토된 기와로 징니연(澄泥硯)을 만드는 풍조가 유행하였다.

이원상 재항이 보은으로 돌아감을 전송하며
送李元常在恒歸報恩

서생이 몹시 낙척하여	書生太濩落
술잔 기울이며 강개한 노래 부르네	中觴歌慷慨
주머니엔 산을 살 돈 없어도	囊無買山錢
늘 자연에 은거할 마음 간직했네	恒存巖壑想

나와 원상(元常)은 이웃하여 거처하여 아침저녁으로 자주 만났다. 대화를 나누다 옛날에 산수를 유람하던 이야기에 이르면 뜻이 언제나 자유로이 달려가곤 하였다. 원상은 우리나라의 명승지를 거의 다 돌아보았으므로 늘 산을 사서 함께 은거하자는 이야기를 하였다. 원상은 이제 평소의 뜻을 이루게 되었으나, 나는 아직 이루지 못하였다.

푸른 강에 눈꽃이 가득한데	滄江雪華滿
오늘 배 한 척이 돌아가려 하네	此日有歸舟
온 집안 이끌고 녹문의 계책[96] 이루니	盡室鹿門計
어찌 이별의 수심을 지을쏜가	那用別離愁

남쪽으로 유람할 날 있으면	會有南遊日
처사의 오두막을 방문하여	行訪處士廬

---

96 녹문(鹿門)의 계책 : 세파(世波)에 휩쓸리지 않고 자신의 신념을 지키며 온전한 삶을 누리는 것을 말한다. 후한(後漢) 방덕공(龐德公)이 형주 자사(荊州刺史) 유표(劉表)의 간곡한 요청도 뿌리치고서, 처자를 데리고 녹문산(鹿門山)으로 들어가 약초를 캐며 살았던 고사에서 유래한 것이다. 《後漢書 卷83 逸民列傳 龐公傳》

푸른 산 일천 봉우리와　　　　　　　　　　　青山一千疊

물과 대나무가 어떤지 물어보리라　　　　　水竹問何如

곤궁해도 현달해도 밝은 임금 사모하여　　窮達戀明主

곧장 따라 나서지 못하네　　　　　　　　未能便相隨

비록 농사짓고 누에 칠 땅 있더라도　　　縱有耕桑地

나는 상곤의 시를 사랑하노라　　　　　　我愛常袞詩

　　상곤(常袞)의 시에 "곤궁하거나 현달하거나 밝은 임금 사모하여, 근교에서
　　농사짓고 누에 친다네.〔窮達戀明主, 耕桑亦近郊.〕"라고 하였다.[97]

비바람 치는 산중의 저녁　　　　　　　　山中風雨夕

무엇으로 그리움을 달랠까　　　　　　　何以慰相思

술 한 동이 없지는 않으나　　　　　　　非無一樽酒

서글픔에 다시 술잔 들기 어려워라[98]　　惆悵難重持

처자처럼 몸을 간수하여　　　　　　　　無玷擬處子

어디나 살얼음 밟듯이 해야 하리　　　　有地皆薄氷

97 상곤(常袞)의……하였다 : 상곤은 당나라 덕종(德宗) 초에 복건 관찰사(福建觀察
使)를 역임한 인물이다. 인용된 시는 당나라 전기(錢起)의 〈동고조춘기낭사교서(東皐
早春寄郎 四校書)〉란 시의 일부이다. 환재의 착오로 보인다.

98 비바람……어려워라 : 이 두 구절은 남조 양(梁)나라 심약(沈約)의 〈별범안성(別
范安成)〉이란 시를 변용한 것이다. 원시에 "한 잔 술 별거냐고 말하지 마소, 내일 다시
이 술잔 잡기 어렵네. 꿈속에 찾아갈 길 알지 못하니, 무슨 수로 그리움을 달래 보리오.〔勿
言一樽酒, 明日難重持. 夢中不識路, 何以慰相思.〕"라고 하였다. 《古今詩刪 卷9 梁詩》

나아가고 물러남이 다른 길 아니니   行藏豈二致

이 말을 가슴에 새겨야 하네   斯言堪服膺

다리 근처의 작은 모임에서 함께 어울려 짓다

橋頭小集 同人共賦

그대 또한 서음[99]이라 서책을 끌어안고	君亦書淫擁縹黃
좋은 밤 한가로이 등불에 둘러싸였네	良宵淸讌帀燈光
성긴 창에 바람 불어 거문고 소리 울리고	風來疏牖傳琴韻
못에 구름이 끼니 먹 향기 감도네	雲曳寒泓浣墨香
손 안의 백옥주미 놓기 어려우니[100]	白玉難分手中麈
우선 눈앞의 술잔에 취해나 보세	醇醪且醉眼前觴
요즘 사람들은 모수의 옷을 잘못 알았으니	今人枉解茅蒐服
검은 관과 옷깃을 옆으로 돌리는 것만이 아니네[101]	不獨緇冠衽在旁

임금의 축문과 향을 받들고 앞뒤로 인도하여	御祝降香導後先
친구가 오늘은 푸른 산꼭대기에 있네	故人今日翠微巓

99 서음(書淫) : 서책을 지나치게 좋아하여 배움에 지치지 않는 사람을 가리키는 말이다. 진(晉)나라 황보밀(皇甫謐)은 자가 사안(士安)인데 서책을 탐독하느라 침식을 잊었기 때문에 서음이라는 별칭을 얻었다고 한다. 《晉書 卷51》

100 손……어려우니 : 고상한 담론을 그만두지 못한다는 의미이다. 남북조 시대에 청담(淸談)을 하는 선비들이 백옥주미(白玉麈尾)를 손에 들고 담론을 하였는데, 백옥주미는 사슴의 꼬리에 옥으로 자루를 한 것이다.

101 요즘……아니네 : 당시 사람들의 복식에 오류가 많아 모수(茅蒐)의 복식을 잘못이해했을 뿐만 아니라 검은색 관과 옷깃을 옆으로 돌리는 것까지 두루 잘못 되었다는 것을 말한다. 원문의 '모수복(茅蒐服)'은 꼭두서니로 붉게 염색한 옷을 가리킨다. 《五洲衍文長箋散稿 經史篇 經傳類 字書 金壺字考字音辨證說 軼駼》

점차 흰 향연기가 나무를 지남을 보노라니	漸看白者移過樹
맑은 축문이 위로 천제께 들렸음을 알겠네	可有淸詞上問天
우뚝 솟은 돌집에 바람이 비를 몰아오고	石廩亭亭風掃雨
너른 강가 마을엔 물에서 안개가 이네	滄洲淼淼水生煙
너른 전각 제기 사이에서 익숙히 주선하고	旅楹梡嶡周旋慣
높은 곳에서 시를 읊으니[102] 더욱 훌륭하도다	能賦登高也更賢

들으니 위사(渭師)가 삼각산(三角山)의 제관에 차임되어 지금 산꼭대기에
있다고 한다.

---

102 높은……읊으니 : 《한시외전(韓詩外傳)》 권7에 공자가 경산(景山)에 올라가서
제자들에게 "군자는 산에 오르면 반드시 시를 읊게 마련이다.〔君子登高必賦.〕"라고 말
한 기록이 있으며, 또 《한서(漢書)》 〈예문지(藝文志)〉에 "산에 올라가 시를 읊을 줄
알아야 대부의 자격이 있다.〔登高能賦, 可以爲大夫.〕"라는 말이 있다.

신축년 늦봄에 일행들과 석경루에서 잤는데, 여러 벗들이 벽에 붙은 두보와 소식의 절구에 차운하기에 나는 장구로 화운하면서 간간이 측성으로 운을 바꾸었다[103]

辛丑暮春 同人宿石瓊樓 諸友次壁間杜蘇絶句 余步爲長句 間押仄聲轉韻

도성 북쪽 십리에 푸른 봉우리 모여	郭北十里攢靑峯
태곳적 수려한 빛에 봄이 깊어가네	太古秀色春重重
산중에 탄환을 쏘는 이 누구인가	山中彈丸誰氏子
홍도화 한 떨기가 요염하게 피었네	紅桃一簇開丰茸
내가 오자 마침 비가 흡족히 내려	我來政逢新雨足
온 시내에 차가운 구슬이 소리 내며 쏟아지네	百道飛泉鳴寒玉
동행한 친구들 모두 잠들어도 홀로 잠들지 못하여	同遊盡睡淸不眠
베개 밑 맑은 물소리가 밤새 누각을 감도네	枕底風潮浮夜屋
마흔에도 명성이 없음을 예로부터 탄식했거늘[104]	四十無聞古所嗟
귀밑터럭 희어짐을 어찌 막으랴	幾何禁得鬢毛華
〈반우가〉로 흰 돌을 노래함을 배우기 부끄럽고[105]	羞學飯牛歌白石

---

103 신축년……바꾸었다 : 신축년은 헌종 7년(1841)으로 환재 나이 35세 때에 지은 시이다. 석경루(石瓊樓)는 서울 도성 북쪽 세검정 부근에 있던 추사 김정희의 별장이다. 《瓛齋集 卷1 石瓊樓雜絶》 참조.

104 마흔에도……탄식했거늘 : 공자가 "후생이 두려울 만하니, 앞으로 오는 자들이 나의 지금보다 못할 줄을 어찌 장담하겠는가. 그러나 40, 50세가 되어도 알려짐이 없으면 이 또한 두려울 것이 없다.〔後生可畏, 焉知來者之不如今也. 四十五十而無聞焉, 斯亦不足畏也已.〕"라고 한 구절을 가리킨다. 《論語 子罕》

구루산에 들어가 단사를 찾고 싶네[106]   欲向句漏尋丹沙

자연을 몹시 사랑하는 그대들의 흥취가 기쁘니   喜二三子有餘興

푸른 나막신이 진흙 묻을까 걱정했으랴   青鞋不曾愁泥濘

특이한 일 없어도 즐거움 가눌 길 없으니   定無奇事樂不勝

아름다운 계절에 서로 불러 만나세   招邀佳期來相證

꽃향기 속에 저물녘 느지막이 문을 나서니   芳菲晼晚遲出門

볼품없는 사람이 마을만 지킴을 깨닫지 못했네   壞人不覺守一村

서생 흉중의 오활한 학설은   書生胸裏疏迂說

흐르는 물이나 큰 소나무와 논해야 하리   要與流水長松論

나의 생애는 정녕 사슴의 성질[107]을 받았으니   我生定賦野鹿性

---

105 반우가로……부끄럽고 : 구차하게 자신의 재능을 팔려고 하지 않겠다는 의미이다. 춘추 시대 위(衛)나라 영척(甯戚)이 제나라에 가서 빈궁하게 지내며 소에게 꼴을 먹이다가 제 환공(齊桓公)을 만나 쇠뿔을 치며 자기의 신세를 한탄하는 노래를 불렀다. 이에 환공이 그를 비범하게 여겨 수레에 태우고 와서 객경(客卿)에 임명한 고사가 있다. 영척이 불렀다는 노래가 〈반우가(飯牛歌)〉인데 그 노래 가사에 "남쪽 산은 말쑥하고, 하얀 돌은 번쩍이는데, 요순이 선양하는 것을 살면서 보지 못하였다.〔南山矸, 白石爛, 生不遭堯與舜禪.〕"라고 한 구절이 있다. 《淮南子 道應訓》

106 구루산에……싶네 : 차라리 자연에 은거하거나 지방관으로 살고 싶다는 의미이다. 구루산(句漏山)은 도가에서 말하는 제22번째의 동천(洞天)으로서 진(晉)나라 갈홍(葛洪)이 늙음이 이르자 연단(鍊丹)을 해서 수명을 늘려 볼 목적으로, 교지(交阯)에서 단사(丹沙)가 나온다는 소문을 듣고는 자원해서 구루(句漏)의 현령이 되었다고 한다. 《晉書 卷72 葛洪傳》

107 사슴의 성질 : 초야에서 제멋대로 지내는 것을 가리킨다. 소식(蘇軾)의 〈차운공문중추관견증(次韻孔文仲推官見贈)〉 시에 의하면 "나는 본디 사슴의 성질을 지녔고, 진정 수레 끄는 말의 자질은 아니라네.〔我本麋鹿性, 諒非伏轅姿.〕"라고 하였다. 《蘇東坡詩集 卷8》

하루만 귀를 씻어도 진근[108]이 청정해지네　　洗耳一日塵根淨

갈건은 계곡의 세찬 바람에 서늘해지고　　葛巾涼生溪風勁

파리한 얼굴은 산꽃이 비쳐 발그레하네　　矑顔紅借山花映

이 사이에 심을 만한 나무를 찾아　　準擬此間覓樹栽

물가에 그득히 백 그루 매화를 심고　　臨水多種百本梅

서쪽 등성이 그윽한 곳에 누대를 세워　　起樓西崦幽絶處

나귀 타고 다리 건너오는 그대를 보리라　　看君跨驢度橋來

---

108 진근(塵根) : 불교에서 말하는 색(色)·성(聲)·향(香)·미(味)·촉(觸)·법(法)의 육진(六塵)과 안(眼)·이(耳)·비(鼻)·설(舌)·신(身)·의(意)의 육근(六根)을 이르는 말이다.

신해년 제석 전날 밤에 옥당(玉堂)에서 숙직하는데, 사유(士綏)도 함께 숙직하였다. 내가 우연히 "어찌 알았으랴 옥당에 함께 숙직하면서, 연촉의 높은 꽃이 꺾이는 걸 누워서 볼 줄을.〔豈知玉堂同夜直, 臥看椽燭高花摧.〕"이란 구절을 읊으니, 사유가 듣고서 누가 지은 것이냐고 물었다. 나는 어렴풋이 구양영숙(歐陽永叔)이 매성유(梅聖兪)를 위해 지은 것으로 알고 있었다. 사유가 이윽고 시 한 수를 지으면서 이것을 마지막 구절에 넣고서 나에게 화답하기를 간절히 요구하였다. 이튿날 고찰해보고서 비로소 구양영숙이 지은 것이 아니고, 바로 동파(東坡)의 〈무창서산(武昌西山)〉 시 중의 말임을 알게 되었다. 그 서문에 "원우(元祐) 원년(1056) 11월 29일에 한림승지 등성구(鄧聖求)와 옥당에서 함께 숙직하면서 옛 일을 이야기하였는데, 성구가 일찍이 〈원차산와준명(元次山窪樽銘)〉을 지어 바위에 새기고 이어 이 시를 지었으므로 성구에게 함께 읊자고 하였다."라는 구절이 있었다. 또 "어찌 알았으랴 옥당에 함께 숙직하면서〔豈知玉堂同夜直〕"라는 구절이 "어찌 알았으랴 백발로 함께 숙직하면서〔豈知白首同夜直〕"로 되어 있음을 알았다. 나의 옛날 공부가 황폐해져 그 껍데기만 기억할 뿐이었다. 사유에게 이 내용을 말해 주면서 "그대가 나 때문에 잘못 알았고, 나는 그대의 재촉에 곤란을 겪었으니, 서로 비긴 셈이오."라고 하고서 함께 웃었다[109]

辛亥除夕前夜宿玉堂 士綏伴直 余偶誦豈知玉堂同夜直 臥看椽燭高花摧之句 士綏問作者爲誰 余依俙認爲歌歌歐陽永叔爲梅聖兪作也 士綏

因題一詩 以此爲落句 苦要余和之 明日考檢 始知非歐陽也 乃東坡武昌
西山詩中語耳 其序曰元祐元年十一月二十九日 與翰林承旨鄧聖求會宿
玉堂話舊事 聖求嘗作元次山窪樽銘刻之巖石 因作此詩 要聖求同賦云
云 且非豈知玉堂同夜直 乃豈知白首同夜直也 余舊業荒廢 記其膚郭而
已 爲士綏言之 且曰君爲我誤 我被君困 其事適相當也 相與一笑

마음대로 책장 넘기고 홍매주 마시며	瀾翻緗帙飮紅梅
천하에서 교분 논한 지 이십년 되었네	海內論交卄載來
마주 보니 수염과 눈썹에 흰 눈이 소복하여	相對鬚眉傲霜雪
옷과 모자의 티끌을 떨어버리고 싶네[110]	試將衣帽拂塵埃
침침한 옥당[111]에 한 해가 저무는데	沈沈畫省年光晚
어스름한 물시계 바늘은 새벽을 재촉하네	杳杳銅籤曉漏催
어찌 알았으랴 백발로 함께 숙직하면서	白首豈知同夜直
연촉의 높은 꽃이 꺾이는 걸 누워서 보게 될 줄을	臥看椽燭高花摧

---

109 신해년……웃었다 : 신해년은 철종 2년(1851)으로 환재 나이 45세 때에 지은 시
이다. 사유(士綏)는 신석희(申錫禧, 1808~1873)의 자(字)이다. 본관은 평산(平山),
호는 위사(葦史)이다.

110 옷과……싶네 : 벼슬을 내놓고 세상일을 잊고 은거하고 싶다는 의미이다.

111 옥당 : 원문은 '화성(畫省)'으로 중국 관청 중의 상서성(尙書省)을 가리키는데,
벽에 회칠을 하고 옛 현인과 열사를 그려 놓았기 때문에 화성이라고 불렸다. 여기서는
홍문관을 고상하게 가리킨 말이다.

사유의 원운

士綏原韻

옛날 구양수와 매요신은 집현학사로	集賢學士古歐梅
벼슬의 자취 일정치 않아 떠나고 돌아왔네	宦迹參差去復來
경서와 약항아리로 세월을 보내고	經卷藥罏淹歲月
시낭과 화개로 풍진 속에 분주했네[112]	詩囊華蓋走風埃
검은 관복으로 물시계 소리 듣노라니 별자리 돌고	烏衫聽漏疏星轉
희끗한 수염에 서리가 더하여 만년을 재촉하네	彪鬚添霜暮景催
어찌 알았으랴 옥당에서 함께 숙직하면서	豈意玉堂同夜直
연촉의 높은 꽃이 꺾이는 걸 누워서 보게 될 줄을	臥看椽燭高花摧

---

112 경서와……화개 : 은거와 출사의 두 가지를 서술한 것이다. 경서와 약항아리는 은거하여 학문과 수양에 매진한 것을 가리키고, 시낭과 화개는 지방관으로 나간 것을 가리킨다. 화개(華蓋)는 임금이나 고관이 사용하는 일산이나 귀족이 타는 수레의 덮개를 말하는데, 흔히 존귀한 사람의 행차를 말할 때 인용된다.

신유년 정월 6일에 학초서실(鶴樵書室)에 모여서 "유상미이고담전청(幽賞未已高談轉淸)"으로 운자를 나눴는데, 나는 전(轉)자를 얻었다. 당시 나는 열하(熱河)로 가는 사신의 명을 받아 국경을 나서려 할 때였으므로 우선 장구(長句)를 남겨서 여러 친구들과 작별하였다[113]

辛酉孟春之六日 集鶴樵書室 分韻幽賞未已高談轉淸 余得轉字 時余奉使熱河將出疆 聊以長句留別諸公

벗들이 나를 만류하여 작은 연회를 여니	故人留我開小宴
동이 술이 곧장 도성문의 전별연이 되었네	尊酒便作都門餞
도성 문 나가 서쪽으로 사천 리 길에	都門西出四千里
사신의 행차가 아련히 중국으로 향하네	使蓋遙遙指赤縣
평생 제왕의 고을을 꿈에서도 생각하여	平生夢想帝王州
대청마루에서 서성거리며 부러워만 했네	蹩躠中堂空流羡
《삼보황도》[114]는 눈에 삼삼하고	三輔黃圖眼森森

---

113 신유년……작별하였다 : 신유년은 철종 12년(1861)으로 환재 나이 55세 때에 지은 시이다. 학초서실(鶴樵書室)은 안응수(安膺壽, 1804~1871)의 서실을 가리킨다. 본관은 죽산(竹山), 자는 복경(福卿), 호는 학초(鶴樵)·학산(鶴山)으로 서울에 거주하였다. 1831년(순조31)에 진사에 합격, 내직으로 상의원·전생서 직장, 형조 좌랑, 경모궁 령, 군자감 정 등을 역임하였고, 외직으로 남평 현감, 영평 군수, 부평 부사, 수원 판관 등을 지냈다. 환재 외에도 옥수(玉垂) 조면호(趙冕鎬), 해장(海藏) 신석우(申錫愚) 등과 깊이 교유하였다. 환재는 1861년(철종12) 음력 1월 18일에 열하 문안사(熱河問安使)의 부사(副使)로 연행을 떠났는데, 떠나기 며칠 전에 지은 시이다.

114 삼보황도(三輔黃圖) : 당대(唐代)에 편찬된 것으로 추정되는 저작자 미상의 지

상상하던 수레바퀴 삐걱대며 돌아가리	意中輾轆車輪轉
오늘 아침 문을 나서면 참으로 쾌활하여	今朝出門眞快活
춤추는 참마가 맷돌처럼 평탄한 큰 길을 달리리	舞驂周道平如輾
여러분들이 진정 나를 위해 축하해주니	諸公端合爲我賀
어찌 이별의 수심을 미간에 지으랴	胡爲離愁眉頭現
승냥이와 범이 날뛰고 고래들이 출몰하며	豺虎縱橫鯨鯢出
육지와 바다에 풍진이 가득하네	風塵鴻洞陸海遍
굳센 병마인들 어찌 믿을 수 있으랴	兵强馬壯豈足恃
기강이 잃은 결과를 여기에서 보겠네[115]	綱紀一失此可見
하물며 서역 장사꾼의 교묘한 설은	況復西域賈胡說
사람과 하늘을 속이도록 서로 선동하네	矯誣人天來相煽
모두들 우리 유교가 액운이 들었다 말하는데	皆言斯文厄陽九
도탄에 빠진 천하를 누가 구원할 수 있으랴	天下胥溺誰能援
단문의 통곡은 반드시 기필할 수 없으나	端門痛哭雖未必
촉강 골짜기 거슬러 오름도 쉽지 않도다[116]	蜀江溯峽諒不便
우리들은 모두 기개 높은 사람이라	吾曹盡是磊落人

리서인데, 모두 6권이다. 삼보는 안사고(顔師古)의 설에 의하면 장안(長安) 이동(以東)을 지칭하는 경조(京兆), 장안 이북(以北)인 좌풍익(左馮翊), 위성(渭城) 이서(以西)인 우부풍(右扶風)을 지칭하는 말이다. 《四庫全書總目提要 卷68 史部24 地理類1》

115 승냥이와……보겠네 : 당시의 위태로운 중국정세를 서술한 말이다. 중국이 1840~42년에 걸쳐 영국과 벌인 제1차 아편전쟁에서 패배하였고, 다시 1856~60년에 걸친 제2차 아편전쟁에서 패하여 북경(北京)이 함락되고 황제가 열하로 몽진하였다.

116 단문(端門)의……않도다 : 청나라가 망하여 궁궐문에 나아가 통곡할지 아닐지 알 수 없으나, 서양 세력에 밀려 한쪽 변방으로 도망을 가는 것도 쉽지 않음을 의미한다.

작은 이별에 그리움 자아내지 않네	非爲小別生睠戀
아, 성인께서 어찌 우리를 속였으랴	嗚呼聖人豈欺我
그대들은 근심걱정으로 마음 졸이지 마소	請君且莫憂思煎
육경은 중천에 뜬 해와 달 같으니	六經中天如日月
음이 다하고 양이 회복되느라 일선을 다투네	窮陰復陽爭一線
왕년에 불교가 중국을 해쳐	當年佛敎賊中國
눈 깜짝할 새 온통 금수로 변했건만	盡化禽獸卽轉眄
남조 시대의 사백 사찰 어디에 있나	南朝四百寺安在
희생을 밀가루로 대신한 것 사람들이 비웃네[117]	而今人笑犧代麵
더러운 찌꺼기가 맑아짐도 잠시 사이라	滓穢太淸亦暫爾
저 쌓인 눈처럼 잠깐 사이에 사그라지리	如彼集霰消見睍
듣자하니 말라카[118]와 싱가포르에	傳聞馬六新嘉坡
문자를 번역하는 서원이 있어	繙繹文字有書院
마치 《논어》나 《효경》의 문장을	頗似論語孝經文
이로하로 일본어 적듯이 한다네[119]	伊呂波寫日本諺

---

117 남조……비웃네 : 옛날 불교가 왕성하던 시절도 있었으나 현재는 모두 쇠퇴하여 오히려 비웃음만 야기하듯이, 서양의 왕성한 세력도 꺾일 날이 반드시 있으리라는 의미이다. 양(梁)나라 무제(武帝)가 불교를 독실하게 믿어 재위 48년 동안 종묘의 제사에 살생을 피하여 밀가루로 제물을 대신하였다고 한다.

118 말라카 : 원문의 '마육(馬六)'은 말라카(Malacca)를 가리킨다. 한자로는 만랄가(滿剌加)·만랄(滿剌)·마육갑(麻六甲)·마랄갑(麻剌甲)·마육갑(馬六甲)·문노고(文魯古) 등 여러 가지 이름이 있다. 말레이반도의 남서부에 있어 해상 실크로드의 요로에 있는 항구도시이다. 1641년 네덜란드가 지배하였고, 1824년에는 영국이 점령해 해로를 통한 동방 진출의 거점으로 삼았다.

119 마치……한다네 : 서양인들이 말라카와 싱가포르에 영화서원(英華書院)과 견하

많은 책 상자들을 배로 실어 나르는데 縹籤緗帙走海航

헤아려보면 해마다 수만 권에 달한다 하네 歲課動計書萬卷

이단이 유교를 표절함은 예로부터 있었지만 異端剽竊古來有

제멋대로 꾸미고 잘난 체 뽐내게 두어라 任他文飾恣誇眩

오랜 세월 뒤에 걸출한 사람이 나오면 久後生出魁傑人

사사로운 지혜에 집착한 것 뒤늦게 깨닫고 부끄러워하리

慙愧晚覺私智穿

천하 어느 곳의 혈기를 지닌 사람이든지 環瀛市地血氣倫

귀순하여 같은 문자 쓴다면 오랑캐도 중화로 변하리 歸我同文夷一變

알겠노라, 운수가 바뀌고 왕래하는 즈음에 從知消息往來際

비바람이 천둥번개와 섞이는 일 없지 않으리[120] 不無風雨雜震電

서생이 어찌 시무를 알랴만 書生豈曾識時務

오늘 영광스럽게 사신에 선발되었네 此日榮被專對選

백단과 유수[121]가 어디인지 알고 있나니 白檀濡水知何處

서원(堅夏書院)을 세우고 《논어》와 《효경》 등 유교 경전들을 수입·번역한 것을 가리킨다. 《김명호, 환재 박규수 연구, 창비, 2008, 391~2쪽》 이로하(伊呂波)는 일본의 국문(國文) 히라가나를 가리킨다. 일본의 승려 공해(空海, 774~835)가 히라가나〔平假名〕 47자(字)로 이려파가(伊呂波歌)를 지었다. 히라가나는 중국의 초서(草書)에 기원하였으므로, 공해(空海) 이전에도 벌써 있었던 것인데, 이려파가(伊呂波歌)에 쓰인 자체(字體)가 후에 와서 드디어 히라가나의 본체(本體)로 정해졌다.

120 운수가……않으리 : 천도(天道)가 순환하므로 음과 양이 융성하고 쇠퇴함에 따라 크고 작은 사태가 생기는 것은 자연스런 현상이라는 의미이다.

121 백단과 유수 : 백단(白檀)은 한(漢)나라 때 설치한 현(縣)으로 열하성(熱河省) 승덕현(承德縣) 서쪽에 있다. 유수(濡水)는 하북성(河北省) 동북부를 흐르는 난하(灤河)의 옛날 이름이다.

사막 구름과 변방 수풀 속의 행궁[122]을 물으리　　漠雲塞屮問行殿

그대들은 한 섬의 술을 빚어 놓으라　　勸君多釀一斛酒

서쪽의 누런 게는 맛이 좋아 안주할 만하지　　西屯金螯美可饌

돌아와 다시 천하의 일을 논하면　　歸來重論天下事

짙은 그늘에 해는 더디고 꾀꼬리소리 요란하리　　濃陰遲日鶯百囀

122　행궁 : 원문의 '행전(行殿)'은 제왕의 행궁을 달리 이른 말이다. 여기서는 황제가
몽진한 열하의 피서산장(避暑山莊)을 가리킨다.

신유년 3월 28일에 심중복(沈仲復) 병성(秉成)·동연추(董硏秋) 문환(文煥) 두 한림, 왕정보(王定甫) 증(拯) 농부(農部), 황상운(黃翔雲) 운혹(雲鵠)·왕하거(王霞擧) 헌(軒) 두 고부(庫部)와 함께 정림선생(亭林先生) 사당을 배알하고 자인사(慈仁寺)에 모여 술을 마셨다. 당시 풍노천(馮魯川) 지기(志沂)는 여주지부(廬州知府)로 부임하게 되었는데, 열하(熱河)에서 아직 돌아오지 않았다. 며칠 뒤에 뒤쫓아 왔으므로 다시 심중복의 서루에서 술을 마셨는데, 우선 시 한 수를 여러 사람에게 주면서 화답을 청하였다. 시편 속에 몇 글자의 첩운이 있는 것은 정림 선생의 말을 근거로 삼아 구애받지 않았기 때문이다[123]

辛酉暮春二十有八日 與沈仲復秉成董硏秋文煥兩翰林 王定甫拯農部 黃翔雲雲鵠王霞擧軒兩庫部 同謁亭林先生祠 會飮慈仁寺 時馮魯川志沂 將赴廬州知府之行 自熱河未還 後數日追至 又飮仲復書樓 聊以一詩 呈諸君求和 篇中有數三字疊韻 敢據亭林先生語 不以爲拘云

| 하늘이 땅을 덮어 | 穹天覆大地 |
| 대연[124]이 청구와 경계를 지었네 | 岱淵限靑邱 |

123 신유년……때문이다 : 신유년은 철종 12년(1861)으로 환재 나이 55세 때에 중국에 도착한 직후에 지은 시이다. 이때의 전후 사실에 대해서는 《환재집》 권11 〈고사음복도에 쓴 글〔題顧祠飮福圖〕〉이 참고가 된다. 〈고사음복도(顧祠飮福圖)〉는 환재가 1861년(철종12) 열하 문안사(熱河問安使)로 연행했을 때 북경에서 교유를 맺은 인물들과 고염무(顧炎武)의 사당을 참배한 뒤 자인사(慈仁寺)에 모여 음복한 광경을 귀국 후 화공을 시켜 그리게 한 것이다.

교화에는 본래 내외가 없으나	聲教本無外
국경은 저절로 구역을 달리했네	封疆自殊區
경쇠를 치던 양사를 생각하고[125]	擊磬思襄師
뗏목을 탄 노수를 바라보며[126]	乘桴望魯叟
부사가 백마에서 내리니[127]	父師稅白馬
옛날 일이라 아득하네	鴻濛事悠悠
나는 그 사이에 태에나	而余生其間
족적이 구루[128]에 막혀	足迹阻溝婁
반평생 책속에서	半世方冊裏
제왕의 고장을 상상했네	夢想帝王州
이번에 사명을 받드니	及此奉使年
늙어서 이미 백발이 되었네	遲暮已白頭
고삐를 잡고 큰길에 올라	攬轡登周道

124 대연(岱淵) : 해대(海岱)와 같은 말로 태산과 발해를 가리킨 듯하다.

125 경쇠를……생각하고 : 중국의 은자가 우리나라로 온 것을 가리킨다. 노(魯)나라가 쇠미해져 예악(禮樂)이 무너지자, 예관(禮官)과 악관(樂官)들이 뿔뿔이 흩어져서 다른 곳으로 떠나갔는데, "소사 양과 격경 양은 바닷속 섬으로 들어갔다.〔少師陽擊磬襄, 入於海.〕"라는 말이 《논어》〈미자(微子)〉에 보인다.

126 뗏목을……바라보며 : 공자가 우리나라로 오고자 했던 것을 가리킨다. 《논어》〈공야장(公冶長)〉에 공자(孔子)가 난세를 개탄하면서 "도가 행해지지 않으니, 뗏목을 타고 바다로나 나갈까 보다.〔道不行, 乘桴浮于海.〕"라고 말한 내용이 실려 있다.

127 부사(父師)가 백마에서 내리니 : 은(殷)나라 말기에 기자(箕子)가 우리나라로 온 것을 가리킨다.

128 구루(溝婁) : 성(城)을 일컫는 고구려말인데, 여기서는 우리나라를 널리 가리킨 말이다.

중원의 인사를 두루 찾아 자문하니	歷覽寓諮諏
호탕하게 마음과 눈이 열리고	浩蕩心目開
조금도 여행의 수심이 없네	曾無行邁愁
봄날은 참으로 더디고	春日正遲遲
봄 구름은 한창 피어나는데	春雲方油油
넓은 들에 꾀꼬리 울고 꽃이 만발하고	野闊鶯花滿
하늘 멀리 안개에 쌓인 숲이 떠오르네[129]	天遠煙樹浮
깊숙한 마을에서 관영[130]을 그리워하고	深村裏管寧
무너진 성에서 전주[131]를 조문하네	荒城吊田疇
정녀석[132]에서 배회하니	徘徊貞女石
비바람에 갈매기 떼 모이고	風雨集群鷗

---

129 멀리……떠오르네 : 연경(燕京) 덕승문(德勝門)의 서북쪽에 위치한 계문(薊門)의 숲이 안개에 쌓여 몹시 아름다운데, 이를 계문연수(薊門煙樹)라 하여 연경팔경(燕京八景)의 하나로 꼽는다.

130 관영(管寧) : 삼국 시대 위(魏)나라의 현인으로, 황건적(黃巾賊)의 난을 피해 요동으로 거처를 옮기자 배우려는 자들이 몰려왔다고 한다. 관영이 55년 동안 나무로 만든 탑상(榻牀)에 앉아 있었는데, 단정한 자세를 한 번도 잃은 적이 없었으므로, 무릎 닿는 곳에 모두 구멍이 뚫렸다고 한다. 《三國志 卷11》《高士傳 下》

131 전주(田疇) : 169~214. 후한 말기 우북평(右北平) 무종(無終) 사람으로 자는 자태(子泰)이다. 전주가 종족을 거느리고 서무산(徐無山)에 들어가 은거해 살면서 잘 다스리니 일대가 그의 위세에 신복하였다. 후에 조조(曹操)가 오환(烏丸)을 칠 때 길을 향도하여 큰 공을 세웠다. 《三國志 卷11 魏書 田疇傳》

132 정녀석(貞女石) : 팔리보(八里堡) 근처 언덕에 있는 강녀묘(姜女廟)를 가리킨다. 강녀는 섬서(陝西) 사람 범식(范植)의 아내로 범식이 만리장성을 쌓으려 부역을 가서 죽자, 강녀가 성 밑에 까지 가서 울다가 죽어 후인들이 사당을 지어 기렸다고 한다.

고죽사에 두 번 절하니	再拜孤竹祠
대로께서 면류관이 의젓하네[133]	大老儼冕旒
우러르고 굽어보매 더욱 감개해져	俯仰增感慨
가는 곳마다 잠시 서성거리네	隨處暫夷猶
유주의 진산인	幽州其山鎭
의무려가 바닷가를 가로질렀네	醫巫橫海陬
일만 필 말이 달려가니	萬馬奮蹙踏
먼지 구름이 서남쪽까지 자욱하네	雲屯西南投
수려한 기운이 모이니	秀氣所鍾毓
온갖 옥돌이 뒤섞였네[134]	珣琪雜瓊璆
기쁘게 서로 만나고 싶으나	庶幾欣相遇
구석까지 찾아보기에 방도가 없네	無術恣冥搜
임금의 명은 늦출 수 없어	君命不可宿
가고 가서 쉬지 않네	行行遂未休
황제께서 노고를 돌아봐주시어	軫勞荷帝眷
풍족한 대접받으며 관사에 머무르네	館餼且淹留
외로운 회포 풀 길이 없어	孤抱鬱未宣
말을 타고 유람을 나서네	駕言試出游
그리워라, 옛 철인들이여	懷哉先哲人
연경에 벗들이 많으셨으리	日下多朋儔

133 고죽사(孤竹祠)에……의젓하네 : 중국 영평부(永平府) 고죽군(孤竹郡)에 있는 이제묘(夷齊廟)를 가리킨다. 대로(大老)는 바로 백이(伯夷)와 숙제(叔齊)를 가리킨다.

134 수려한……뒤섞였네 : 인재가 많은 것을 가리킨다.

국적은 달라도 마음은 같아서[135]	契托苔同岺
북채에 북이 울리듯 호응하였네	聲應鼓響枒
위로 고자(顧子 고염무)의 학문을 논하니	尙論顧子學
나에게 걸어갈 궤도 알려주네	軌道示我由
앉아 이야기한 것 일어나 바로 행하여	坐言起便行
오직 참된 일만 추구하셨네	實事是惟求
경학이 바로 이학이라 하신	經學卽理學
한 마디 말씀 천추에 전하기 충분하네	一言足千秋
선생은 옛날의 일민으로	先生古逸民
당시에 견줄 이 드물었네	當時少等侔
그 학맥이 우리 가정에 있어	緖論在家庭
나도 나면서부터 이어받았네	我生襲箕裘
예전에 장씨의 책을 얻어 보니[136]	曩得張氏書
본말을 부지런히 찬수하여	本末勤纂修
비로소 그 사당을 알았나니	始知俎豆地
여러 어진 이들의 훌륭한 계책이었네	群賢劃良籌
선생의 초상은 엄숙하고 고결하며	遺像肅淸高
아관박대(峨冠博帶)의 유생 차림이라	峨冠衣帶褒

135 국적은……같아서 : 원문의 '태동잠(苔同岺)'은 이태동잠(異苔同岺)의 준말로 이끼는 달라도 산은 같다 하여 뜻을 함께 하는 친구를 이르는 말이다.

136 예전에……보니 : 청나라 장목(張穆)이 1843년에 편찬한 〈고정림선생연보(顧亭林先生年譜)〉를 가리킨다. 환재는 이 연보를 읽고서 고염무 사당의 소재를 알고, 연행할 때 방문하리라 마음먹었던 듯하다. 자인사에서 만난 인사들은 모두 고염무를 독실하게 사숙하던 학인들이었다. 《김명호, 환재 박규수 연구, 창비, 2008, 411쪽》

분향하며 절하고 싶건만	欲下瓣香拜
누구와 은근히 상의할꼬	慇懃誰與謀
때마침 여러 군자를 만나니	邂逅數君子
선생을 사숙하여 학문이 넉넉한 관인들이라	私淑學而優
하늘의 인연이 교묘히 맞아떨어져	天緣巧湊合
나를 그윽한 선방에서 기다리네	期我禪房幽
서로 읍하고 선생을 배알한 뒤	相揖謁先生
옷자락을 걷고 당에 올랐네	升堂衣便摳
제기에는 햇과일 올렸고	籩實薦時品
술잔에는 조선술을 따라 바쳤네	爵酒獻東篘
잠시 후에 가랑비 지나니	須臾微雨過
옛 사당에 바람이 으스스한데	古屋風颼颼
비에 젖어 먼지가 일지 않고	纖塵浥不起
맑은 구름조차 흐르지 않네	輕雲澹未流
높은 홰나무에 신록이 무성하고	高槐滋新綠
비에 씻긴 노송은 검푸른 이무기 같네	老松洗蒼虯
음복술을 대청 가운데 놓고서	福酒置中堂
가득 부어서 서로 주고 받네	引滿更獻酬
벗을 부르며 새는 앵앵거리고	求友鳥嚶嚶
부평초 먹으며 사슴은 유유 우네	食萍鹿呦呦
이 날 좋은 잔치를 얻으니	此日得淸讌
마치 신령께서 잠주[137]에 복을 내린 듯하네	靈貺若潛周

---

137 잠주(潛周) : 숨은 주(周)나라로 곧 우리 동방(東方)을 찬미한 말이다.

아, 두 세 분들이	嗟哉二三子
나를 위해 푸른 눈동자 비벼	爲我拭靑眸
광사편 중의 인물들이라	廣師篇中人
나는 그분들만 못해 부끄럽네[138]	不如吾堪羞
명성과 행실을 서로 닦아서	名行相砥礪
덕망과 공업이 함께 이루어지니	德業共綢繆
장쾌한 유람이 바다와 태산을 다하고	壯遊窮海岳
아름다운 풍속에서 노나라 추나라를 보네	美俗觀魯鄒
모두 조정의 수재들이라	總是金閨彦
맑은 문장으로 황제의 정치 밝히고	淸文煥皇猷
모두 관각의 자질을 지녀	總是巖廊姿
큰 강에서 배와 노를 부리네	巨川理楫舟
경제는 경술에 뿌리를 두니	經濟根經術
이 둘이 어찌 모순이 되랴	二者豈盾矛
예악은 병형을 보완하니	禮樂配兵刑
쓸모없던 적 없었고	曾非懸贅疣
고담준론에 명물도수를 소홀히 하여	高談忽名數
고루한 유생들 그저 떠들기만 하네	陋儒徒譊咻
훈고와 의리는	訓詁與義理

---

138 광사편……부끄럽네 : 중국 인사들이 모두 훌륭하여 자신은 어울리기에 부족하다는 겸사이다. 〈광사(廣師)〉는 고염무의 《정림문집(亭林文集)》 권6에 수록되어 있는 짧은 글이다. 고염무는 이 글에서 왕석천(王錫闡), 양설신(楊雪臣), 이옹(李顒), 주이존(朱彝尊) 등 당대 일류 학자들의 각각의 장점을 거론하며 자신은 그들만 못하다고 겸손하게 말하였다. 《김명호, 환재 박규수 연구, 창비, 2008, 656쪽》

반드시 짝을 지어 계승해야 하고	交須如匹逑
학파 간의 견해를 일소해야	一掃門戶見
더 멀고 깊게 탐구할 수 있네	致遠深可鉤
모두 고씨의 문도들이라	緫是顧氏徒
스승의 단서를 자세히 연구하네	端緒細尋抽
모두 환경의 친구들이라	緫是瓛卿友
향초와 누린풀처럼 판이하지 않네	判非薰與蕕
다행스럽게 노천자는	幸甚魯川子
난하에서 느지막이 돌아와	灤陽晚回輈
맑은 대낮의 담론에 귀 귀울이고	傾倒淸晝談
심중복의 서루에서 술에 취하네	酒酣仲復樓
상심스러워라, 백언공은[139]	傷心伯言公
무덤에 풀이 무성하네	宿草晻松楸
난리통에 잔고가 남아	喪亂餘殘藁
붕우들이 교감을 하였으나	朋友爲校讎
문장은 천고의 사업인데	文章千古事
이처럼 적막하단 말인가	寂寞如此不
이로부터 사단의 맹주는	從玆詞垣盟
유독 그대가 쇠귀를 잡는 것 허락하리[140]	獨許君執牛

---

139 백언공(伯言公) : 몇 해 전에 죽은 매증량(梅曾亮, 1786~1856)을 가리킨다. 자는 백언(伯言), 청나라 강소(江蘇) 상원(上元) 사람이다. 요내(姚鼐)를 사사하여 후기 동성학파(桐城學派)의 대표 인물이 되었다.

140 이로부터……허락하리 : 풍지기가 이미 작고한 동성파의 대가 매증량의 뒤를 이어 문단의 맹주가 되리라 칭송하는 말이다. 원문의 '집우(執牛)'는 주도적 위치에 있는

구리도장에 새로운 영화가 엮이고	銅章紆新榮
강호엔 도로가 기네	江湖道路脩
이제 금궐을 사직하고 떠나	行當辭金闕
오마가 노구141를 나서니	五馬出蘆溝
황지에 한창 경보가 많고	潢池方多警
들판에는 맹수가 잠을 자네142	中野宿貔狖
얼굴빛에 기미가 없어도	容色無幾微
가슴속엔 나라 걱정 있네	中情在分憂
수양이 본래 깊고 두터워	充養自深厚
일에 임하여도 여유롭네	臨事得優游
내 수레에 기름을 치고	我車載脂膏
내 말은 준마를 채찍질하여	我馬策驊騮
차례로 여러 사람과 작별하고	取次別諸君

사람을 일컫는다. 춘추전국 시대에 제후들이 맹약을 맺을 때, 맹주(盟主)가 소의 귀를 쥐고 베어 그 피를 마시고 서약한 데서 온 말이다.

141 노구(蘆溝) : 북경 광안문(廣安門) 밖 영정하(永定河) 일대를 가리킨다. 이곳의 노구교는 거대하고 아름다운 다리로서 노구효월(蘆溝曉月)이라 하여 연경 팔경(八景)의 하나로 일컬어졌다.

142 황지(潢池)에……자네 : 풍지기가 부임할 곳에 현재 변란과 위험이 많음을 가리킨 말이다. 황지(潢池)는 물이 고여 만들어진 작은 웅덩이를 가리키는데 한(漢)나라 공수(龔遂)가 선제(宣帝)의 하문(下問)을 받고는 "이번의 반란은 기한(飢寒)에 시달리는 백성들을 관리들이 제대로 돌보아 주지 않자, 폐하의 어린아이들이 폐하의 무기를 슬쩍 훔쳐서 황지 가운데에서 한번 장난을 쳐 본 것일 따름입니다.〔其民困于飢寒而吏不卹, 故使陛下赤子盜弄陛下之兵于潢池中耳.〕"라고 답변했던 고사가 있다. 《漢書 卷89 龔遂傳》

동쪽으로 부상주로 달려가네	東馳扶桑洲
남은 정취 한이 없으니	餘情耿未已
이 서글픔 어찌 하랴	那得不悵惆
이곳 북경 일대를 돌아보니	睠玆畿甸內
오랑캐의 나쁜 기운 아직 걷히지 않았네	夷氛尙未收
재주가 요것뿐이냐고 오랑캐야 얕보지 마라	莫謂技止此
북경은 복건이나 절강과는 다르니라	三輔異閩甌
백 리에 걸쳐 오랑캐 군대 흰 눈처럼 뒤덮어	百里見積雪
두보가 크게 탄식했었는데[143]	杜老歎咿嚘
게다가 또 사설을 끼고서	況復挾邪說
온갖 속임수 부려 침투하누나	浸淫劇幻譸
우리 힘을 다해 밝은 덕을 숭상하며	努力崇明德
도를 지키고 해충을 제거합시다	衛道去蟊蟊
물소뿔 횃불로 물속 요괴 살핀다면	燃犀觀水姦
황당무계함을 어찌 감출 수 있으랴	怪詭焉能廋
우리 유교에 이런 사람 있다면	斯文若有人
나머지 일은 걱정할 것 없소이다	餘事不足憂
요해는 멀다 하기 부족하니	遼海不足遠
잠시 이별을 무어 수심하리오	少別不足愁
예로부터 백 번 단련한 강철은	由來百鍊鋼

---

143 백 리에……탄식했는데 : 두보(杜甫)의 〈유화문(留花門)〉이란 시에 "연이은 구름은 도성 가까이 머물러, 백 리에 쌓인 눈만 보이네.〔連雲屯重輔, 百里見積雪.〕"라고 하였다.

끝내 손가락에 감기도록 부드럽지 않으니[144]　　　　終不繞指柔

두 곳에서 밝은 달을 보면서　　　　　　　　　兩地看明月

간담을 서로 비추어 보기 바라오　　　　　　　肝膽可相求

144　백 번……않으니 : 오래도록 단련되어 의지가 굳은 사람은 지조가 쉽게 변하지
않음을 비유한 말이다. 진(晉)나라 때 유곤(劉琨)의 〈중증노심(重贈盧諶)〉 시에 "어찌
뜻했으랴 백 번 단련한 강철이, 손가락에 감을 만큼 부드러워질 줄을.〔何意百鍊鋼,
化爲繞指柔.〕"이라고 한 데서 온 말이다.

〈완정복호도〉에 쓰다[145] 병서
題完貞伏虎圖 幷序

〈완정복호도(完貞伏虎圖)〉는 황상운(黃緗芸) 운혹(雲鵠)이 태고조
모(太高祖母 오대조 모친) 담유인(談孺人)을 위해 그린 것이다. 유인
이 절개를 지키며 고아를 보전한 사적을 서술하고서 당시 사우들에
게 시문을 구하여 나에게까지 이르렀다. 상운의 말에 "유인께서 몸소
무궁한 괴로움을 받았으나, 후세 사람들이 앉아서 그 보답을 받으
니, 생각할 때마다 눈물이 흐른다. 아 이것은 효자자손(孝子慈孫)들
이 스스로 그만둘 수 없는 바이다."라고 하였다. 내가 보기에 세가거
족(世家巨族)들의 경우, 그 선대의 덕행을 거슬러 찾아보면 누구나
명철한 부인이나 어진 어머니가 그 기틀을 마련하지 않은 적이 없었
다. 지금 황씨의 종족이 더욱 번성하여 한창 흥기하는 기세가 꺾이지
않음은 모두 담유인의 은덕이다. 상운의 무궁한 추모가 또 어찌 스스
로 그만둘 수 있겠는가. 이로 인하여 나 또한 느낌이 있으니, 나의
10세 조 간의공(諫議公 박소(朴紹))께서 곧은 절개를 지키다 간사한
자들에게 배척을 받았고, 돌아가신 뒤에 대령(大嶺)의 남쪽에 장례

---

145 완정복호도(完貞伏虎圖)에 쓰다 : 환재 나이 55세 때인 1861년(철종12)에 지은
시로 32구의 장편고시이다. 〈완정복호도〉는 황운혹(黃雲鵠)이 그의 오대조의 모친 담
씨(談氏)의 은덕을 기리고자 그린 그림이다. 환재는 북경 체류중이던 1861년 4월에
황운혹의 요청으로 이 시를 지었다. 그림의 내력을 소개한 황운혹의 〈완정복호도집약술
(完貞伏虎圖集略述)〉이 참고가 된다.《韓客詩存 401~423쪽》《김명호, 환재 박규수
연구, 창비, 2008, 621~625쪽》

를 지냈다. 어린 자식 다섯이 방안 가득 울어대니, 부인 홍씨(洪氏)께서 어린 자식을 이끌고 천리 길을 갖은 고생을 겪으며 서울로 돌아와 잘 가르쳐 성취시켜 모두 이름난 공경과 대부가 되었다. 손자와 증손이 오십여 명에 달하였는데, 손녀가 소경왕(昭敬王 선조)의 원비(元妃)가 되었다. 지난 명나라의 고명(誥命)에 "원종에서 나와 이름난 나라의 왕비가 되었다."라고 한 것은 귀진천(歸震川 귀유광(歸有光))의 글로 그의 문집 속에 들어 있다. 자손들이 더욱 창성하여 드디어 세신거벌(世臣巨閥)이 되었으니, 만약 선조모께서 고생하고 힘쓰지 않았더라면 머나먼 시골 구석의 토박이 백성이 되고 말았을 것이 틀림없다. 매양 당시의 사정을 생각할 때마다 두려운 마음이 응당 어떠하겠는가. 이로써 선조에 대한 상운의 감격이 나와 같은 바가 있음을 알겠으니, 감히 졸렬한 솜씨라는 핑계로 사양할 수 없었다.

첩첩한 산중에 인적이 끊겼는데	亂山合沓人迹絶
숲속의 오두막에 눈이 수북 쌓여 있네	林間艸屋依積雪
등에 업은 작은애는 배 달라 밤 달라	小兒在背覓梨栗
손을 잡은 큰애는 끌어주기 바라네	大兒在手求提挈
포대기에 싼 갓난애까지 있어	更有嬰兒襁抱中
젖 먹다가 울다가 소리 내어 흐느끼네	且乳且啼聲鳴咽
뉘 집 어미이기에 온갖 재앙 다 겪나	誰家阿母罹百凶
타향에서 떠돌던 일 어찌 다 이야기하리	飄泊異鄉那堪說
달은 지고 바람 드세며 하늘은 더욱 캄캄한데	月落風高天深黑
범이 천둥같이 울부짖어 산중 바위를 조갤 듯하네	有虎雷吼山石裂

밤마다 어린 것들은 잠 못 이루고 　　　　　　夜夜稚幼眠不得

놀라 어미 품에 뛰어들며 숨죽여 벌벌 떠네 　　驚投母懷皆顚窒

어미가 의연히 방문을 열고 나가 　　　　　　阿母毅然啓戶出

범에게 한 마디 하니 어찌 이리 굳센가 　　　詔虎一語何烈烈

범이 귀 기울여 경청하는 듯하더니 　　　　　虎乃側耳若有聽

물러나 꼬리 흔들며 소굴로 돌아갔네 　　　　逡巡掉尾歸巢穴

정영이 고아를 살리니 마음이 가장 괴로웠고[146] 　程嬰存孤心最苦

양향이 짐승을 목조르니 마음이 또한 절박했네[147] 　楊香搤獸情更切

정성이 하늘을 감동시키니 하늘도 우는데 　　精誠格天天應泣

범인들 어찌 감히 와서 깨물랴 　　　　　　於菟何敢來噬齧

괴이해라 악인은 짐승보다 포악하여 　　　　却怪惡人惡於獸

음침하고 사나움이 천리를 멸하려 하네 　　　冥悍欲將天理滅

누가 맹호를 길들일 수 없다고 했나 　　　　誰謂猛虎不可馴

하늘이 정부를 위해 남다른 절개를 보전해 주네 　天爲貞婦完奇節

대대로 이름난 사람이 있어 그 음덕을 누리니 　代有聞人食其報

부옹의 가문은 대대로 덩굴이 이어졌네[148] 　涪翁世家綿瓜瓞

---

146 정영이……괴로웠고 : 춘추 시대 진 경공(晉景公) 3년에 도안가(屠岸賈)가 조삭
(趙朔)을 죽이고 멸족시켰을 때, 조삭의 친구 정영(程嬰)이 조삭의 유복자를 살리려고
다른 아이를 조삭의 아이로 속여 죽게 하고, 자신은 유복자와 산중에 숨어 살았다.
그 뒤 그 유복자가 조씨의 종사를 다시 계승하니, 그가 바로 조 문자(趙文子)이다.
《史記 卷43 趙世家》

147 양향이……절박했네 : 진(晉)나라 때 효녀 양향(楊香)이 14세가 되었을 때에,
아버지가 호랑이에게 물려 급박하게 되자 양향이 맨손으로 호랑이의 목을 힘껏 졸라대
어 아버지를 구한 양향액호(楊香搤虎) 고사가 있다.

황군이 감격하여 이 그림 그리니	黃君感激爲此圖
부지런히 추모함에 애간장 끊어지려 하네	追慕辛勤腸欲折
누가 다시 중루의 붓을 뽑아서	何人更抽中壘筆
그 사적 서술하여 현원 사이에 넣을까[149]	鋪述其事賢媛列
황군에게 화권을 돌려주며 세 번 탄식하고	還君畫卷三歎息
새로 시를 지어 담유인께 청렬함을 돌리노라[150]	新詩寫取歸淸洌

---

148 부옹의……이어졌네 : 부옹(浩翁)은 송나라 시인 황정견(黃庭堅)의 호이다. 원문의 '면과(綿瓜)'는 면면과질(綿綿瓜瓞)의 준말로 오이 덩굴이 끝없이 뻗어나가 주렁주렁 열리는 것처럼 자손이 번창하는 것을 뜻한다. 황운혹이 황정견의 자손이어서 대대로 자손이 번창한다는 의미이다.

149 누가……넣을까 : 유향(劉向)이 《열녀전(烈女傳)》을 지은 것을 가리킨다. 유향은 전한(前漢)의 종실(宗室)로 자는 자정(子政)이며, 벼슬은 중루교위(中壘校尉)를 지냈고 경학(經學)에 뛰어났다.

150 새로……돌리노라 : 시를 지어서 담유인의 풍모를 그려냈다는 의미로 보이는데, '歸淸洌'의 뜻은 미상이다.

손수 그린 〈증서도(贈書圖)〉에 써서 심중복(沈仲復)과 작별하며 주다[151]
題手畫贈書圖 贈別沈仲復

-고찰하건대, 〈증서도〉에 얽힌 사실은 공께서 심중복이 준 《육노망집(陸魯望集)》[152]에 자세히 적었으므로 그 원문을 기록하여 이 시의 아래에 붙인다. 그런데 이 시는 제어(題語)에 보이는 시와 대략 몇 글자가 다른데, 바로 붓으로 쓸 때에 우연히 그렇게 된 것이다. 둘 다 그대로 두어서 고인들이 시문에서 '일작(一作)'이라 한 것 또한 이런 것임을 보여주고자 한다.-

강은 트이고 하늘은 아득해 풍경이 여유로운데	水闊天長境有餘
증서도 그리니 마음에 어떠하실지	贈書圖就意何如
훗날 조그맣게 솔가지로 집을 엮어	他年擬築松毛屋
봄 바람 맞으며 입택의 물고기 함께 낚았으면[153]	伴釣春風笠澤魚

151 손수……주다 : 환재 나이 55세 때인 1861년(철종12) 3월에 연경에서 심병성(沈秉成)에게 지어준 시이다. 〈증서도〉가 창작된 내력과 시에 대해서는 《환재집》권9 〈신치영에게 보내는 편지〔與申穉英〕〉에도 자세한 내용이 실려 있다.

152 육노망집(陸魯望集) : 육구몽(陸龜蒙, ?~881)의 시문집인데, 여기서는 《입택총서(笠澤叢書)》 4권을 가리킨다. 육구몽은 당나라 말기 장주(長洲) 사람으로 자는 노망(魯望), 호는 천수자(天隨子)·보리선생(甫里先生)·강호산인(江湖散人)이다. 명문가 출신으로 어렸을 때 이미 육경(六經)에 능통했는데, 특히 《춘추》에 조예가 깊었다. 진사시험에 추천되었지만 합격하지 못하고 잠시 호주 자사(湖州刺史) 장박(張搏)의 막료로 생활했다. 나중에 송강(松江)의 보리(甫里)에 은거하며 농사를 장려하고 개간과 농업의 개량사업에 힘쓰는 한편 시서(詩書)를 즐기며 유유자적한 생활을 보냈다.

153 강은……낚았으면 : 《환재집》권9 〈신치영에게 보내는 편지〔與申穉英〕〉에도 이 시가 수록되어 있는데, 글자의 출입이 약간 있다. 입택은 태호(太湖) 또는 오호(五湖)

부록. 심중복이 준 《입택총서》의 책머리에 쓰다

附 題沈仲復所贈笠澤叢書卷面

신유년(1861) 봄에 심중복(沈仲復)과 서루(書樓)에서 만났다. 심군이 《입택총서(笠澤叢書)》 두 본을 꺼내서 그 중에 글자가 크고 깨끗한 것을 골라 나에게 주니, 그의 뜻은 내가 나이가 들어 눈이 흐린 것을 걱정한 것이므로 참으로 감탄스러웠다. 이어 또 스스로 한 본을 집어서 훗날 그리울 때 펼쳐보며 직접 만나는 것을 대신하려 한다며 나에게 제어(題語)를 써주기를 청하기에 내가 몇 줄을 써서 은근한 감사를 표하였다. 이윽고 심군이 다시 두루마리 하나를 꺼내서 나에게 〈증서도〉를 그려달라고 간절히 요구하기에, 나는 강호(江湖)의 작은 경치 속에 주인과 손님이 공읍(拱揖)하는 모습을 그리고, 드디어 "하늘은 넓고 강은 비어 풍경이 여유로운데, 증서도 그리니 마음에 어떠하실지. 훗날 조그맣게 솔가지로 집을 엮어, 봄 바람 맞으며 입택의 물고기 함께 낚았으면.〔天闊江空境有餘 贈書圖就欲何如 他年 小築松毛屋 伴釣秋風笠澤魚〕"이라는 시 한 수를 지으니, 심군이 크게 즐거워하며 이내 입택어(笠澤魚) 세 글자를 가리키며 한참 탄식하였다. 아마 당시 정세에 걱정이 많았으므로 심정을 억누를 수 없었기 때문이리라.[154] 나는 심군과 가장 많이 어울렸으므로 그 즐거움이 이

로 오군(吳郡) 서남쪽에 있다. 송모옥은 솔가지로 지붕을 이은 집을 말한다.

154 당시……때문이리라 : 선행 연구에서는 심병성(沈秉成)이 '입택어(笠澤魚)' 세 글자에 특별한 감흥을 표한 것이 바로 그의 고향이 입택(笠澤) 즉 태호(太湖) 근처이므로 당시 태평천국군의 활동으로 큰 피해를 입었기 때문으로 추정하였다. 《김명호, 환재

루 말할 수 없었다. 매양 이 책을 펼칠 때마다 마치 어제의 일과 같아서 나도 모르게 넋이 나가 아득해진다. 계해년(1863) 정월 초하루에 박규수 환경이 쓰다.

박규수 연구, 창비, 2008, 411쪽》

신유년 단오 다음 날에 중복(仲復)·하거(霞擧)·연추(研秋)가 찾아와 작별하였는데, 왕헌·동문환 두 사람이 절구를 주면서 각각 한 수씩 화답해주기를 원하므로 절구 2수를 지어 그 뜻에 따르다[155]

辛酉端陽翌日 仲復霞擧研秋來別 王董二君誦贈書絶句 各欲專屬一首 爲二絶副其意

이별 뒤 생각하니 부질없이 애간장 녹아 　　　別後相思空斷魂

인연 따라 만나고 헤어짐을 말해 무엇하랴 　　　隨緣離合不須論

간언 초고 새긴 사당 앞 대나무만이 　　　　　只應諫艸堂前竹

다시 올 때 동산 가득 푸르겠지[156] 　　　　　　再度來時綠滿園

---

155 신유년……따르다 : 신유년은 철종 12년(1861)으로 환재가 55세 되던 단오 다음 날에 연경의 친구들과 작별하면서 지어 준 시이다. 중복(仲復)은 심병성(沈秉成, 1823~1895)의 자(字)이고, 하거(霞擧)는 왕헌(王軒, 1823~1887)의 자(字)이며, 연추(研秋)는 동문환(董文渙, 1833~1877)의 호이다.

156 간언……푸르겠지 : 1861년(철종12) 4월 18일에 동문환이 환재와 정사 조휘림(趙徽林), 서장관 신철구(申轍求)를 초대하여 송별연을 베풀어주자, 환재는 그 답례로 자인사(慈仁寺) 부근의 송균암(松筠庵)에 동문환, 왕헌, 황운혹 등을 초대하여 주연을 베풀었다. 송균암은 양초산사(楊椒山祠)라고도 불리는 양계성(楊繼盛, 1516~1555)의 옛집이다. 양계성은 명 세종(世宗) 때 병부원외랑으로 있으면서 환관 엄숭(嚴嵩)의 전횡을 탄핵하다가 처형된 인물이다. 청 건륭 51년(1786)에 송균암이 양계성의 옛집이었던 사실이 알려지면서 그 이듬해 여기에 그의 초상과 위패를 모신 사당이 건립되었다. 그 뒤 도광 28년(1848)에 사당을 중수하면서 서남쪽에 양계성의 간언(諫言) 초고를 벽에다 새긴 간초정(諫草亭)을 세웠다고 한다.《김명호, 환재 박규수 연구, 창비, 2008, 403쪽》

이로부터 천애 간에 꿈길이 수고로워   從此天涯勞夢思

머문 구름과 지는 달에 서로 그리워하리   停雲落月兩依依

변방의 안개 낀 푸른 숲 밖으로   關河煙樹蒼茫外

만리 길 채찍 들고 홀로 떠날 때이네   萬里垂鞭獨去時

임술년 8월 보름에 신성예(申成睿)·조조경(趙藻卿)·장명수(張明叟)와 함께 배를 타고 김포(金浦)로 내려가 윤사연(尹士淵) 태수의 잔치에 참여하다[157]

壬戌仲秋之望 同申成睿趙藻卿張明叟 舟下金浦 赴尹士淵太守之約

성예가 매양 내가 시 짓기를 좋아하지 않는다고 조롱하더니, 이 모임에서 갑자기 왕고께서 지으신 "우리 집 문밖은 바로 서호 나루 근처, 쌀 사시오 소금 사시오 몇 곳의 배들인가. 가을 기러기 한번 울자 일제히 닻을 올리고, 강에 가득 밝은 달 비추일 때 금주로 내려가네.〔我家門外卽湖頭, 米哄鹽喧幾處舟. 霜鴈一聲齊擧碇, 滿江明月下金州.〕"[158]라는 절구를 읊었다. 이어 그 운에 차운하고서 또 "이번의

---

157 임술년……참여하다 : 임술년은 철종 13년(1862)으로 환재 나이 56세 때에 지은 시이다. 신성예는 신석우(申錫愚, 1805~1865)를 가리킨다. 본관은 평산(平山), 자는 성여(聖如)·성예(成睿), 호는 해장(海藏)·금천(琴泉)·이당(頤堂) 등이다. 환재와 평생지기로 철종 조의 정계에서 환재와 함께 활약하면서 강직한 신하로 왕의 두터운 신임을 받았다. 조조경은 조면호(趙冕鎬, 1803~1887)를 가리킨다. 본관은 임천(林川), 자는 조경(藻卿), 호는 옥수(玉垂)·이당(怡堂)이다. 김정희(金正喜)의 척질(戚姪)이며 제자이다. 1837년(헌종3) 진사시에 합격, 공조 참의를 거쳐 호조 참판·지의금부사를 역임하였다. 저서로 《옥수집(玉垂集)》 32권이 전한다. 장명수는 장조(張照, 1796~?)를 가리킨다. 본관은 덕수(德水), 자는 명수(明水), 호는 자원(紫園)이다. 계곡(谿谷) 장유(張維)의 봉사손으로 음보로 진출하여 상서원 직장, 선공감 주부, 금산 군수(金山郡守), 단양 군수(丹陽郡守) 등을 지내고 돈녕부 도정에 제수되었다. 윤사연은 윤종의(尹宗儀, 1805~1886)를 가리킨다. 이해 7월에 김포 군수로 부임하였다. 이때의 유람은 신석우의 《해장집(海藏集)》 권12 〈금릉유기(金陵遊記)〉에 자세하다.

158 우리……내려가네 : 이 시는 〈강거만음(江居謾吟)〉이란 제목으로 《연암집(燕巖

시령(詩令)에 다른 운을 뽑을 필요는 없겠소."라고 하기에 나도 어쩔
수 없어 10수를 지었다.

만 점의 청산이 부처머리 같은데	萬點靑山賽佛頭
흰 비단처럼 맑은 강에서 배에 오르네	澄江如練且登舟
갈대 우거지고 이슬 내리는 이곳은 어디인가	蒼葭白露知何處
그리운 님은 제일가는 금릉[159] 고을에 있네	人在金陵第一州

강남의 고기잡이불이 모래톱 머리에 비치니	江南漁火映沙頭
구름과 나무 흐릿한데 지붕이 배와 같네	雲樹迷茫屋似舟
붉은 게와 농어의 맛 흡족하고	紫蟹鱸魚風味足
다시 옛 양주에 뜬 밝은 달 만끽하네	更饒明月古楊州

어부집에 기숙하니 천장이 머리에 닿으나	寄宿漁家屋打頭
발자국 괸 물에 겨자가 배 된다 말하지 마소[160]	蹄涔休說芥爲舟
가여운 옥수[161]가 허풍이 심하여	絶憐玉叟淸狂甚

集)》권4 〈영대정잡영(映帶亭雜詠)〉에 실려 있다.

159 금릉(金陵) : 한강 입구의 김포(金浦)를 금주(金州) 또는 금릉이라 불렀다.

160 발자국에……마소 : 옥수 조면호, 해장 신석우와 함께 김포로 가는 도중에 서강
(西江)의 인가에서 하룻밤 유숙했는데, 그 집이 몹시 작은 것을 가리킨다. 《장자(莊
子)》〈소요유(逍遙遊)〉에 "한 잔의 물을 움푹 패인 마루 위에 부어 놓으면, 지푸라기야
배처럼 뜨겠지만, 잔을 놓으면 달라붙을 것이다. 이는 물이 얕고 배가 크기 때문이다.
〔覆杯水於坳堂之上, 則芥爲之舟, 置杯焉則膠, 水淺而舟大也.〕"라고 하였다.

161 옥수(玉叟) : 조면호(趙冕鎬, 1803~1887)의 호가 옥수(玉垂)이므로 옥수라 칭

밤 깊어 나누는 담론에 천하가 좁다하네   夜久談鋒隘九州

넘실대는 가을 물이 바다에 닿아   秋水盈盈接海頭
경쾌한 돛이 순식간에 가벼운 배를 끌고 가네   快帆一霎颺輕舟
형산의 아홉 얼굴이 손가락 끝에 보이니   望衡九面指顧在
통주인지 행주인지 구분할 수 없네[162]   不辨通州與杏州

몇 가락 어부의 피리소리 파도 머리에서 나니   數聲漁笛碧波頭
누가 쑥대머리 하고서 일엽편주에 탔나   蓬髮何人一葉舟
쌍쌍이 놀라 나는 모래톱의 물새들이   驚起雙雙沙上鳥
안개비 내리는 파릉 고을[163] 지나가네   飛過煙雨巴陵州

상산의 푸르름이 봉주에 이어져   象山翠接鳳洲頭
의구한 푸른 강물에 두둥실 배가 떴네   依舊滄江泛泛舟
나라걱정이 어찌 진퇴에 따라 다르랴   憂國何曾殊進退
두 분께서 매양 서주에서 손잡고 거닐었지[164]   二公携手每西州

한 것이다.

162 형산의……없네 : 형산(衡山)은 서울의 북한산을 비유한 말인 듯하다. 통주 (通州)인지 행주(杏州)인지 구분할 수 없다는 말은 김포가 두 고을과 인접해 있기에 한 말이다.

163 파릉 고을 : 경기도 양천(陽川)의 옛 이름이 파릉(巴陵)이다.

164 상산의……거닐었지 : 상산(象山)은 신석우의 선조 상촌(象村) 신흠(申欽, 1566 ~1628)을 가리키는 듯하고, 봉주(鳳洲)는 환재의 8대조 박동량(朴東亮, 1569~1635) 을 가리키는 말로 추정된다. 두 사람 모두 임진왜란 때에 대중국 외교에 전념하였고,

한강 가에 작은 집을 지어 　　　　　　　　小築經營洌水頭
책상머리 차 달이며 조각배에 앉았네 　　　　　筆床茶竈坐扁舟
밝은 달 맑은 바람을 뉘라서 막으랴 　　　　　明月淸風誰禁得
아침에 금주를 지나 저녁엔 광주에 닿네 　　　朝過金州暮廣州

물오리가 날아서 나루에 모이니 　　　　　　　鳧雁飛飛集渡頭
종일 아무도 없이 배만 덩그러니 떴네 　　　　無人鎭日有橫舟
깊은 마을 누런 잎은 누구의 집인가 　　　　　深村黃葉誰家子
개인 창 아래서 각 고을 형편을 점검하네[165] 　點檢晴窓敍部州

해 기울고 바람 잦아든 강 서쪽 머리에 　　　日斜風定水西頭
풍악소리 울리면서 옥주[166]에 술 따르네 　　簫鼓橫流斟玉舟
막 돋은 달이 강물에 비치길 기다리니 　　　直待暎江新月出
금주가 바로 신선의 고을[167]이 아니랴 　　　金州不是是眞州

선조 때부터 한응인(韓應寅)·유영경(柳永慶) 등과 함께 영창대군을 잘 보호하라는
부탁을 받은 이른바 유교칠신(遺敎七臣)이 된 일이 있듯이, 출처(出處)에 약간의 차이
가 있더라도 국가를 위해 진력한 면은 동일하다는 의미로 보인다.

165 깊은⋯⋯점검하네 : 태수 윤종의(尹宗儀)가 거처하는 동헌과 집무하는 모습을
묘사한 것이다.

166 옥주(玉舟) : 옥으로 만든 배 모양의 술잔이라는 뜻이다. 옥선(玉船) 또는 옥주선
(玉酒船)이라고도 한다. 참고로 소식(蘇軾)의 시에 "내일 두 사람을 혼내 주려고, 두
개의 옥주를 벌써 씻어 두었다오.〔明當罰二子, 已洗兩玉舟.〕"라는 표현이 있다. 《蘇東
坡詩集 卷34 次韻趙景貺督兩歐陽詩破陳酒戒》

167 신선의 고을 : 원문의 '진주(眞州)'는 진인(眞人)이 사는 고을로 보아 이렇게
해석하였다.

누각 머리에 금빛 파도 일렁이니   金波滉漾在樓頭

돛을 펼쳐 만리 길에 배 띄우고 싶네   欲放風帆萬里舟

중국에도 오늘 밤 달이 떴을 테니   海內應同今夜月

몇이나 옛 유주에서 고개 들고 바라볼까[168]   幾人翹首古幽州

---

168 몇이나……바라볼까 : 유주(幽州)는 연경(燕京 북경)에 해당되는 지명으로 환재
가 중국에 사신을 다녀오면서 사귄 친구들과 서로 그리워함을 표현한 것이다.

지은이 박규수(朴珪壽)

1807(순조7) ~ 1877(고종14). 19세기 역사적 격변기의 한가운데서 활동한 실학자이자
개화사상의 선구자이다. 본관은 반남(潘南), 자는 환경(桓卿)·예동(禮東), 호는 환재
(瓛齋)·환경(瓛卿), 시호는 문익(文翼)이다. 연암 박지원의 손자로, 어린 시절 외종
조 유화(柳訸), 척숙 이정리(李正履)·이정관(李正觀) 형제에게 수학하였다. 24세 때
효명세자가 요절하자 충격을 받아 18년 동안 은둔생활을 하며 학문에 몰두하였다. 1848년
5월 문과에 급제해 벼슬길에 나선 이후 평안도 관찰사·대제학·우의정 등 고위 관직을
역임하였다. 안동 김씨 세도 정권을 뒤흔든 진주농민항쟁(1862), 최초의 대미 교섭과
무력 충돌을 야기한 제너럴셔먼호 사건(1866), 전면적 대외개방을 초래한 일본과의
강화도 조약 체결(1876) 등 민족사의 향방을 결정지은 중대한 사건들에 깊숙이 관여했
다. 1861년과 1872년 두 차례에 걸친 연행을 통해 중국 인사들과 널리 교분을 맺었고,
이를 통해 동아시아를 중심으로 급변하는 세계정세에 대해 식견을 넓혔다. 영·정조시
대 실학의 성과를 충실히 계승하여 당대의 문학과 사상에도 상당한 영향을 끼쳤으며,
김윤식·김홍집·유길준 등 개화운동을 주도한 인물들이 그의 문하에서 배출되었다.
저서로 《상고도회문의례(尙古圖會文義例)》 《거가잡복고(居家雜服攷)》 등이 있으며,
문집으로 《환재집》이 있다.

옮긴이 김채식(金菜植)

1967년 충북 진천에서 태어났다. 성균관대학교 한문교육과를 졸업하고, 한림대학교
부설 태동고전연구소에서 한문을 수학했다. 성균관대학교 한문학과에서 석사와 박사학
위를 받았다. 현재 성균관대학교 대동문화연구원 거점번역연구소에 재직 중이다. 박사
학위논문으로 〈이규경의 오주연문장전산고 연구〉가 있고, 번역서로 《무명자집》이 있
으며, 공역서로 《옛 문인들의 초서 간찰》, 《조선시대 간찰첩 모음》, 《완역 이옥전집》,
《김광국의 석농화원》 등이 있다.

권역별거점연구소협동번역사업 연구진

연구책임자　안대회(성균관대학교 한문학과 교수)
공동연구원　이희목(성균관대학교 한문학과 교수)
　　　　　　진재교(성균관대학교 한문교육과 교수)
　　　　　　이영호(성균관대학교 HK 교수)
책임연구원　김채식
　　　　　　이상아
　　　　　　이성민
선임연구원　서한석
　　　　　　이승현

교열　　　　정태현(한국고전번역원 명예교수)
윤문　　　　이상수

환재집 1

박규수 지음 | 김채식 옮김
2017년 12월 29일 초판 1쇄 발행
편집·발행 성균관대학교 출판부 | 등록 1975. 5. 21. 제1975-9호
주소 (03063) 서울시 종로구 성균관로 25-2
전화 760-1252~4 | 팩스 762-7452 | 홈페이지 press.skku.edu
조판 김은하 | 인쇄 및 제본 영신사
ⓒ한국고전번역원·성균관대학교 대동문화연구원, 2017
Institute for the Translation of Korean Classics·Daedong Institute for Korean Studies

값 25,000원
ISBN 979-11-5550-263-1　94810
　　　979-11-5550-206-8 (세트)